Elogios para Stephen King y

LA MILLA VERDE

También de Stephen King

Stephen King

LA MILLA VERDE

Stephen King es el maestro indiscutible de la narrativa de terror contemporánea, con más de treinta libros publicados. En 2003 fue galardonado con la Medalla de la National Book Foundation por su contribución a las letras estadounidenses; en 2007 recibió el Grand Master Award, que otorga la asociación Mystery Writers of America, y en 2018 el PEN America Literary Service Award. Entre sus títulos más célebres cabe destacar *El misterio de Salem's Lot*, *El resplandor*, *Carrie*, *La zona muerta*, *Ojos de fuego*, *It (Eso)*, *Maleficio*, *La milla verde* y las siete novelas que componen la serie *La Torre Oscura*. Vive en Maine, con su esposa Tabitha King, también novelista.

LA MILLA VERDE

STEPHEN KING

Traducción de María Eugenia Ciocchini

VINTAGE ESPAÑOL
Una división de Penguin Random House LLC
Nueva York

ÍNDICE

INTRODUCCIÓN

Sufro rachas de insomnio –cosa que no sorprenderá a quienes hayan leído la novela donde cuento las aventuras de Ralph Roberts–, de modo que siempre procuro tener una historia en mente para aquellas noches en que no consigo conciliar el sueño. Me cuento estas historias mientras estoy acostado en la oscuridad, las escribo mentalmente como haría en una máquina de escribir o en la computadora, volviendo atrás con frecuencia para cambiar palabras, añadir ideas, eliminar frases, elaborar el diálogo. Cada noche comienzo desde el principio y avanzo un poco en la trama antes de quedarme dormido. Después de la quinta o sexta noche, me conozco de memoria párrafos enteros. Puede que esto parezca una locura, pero resulta relajante… y como forma de matar el tiempo, es infinitamente mejor que contar ovejas.

Con el tiempo, estas historias se desgastan, igual que un libro que se ha leído una y otra vez. («Tíralo y compra uno nuevo, Stephen», decía mi madre de tarde en tarde, mirando con exasperación uno de mis libros o cómics favoritos. «Lo has leído tantas veces que está destrozado.») Es el momento de buscar otra historia, y durante mis temporadas de insomnio espero que aparezca alguna rápidamente, porque las horas en vela se hacen eternas.

En 1992 o 1993, estaba enfrascado en una de estas historias, llamada «Lo que el ojo no ve». Trataba de un hombre condenado a muerte, un gigantesco negro a quien se le despierta un creciente interés por la prestidigitación a medida que se acerca la fecha de su ejecución. La historia sería narrada en primera persona por un viejo preso de confianza que recorría los pasillos de la prisión con un carrito lleno de libros, y que también vendía cigarros, baratijas y artículos novedosos como tónicos para el pelo o avioncitos de papel encerado. Yo quería que al final de la historia, poco antes de su ejecución, el corpulento prisionero –Luke Coffey– consiguiera desaparecer.

Era una buena idea, pero la historia no terminaba de cuajar. Ensayé un centenar de versiones diferentes, pero aun así no funcionaba. Le di una mascota al narrador –un ratón para llevar en el carrito– con la esperanza de que eso ayudara, pero no fue así. Lo mejor era el párrafo inicial: «Todo ocurrió en 1932, cuando la penitenciaría del estado aún estaba en Evans Notch. La silla eléctrica –llamada la Freidora por los internos– también estaba allí, por supuesto.» Esa parte me gustaba, pero nada más. Con el tiempo cambié a Luke Coffey y sus trucos para hacer desaparecer monedas por una historia sobre un planeta donde, por alguna razón, los habitantes se volvían caníbales cada vez que llovía… Y la idea todavía me gusta, así que ojo con fusilármela, ¿entendido?

Luego, aproximadamente un año y medio después, la idea del pasillo de la muerte regresó, aunque ligeramente cambiada. Supongamos, me dije, que el grandulón es un sanador en lugar de un mago aficionado; un ignorante condenado por un crimen que no sólo no cometió, sino que intentó reparar.

Esta nueva versión era demasiado buena para limitarme a jugar con ella a la hora de dormir, aunque la empecé en la oscuridad, resucitando el viejo párrafo inicial casi al pie de la letra y elaborando el primer capítulo mentalmente antes de lanzarme a escribir. El narrador pasó a ser un guardia de prisiones, en lugar de un preso de confianza, Luke Coffey se convirtió en John Coffey (como un pequeño homenaje a William Faulkner, cuya figura de Cristo es Joe Christmas), y el ratón se transformó en… bueno, *Cascabel*.

Era una buena historia, lo supe desde el principio, pero me costó muchísimo escribirla. En ese momento de mi vida estaba trabajando en algo que se me antojaba más sencillo –la adaptación de *El resplandor* para la televisión– y *El pasillo de la muerte* apenas se sostenía. Tenía la sensación de estar creando un mundo de cero, pues no sabía prácticamente nada sobre la vida en los pabellones de los condenados a muerte en el Sur durante la Depresión. Esta clase de problema se soluciona investigando, naturalmente, pero yo creía que la investigación podía destruir el frágil clima mágico que había encontrado en mi historia; una parte de mí sabía desde el principio que no quería realidad, sino ficción. De modo que seguí adelante, acumulando palabras y esperando una iluminación, una epifanía, una suerte de milagro casero.

El milagro llegó en un fax de Ralph Vicinanza, mi agente en el extranjero, que había estado hablando con un editor británico de la fórmula de novela por entregas que Charles Dickens había usado el siglo pasado. Ralph me preguntaba –de pasada, como quien no espera que una idea se concrete– si me interesaría poner a prueba esa fórmula. Y atrapé la idea al vuelo. Comprendí que si me comprometía con ese proyecto, tendría que terminar *El pasillo de la muerte*. Así que, sintiéndome como un soldado romano que incendia el puente del

Rubicón, llamé a Ralph y le pedí que cerrara el trato.

El pasillo de la muerte tuvo una aceptación casi mágica, que yo no había previsto. De hecho, pensaba que sería un fracaso comercial. La respuesta de los lectores fue maravillosa, y esta vez la mayoría de los críticos reaccionaron positivamente. Creo que debo gran parte de la aceptación popular a las agudas sugerencias de mi esposa y gran parte del éxito comercial a los esfuerzos del personal de Dutton Signel.

Sin embargo, la experiencia fue sólo mía. Escribía como un descosido, procurando cumplir con los demenciales plazos de entrega y al mismo tiempo tratando de que cada episodio tuviera su miniclímax, con la esperanza de que todo encajara y consciente de que, si no lo hacía, me lincharían. En más de una ocasión me pregunté si Charles Dickens habría sentido lo mismo, esperando que las preguntas que surgían en la trama se respondieran solas, y supongo que fue así. Afortunadamente para él, Dios le había dado más talento que a mí.

Recuerdo haber pensado un par de veces que quizá estuviera incurriendo en anacronismos atroces, pero finalmente hubo muy pocos. Hasta el pequeño «cómic porno» de Popeye y Olivia resultó un acierto: después de la publicación de la sexta parte, alguien me envió un ejemplar de una historieta semejante, publicada alrededor de 1927. En una viñeta memorable, Wimpy está cogiendo con Olivia y comiendo una hamburguesa al mismo tiempo. Caray, no hay nada como la imaginación humana, ¿verdad?

Tras la calurosa acogida de *El pasillo de la muerte* siguieron múltiples discusiones sobre la conveniencia de lanzarlo al mercado como una novela completa. La publicación por episodios era un punto conflictivo para mí y para algunos lectores, porque el precio era demasiado alto para una edición en rústica: unos veinte dólares por las seis partes (bastante menos en las librerías de ocasión). Por eso, la venta de los seis números juntos en una caja nunca me pareció la solución ideal. Este volumen, una edición en rústica más asequible, parecía lo mejor. De modo que aquí está, prácticamente igual que la versión original (por supuesto, he cambiado la escena en que Percy Wetmore, enfundado en la camisa de fuerza, levanta una mano para restregarse los labios).

En algún momento me gustaría hacer una revisión completa, convertir la obra en la novela que no pudo llegar a ser debido a su formato y publicarla otra vez. Hasta entonces, tendrán que conformarse con esta versión. Me alegro de que tantos lectores hayan disfrutado con su lectura. Y, ¿saben?, resultó una buena historia para la hora de dormir.

STEPHEN KING
Bangor, Maine
6 de febrero de 1997

PREFACIO

27 de octubre de 1995

Estimados y fieles lectores:

La vida está llena de caprichos. La historia que aquí comienza se edita en forma de pequeño libro debido al comentario circunstancial de un agente de bienes raíces a quien nunca conocí. Todo comenzó en Long Island, hace un año. Ralph Vicinanza, un viejo amigo y colaborador (dedicado concretamente a vender derechos de novelas y cuentos en el extranjero) acababa de alquilar una casa allí. El agente de bienes raíces señaló que la casa parecía «sacada de una novela de Charles Dickens».

Cuando Ralph recibió a su primer invitado, el editor británico Malcom Edwards, aún tenía muy presente aquel comentario. Se lo repitió a Edwards y ambos se enfrascaron en una conversación sobre Dickens. Edwards mencionó que Dickens había publicado muchas de sus novelas por entregas, ya fuera incluidas en revistas o independientemente, como literatura de cordel (aunque desconozco el origen de esta palabra, que hace referencia a libros más breves de lo normal, siempre me ha inspirado especial simpatía). Edwards añadió que algunas de aquellas novelas fueron escritas y revisadas al filo de la publicación. Al parecer, Charles Dickens era un novelista que no temía los plazos de entrega.

Las novelas en episodios de Dickens eran enormemente populares; tal es así que una de ellas produjo una tragedia en Baltimore. Una multitud de aficionados se reunió en el muelle, esperando la llegada del barco inglés que debía traer a bordo la última entrega de *Grandes esperanzas.* Varios lectores cayeron al agua y murieron ahogados.

No creo que Malcom o Ralph quisieran que nadie se ahogase, pero sentían curiosidad por saber qué sucedería si se lanzaba una novela por entregas en la actualidad. En ese momento, ninguno de los dos sabía que la experiencia ya se había realizado al menos en dos ocasiones («nada nuevo bajo el sol»). Tom Wolfe publicó el primer borrador de *La hoguera de las vanidades* en la revista *Rolling Stone* y Michael McDowell (*The Amulet, Gilded Needles, The Elementals* y el guion cinematográfico *Beetlegeuse*) publicó una novela titulada *Black Water* en episodios, en una edición rústica. Aunque esa novela –una historia terrorífica sobre una familia sureña cuyos miembros sufrían la inquietante maldición hereditaria de convertirse en caimanes– no fue la mejor de McDowell, obtuvo un éxito rotundo en la edición de Avon Books.

Los dos amigos continuaron especulando sobre qué ocurriría si en la actualidad un escritor popular de ficción publicara una novela por entregas en forma de pequeños ejemplares de bolsillo que podrían venderse por una libra o dos en Gran Bretaña o por tres dólares en Estados Unidos (donde el precio de la mayor parte de estos libros es de $6,99 o $7,99). Malcom dijo que alguien como Stephen King podía interesarse en el experimento y a partir de ese momento la conversación tomó otros derroteros.

Ralph olvidó temporalmente la idea, pero la recordó en el otoño de 1995, tras regresar de la Feria del Libro de Francfort, una especie de exposición internacional donde los agentes extranjeros como él deben enfrentarse cada día a una decisión importante. Entonces me presentó la idea de los libros por entregas junto con otras propuestas que rechacé de inmediato.

Sin embargo, a diferencia de la idea de una entrevista en la edición japonesa de *Playboy* o un viaje con los gastos pagados a las repúblicas bálticas, la propuesta de escribir una novela por entregas despertó mi interés. No creo ser un Dickens moderno –si tal persona existe, podría ser John Irving, o tal vez Salman Rushdie–, pero siempre me han fascinado las novelas por entregas. Las leí por primera vez en *The Saturday Evening Post* y me gustaron porque el final de cada episodio concedía al lector casi el mismo nivel de participación que al escritor: uno tenía una semana entera para intentar imaginar los acontecimientos que seguirían. Además, me parecía que el lector leía y vivía estas historias con mayor intensidad, puesto que estaban «racionadas». Era imposible tragárselas enteras, por más que uno lo desease (y cuando el relato era bueno, sin duda lo deseaba).

Lo mejor de todo era que en casa solíamos leerlas en voz alta por turnos: mi hermano David una noche, yo la siguiente, mi madre la tercera y luego otra vez mi hermano. Era una oportunidad excepcional para disfrutar de una obra escrita como de las películas o las series de la tele (*Cuero Crudo, Bonanza, Ruta 66*) que veíamos juntos; constituían un acontecimiento familiar. Sólo años más tarde descubrí que las familias habían disfrutado de las novelas de Dickens de forma similar, aunque la incertidumbre sufrida ante la chimenea por el destino de Pip, Oliver y David Copperfield se prolongaba durante años, en lugar de un par de meses (las series más largas del *Post* rara vez superaban los ocho episodios).

Pero la idea tenía otro aliciente, un atractivo que, según creo, sólo puede apreciar un escritor de cuentos de misterio o relatos de fantasmas: en una novela publicada por entregas, el escritor gana sobre el lector un ascendiente que de otro modo no puede disfrutar: sencillamente, fieles lectores, no podrán adelantarse en la lectura para descubrir el giro que toman los acontecimientos.

Todavía recuerdo el día en que, con doce años, entré en la sala y descubrí a mi madre sentada en su mecedora favorita, espiando el final de una novela de Agatha Christie mientras señalaba con el dedo el sitio donde había dejado la lectura, alrededor de la página cincuenta. Me quedé consternado y se lo dije (recuerden que tenía doce años, una edad en que los niños comienzan a pensar que lo saben todo). Observé que leer el final de una novela de misterio era igual que comerse la crema de una galleta rellena y arrojar las dos mitades de la galleta a la basura. Mi madre rio, con su maravillosa y desvergonzada risa, y admitió que quizá tuviera razón, pero que a veces no podía resistir la tentación. Yo podía entender que alguien cediera a la tentación; incluso a los doce años, lo hacía con cierta frecuencia. Sin embargo, aquí tenemos por fin una cura para esa tentación. Hasta que el último episodio aparezca en las librerías, nadie conocerá el final de *El pasillo de la muerte...* quizá ni siquiera yo.

Aunque sin saberlo, Ralph Vicinanza propuso la idea de una novela por entregas en un momento psicológico perfecto para mí. Había estado dándole vueltas en la cabeza a un relato titulado *El pasillo de la muerte*, sobre un tema que quería tocar tarde o temprano: la silla eléctrica. La Freidora me ha fascinado desde que una película de James Cagney y los primeros relatos al respecto (que leí en un libro titulado *Veinte años en Sing Sing*, escrito por un guardia cuyo nombre no recuerdo) encendieron mi imaginación. ¿Qué se sentiría al recorrer los últimos cuarenta metros hasta la silla eléctrica, sabiendo que uno iba a morir allí? ¿Cómo se sentiría el hombre que tenía que sujetar con correas al condenado... o accionar el interruptor? ¿Qué exigiría de uno un trabajo semejante? O, lo que era aún más inquietante, ¿qué le aportaría?

Durante los últimos veinte o treinta años he intentado plasmar estas ideas generales, siempre de un modo vago, en diferentes contextos. Escribí una novela de éxito ambientada en una prisión (*Rita Hayworth y la redención de Shawshank*) y había llegado a la conclusión de que allí se agotaba el tema, hasta que surgió esta idea. Había muchas cosas que me gustaban al respecto, pero ninguna tanto como la voz esencialmente honesta del narrador; moderado, sincero, quizá un poco ingenuo, es, quizá, el narrador que más se corresponde con el auténtico Stephen King. De modo que me puse a trabajar, aunque a trompicones. ¡La mayor parte del segundo capítulo la escribí durante una demora causada por la lluvia en Fenway Park!

Cuando Ralph me llamó, tenía un cuaderno lleno de notas sobre *El pasillo de la muerte* y advertí que estaba escribiendo una novela en lugar de dedicarme a terminar la revisión de un libro anterior (*Desesperación*). Con *El pasillo de la muerte* había llegado a un punto en que se me presentaban dos opciones: abandonarlo (quizá para siempre) o dejar de lado todo lo demás y continuar.

Ralph sugirió una tercera alternativa; escribir el relato del mismo modo que sería leído, por entregas. El riesgo de la aventura también me entusiasmó: si abandonaba el trabajo o era incapaz de continuar, un millón de lectores pedirían mi cabeza. Nadie, excepto Julianne Eugley, mi secretaria, sabe esto mejor que yo. Todas las semanas recibimos docenas de cartas de lectores furiosos exigiendo la publicación del nuevo libro de la colección La Torre Oscura (paciencia, seguidores de Roland; prometo que su espera terminará pronto). Una de esas cartas contenía una fotografía tomada con una Polaroid de un oso de peluche encadenado, con un mensaje formado con letras de periódicos y revistas: «PUBLIQUE DE INMEDIATO EL PRÓXIMO LIBRO DE LA TORRE OSCURA O EL OSO MORIRÁ.» Colgué la foto en mi despacho, como recordatorio tanto de mi responsabilidad como de lo maravilloso que es que la gente se preocupe —al menos un poco— por las criaturas de mi imaginación.

En cualquier caso, he decidido publicar *El pasillo de la muerte* en una serie de pequeñas ediciones en rústica, al estilo del siglo XIX, y espero que los lectores me escriban para decirme: a) que les gusta la historia; b) que les gusta el sistema de publicación, rara vez usado pero divertido. La idea ha dado un nuevo impulso a la escritura del relato, aunque en este momento (un lluvioso atardecer de octubre de 1995) queda mucho por hacer, incluso en el borrador, y la publicación continúa en el terreno de lo incierto. Eso contribuye a la emoción, pese a que en este momento me siento como si condujese en medio de una espesa neblina pisando a fondo el acelerador.

Por encima de todo, me gustaría decir que si al leer la historia el lector se divierte la mitad de lo que yo me he divertido escribiéndola, habrá valido la pena para ambos. Disfrútenla… y ¿por qué no leerla en voz alta con un amigo? Al menos así se acortará la espera hasta que aparezca la próxima entrega en el puesto de periódicos o la librería más cercana.

Mientras tanto, cuídense y sean buenos los unos con los otros.

STEPHEN KING

LAS GEMELAS ASESINADAS

1

Todo ocurrió en 1932, cuando la penitenciaría del estado aún estaba en Cold Mountain. La silla eléctrica también estaba allí, por supuesto.

Los internos hacían chistes sobre la silla; la gente siempre hace bromas acerca de las cosas que le asustan pero no puede controlar. La llamaban la Freidora o la Gran Licuadora. Bromeaban sobre la cuenta de la luz o la posibilidad de que el alcaide Moores preparase allí la comida del día de Acción de Gracias, ya que su esposa, Melinda, estaba demasiado enferma para cocinar.

Pero aquellos que estaban destinados a sentarse en la silla no encontraban ninguna gracia en la situación. Durante mi estancia en Cold Mountain supervisé setenta y ocho ejecuciones (es una cifra que nunca olvidaré; ni siquiera en mi lecho de muerte), y creo que la mayoría de los condenados sólo se percataban de lo que iba a ocurrirles cuando les amarraban los tobillos a las firmes patas de roble de la Freidora. Entonces tomaban conciencia (uno veía la comprensión ascender a sus ojos en medio de una fría desolación) de que sus piernas ya nunca los llevarían a ningún lado. La sangre seguía corriendo por ellas, los músculos conservaban su fortaleza, pero de todos modos estaban acabadas; nunca darían otro paseo por el campo o bailarían con una chica en una fiesta popular. Los clientes de la Freidora sentían subir la muerte desde los tobillos. Cuando terminaban de pronunciar sus delirantes y casi siempre inconexas últimas palabras, les cubrían la cabeza con un saco negro de seda. Se suponía que la bolsa era una indulgencia para con ellos, pero yo siempre pensé que estaba destinada a ahorrarnos sufrimiento a nosotros, a evitarnos la contemplación de la horrorosa oleada de angustia que aparecía en sus ojos cuando se percataban de que iban a morir con las rodillas flexionadas.

En Cold Mountain el pasillo de la muerte era en realidad un bloque, el bloque E, separado de los otros cuatro y cuyo tamaño apenas llegaba a la cuarta parte de los demás. No estaba construido con madera sino con ladrillos, y su abominable techo desnudo de metal fulguraba al sol del verano como un ojo delirante. Dentro había seis celdas, tres a cada lado del ancho pasillo central, cada una de ellas casi el doble de grandes que las de los otros cuatro bloques. También eran individuales. Se trataba de unas estancias demasiado cómodas para una prisión (sobre todo en los años treinta), pero sus residentes las habrían cambiado gustosamente por cualquier celda en los otros bloques. Créanme, las habrían cambiado sin vacilar.

Durante los años que trabajé allí como carcelero, nunca estuvieron ocupadas las seis celdas a la vez (debemos dar gracias a Dios por sus pequeños favores). Lo máximo que llegó a albergar fueron cuatro reclusos, blancos y negros (en Cold Mountain no había segregación racial entre los muertos andantes), y se trató de una experiencia verdaderamente infernal. Entre los condenados había una mujer, Beverly McCall, negra como el carbón y hermosa como un pecado que nadie se atrevería a cometer. Había aguantado las palizas de su marido durante seis años, pero no estaba dispuesta a tolerar que la engañase un solo día. La noche que descubrió que él le ponía los cuernos, esperó al desafortunado

Lester McCall (Cutter para los amigos y, quizá, para su extremadamente efímero amor) en lo alto de las escaleras de su departamento, encima de una barbería. Apenas si le dio tiempo al traidor de quitarse el impermeable, y desparramó sus tripas sobre sus zapatos bicolor. Había usado una de las navajas de afeitar de Cutter.

Dos noches antes de que le tocara el turno de sentarse en la Freidora, Beverly me llamó a su celda y me contó que su padre espiritual africano la había visitado en sueños. Le había dicho que renunciara a su nombre de esclava y muriera con su nombre de mujer libre, Matuoni. Era su última voluntad que en el certificado de defunción figurara el nombre de Beverly Matuoni. Supongo que su padre espiritual no le propuso un nombre de pila o que a ella no se le ocurrió ninguno. Le dije que sí, que de acuerdo. Si algo aprendí durante mis largos años de carcelero comemierda fue a no rechazar las peticiones de los condenados a menos que no me quedara otro remedio. En el caso de Beverly Matuoni, la cosa daba igual. El gobernador llamó al día siguiente, a eso de las tres de la tarde, conmutando la sentencia por cadena perpetua en el penal para mujeres Grassy Valley; un penal sin pene, como solíamos bromear entonces. Debo decir que me alegró ver el rotundo trasero de Bev torcer a la izquierda en lugar de a la derecha, en dirección a la mesa de guardia.

Unos treinta y cinco años después –debieron de ser al menos treinta y cinco– vi su nombre en la página de anuncios fúnebres de un periódico, debajo de la fotografía de una anciana esquelética con una aureola de pelo blanco y anteojos con piedras de bisutería a los lados. Era Beverly. Según decía la esquela, había pasado los últimos diez años de su vida en libertad, rescatando del olvido la pequeña biblioteca de Raines Falles prácticamente sola. También había dado clases en la escuela dominical y se había ganado el aprecio de todos los habitantes de aquel recóndito paraje. BIBLIOTECARIA MUERE DE UN ATAQUE AL CORAZÓN, rezaba el titular, y debajo, con letra más pequeña: «Cumplió una condena por asesinato durante más de dos décadas.» Sólo los ojos, grandes y luminosos detrás de los anteojos con piedras en los extremos, eran los mismos. Incluso a los setenta y tantos años, eran los ojos de una mujer que no dudaría en sacar una cuchilla de afeitar de la jarra azul de desinfectante y empuñarla como arma. Uno conoce a los asesinos, aunque acaben como bibliotecarios en aburridos pueblos de mala muerte. Al menos alguien como yo, que ha pasado tanto tiempo al cuidado de criminales. Sólo una vez tuve cierta duda, y creo que ésa es la razón de que escriba esto.

El amplio pasillo central del bloque E tenía un suelo de linóleo del color de los limones viejos, por eso lo que en otras prisiones se llamaba la Última Milla, en Cold Mountain se había bautizado como la Milla Verde. Supongo que medía unos sesenta pasos largos de norte a sur, de un extremo al otro. Al fondo estaba la celda de seguridad y en el extremo opuesto había un cruce en forma de T. Doblar a la izquierda significaba la vida, si podía llamarse así a lo que sucedía en el sofocante patio de ejercicios, aunque para muchos lo era. Muchos vivieron allí durante años sin consecuencias aparentemente graves. Ladrones, pirómanos y violadores paseaban, conversaban y cumplían con sus pequeñas tareas cotidianas.

Doblar a la derecha era algo completamente distinto. Primero había que entrar en mi despacho (cuya alfombra, también verde, había pensado cambiar en más de una ocasión, aunque nunca me decidía a hacerlo) y pasar frente a mi escritorio, flanqueado por la bandera estadounidense a la izquierda y la del estado a la derecha. Al fondo había dos puertas. Una conducía al pequeño baño que usábamos los guardias y yo (en ocasiones también el alcaide Moores), la otra a un almacén. Allí acababa uno tras recorrer el pasillo de la muerte.

Era una puerta baja; yo tenía que agachar la cabeza para entrar y John Coffey prácticamente tenía que sentarse. Más allá de un pequeño rellano, había que bajar tres escalones de cemento hasta el suelo de madera. Era una habitación miserable, sin calefacción y con un techo metálico idéntico al del bloque contiguo. En invierno hacía suficiente frío como para que al respirar se formasen nubes de vapor y en verano el calor resultaba sofocante. Durante la ejecución de Elmer Manfred, en julio o agosto del treinta, se desmayaron nueve testigos.

A la izquierda del almacén, otra vez había vida: herramientas (guardadas en armarios protegidos con cadenas, como si en lugar de palas y azadones fuesen carabinas), alimentos secos, sacos con semillas destinadas a ser plantadas en los jardines de la prisión en primavera, cajas de papel higiénico, tarimas cargadas con planchas para el taller de grabado de la prisión... incluso sacos de arena para marcar el cuadrado de béisbol y el campo de futbol. Los presos jugaban en un sitio llamado el Prado, y todo el mundo en Cold Mountain esperaba con expectación las tardes de otoño.

A la derecha, una vez más, la muerte. La mismísima Freidora apoyada sobre una plataforma de tablas y situada en el extremo sudeste del almacén, con sus sólidas patas y sus anchos brazos de roble que habían absorbido el sudor de centenares de hombres aterrorizados en sus últimos minutos de vida; y el casquete metálico, por lo general suspendido descuidadamente sobre el respaldo de la silla, como el sombrero de un robot de juguete en una tira cómica de Buck Rogers. Un cable colgaba de él y acababa en un orificio rodeado de una arandela situado en el muro, detrás de la silla. A un lado había un cubo de hierro galvanizado. Si uno miraba en el interior, veía una esponja circular, cortada de modo que encajara perfectamente dentro del casquete metálico. Antes de la ejecución, la esponja se empapaba en una solución salina para conducir mejor la electricidad hacia el cerebro del condenado.

2

Mil novecientos treinta y dos fue el año de John Coffey. Cualquiera que sienta suficiente curiosidad por el caso –alguien con más energía que un viejo como yo, que pasa los últimos años de su vida dormitando en una residencia geriátrica de Georgia– aún podrá encontrar información al respecto en los periódicos.

Fue un otoño caluroso; lo recuerdo bien. Muy caluroso. Octubre parecía agosto, y la mujer del alcaide, Melinda, estaba ingresada en un hospital de Indianola. Aquel otoño tuve la peor infección urinaria de mi vida, no lo bastante grave para ingresar yo también en el hospital, pero sí lo suficiente para que deseara estar muerto cada vez que tenía que orinar. También fue el otoño de Delacroix, aquel francés bajito y casi calvo que hacía un ingenioso truco con un carrete de hilo y un ratón. Pero el mayor acontecimiento de la temporada fue el ingreso en el bloque de John Coffey, sentenciado a muerte por la violación y el asesinato de las gemelas Detterick.

En el bloque E había cuatro o cinco guardias por turno, aunque muchos de ellos eran temporales. Dean Stanton, Harry Terwilliger y Brutus Howell (los hombres lo llamaban Bruto, pero era sólo una broma, pues a pesar de su corpulencia era incapaz de matar una mosca) ya murieron. También murió Percy Wetmore, que sí era bruto… además de estúpido, claro está. Percy no encajaba en el bloque E, donde tener un carácter agresivo podía resultar, además de inútil, peligroso, pero era pariente de la mujer del gobernador y allí estaba.

Fue Percy Wetmore quien acompañó a Coffey al bloque, al grito supuestamente célebre de: «¡Entra un muerto! ¡Entra un muerto!»

Aunque estábamos en octubre, hacía más calor que en el mismísimo infierno. Se abrió la puerta del patio de ejercicios para dejar paso a una luz deslumbrante y al hombre más grande que he conocido en mi vida, a excepción de algunos jugadores de basquetbol que he visto en la tele en el salón de esta casa para viejos babosos sin hogar donde estoy acabando mis días. Coffey llevaba cadenas en los brazos y alrededor del tonel que tenía por torso. Mientras avanzaba entre las celdas, por el pasillo color limón, arrastraba las cadenas que unían los grilletes de sus tobillos produciendo un ruido similar al de una cascada de monedas. Percy Wetmore, a un lado, y el pequeño, esquelético Harry Terwilliger al otro, parecían dos niños pequeños flanqueando a un oso recién cazado. Hasta Brutus Howell parecía un chamaco al lado de Coffey, y eso que Bruto, corpulento y con más de un metro ochenta de estatura, había jugado en la liga nacional hasta que lo echaron y tuvo que volver a las colinas.

John Coffey era negro, como la mayoría de los hombres que venían a pasar una temporada en el bloque E antes de morir en la Freidora, y medía un metro noventa y ocho centímetros de estatura. No era esbelto, como los jugadores de basquetbol de la tele, pero tenía los hombros corpulentos y el torso enorme, surcados por grandes músculos en todas las direcciones. Le habían puesto el traje de presidiario más grande que habían encontrado en el almacén, y aun así los pantalones le llegaban a la mitad de las gruesas pantorrillas, llenas de cicatrices. La camisa se abría a mitad del pecho y las mangas apenas alcanzaban a cubrirle los antebrazos. Llevaba la gorra en una de sus grandes manos, y mejor así, pues sobre su enorme calva caoba habría parecido la clase de gorra que usan los monos de los organilleros, sólo que azul en lugar de roja. Daba la impresión de que en cualquier momento podía romper las cadenas con la misma facilidad con que cualquiera abriría los moños de un regalo navideño, pero en cuanto uno lo miraba a los ojos, sabía que era incapaz de hacer algo semejante. Sin embargo –pese a lo que creyera Percy, que poco después de su llegada comenzó a llamarlo el Tonto– no parecía estúpido, sino perdido. Se la pasaba mirando alrededor, como si no supiera dónde estaba o incluso, quizá, quién era. A primera vista me pareció un Sansón negro, sólo que después de que Dalila lo afeitara con su pequeña mano traidora para robarle todo vestigio de alegría.

–¡Entra un muerto! –anunció Percy a voz en cuello, tirando del puño de la camisa del grandulón como si de verdad se creyera capaz de moverlo en caso de que Coffey se negara a hacerlo por voluntad propia. Harry no dijo nada, pero parecía avergonzado–. ¡Entra un...!

–Ya es suficiente –dije yo, que estaba sentado en el camastro de la celda que pertenecería a Coffey.

Naturalmente, había sido informado de su ingreso y estaba allí para recibirlo, aunque no tenía idea de su tamaño hasta que lo vi. Percy me echó una mirada que insinuaba que todos sabían que yo era un imbécil (excepto el estúpido grandulón, por supuesto, que sólo sabía violar y asesinar niños), pero no dijo esta boca es mía.

Los tres se detuvieron delante de la puerta entreabierta de la celda. Hice una señal de asentimiento a Harry, quien dijo:

–¿Está seguro de que quiere quedarse a solas con él, jefe?

No estaba acostumbrado a ver a Harry Terwilliger

nervioso. Siete u ocho años antes había estado a mi lado durante un motín y no se había acobardado en ningún momento, ni siquiera cuando empezaron a circular rumores de que algunos presos tenían armas. Pero aquel día parecía nervioso.

–¿Me darás problemas, grandulón? –pregunté, sin levantarme del camastro e intentando disimular mi aflicción. La infección urinaria que mencioné antes aún no había llegado a su peor estadio, pero aquel día no estaba yo para una excursión a la playa, créanme.

Coffey sacudió la cabeza lentamente: primero a la derecha, luego a la izquierda y por fin al centro. Una vez que me clavó la mirada, no volvió a quitármela de encima.

Harry llevaba una carpeta con el registro de entrada de Coffey.

–Dásela –le dije a Harry–. Entrégasela a él.

Harry obedeció y el estúpido la tomó como si estuviera sonámbulo.

–Ahora dámela a mí –dije, y Coffey lo hizo, acercándose con un rumor de cadenas. Tuvo que agacharse para franquear la puerta de la celda.

Eché un vistazo al informe, sobre todo para comprobar que en efecto era alto y no se trataba de una ilusión óptica. Lo era: un metro noventa y ocho centímetros. Decía que pesaba ciento treinta kilos, pero creo que se trataba de un cálculo estimativo, pues debía de pesar ciento cincuenta o tal vez ciento sesenta kilos. En el apartado correspondiente a «Cicatrices o señas particulares» Magnusson, el viejo preso de confianza de recepción, había escrito «Numerosas» con su letra trabajosa.

Cuando alcé la vista, Coffey se había apartado un poco, de modo que pude ver a Harry al otro lado del pasillo, frente a la celda de Delacroix, el único preso en el bloque E en el momento del ingreso de Coffey. Delacroix era un flacucho de pelo ralo con la expresión preocupada de un contador corrupto que sabe que están a punto de descubrir su último desfalco. Tenía al ratón domado en un hombro.

Percy Wetmore estaba apoyado en el marco de la puerta de la celda que ocuparía John Coffey. Había sacado la macana de la funda hecha a medida donde la llevaba y se golpeaba suavemente la palma de una mano con ella, como si estuviera impaciente por usarla. De repente, no pude soportar su presencia allí, no sé si debido al inoportuno calor, a la infección que me quemaba las ingles y hacía intolerable el roce de la ropa interior o a la idea de que el estado me había enviado a aquel negro subnormal para que lo ejecutara, cuando resultaba obvio que antes de que lo hiciese Percy quería divertirse con él. Quizá fueran las tres cosas; lo cierto es que en ese momento sus contactos políticos dejaron de importarme.

–Percy –dije–, están trasladando la enfermería.

–Bill Dodge se ocupa de eso.

–Ya lo sé –respondí–. Ve a ayudarlo.

–No es mi trabajo –protestó Percy–. Mi trabajo es este «torpigante».

«Torpigante» era el mote particular de Percy para los tipos corpulentos, una combinación de «torpe» y «gigante». Detestaba a los grandulones. No era esquelético, como Harry Terwilliger, pero sí bajo; el típico gallito de riña al que le gusta organizar peleas, sobre todo cuando sabía que llevaba las de ganar.

–En tal caso, ya has terminado –dije–. Ve a la enfermería.

Apretó los labios. Bill Dodge y sus hombres estaban trasladando cajas, pilas de sábanas, incluso camas. La enfermería entera se mudaba a un edificio nuevo en el ala oeste de la prisión. Habría que trabajar y levantar bultos pesados, dos cosas a las que Percy Wetmore no estaba acostumbrado.

–Tienen todos los hombres que necesitan –dijo.

–Entonces ve a supervisar el trabajo –repliqué levantando la voz. Advertí que Harry se sobresaltaba, pero no hice caso. Si el gobernador ordenaba al alcaide Moores que me corriera por regañar a su protegido, ¿a quién iba a poner Hal Moores en mi lugar? ¿A Percy? Ni en broma–. En realidad me da igual lo que hagas, Percy, siempre y cuando te desaparezcas de aquí durante un buen rato.

Por un instante pensé que se resistiría y que tendría problemas, con Coffey allí inmóvil como el reloj de pie más grande del mundo, pero entonces Percy metió violentamente la macana en la funda hecha a mano –un gesto estúpido y arrogante– y se marchó dando grandes zancadas. No recuerdo qué guardia estaba en la mesa de entrada aquel día –supongo que sería uno de los temporales–, pero fue obvio que a Percy no le gustó su expresión, porque lo oímos gruñir al pasar:

–Si no te borras esa estúpida sonrisa de la jeta, te la borraré yo de un puñetazo.

Se oyó un ruido de llaves, entró una momentánea ráfaga de luz caliente del patio de ejercicios y Percy Wetmore desapareció, al menos por el momento. El ratón de Delacroix corría de un hombro al otro del pequeño francés, moviendo sus finísimos bigotes.

–Quieto, *Cascabel* –dijo Delacroix, y el ratón se detuvo en el hombro izquierdo, como si lo hubiera entendido–. Quieto y callado –con el cantarín acento acadio de Delacroix, «quieto» sonaba como una palabra exótica, algo así como *cuietó*.

–Tú échate un rato –dije con brusquedad–. Descansa. Esto tampoco es asunto tuyo.

El francés me obedeció. Había violado y asesinado a una jovencita, arrastrado el cadáver detrás del bloque de pisos donde vivía la chica, y después de rociarla con gasolina le había prendido fuego, esperando deshacerse de la evidencia del crimen. Sin embargo, el fuego se había extendido al edificio y como consecuencia habían muerto otras seis personas, entre ellas dos niños. Era el único crimen de su historial, y se comportaba como un hombre de modales exquisitos, con cara de preocupación y el pelo largo hasta el cuello de la camisa. Pronto se sentaría en la Freidora y ella acabaría con él... pero lo que fuera que lo había impulsado a cometer ese delito monstruoso, ya no estaba allí. Entretanto el francés se tendería en su camastro y dejaría que su pequeño compañero corriese sobre sus manos. En cierto modo, eso era lo peor: la Freidora nunca quemaba lo que había en el interior de aquellos tipos, y estoy seguro de que los fármacos que les inyectan en la actualidad tampoco pueden eliminarlo. Aquello se muda de sitio, salta a otra persona y sólo nos deja pellejos vacíos para ejecutar, pellejos que de cualquier modo ya no están vivos.

Volteé hacia el gigante.

–Si dejo que Harry te quite esas cadenas, ¿te portarás bien?

Hizo un gesto de asentimiento, como si su cabeza temblase: arriba, abajo y luego otra vez al centro. Me miró con sus extraños ojos. Había una especie de paz en ellos, pero no estaba seguro de poder fiarme. A una seña mía, Harry se acercó y le quitó las cadenas. Me tranquilizó ver que ya no parecía asustado, ni siquiera cuando se agachó junto a las piernas como troncos de Coffey para abrir los grilletes. Yo confiaba en su intuición y por lo visto la culpa de que Harry estuviese nervioso era de Percy. En realidad, yo confiaba en la intuición de todos los hombres que trabajaban en el bloque E, con la única excepción de Percy.

Tenía preparado un pequeño discurso para todos los nuevos, pero con Coffey dudé, porque parecía anormal, y no sólo por su talla.

Cuando Harry retrocedió (durante toda la operación Coffey había permanecido inmóvil y tranquilo como un percherón), miré a mi nuevo pupilo, señalé el registro con el pulgar y pregunté:

–¿Sabes hablar, grandulón?

–Sí, señor, sé hablar –respondió con un vozarrón grave y sereno que me recordó el ruido de un tractor recién aceitado. No tenía acento sureño, aunque más tarde notaría que su forma de construir las frases era típica del Sur. Como si viniese del Sur pero no *fuera* de allí. No parecía analfabeto, pero tampoco ilustrado. Su forma de hablar era un misterio, como tantas otras cosas en él. Lo que más me inquietaba eran sus ojos, pues reflejaban una especie de tranquila ausencia, como si estuviese flotando muy, muy lejos de nosotros.

–Te llamas John Coffey.

–Sí señor, suena parecido a café, pero no se escribe igual.

–¿Así que sabes leer y escribir?

–Sólo mi nombre, jefe –respondió con calma.

Suspiré y pronuncié una versión abreviada de mi discurso. Ya estaba convencido de que no iba a causar problemas, cosa en la que tenía y no tenía razón.

–Yo me llamo Paul Edgecombe –dije–. Soy el encargado del bloque E, el jefe de la plantilla. Si quieres algo de mí, llámame por mi nombre. Si no me encuentro aquí habla con este hombre. Se llama Harry Terwilliger. ¿Entendido? –Coffey asintió en silencio–. Pero no esperes conseguir todo lo que quieras, porque sólo te daremos lo que consideremos necesario. Esto no es un hotel. ¿Me sigues? –asintió otra vez–. Éste es un sitio tranquilo, grandulón, no como el resto de la prisión. Aquí sólo están tú y Delacroix. No trabajarán; estarán casi siempre sentados. De ese modo tendrán tiempo para reflexionar sobre lo que han hecho –para la mayoría era demasiado tiempo, pero no lo mencioné–. Por las noches, si todo está en orden, encendemos el radio. ¿Te gusta el radio?

Hizo otro gesto afirmativo, aunque vacilante, como si no estuviera seguro de qué era un radio. Más tarde descubrí que en parte era así. Coffey reconocía las cosas cuando volvía a verlas, pero hasta entonces se olvidaba de ellas. Si bien conocía a los personajes de *La chica del domingo,* apenas recordaba qué les había sucedido en el último episodio.

—Si te comportas como es debido, comerás bien, no conocerás la celda de seguridad que está al final del pasillo ni tendrás que usar esas camisas de lona abrochadas a la espalda. Podrás salir al patio dos horas cada tarde, de cuatro a seis, excepto el sábado, cuando los demás reclusos juegan futbol. Podrán visitarte el domingo por la tarde, si es que alguien quiere hacerlo. ¿Es así, Coffey?

—No tengo a nadie —dijo sacudiendo la cabeza.

—Entonces tu abogado.

—Creo que ya no volveré a verlo —dijo—. Me lo puso el estado y no sabría llegar hasta estas montañas.

Lo miré atentamente para comprobar si bromeaba, pero no me dio esa impresión. Yo no esperaba otra cosa. Los tipos como Coffey no conseguían apelaciones, al menos en aquellos tiempos. Después de dos o tres días de juicio, el mundo se olvidaba de ellos hasta que aparecía una noticia breve en los periódicos informando que cierto individuo se había achicharrado vivo a medianoche. Pero un hombre con esposa, hijos o amigos a quienes esperar los domingos por la tarde era más fácil de controlar, sobre todo cuando el control se convertía en problema. Éste no parecía el caso. Y era una suerte, porque el tío era enorme.

Me moví un poco en el camastro, pero llegué a la conclusión de que mis partes me molestarían menos si me levantaba, y lo hice. Coffey retrocedió con respeto y entrelazó las manos.

–Tu estancia en este lugar puede ser tranquila o difícil, grandulón; todo depende de ti. Estoy aquí para decirte que no nos compliques las cosas, porque hagas lo que hagas acabarás en el mismo sitio. Te trataremos tan bien como te merezcas. ¿Alguna pregunta?

–¿Dejan una luz encendida a la hora de dormir? –preguntó de inmediato, como si hubiera estado esperando la ocasión para hacerlo.

Parpadeé. Los recién llegados al bloque E me habían hecho muchas preguntas raras –en una ocasión me habían interrogado incluso sobre el tamaño de las tetas de mi mujer–, pero ninguna tan rara como ésa.

Coffey sonreía, algo avergonzado, como si supiese que lo tomaríamos por idiota pero aun así no pudiera evitarlo.

–Es que a veces me asusta la oscuridad –dijo–. Sobre todo cuando estoy en un sitio que no conozco.

Miré su imponente corpulencia y me sentí curiosamente conmovido. Créanme, a veces los prisioneros me conmovían. Uno nunca veía su peor parte, forjando horrores a martillazos como demonios en una fragua.

–Las celdas están bastante iluminadas durante toda la noche –dije–. La mitad de las luces de la Milla Verde están encendidas desde las nueve hasta las cinco de la mañana. –Entonces pensé que no tendría la más remota idea de qué estaba hablando; no podía diferenciar la Milla Verde del lodo de Misisipi, de modo que añadí–: Me refiero a las luces del pasillo.

Hizo un gesto de alivio. No estaba seguro de que supiera lo que era un pasillo, pero podía ver los focos de doscientos watts en sus portalámparas de acero.

Aquel día hice algo que no había hecho nunca con un prisionero: le tendí la mano. Ni siquiera hoy sé por qué lo hice. Quizá fuese por la pregunta sobre las luces. Les aseguro que Harry Terwilliger se quedó de piedra. Coffey me estrechó la mano con sorprendente suavidad;

mi mano se perdió en la de él y eso fue todo. Tenía otra polilla en mi frasco asesino y nada más.

Salí de la celda y Harry aseguró los dos cerrojos de la puerta. Por un par de segundos Coffey permaneció donde estaba, como si no supiese qué hacer a continuación, y luego se sentó en el camastro, entrelazó sus enormes manos entre las rodillas y agachó la cabeza como un hombre que llora o reza. Luego dijo algo con su extraño acento sureño. Escuché sus palabras con absoluta claridad, y aunque no sabía mucho sobre lo que había hecho —no es preciso saber qué ha hecho un hombre para alimentarlo y cuidarlo hasta que le llega la hora de saldar sus deudas— sentí un escalofrío.

—No pude evitarlo —dijo—. Lo intenté, pero era demasiado tarde.

3

—Tendrás problemas con Percy —dijo Harry mientras regresábamos a mi despacho.

Dean Stanton, algo así como el tercero en la escala jerárquica —en el bloque no había tal cosa, o Percy Wetmore se habría ocupado de cambiar la situación de inmediato—, estaba sentado a mi escritorio, poniendo en orden los archivos, una tarea para la que yo nunca parecía tener tiempo. Cuando entramos, alzó la cabeza por un instante, se acomodó los anteojos con el pulgar y volvió al papeleo.

—He tenido problemas con ese pájaro desde el día en que llegó —dije al tiempo que me separaba los pantalones de la entrepierna con un respingo—. ¿Has oído lo que gritaba cuando trajo a ese grandulón?

—No pude evitarlo —dijo Harry—. Estaba ahí, ¿recuerdas?

—Yo estaba en los baños y lo oí perfectamente —dijo Dean. Levantó un papel a la luz, de modo que pudiera ver que además del correspondiente texto mecanografiado tenía una mancha circular de café, y luego lo arrojó al bote de basura–. «Entra un muerto.» Debe de haberlo leído en una de esas revistas que tanto le gustan.

Y quizá fuese así. Percy Wetmore era un fanático de *Argosy, Stag* y *Men's Adventure.* Al parecer, había un relato sobre prisiones en cada número y Percy los leía con avidez, como si se tratara de un trabajo de investigación. Tal vez intentara saber cómo comportarse y creyese que encontraría la información en esas revistas. Llevaba allí seis meses –había llegado poco después que Anthony Ray, el asesino a sueldo– y todavía no había tenido oportunidad de participar en ninguna ejecución.

–Conoce a gente –dijo Harry–. Tiene contactos. Tendrás que responder por echarlo del bloque y más aún por esperar que trabaje de verdad.

–No esperaba que lo hiciera –dije, y era cierto, aunque quizá albergase alguna esperanza. Bill Dodge no era la clase de hombre que permite que un tipo se quede mirando cómo trabajan los demás–. Por el momento, estoy más interesado en el grandulón. ¿Crees que dará problemas?

Harry sacudió enérgicamente la cabeza.

–En el juicio que se celebró en el condado de Trapingus se portó como un corderito –dijo Dean. Se quitó los anteojos sin montura y los limpió en el chaleco–. Claro que le habían puesto más cadenas de las que Scrooge vio en el fantasma de Marley. Aunque si hubiera querido habría podido matar al mismísimo demonio.[1] Es una broma, ¿la captas?

---

1. Alusión a los *Cuentos de Navidad* de Charles Dickens y juego de palabras entre el apellido de dicho autor y *dickens*, en inglés, demonio. (*N. de la T.*)

–Sí –dije, aunque no tenía idea de qué hablaba. Pero detestaba que Dean Stanton se quedara conmigo.

–Es grande, ¿eh? –dijo Stanton.

–Sí –asentí–, como un monstruo.

–Quizá tengamos que subir la potencia de la Freidora para asar su enorme culo.

–No te preocupes por la Freidora –dije con aire ausente–. Hace que los grandulones parezcan niños de pecho.

Dean se frotó los lados de la nariz, donde los anteojos habían dejado un par de marcas rojas, y asintió con la cabeza.

–Eso sí que es cierto –dijo.

–¿Alguno de ustedes sabe dónde vivía antes de aparecer en… Tefton? Era Tefton, ¿verdad?

–Sí –respondió Dean–. Tefton, en el condado de Trapingus. Antes de aparecer por allí y hacer lo que hizo, nadie lo conocía. Supongo que iba de un sitio a otro. Si te interesa, quizá puedas encontrar más información en los periódicos. En la biblioteca de la prisión conservan los ejemplares del último año y medio y no se los llevarán hasta la semana que viene –sonrió–. Aunque seguramente tendrás que oír las quejas y los chillidos de tu compañero de arriba.

–De todos modos creo que iré a echar un vistazo –dije, y lo hice aquella misma tarde.

La biblioteca de la prisión se hallaba en la parte trasera del edificio y pronto se convertiría en un supermercado para los presos, o al menos ése era el plan. Estaba claro que alguien quería llenarse los bolsillos a costa de los pobres reclusos, pero nos encontrábamos en plena Depresión y debía reservarme mis opiniones. También tendría que haber cerrado la boca en el incidente con Percy, pero un hombre no puede vivir mordiéndose la lengua. Por lo general, la lengua nos mete en más problemas que el pito. En fin, lo cierto es que lo del supermercado nunca se concretó, y de cualquier modo la primavera siguiente la prisión se trasladó a noventa kilómetros de allí, en el camino a Brighton. Más tejemanejes, supongo. Más dinero en juego. Pero a mí me daba igual.

La administración se había mudado a un edificio nuevo al este del patio; la enfermería estaba en pleno traslado (quién había sido el imbécil que había decidido instalarla en el segundo piso era otro de los grandes misterios de la vida), y la biblioteca sólo conservaba parte de su material –aunque nunca había estado bien surtida– y se hallaba desierta. El viejo edificio era una sofocante caseta cubierta de tablas de tejamanil, encajada de algún modo entre los bloques A y B. Los baños de ambos bloques daban allí, de modo que siempre se percibía un ligero olor a orines, y quizá fuese ésa la única razón de peso para hacer la mudanza. La biblioteca tenía forma de L y no era mucho más grande que mi despacho. Busqué un ventilador, pero todos habían desaparecido. Debía de hacer más de treinta grados allí dentro y cuando tomé asiento sentí una punzada ardiente en la entrepierna. Como si tuviese una muela infectada. Sé que la comparación es absurda, teniendo en cuenta la zona de la que hablo, pero fue la única que se me ocurrió. La cosa empeoraba durante y después de orinar, lo que acababa de hacer antes de entrar.

Aunque no lo había notado, allí había otro tipo: un viejo y larguirucho preso de confianza llamado Gibbons que dormitaba en un rincón con una novela del Oeste en el regazo y el sombrero caído sobre los ojos. Por lo visto no le molestaban el calor ni los gruñidos, golpes y ocasionales juramentos procedentes de la enfermería (donde debía de hacer por lo menos tres grados más. Esperaba que Percy Wetmore disfrutara de ello). Con cuidado de no despertar al viejo, me dirigí a la pata más corta de la L, donde se guardaban los periódicos. A pesar de lo que Dean me había dicho, pensé que habrían desaparecido junto con los ventiladores, pero no era así, y no me costó trabajo encontrar la historia de las gemelas Detterick. El crimen había acaparado los titulares de la prensa desde que se había cometido, en junio, hasta después del juicio, celebrado en julio. En aquellos tiempos, estos asuntos se resolvían mucho más rápido.

Pronto olvidé el calor, los ruidos procedentes de la planta superior y los ronquidos del viejo Gibbons. Por desagradable que fuese, era imposible no imaginar el contraste entre aquellas niñas de nueve años –con sus suaves cabelleras rubias y sus encantadoras sonrisas– con la gigantesca y oscura corpulencia de Coffey. Dada su estatura, era fácil imaginarlo devorándolas, como el ogro de un cuento de hadas. Pero lo que había hecho era aún peor, y había sido una suerte para él que no lo hubiesen linchado de inmediato a la orilla del río. Aunque no podía decirse que corriera mejor suerte en el pasillo de la muerte, esperando el momento de sentarse en el regazo de la Freidora.

4

El Rey del Algodón había sido destronado en el Sur unos setenta años antes y no volvería a reinar. Sin embargo, durante la década de los treinta, había experimentado un breve renacimiento. Ya no quedaban plantaciones de algodón, pero sí cuarenta o cincuenta granjas prósperas que se dedicaban a su cultivo en el sur de nuestro estado. Klaus Detterick era el propietario de una de ellas. Según los cánones de los cincuenta apenas habría estado un escalón por encima de un pobre diablo, pero en aquellos tiempos se le tenía por próspero sólo porque podía pagar las cuentas al contado al final de casi todos los meses y mirar al banquero a los ojos si se cruzaban en la calle. La casa de la granja era grande y cómoda. Aparte de los beneficios del algodón, la familia contaba con un par de entradas adicionales, derivadas de la crianza de gallinas y vacas. Detterick y su esposa tenían tres hijos: Howard, de unos doce años, y las gemelas, Cora y Kathe.

Una calurosa noche de junio las niñas quisieron dormir en el corredor cubierto que se extendía a un lado de la casa. Era toda una aventura para ellas. La madre les dio un beso de buenas noches poco antes de las nueve, al caer la noche. Cuando volvió a verlas, las gemelas yacían en sus ataúdes, después de que el encargado de pompas fúnebres reparara la mayor parte de los daños.

En aquellos tiempos las familias del campo se acostaban temprano («En cuanto oscurecía debajo de la mesa», solía decir mi madre) y dormían a pierna suelta. De hecho, eso es lo que hicieron Klaus, Marjorie y Howie Detterick la noche en que secuestraron a las gemelas. En otras circunstancias, Klaus habría despertado con los ladridos de *Bowser*, el enorme pastor escocés de la familia, pero el perro no ladró aquella noche ni nunca volvería a hacerlo.

Klaus se levantó al alba para ordeñar las vacas. El corredor estaba a un costado de la casa, al otro extremo del granero, y al hombre ni se le ocurrió comprobar cómo estaban las niñas. Tampoco le sorprendió que *Bowser* no saliera a su encuentro. El perro detestaba a gallinas y vacas por igual y solía esconderse en su casa, detrás del granero, hasta que las tareas estaban hechas... a menos que se lo llamara, y aun así con insistencia.

Marjorie bajó quince minutos después de que su esposo se pusiese las botas en el vestíbulo y se dirigiera al granero. Preparó café y puso a freír tocino. El aroma del desayuno atrajo a Howie a la planta baja, pero no a las niñas. Mientras cocía los huevos en la grasa del tocino, la madre mandó al niño a buscarlas. Klaus querría que salieran a recoger huevos frescos en cuanto acabaran de desayunar. Pero aquella mañana en la casa de los Detterick nadie desayunó. Howie regresó del corredor con la cara pálida y los ojos, poco antes somnolientos, completamente abiertos.

–No están –dijo.

Marjorie salió al corredor, más enfadada que alarmada. Más tarde diría que había supuesto que las niñas habían salido a recoger flores al amanecer. Eso u otra travesura propia de su edad. Después de echar un vistazo, descubrió el motivo de la palidez de Howie.

Gritó –más bien chilló– llamando a Klaus, y éste llegó corriendo con las botas empapadas con la leche del cubo que acababa de derramar. Lo que encontró en el corredor habría bastado para que al padre más valiente le temblaran las rodillas. Alguien había arrojado a un rincón las mantas en que las niñas se habían envuelto al refrescar por la noche. La puerta de la mampara había sido arrancada de sus bisagras y apoyada precariamente contra un muro del patio. Y tanto en las tablas del corredor como en los escalones que había al otro lado de la puerta arrancada se veían manchas de sangre.

Marjorie suplicó a su esposo que no fuese a buscar a las niñas solo y que tampoco llevara a su hijo con él, pero podría haberse ahorrado la saliva. Klaus tomó la escopeta que guardaba en el vestíbulo, lejos del alcance de las manos de los niños, y le pasó a Howie la 22 que pensaba regalarle en julio, por su cumpleaños. Luego se marcharon sin prestar la menor atención a la mujer que gritaba y lloraba, preguntándoles qué harían si se encontraban con una pandilla de vagabundos o un grupo de negros salvajes escapados de la próspera granja de Lavine. Yo creo que los hombres tenían razón, ¿saben? Aunque la sangre no estaba líquida, tampoco mostraba el color granate que adquiere después de haberse secado, y seguía pegajosa y roja. El secuestro debía de ser reciente. Klaus seguramente supuso que aún quedaba alguna posibilidad de que las niñas continuasen con vida, y estaba resuelto a correr cualquier riesgo para comprobarlo.

Ninguno de los dos tenía experiencia en seguir un rastro. No eran cazadores sino granjeros, hombres que sólo se internaban en el bosque en temporada para perseguir mapaches y ciervos, y no porque les gustara, sino porque era lo que se esperaba de ellos. Además, el terreno que rodeaba la casa estaba lleno de lodo y era un laberinto de huellas. Detrás del granero, descubrieron por qué *Bowser* –mal mordedor, pero buen ladrador– no había dado la voz de alarma. Estaba tendido, con medio cuerpo fuera de la casa que había sido construida con los tablones sobrantes del granero (encima de la ventila arqueada, había un letrero con la palabra «*Bowser*» prolijamente grabada; vi la foto en uno de los periódicos) y la cabeza girada de modo que el hocico quedaba prácticamente en la parte del cuello que correspondía a la nuca.

Como le había dicho el fiscal a John Coffey durante el juicio, sólo un hombre con una fuerza enorme podía haber hecho algo semejante a un animal. Luego había mirado con expresión significativa al defensor, sentado detrás de la mesa de la defensa con la cabeza inclinada y vestido con un flamante par de pantalones pagados por el estado que por sí solos parecían merecer una condena. Junto al perro, Klaus y Howie encontraron un trozo de salchicha cocida. La teoría –bastante probable, no me cabe duda– era que Coffey había ofrecido un señuelo al perro y luego, mientras éste comía, le había roto el pescuezo con un poderoso giro de muñecas.

Detrás del granero se extendía el prado de Detterick, donde aquel día no pastaría ninguna vaca. Estaba empapado con el rocío de la mañana y las huellas clarísimas de un hombre lo cruzaban en diagonal en dirección a la llanura del norte.

Pese a que estaba casi histérico, Klaus Detterick vaciló antes de seguir las huellas. No es que tuviera miedo del hombre o los hombres que se habían llevado a sus hijas, sino que temía seguir un rumbo equivocado, caminar en la dirección errónea en un momento en que cada segundo contaba.

Howie resolvió el dilema al encontrar un trozo de tela de algodón amarilla en un arbusto, justo detrás del patio de entrada; el mismo trozo de tela que, con lágrimas en los ojos, Klaus identificó en el juicio como parte de la piyama de su hija Kathe. Veinte metros más allá, colgado de una rama de enebro, encontraron un jirón verde del camisón que Cora tenía puesto cuando dio las buenas noches a mamá y papá.

Los Detterick, padre e hijo, corrieron empuñando las armas como hacen los soldados cuando cruzan territorio enemigo bajo fuego cerrado. Lo sorprendente de los sucesos de aquel día es que el niño, que corría desesperadamente detrás de Klaus temiendo quedarse atrás, no cayera al suelo y le metiera una bala en la espalda a su padre.

La granja tenía teléfono –otra señal de que Detterick prosperaba, al menos moderadamente para los tiempos que corrían– y Marjorie lo usó para comunicarse con el mayor número de vecinos posible, contándoles la catástrofe que les había caído encima como un rayo en un día soleado, consciente de que cada llamada originaría otras y que la noticia se extendería como un reguero de pólvora. Finalmente levantó el auricular por última vez y pronunció las palabras que eran casi la marca de fábrica del servicio telefónico de la época, al menos en las comunidades rurales del Sur:

–¿Telefonista? ¿Está en la línea?

La telefonista estaba allí, tan horrorizada por lo que había oído que demoró un momento en responder. Por fin lo consiguió.

–Sí, señora Detterick. Y estoy rezando al bendito Jesús para que sus niñas se encuentren bien.

–Gracias –respondió Marjorie–, pero ¿podría pedirle al Señor que espere un momento y comunicarme con la oficina del sheriff en Tefton?

El sheriff del condado de Trapingus era un viejo con nariz de borracho, una barriga como una tina y una cabellera cana tan fina que parecía la pelusilla de los limpiapipas. Yo lo conocía bien. Había visitado Cold Mountain muchas veces para presenciar el último viaje de aquellos a quienes llamaba «sus muchachos». Los testigos de una ejecución se sentaban en sillas plegables idénticas a las que seguramente habrán ustedes usado alguna vez en funerales, cenas de la iglesia o partidas de bingo en una granja (de hecho, en aquel entonces nosotros tomábamos prestadas las nuestras de una de las granjas de la vecindad) y cada vez que el sheriff Homer Cribus se sentaba en una de ellas, yo esperaba que la silla cediera y se desmoronara. Temía y ansiaba ver ese día, pero nunca llegó. Poco tiempo después –no debe de haber pasado ni un año del secuestro de las gemelas Detterick–, tuvo un ataque al corazón en su oficina, al parecer mientras se cogía a una negra de diecisiete años llamada Daphne Shurtleff. Hubo un montón de chismorreos al respecto, sobre todo porque en época de elecciones el sheriff iba de aquí para allá acompañado de su esposa y sus seis hijos. En aquel entonces se decía que cuando uno aspiraba a un cargo «o se comportaba como un santo o estaba perdido». Pero, como ya sabrán, a la gente le encantan los hipócritas: saben que llevan uno en su interior, y siempre resulta agradable enterarse de que han descubierto a alguien con los pantalones bajados y el pito parado, y que ese alguien no es uno.

Además de hipócrita, el sheriff era incompetente, la clase de tipo que se hace fotografiar acariciando el gato de la anciana después de que otro –el agente Rob

49

McGee, por ejemplo– arriesgara el pescuezo para bajar de un árbol al animal en cuestión.

McGee escuchó los balbuceos de Marjorie Detterick durante un par de minutos, luego la interrumpió con cuatro o cinco preguntas expeditivas y bruscas, como un luchador profesional que asesta varios golpes rápidos en la cara de su contrincante, tan pequeños y fuertes que la sangre comienza a manar antes de que éste alcance a sentir dolor.

–Llamaré a Bobo Marchant, que tiene perros. Quédese donde está, señora Detterick. Si su marido y su hijo vuelven, haga que también se queden allí. Por lo menos inténtelo.

Entretanto, su marido y su hijo habían recorrido cuatro kilómetros y medio en dirección al noroeste tras el rastro del secuestrador, pero lo perdieron al llegar al bosque de pinos. Como ya he dicho, no eran cazadores sino granjeros, y para entonces ya sabían a qué clase de alimaña perseguían. En el camino, habían encontrado la chaqueta amarilla de la piyama de Kathe y otro trozo del camisón de Cora. Ambos estaban cubiertos de sangre y ni Klaus ni Howie tenían tanta prisa como al principio. A esas alturas, una certeza helada se había filtrado en la esperanza ardiente de los Detterick, descendiendo como el agua fría, hundiéndose en sus corazones por ser más pesada.

Se internaron en el bosque en busca de pistas, pero no encontraron nada. Exploraron otro sitio con los mismos resultados, y por fin un tercero. Esta vez hallaron un reguero de sangre a los pies de un pino. Durante unos minutos lo siguieron hacia donde parecía apuntar y continuaron explorando en los alrededores. Para entonces eran las nueve de la mañana y oyeron gritos y ladridos de perros a sus espaldas. Rob McGee había organizado una cuadrilla de voluntarios en el tiempo en que el sheriff Cribus habría necesitado para terminar su taza de café con brandy, y un cuarto de hora después alcanzaron a Klaus y Howie Detterick, que deambulaban a tientas por el bosque. Se pusieron en marcha de inmediato, guiados por los perros de Bobo. McGee permitió que Klaus y Howie los acompañaran –aunque temían descubrir la verdad, no se habrían marchado por más que se los ordenara–, pero los obligó a descargar las armas. McGee dijo que los demás también lo habían hecho porque era más seguro. Lo que ni él ni nadie les dijo a los Detterick fue que eran los únicos que habían tenido que entregar las municiones. Aturdidos y ansiosos por despertar de aquella pesadilla, padre e hijo obedecieron. Cuando Rob McGee exigió a los Detterick que descargaran sus armas y le entregaran las balas, probablemente salvó la miserable vida de Coffey.

Los perros los condujeron ladrando y aullando en dirección noroeste, a lo largo de varios kilómetros de pinares. Por fin llegaron a la orilla del río Trapingus, que en aquel punto es largo y tranquilo y corre hacia el sudeste entre colinas bajas y arboladas, donde familias llamadas Cray, Robinette y Duplissey todavía fabrican sus propias mandolinas y escupen los dientes podridos mientras aran. El Sur profundo, donde los hombres se ocupan de las serpientes el domingo por la mañana y se acuestan con sus hijas el domingo por la noche. Yo conocía a aquellas familias, pues casi todas enviaban carne a la Freidora de tanto en tanto. Al otro lado del río, los miembros de la cuadrilla podían ver el sol de junio brillar sobre las vías del ferrocarril del sur. A un kilómetro y medio río abajo, un viaducto cruzaba hacia las minas de carbón de West Green.

Entre la hierba y los arbustos, encontraron una zona pisoteada y tan empapada de sangre que varios de los hombres tuvieron que apartarse para vomitar el desayuno. También encontraron el resto del camisón de Cora, y Howie, que hasta entonces había demostrado una entereza admirable, se abrazó a su padre y estuvo a punto de desmayarse.

En aquel punto, los perros de Bobo Marchant tuvieron el primer desacuerdo del día. Había seis en total, dos sabuesos, dos zorreros y un par de esos híbridos similares a los terrier que los sureños de la frontera llaman «cazamapaches». Estos últimos querían ir hacia el noroeste, río arriba, en tanto que el resto apuntaba en la dirección opuesta, hacia el sudeste. Las correas se enredaron y, aunque los periódicos no decían nada al respecto, imagino las maldiciones que les habrá echado Bobo mientras usaba las manos –sin duda su parte más educada– para restituir el orden. En tiempos tuve oportunidad de conocer a varios cazadores y, según mi experiencia, son una raza aparte.

Bobo reorganizó la jauría e hizo que los perros olfatearan los restos del camisón de Cora, como para recordarles lo que hacían allí un día en que la temperatura debía de aproximarse a los cuarenta grados y los buitres volaban en círculos sobre la cuadrilla. Por fin los cazamapaches se pusieron de acuerdo con el resto de los sabuesos y todos corrieron río abajo, ladrando.

Diez minutos después, los hombres se detuvieron al oír algo más que el ladrido de los perros. Eran unos aullidos que ningún perro puede emitir, ni siquiera en plena agonía. Un sonido que ninguno de los integrantes de la cuadrilla había oído jamás, aunque de inmediato supieron que salía de la garganta de un hombre. Eso dijeron, y yo les creo. Supongo que yo también lo habría reconocido, porque he oído a algunos hombres chillar así de camino a la silla eléctrica. No todos lo hacen; la mayoría conservan la compostura y marchan en silencio o hacen bromas como si fueran de excursión al campo. Pero unos pocos gritan; casi siempre aquellos que creen en el infierno y saben que éste les aguarda al final del pasillo de la muerte.

Bobo volvió a reunir a los perros. Eran animales caros y no estaba dispuesto a perderlos a manos de un psicópata que aullaba y gemía de aquel modo. El resto de la cuadrilla cargó las armas y las empuñó. Aquel grito los había sobresaltado, haciendo que el sudor de las axilas y de la espalda pareciera agua helada. Cuando los hombres sufren una impresión semejante, necesitan un jefe que los guíe para seguir adelante, y McGee tomó el mando. Encabezó la marcha resueltamente (aunque supongo que en aquel momento no se sentía muy resuelto) hacia un grupo de alisos que se alzaban a la derecha del bosque, mientras el resto de la cuadrilla lo seguía a unos cinco pasos. Se detuvo sólo una vez para indicar al hombre más corpulento del grupo –Sam Hollis– que no se apartara de Klaus Detterick.

Al otro lado de los alisos había un claro que se extendía hacia la derecha del bosque. A la izquierda, estaba la larga y suave cuesta de la ribera. Todos se detuvieron, como paralizados por un rayo. Supongo que todos ellos habrían dado cualquier cosa por evitarse aquella escena, que ninguno podría olvidar. Era la clase de pesadilla, descarnada y casi humeante bajo el sol, que acecha detrás de los velos de la sencilla vida cotidiana, con cenas en la iglesia, paseos por el campo, trabajo honrado y besos amorosos en la cama. Todo hombre lleva consigo su calavera, y puedo asegurarles que en un momento u otro de su vida se vuelve visible. Aquel día la vieron. Esos hombres reconocieron la truculenta mueca que se oculta detrás de una sonrisa.

Sentado a la orilla del río, con el overol de trabajo manchado de sangre, se hallaba el hombre más grande que hubieran visto en su vida: John Coffey. Sus enormes pies de dedos aplastados estaban descalzos. Llevaba un descolorido pañuelo rojo atado a la cabeza, similar al que se ponen las mujeres del campo para ir a la iglesia, y estaba envuelto en una nube de mosquitos. En cada brazo, apretaba el cuerpo sin vida de una niña. Las cabelleras rubias, antes rizadas y claras como la pelusilla del diente de león, ahora estaban enmarañadas y teñidas de rojo. El hombre que las sostenía en brazos aullaba al cielo como una vaca enajenada, con las oscuras mejillas surcadas de lágrimas y la cara contraída en una monstruosa mueca de dolor. Respiraba hondo, tanto como le permitían los tirantes de su overol, y luego soltaba el aire con fuerza junto a otro escalofriante chillido. Con frecuencia leemos en los periódicos que «el asesino no dio muestras de arrepentimiento», pero en este caso no fue así. John Coffey estaba destrozado por lo que había hecho… pero él sobreviviría y las niñas no. En el caso de las gemelas, los destrozos no eran una metáfora.

Más tarde, nadie sería capaz de recordar cuánto tiempo habían permanecido allí, contemplando al hombre que aullaba y a la vez miraba más allá de las aguas tranquilas un tren que rugía a toda velocidad en dirección al viaducto que cruzaba el río. Permanecieron así durante una hora o quizá una eternidad, y sin embargo el tren no se movió, sino que continuó rugiendo en el mismo sitio como un niño con una rabieta, ni el sol se escondió detrás de una nube para borrar aquella horrible escena de sus ojos. Seguía allí, delante de ellos, tan real como una mordedura de perro. El negro se mecía hacia adelante y hacia atrás y Cora y Kathe se mecían con él, como muñecas rubias en los brazos de un gigante. Los músculos manchados de sangre de los enormes brazos desnudos se contraían y relajaban, se contraían y relajaban, se contraían y relajaban.

Klaus Detterick rompió la calma. Gritando a voz en cuello, se arrojó sobre el monstruo que había violado y matado a sus hijas. Sam Hollins sabía qué debía hacer, e intentó hacerlo. Era doce centímetros más alto que Klaus y pesaba al menos treinta kilos más que él, pero

Klaus se escabulló de entre sus brazos. Cruzó el claro corriendo y le dio una patada en la cabeza a John Coffey. Su bota manchada de leche, agria ya a causa del calor, dio contra la sien izquierda de Coffey, pero el hombretón no pareció inmutarse. Siguió allí sentado, meciéndose y mirando más allá del río. Tal como lo imagino, podría haber sido una estampa del sermón de Pentecostés, el leal seguidor de la cruz con la vista fija en la tierra prometida... aunque, naturalmente, le sobraban los cadáveres.

Se necesitaron cuatro hombres para separar de John Coffey al histérico granjero y no sé cuántos golpes habrá recibido aquél antes de que lo consiguieran. Pero al gigantesco negro no parecía importarle; seguía meciéndose y mirando el río. En cuanto a Detterick, pareció perder toda la fuerza apenas lo separaron, como si el negro despidiese una extraña corriente galvánica (tendrán que perdonarme, pero no puedo evitar que mis metáforas sigan aludiendo a la electricidad) y cuando por fin se interrumpió el contacto entre Detterick y esa fuente de energía, el pobre quedó tan débil como un hombre que sale despedido al tocar un cable pelado. Se sentó en la orilla con las piernas abiertas y las manos en la cara, sollozando. Howie se acercó a él y se abrazaron con las cabezas juntas.

Dos hombres los vigilaban mientras el resto formaba un círculo alrededor del negro, que seguía meciéndose y gimoteando, apuntándole con sus rifles. Coffey aún no parecía haberse dado cuenta de la presencia de los demás. McGee dio un paso al frente, se apoyó con nerviosismo en una pierna y luego en la otra y finalmente se agachó.

–Señor –dijo, y Coffey calló de inmediato.

McGee lo miró a los ojos, rojos a causa del llanto, de donde seguían manando lágrimas, como si alguien hubiera dejado un grifo abierto en su interior. A pesar de los sollozos, aquellos ojos tenían una expresión inmutable, distante y serena. Pensé que eran los ojos más raros que había visto en mi vida, y al parecer McGee compartía mi opinión. «Eran como los ojos de un animal que nunca había visto un hombre», le dijo a un periodista poco antes del juicio.

–¿Me oye, señor? –preguntó McGee.

Coffey asintió lentamente con la cabeza. Seguía abrazando a sus atroces muñecas, que por tener la barbilla pegada al pecho no mostraban la cara; ésa fue tal vez la única gracia que Dios decidió conceder aquel día a los hombres de la cuadrilla.

–¿Cómo se llama? –preguntó McGee.

–John Coffey –respondió con voz apagada, pastosa por las lágrimas–. Como café, aunque no se escribe igual.

McGee asintió y luego señaló con el pulgar el bolsillo abultado del overol de Coffey. McGee temió que llevara un arma, aunque un hombre tan grande como él no necesitaba un arma para cometer semejante atrocidad.

–¿Qué tiene ahí, John Coffey? ¿Es un arma?, ¿una pistola?

–No, señor –susurró el negro, con aquellos extraños ojos (en apariencia angustiados y llenos de lágrimas, pero distantes y serenos en el fondo, como si el verdadero John Coffey estuviera en otro sitio, mirando un paisaje donde no hubiera que preocuparse de niñas asesinadas) fijos en el agente McGee–. Es mi almuerzo.

–Conque el almuerzo, ¿eh? –preguntó McGee.

Coffey asintió y volvió a decir:

–Sí, señor –las lágrimas se deslizaban por sus mejillas y los mocos le colgaban de la nariz.

–¿Y de dónde saca un tipo como tú su almuerzo, John Coffey? –añadió McGee intentando mantener la calma, aunque ya empezaba a oler a las niñas y veía las moscas recreándose en los sitios empapados de sangre.

Más tarde diría que lo peor era el pelo, aunque este detalle no apareció en los periódicos porque era demasiado morboso para que lo leyeran las familias. No; me lo contó el periodista que escribió el artículo y a quien conocí más tarde, cuando John Coffey se convirtió en una obsesión para mí. McGee le contó al periodista que el cabello rubio de las gemelas ya no era rubio sino color caoba. La sangre se había extendido a las mejillas, como si el pelo hubiera sido teñido con un tinte barato, y no se necesitaba ser médico para saber que aquellas poderosas manos habían reventado los frágiles cráneos de las niñas golpeando el uno contra el otro. Probablemente lloraron y Coffey quiso hacerlas callar. Si las niñas habían tenido suerte, aquello habría ocurrido antes de la violación.

Semejante escena impediría razonar a cualquier hombre, incluso a uno tan decidido a cumplir con su deber como el agente McGee. Y la dificultad para razonar podía inducir a errores, o incluso a derramar más sangre. McGee respiró hondo e intentó calmarse. Al menos, se lo propuso.

–Bueno, señor, estúpido de mí, no lo recuerdo con claridad –dijo Coffey con la voz quebrada por las lágrimas–, pero es un pequeño almuerzo; sándwiches y creo que unos cuantos pepinillos.

–Si no le importa, me gustaría echarle un vistazo –dijo McGee–. Pero no se mueva, John Coffey. Le apuntan suficientes armas como para hacerlo desaparecer de cintura para arriba si mueve un solo dedo.

Coffey volteó la cabeza hacia el río y permaneció inmóvil mientras McGee le revisaba el bolsillo del overol y sacaba un paquete de papel periódico atado con una cuerda de carnicero. McGee rompió la cuerda y abrió el paquete, aunque a esas alturas estaba seguro de que contenía lo que Coffey aseguraba: su almuerzo.

Había un sándwich de tocino y tomate, un panecito relleno de mermelada y un pepinillo envuelto en una página de tiras cómicas que McGee fue incapaz de identificar. No había salchichas. *Bowser* había dado cuenta de las salchichas del almuerzo de Coffey.

McGee entregó el paquete a uno de sus hombres sin quitarle los ojos de encima a Coffey. Estaba demasiado cerca del grandulón para permitirse desviar la atención de él un solo segundo. El almuerzo, envuelto y atado otra vez, acabó en la mochila de Bobo, donde llevaba comida para los perros (y seguramente algún anzuelo para pescar). No se presentó como prueba en el juicio, aunque se mostraron fotografías. Por rápida que fuera la justicia en aquel rincón del mundo, un sándwich de tocino y tomate se pudre más deprisa.

—¿Qué ha ocurrido, John Coffey? —preguntó McGee en voz baja y ansiosa—. ¿Quiere contármelo?

Entonces Coffey dijo a McGee y a los demás lo mismo que a mí, las mismas palabras que repitió el fiscal al terminar su alegato en el juicio:

—No pude evitarlo —susurró, con las niñas violadas y asesinadas desnudas entre sus brazos, mientras las lágrimas se deslizaban por sus mejillas—. Lo intenté, pero era demasiado tarde.

—Queda arrestado por asesinato —dijo el agente McGee, y a continuación escupió en la cara del negro.

El jurado deliberó apenas cuarenta y cinco minutos. El tiempo suficiente para almorzar. Me pregunto si tuvieron estómago para hacerlo.

5

Como supondrán, no descubrí todo aquello durante una única y calurosa tarde de octubre en la sofocante biblioteca de la prisión, leyendo una pila de periódicos guardados en una caja de naranjas, pero aquel día averigüé lo suficiente para pasar la noche prácticamente en vela. Cuando mi esposa se levantó a las dos de la madrugada y me encontró sentado en la cocina, bebiendo leche y haciéndome un cigarro, me preguntó qué me pasaba y le conté una de las poquísimas mentiras que le diría en cuarenta y tres años de matrimonio. Dije que había tenido otra discusión con Percy Wetmore. Era cierto, por supuesto, pero no estaba allí sentado tan tarde por ese motivo. Por lo general, era capaz de dejar los problemas con Percy Wetmore en el despacho.

–Bueno, olvida a esa manzana podrida y vuelve a la cama –dijo–. Tengo algo que te ayudará a dormir, y si lo quieres es todo tuyo.

–Suena bien –dije–, pero será mejor que lo dejemos. Tengo una infección ahí abajo y prefiero no contagiártela.

–¿Ahí abajo? –arqueó una ceja–. Supongo que te habrás topado con la puta equivocada la última vez que estuviste en Baton Rouge.

Yo nunca había estado en Baton Rouge y jamás había tocado a una puta, y ambos lo sabíamos.

–No es más que una infección urinaria –expliqué–. Mi madre decía que los hombres la contraen por orinar cuando sopla viento del norte.

–Tu madre también solía quedarse todo el día encerrada si volcaba un poco de sal –recordó mi esposa–. El doctor Sadler...

–De eso nada –la atajé, levantando la mano–. Querrá que tome sulfamidas y me pasaré la semana vomitando en todos los rincones del despacho. Ya se pasará. Pero mientras tanto, creo que será mejor que Caperucita y el Lobo no salgan a jugar al bosque.

Me besó en la frente, justo encima de la ceja izquierda, cosa que siempre me ponía la piel de gallina, y Janice lo sabía.

–Pobrecito. Como si no tuvieras bastante con lo de Percy Wetmore. Ven pronto a la cama.

Lo hice, pero antes salí al patio trasero a vaciar la vejiga (no sin comprobar la dirección del viento mojando el pulgar con saliva. Rara vez olvidamos lo que nuestros padres nos enseñan de pequeños, por estúpido que sea). Orinar al aire libre es uno de los placeres del campo que siempre olvidan mencionar los poetas, aunque puedo asegurarles que aquella noche no fue ningún placer. La orina me quemaba como una brasa ardiente. Sin embargo, tenía la impresión de que por la tarde había sido más doloroso, y sabía que un par de días antes había sido aún peor. Tenía la esperanza de que tal vez estuviera empezando a curarme, aunque nunca tuve una esperanza menos fundada. Nadie me había dicho que en ocasiones una bacteria atrapada en aquel sitio húmedo y cálido se toma un día o dos de descanso antes de atacar con mayor ferocidad. Me habría sorprendido que me lo dijeran. Y me habría sorprendido aún más que me dijeran que quince o veinte años más tarde habría unas pastillas que curaban aquella clase de infección en tiempo récord y que aunque esas pastillas provocaran náuseas o diarrea, casi nunca lo hacían vomitar a uno como las pastillas de sulfamida del doctor Sadler. En 1932 uno no podía hacer mucho más que esperar e intentar olvidar la sensación de que alguien te había echado gasolina dentro del pito y luego había encendido un cerillo.

Terminé la leche, volví a la habitación y por fin conseguí dormir. Soñé con niñas de sonrisa tímida y cabello ensangrentado.

6

A la mañana siguiente había una nota en mi escritorio pidiéndome que pasara por la oficina del alcaide lo antes posible. Sabía de qué se trataba –había reglas tácitas pero importantes, y el día anterior las había pasado por alto–, de modo que pospuse la visita todo lo que pude. Como acudir al médico para solucionar mi problema de vejiga, supongo. Siempre he creído que la filosofía del «cuanto antes, mejor» está sobrevalorada.

La cuestión es que no me di ninguna prisa para ir a ver al alcaide Moores. Me quité la chamarra de lana del uniforme, la colgué en el respaldo de la silla y encendí el ventilador. Era otro día caluroso. Luego me senté y estudié el informe nocturno de Brutus Howell. No había motivo para alarmarse. Delacroix había llorado un rato, como hacía casi todas las noches, aunque estoy seguro de que más por sí mismo que por la gente que había quemado viva, y luego había sacado a *Cascabel*, el ratón, de la caja de puros donde pasaba la noche. Eso lo había calmado, y había dormido como un niño el resto de la noche. *Cascabel* seguramente la habría pasado sentado sobre el estómago de Delacroix, con la cola enrollada y los ojos muy abiertos. Era como si Dios hubiera decidido que Delacroix necesitaba un ángel de la guarda, aunque, en su infinita sabiduría, había considerado que sólo un ratón podía cumplir esa función con una rata como nuestro homicida de Louisiana. Naturalmente, nada de aquello aparecía en el informe de Bruto, pero yo había hecho suficientes turnos de noche para llenar los espacios entre líneas. Había una nota breve sobre Coffey: «Permaneció despierto, callado, aunque puede que haya llorado un poco. Intenté entablar conversación, pero después de recibir unos cuantos gruñidos por respuesta, me di por vencido. Quizá Paul o Harry tengan más suerte.»

En realidad, «entablar conversación» era nuestra principal misión. Entonces no lo sabía, pero ahora que lo veo desde la perspectiva de esta extraña vejez (supongo que la vejez siempre parece extraña a quien tiene que sufrirla) comprendo que era así, y también comprendo por qué no me daba cuenta de ello entonces: era demasiado importante para nosotros, tan vital como respirar. No era preciso que los guardias temporales supieran «entablar conversación», pero era fundamental para mí y para Harry, Bruto, Dean... Por eso Percy Wetmore era un desastre. Los presos lo detestaban, los guardias lo detestaban... Creo que todo el mundo lo odiaba excepto sus contactos políticos y, quizá, su madre. Era como una dosis de arsénico espolvoreado sobre un pastel de bodas, y supe desde el principio que causaría problemas. Percy era un accidente que espera el momento oportuno para producirse.

En aquel tiempo el resto de nosotros nos habríamos reído de la idea de que más que carceleros éramos psiquiatras de los condenados. Una parte de mí todavía se ríe de esa idea, pero entonces sabíamos que debíamos entablar conversación y que sin ella la mayoría de los hombres que tenían que sentarse en la silla acababan volviéndose locos.

Apunté la sugerencia de hablar con John Coffey –o al menos intentarlo– al pie del informe de Bruto, y luego leí una nota de Curtis Anderson, el ayudante del alcaide. Decía que muy pronto llegaría la FDE de Edward Delacroix (Anderson se equivocaba: el nombre del condenado era Eduard Delacroix). Las siglas FDE significaban «fecha de ejecución» y, según aquella nota, el pequeño francés recorrería el pasillo de la muerte antes de Halloween. Anderson calculaba que el 27 de octubre, y sus cálculos casi siempre eran exactos. Pero antes de aquello recibiríamos a un nuevo residente, llamado William Wharton. «Es lo que llamarías un niño travieso –había escrito Curtis con su letra inclinada hacia la izquierda y algo remilgada–. Salvaje y orgulloso de serlo. Ha vagado por todo el estado durante el último año y por fin la ha hecho gorda: mató a tres personas en un atraco a mano armada (una de ellas una mujer embarazada) y a una cuarta mientras huía (un agente del estado). Lo único que le faltó fue echarse a una monja y a un ciego.» Sonreí al leer eso último. «Wharton tiene diecinueve años y lleva tatuado "Billy the Kid" en el antebrazo izquierdo. Creo, o mejor dicho, estoy seguro de que tendrás que azotarlo un par de veces, pero ten cuidado al hacerlo. Al tipo no le importa nada.» Había subrayado la última frase y finalmente concluía: «Además, es probable que consiga un indulto. Ha interpuesto una apelación y tiene a su favor que es menor de edad.»

De modo que un muchacho salvaje que esperaba una apelación iba a pasar una temporada con nosotros. Genial. De repente el día me pareció más caluroso y no pude seguir postergando la visita al alcaide Moores.

Durante mis años de carcelero en Cold Mountain estuve a las órdenes de tres alcaides, y Hal Moores fue el mejor. Con mucho. Honrado, directo, carecía del rudimentario ingenio de Curtis Anderson, pero tenía la suficiente habilidad política para mantener su cargo durante aquellos años nefastos y la integridad necesaria para no dejarse seducir por los trapicheos. No ascendería de rango, pero no parecía importarle. En aquel entonces tendría cincuenta y ocho o cincuenta y nueve años y una cara de sabueso llena de arrugas con la que Bobo Marchant seguramente se habría sentido familiarizado. Tenía el cabello blanco y las manos temblorosas como si hubiera sufrido alguna clase de parálisis, pero era un tipo fuerte. Un año antes, cuando un recluso lo había atacado con una astilla arrancada de una caja, Moores había mantenido la calma, había sujetado al rebelde por la muñeca y se la había retorcido con tal fuerza que los huesos crujieron como unas ramitas que crepitan en el fuego. El recluso se había arrodillado y había empezado a llamar a su madre.

–No soy tu madre –le había dicho Moores–, pero si

lo fuera, me recogería la falda, te mostraría el agujero por donde te parí y te orinaría encima.

Cuando entré en su despacho, hizo ademán de levantarse, pero le indiqué con un gesto que siguiera sentado. Tomé asiento frente a él y lo primero que hice fue preguntarle por su esposa. Aunque en nuestra tierra, esas cosas se preguntan de otro modo:

–¿Cómo está su preciosa chica? –dije, como si Melinda tuviera diecisiete veranos en lugar de sesenta y dos o sesenta y tres.

Mi preocupación era sincera, pues su esposa era la clase de mujer a la que podría haber amado y con la que podría haberme casado si nuestros caminos se hubieran cruzado, pero tampoco me importaba distraerlo del verdadero motivo de mi visita.

Moores suspiró.

–No muy bien, Paul. No muy bien.

–¿Más dolores de cabeza?

–Esta semana sólo ha padecido uno, pero fue el peor de su vida. La tuvo en cama casi todo el día. Y ahora siente una extraña debilidad en la mano derecha –levantó su propia diestra, salpicada de manchas seniles. Ambos la miramos temblar unos segundos sobre el escritorio; luego la bajó.

Sé que habría dado cualquier cosa por no tener que contarme aquello, y yo habría dado cualquier cosa por no tener que oírlo. Los dolores de cabeza de Melinda habían empezado en la primavera y durante todo el verano el médico había insistido en que eran «migrañas nerviosas», quizá provocadas por el inminente retiro de Hal. Pero lo cierto era que ambos esperaban con impaciencia la jubilación de Moores y mi esposa me había dicho que las migrañas eran un trastorno propio de los jóvenes y que con la edad no solían empeorar sino mejorar. Y ahora esa debilidad en la mano. A mí no me parecía que aquello tuviese que ver con los nervios. Más bien tenía la impresión de que se trataba de una maldita apoplejía.

—El doctor Haverstrom quiere ingresarla en el hospital de Indianola —continuó Moores—. Para hacerle algunas pruebas. Radiografías de la cabeza y vaya a saber qué más. Está aterrorizada. —Hizo una pausa y añadió—: Para serte franco, yo también.

—Ya, pero encárguese de que lo haga —dije—. No espere. Si es algo que puede ver en la radiografía, tal vez también puedan curarlo.

—Sí —asintió, y luego, sólo por un instante (el único que recuerdo en nuestra conversación) nuestras miradas se encontraron y se produjo esa clase de perfecto entendimiento que no necesita palabras.

Podía ser una apoplejía, es cierto, pero también un cáncer de cerebro, y en tal caso los médicos de Indianola no podrían hacer prácticamente nada. Recuerden que todo esto sucedió en 1932, cuando algo tan sencillo como una infección de orina se trataba con sulfamidas o había que resignarse a sufrir y esperar.

—Agradezco tu interés, Paul. Pero ahora hablemos de Percy Wetmore.

Gruñí y me cubrí los ojos con las manos.

—Esta mañana recibí una llamada de la capital del estado —prosiguió el alcaide con serenidad—. Como imaginarás, estaban furiosos. Paul, el gobernador está tan casado con su esposa que es como si no tuviese voluntad propia… No sé si me explico. Su mujer tiene un hermano que a su vez tiene un hijo. Y ese hijo es Percy Wetmore. Anoche Percy llamó a su padre y su padre llamó a su hermana. ¿Tengo que contarte el resto?

—No —dije—. Percy me acusó. Igual que el mariquita de la clase que le cuenta a la maestra que vio a un niño y una niña besándose en el baño.

—Sí —respondió Moores—. Algo así.

–¿Recuerda lo que pasó cuando ingresó Delacroix? –pregunté–. Percy y su maldita macana.

–Sí, pero…

–Y sabe bien que de vez en cuando la mete entre los barrotes, sólo por diversión. Es cruel y estúpido. No sé cuánto tiempo más podré soportarlo. Lo digo de verdad.

Nos conocíamos desde hacía cinco años, un tiempo más que suficiente para dos hombres que se llevan bien, sobre todo cuando su trabajo consiste en hacer un trueque entre la vida y la muerte. Con esto quiero decir que Moores me entendía. No es que fuera a dejar mi puesto, sobre todo entonces que la Depresión merodeaba alrededor de los muros de la cárcel como un criminal peligroso, como un delincuente que no podíamos enjaular junto con los demás. Hombres mejores que yo estaban en la calle o haciendo chambitas. Yo tenía suerte y lo sabía. Hacía dos años que me había desembarazado de mis hijos, ya mayores, y de la losa de doscientos dólares mensuales de la hipoteca. Pero un hombre necesita comer y su esposa también. Además, estábamos acostumbrados a enviar a nuestra hija y a nuestro yerno veinte dólares siempre que podíamos permitírnoslo (y a veces, si las cartas de Jane parecían desesperadas, también cuando no podíamos). Mi hija era profesora de un instituto en paro y en aquellos días eso era motivo más que suficiente para estar desesperada. Por lo tanto, uno no dejaba un empleo fijo como el mío, por lo menos si sabía mantener la sangre fría. Pero aquel otoño yo no tenía sangre fría. La temperatura era totalmente inadecuada para la época del año y la infección que asolaba mis entrañas había subido aún más el termostato. Y cuando un hombre se encuentra en una situación semejante… bueno, siempre cabe la posibilidad de que sus puños piensen por él. Pero si uno le daba un puñetazo a un tipo como Percy Wetmore, más valía seguir golpeando, porque no había forma de rectificar.

—Resiste —dijo Moores en voz baja—. Te llamé principalmente para decirte eso. Sé de buena fuente, de cho por la misma persona que me telefoneó esta mañana, que Percy presentó una solicitud para ingresar a Briar. Y lo aceptarán.

—Briar —repetí. Se refería a Briar Ridge, uno de los dos hospitales del estado, ambos nidos de víboras—. ¿Cómo se las arregla ese tipo? ¿Piensa pasearse por todas las instituciones del estado?

—Es un trabajo administrativo. Tendrá un sueldo mejor y trabajará con papeles, en lugar de tener que levantar camas en un día caluroso —Moores sonrió con malicia—. ¿Sabes, Paul? Podrías haberte librado de él si no lo hubieras mandado a la sala de los interruptores con Van Hay cuando pasearon al Cacique.

Sus palabras me sonaron tan extrañas que no entendí adónde quería llegar. Quizá no quería entenderlo.

—¿Dónde quería que lo mandase? —pregunté—. ¡Demonios! El tipo no sabe qué hacer en el bloque. Integrarlo en la plantilla de ejecuciones… —me detuve a mitad de la frase. No podía terminar. Las posibilidades de que fastidiara aún más las cosas parecían infinitas.

—De todos modos, harás bien en mandarlo allí para la ejecución de Delacroix. Eso si quieres librarte de él, claro está.

Lo miré boquiabierto. Por fin comprendí adónde quería ir a parar y logré articular:

—¿Qué dice usted? ¿Que quiere estar lo bastante cerca para oler cómo se fríen los huevos del tipo?

Moores se encogió de hombros. Sus ojos, que parecían tan dulces cuando hablaba de su esposa, cobraron una expresión cruel.

—Los huevos de Delacroix se freirán tanto si Wetmore está en la plantilla como si no —dijo—. ¿No es así?

—Sí, pero podría arruinarlo. De hecho, Hal, es muy

probable que lo arruine. Y delante de treinta testigos, un montón de periodistas venidos de Louisiana…

–Tú y Brutus Howell se asegurarán de que no la cague –dijo Moores–. Y si lo hace, aparecerá en su informe y seguirá allí mucho después de que pierda sus contactos políticos. ¿Lo entiendes?

Lo entendía. La idea me aterraba y me producía náuseas, pero lo entendía.

–Quizá quiera estar presente en la ejecución de Coffey –añadió Moores–, pero si la suerte nos sonríe tendrá suficiente con la de Delacroix. Asegúrate de que esté presente.

Había planeado poner a Percy en la sala de los interruptores otra vez y luego mandarlo a vigilar la camilla que llevaría a Delacroix a la carroza fúnebre, al otro lado de la calle de la prisión, pero cambié de planes sin pensármelo dos veces. Asentí con un gesto. Tenía la impresión de que estaba corriendo un riesgo considerable, pero no me importaba. Con tal de librarme de Percy era capaz de desafiar al mismísimo diablo. Lo dejaría participar en la ejecución, ponerle el casquete al condenado e indicarle a Van Hay que le diera al interruptor; podría contemplar al pequeño francés sufriendo la descarga que él mismo, Percy Wetmore, había preparado en persona. Que tuviera su asquerosa diversión, si eso era lo que significaba para él un asesinato impuesto por el estado. Y que luego se marchara a Briar Ridge, donde tendría su propio despacho y un ventilador para refrescarse. Y si su tío perdía su cargo en las próximas elecciones y Percy debía descubrir qué significaba trabajar en el mundo exterior, donde no todos los tipos malos son encerrados detrás de los barrotes de una celda y donde de vez en cuando hay que agachar la cabeza, tanto mejor.

–De acuerdo –dije al tiempo que me ponía de pie–. Lo dejaré a cargo de la ejecución de Delacroix y mientras tanto intentaré mantener la paz.

–Bien –respondió Hal, y también se incorporó–. A propósito, ¿cómo va tu problema? –añadió señalando mi entrepierna con delicadeza.

–Un poco mejor.

–Me alegro. –Me acompañó hasta la puerta–. ¿Y qué me dices de Coffey? ¿Crees que nos dará problemas?

–No lo creo –respondí–. Hasta el momento ha permanecido más quieto que un gallo muerto. Es raro, tiene unos ojos extraños, pero parece tranquilo. No se preocupe por él.

–Naturalmente estás al corriente de lo que hizo.

–Por supuesto.

Ya estábamos en la oficina contigua, donde la vieja Miss Hannah aporreaba la máquina de escribir, como venía haciendo desde el final de la era glacial. Me alegré de irme. Después de todo, la había librado. Y era agradable saber que tenía posibilidades de sobrevivir a Percy.

–Dele recuerdos a Melinda –dije–. Y no se atormente. Es muy probable que no tenga nada más que migrañas.

–Ojalá –dijo y sus labios esbozaron una sonrisa al tiempo que me dirigía una mirada temerosa. La combinación de las dos expresiones resultaba truculenta.

Regresé al bloque E a comenzar una nueva jornada. Había que leer y escribir papeles, limpiar suelos, servir comidas, preparar las actividades para la semana siguiente... organizar centenares de cosas. Pero sobre todo había que esperar. En las prisiones ésa es la actividad fundamental. Esperar a que Eduard Delacroix recorriera el pasillo de la muerte, esperar la llegada de William Wharton con su mueca de odio y su tatuaje de «Billy the Kid» y, especialmente, esperar a que Percy Wetmore desapareciera de mi vida.

El ratón de Delacroix era uno de los grandes misterios de la vida. Antes de aquel verano, nunca había visto ninguno en el bloque E y jamás volví a ver uno después de aquel otoño, cuando Delacroix abandonó el mundo en una cálida y tormentosa noche de octubre. Lo hizo de una forma tan indescriptible que casi no me atrevo a recordar la escena. Delacroix afirmaba que había amaestrado a su ratón –que comenzó su vida entre nosotros como «*Willie,* el del barco de vapor»– pero yo creo que era al revés. Dean Stanton y Bruto estaban de acuerdo conmigo. Ambos se encontraban allí la noche en que apareció el ratón y, como decía Bruto: «Ese bicho ya estaba medio domesticado y era mucho más listo que el francés que se creía su dueño.»

Dean y yo nos hallábamos en mi despacho revisando el archivo del año anterior y preparándonos para escribir cartas de seguimiento a los testigos de cinco ejecuciones y luego cartas de seguimiento a las cartas de seguimiento, hasta sumar un total de veintinueve. Lo que queríamos saber, fundamentalmente, era si estaban satisfechos con el servicio. Sé que suena morboso, pero era un punto importante. En su calidad de contribuyentes, eran nuestros clientes, al margen de las características peculiares del servicio. Un hombre o una mujer que acuden a una ejecución a medianoche tienen que tener una razón importante para estar allí, una necesidad especial, y para que la ejecución sirva de algo esa necesidad debe ser satisfecha. Habían vivido una pesadilla, y el objeto de la ejecución era demostrarles que la pesadilla había terminado. Quizá diese resultado; al menos en ciertos casos.

–¡Eh! –gritó Bruto desde el otro lado de la puerta, sentado tras el escritorio de guardia–. ¡Eh, ustedes! ¡Vengan aquí!

Dean y yo nos miramos con idéntica expresión de alarma, pensando que tal vez les hubiera ocurrido algo al indio de Oklahoma (se llamaba Arlen Bitterbuck, pero nosotros lo llamábamos el Cacique, y Harry Terwilliger Jefe Queso de Cabra, porque aseguraba que olía a algo semejante) o al tipo que llamábamos el Presidente. Pero de repente Bruto se echó a reír y los dos corrimos a ver qué pasaba. Reírse en el bloque E era casi tan irreverente como reír en misa.

El viejo Tuu Tuu, el preso de confianza que en aquel entonces llevaba el carrito de la comida, había pasado con su surtido de delicias y Bruto había acumulado provisiones para la noche: tres sándwiches, dos refrescos y un par de empanadas. También había una ensalada de papas, indudablemente robada de la cocina de la prisión, a la que se suponía que Tuu no tenía acceso. El registro del día estaba abierto sobre la mesa y era un milagro que Bruto todavía no lo hubiese manchado. Claro que acababa de empezar a comer.

–¿Qué? –preguntó Dean–. ¿Qué pasa?

–Parece que este año el estado no repara en gastos y ha contratado a un nuevo carcelero –dijo Bruto sin dejar de reír–. Miren eso.

Señaló al ratón. Yo también reí, y Dean me imitó. Era inevitable, porque aquel ratón tenía exactamente el mismo aspecto de un guardia que hace su ronda cada quince minutos: un diminuto guardia peludo que se aseguraba de que nadie intentara escapar o suicidarse. Corría por el pasillo de la muerte en dirección a nosotros, se detenía por un instante y volvía la cabeza a uno y otro lado como si controlase las celdas. Luego avanzaba otro trecho y repetía la operación. Los ronquidos de los presos, que dormían profundamente a pesar de nuestras carcajadas, hacían que la situación pareciera aún más cómica.

Era un ratoncillo café perfectamente vulgar, excepto por su forma de vigilar las celdas. Incluso se escabulló dentro de un par de ellas con una habilidad que seguramente envidiarían los condenados pasados y presentes. Claro que a los presidiarios les interesaría salir, en lugar de entrar.

El ratón no entró en ninguna de las dos celdas ocupadas, sólo en las vacías, y por fin llegó muy cerca de nosotros. Yo esperaba que se regresara, pero no lo hizo. No parecía temernos en absoluto.

–No es normal que un ratón se acerque a la gente de ese modo –observó Dean con cierto nerviosismo–. Quizá tenga rabia.

–¡Vaya! –exclamó Bruto masticando un sándwich de carne enlatada–. El gran experto en ratones. El Maestro de los Ratones. ¿Acaso ves que le salga espuma de la boca?

–Ni siquiera le veo la boca –respondió Dean, y volvimos a reír.

Yo tampoco podía verle la boca, pero sí las pequeñas cuentas oscuras de los ojos, que no parecían enajenados ni rabiosos. De hecho, el ratón tenía una mirada curiosa e inteligente. He acompañado a la muerte a hombres que, a pesar de su alma supuestamente inmortal, eran más tontos que aquel ratón.

El ratón avanzó por el pasillo y se detuvo a menos de un metro de distancia del escritorio de guardia, que no era un mueble bonito, como quizá imaginen, sino una mesa similar a las que usaban los profesores de la escuela local. Al llegar a aquel punto se sentó con la cola enroscada entre las patas, tan elegante como una anciana que se acomoda la falda.

De repente dejé de reír y sentí que un frío extraño me calaba los huesos. Me gustaría decir que no sé por qué tuve esa sensación –a nadie le gusta explicar algo que hace que se sienta o parezca ridículo–, pero lo sé, y si estoy dispuesto a contar la verdad sobre el resto de los acontecimientos supongo que también puedo confesar esto. Por un instante imaginé que era ese ratón, no un guardia sino un vulgar convicto del pasillo de la muerte, convicto y condenado pero aun así capaz de mirar con valentía el escritorio que parecía estar a kilómetros de distancia (como sin duda veremos el trono de Dios en el momento del juicio final) y a los gigantes de voces graves y uniforme azul sentados al otro lado. Gigantes que disparaban a los de su especie con pistolas, les pegaban escobazos o les tendían trampas para romperles el pescuezo mientras ellos trepaban cuidadosamente a mordisquear el queso dejado como señuelo sobre la pequeña placa de cobre.

Junto al escritorio de recepción no había ninguna escoba, pero sí una cubeta y un trapeador. Yo me había ocupado de fregar el suelo verde de linóleo y las seis celdas antes de sentarme con Dean delante de los archivos. Noté que Dean estaba a punto de echar mano del trapeador y lo agarré de la muñeca justo cuando sus dedos rozaban el delgado mango de madera.

—Déjalo en paz —dije.

Dean se encogió de hombros y retiró la mano. Tuve la sensación de que tenía tan pocas ganas de espantar al ratón como yo.

Bruto partió un trozo pequeño de su sándwich de carne, lo tomó delicadamente entre dos dedos y lo tendió delante del escritorio. El ratón miró hacia arriba con mayor interés, como si supiera exactamente de qué se trataba. Quizá lo supiera, pues lo vi mover los bigotes y arrugar el hocico.

—¡No, Bruto! —exclamó Dean y se volvió hacia mí—. No dejes que haga eso, Paul. Si alimenta a ese maldito bicho acabaremos tendiéndole una alfombra a cualquier ser de cuatro patas.

—Sólo quiero ver qué hace —explicó Bruto—. Simple interés científico.

Me miró. Después de todo yo era el jefe, incluso cuando se trataba de resolver pequeñas desviaciones de la rutina como aquélla. Reflexioné por un instante y me encogí de hombros, como si me diera igual una cosa que otra. La verdad es que yo también sentía cierta curiosidad por ver qué hacía el ratón.

Desde luego, se lo comió. Después de todo, estábamos en los tiempos de la Depresión. Pero la *forma* en que lo hizo fue lo que más nos llamó la atención. Se aproximó al trozo de sándwich, lo olfateó y luego se levantó en dos patas igual que un perro amaestrado, lo tomó y separó el pan para comerse la carne. Todo con los modales pausados y precisos de un hombre que da cuenta de un buen plato de carne asada en su restaurante favorito. Pero no nos quitó la vista de encima mientras comía.

—O es muy listo o está muerto de hambre —dijo una voz nueva. Era Bitterbuck. Había despertado y estaba junto a los barrotes de la celda, vestido únicamente con un par de calzoncillos anchos.

Tenía un cigarro en la mano derecha, entre los nudillos de los dedos índice y medio, y el pelo gris acerado le caía sobre los hombros —antaño quizá musculosos, pero ahora bastante fláccidos— en un par de trenzas.

—¿Conoces algún sabio proverbio indio sobre los ratones, Cacique? —preguntó Bruto mirando comer al ratón.

Todos estábamos fascinados por la forma en que el animalito sostenía el trozo de carne enlatada entre las patas delanteras. De vez en cuando lo hacía girar o se detenía a contemplarlo como si lo admirase.

—No —respondió Bitterbuck—. Una vez conocí a un guerrero con un par de guantes que según él eran de piel de ratón, pero no me lo creí —rio, como si hubiera contado un chiste, y se apartó de los barrotes. Oímos el crujido de la cama cuando volvió a tenderse.

Aquel sonido fue como una señal para que el ratón

se marchara. Terminó de comer el trozo de carne que tenía entre las patas, olfateó lo que quedaba (en su mayor parte pan empapado en mostaza) y volvió a mirarnos, como si quisiera recordar nuestras caras por si se volvía a topar con nosotros. Luego dio media vuelta y corrió por donde había venido, esta vez sin detenerse a controlar las celdas. Su prisa me recordó al conejo blanco de *Alicia en el país de las maravillas*, y sonreí. No se detuvo en la puerta de la celda de seguridad, pero desapareció por debajo de ella. La celda de seguridad tenía paredes acolchadas para la gente con la cabeza blanda. Cuando no la usábamos, guardábamos allí los utensilios de limpieza y algunos libros (casi todas novelas del Oeste de Clarence Mulford, pero también una historieta de Popeye –que sólo tomábamos en ocasiones especiales– donde el propio Popeye, Bruto, e incluso Wimpy, el fanático de las hamburguesas, se turnaban para besuquear a Olivia). También había material de artes, incluidos los crayones que más tarde usaría Delacroix. No es que entonces el tipo fuese un problema; recuerden que todo esto sucedió antes.

Además, en la celda de seguridad había una camisa que nadie quería usar: blanca, confeccionada en lona blanca reforzada y con botones, presillas y hebillas en la espalda. Todos sabíamos cómo inmovilizar en un santiamén con aquella camisa a un muchacho travieso. Nuestros muchachos descarriados no solían ponerse violentos, pero cuando lo hacían, no esperábamos que la situación mejorara por sí sola.

Bruto abrió el cajón del escritorio y sacó el libro encuadernado en cuero con la palabra VISITAS grabada en letras doradas en la tapa. Por lo general, aquel libro permanecía meses enteros dentro del cajón. Cuando un prisionero tenía visita –a menos que fuera su abogado o el sacerdote– se lo llevaba a una sala reservada para ese uso. La llamábamos la Galería, aunque no sé por qué.

—¿Qué demonios haces? —preguntó Dean Stanton, mirando por encima de sus anteojos cómo Bruto abría el libro y lo hojeaba, pasando las visitas de presos que ya habían muerto.

—Cumplir con la ordenanza número diecinueve —respondió Bruto, buscando la página correspondiente a la fecha del día.

Tomó un lápiz, chupó la punta —una desagradable costumbre que se resistía a abandonar— y se preparó para escribir. La ordenanza diecinueve decía exactamente: «Todo visitante del bloque E debe llevar un pase y su presencia debe quedar registrada sin excepciones.»

—Se ha vuelto loco —dijo Dean volviéndose hacia mí.

—No nos enseñó el pase, pero por esta vez lo dejaré pasar —dijo Bruto. Volvió a chupar la punta del lápiz y escribió 21:49 en la columna correspondiente a «Hora de entrada».

—Desde luego —dije—. Seguro que los jefes hacen una excepción con los ratones.

—Claro que sí —asintió Bruto—. No tiene bolsillos donde abrocharse el pase.

Volteó para mirar el reloj colgado en la pared, detrás del escritorio, y apuntó 22:10 en la columna de «Hora de salida». La casilla más grande entre los dos números rezaba «Nombre del visitante». Después de un instante de reflexión —quizá dedicado a resolver sus problemas con la ortografía, pues estoy seguro de que ya sabía qué debía escribir— Brutus Howell escribió «*Willie,* el del barco de vapor», que era el mote que todo el mundo daba a Mickey Mouse en aquellos días. Quizá se debiera al primer dibujo animado hablado del ratón, donde el animalito hacía girar los ojos, balanceaba las caderas y tiraba del cordón de la sirena en la timonera de un barco de vapor.

—Ya está —dijo Bruto cerrando el libro y guardándolo luego en el cajón—. Todo arreglado.

Yo reí, pero Dean, que se tomaba con seriedad incluso las bromas más evidentes, se limpiaba los anteojos con nerviosismo y expresión ceñuda.

—Si alguien ve eso, tendrás problemas. —Vaciló y añadió—: Sobre todo si lo ve la persona equivocada. —Volvió a vacilar, mirando alrededor como si temiera que las paredes tuvieran oídos, y concluyó—: Alguien como Percy *Lameculos* Wetmore.

—Bah —dijo Bruto—. El día que Percy Wetmore ponga sus asquerosas garras sobre esta mesa, renunciaré.

—No tendrás necesidad de hacerlo —señaló Dean—. Te correrán por hacer bromas en el libro de visitas en cuanto Percy se lo cuente a la persona indicada. Y lo hará. Sabes que lo hará.

Bruto lo fulminó con la mirada, pero no dijo nada. Supuse que esa misma noche borraría lo que había escrito. Y si no lo hacía él, lo haría yo.

La noche siguiente, después de acompañar a Bitterbuck y al Presidente al bloque D, donde bañábamos a nuestro grupo después de encerrar a los reclusos normales, Bruto me preguntó si debíamos buscar a *Willie* en la celda de seguridad.

—Creo que sí —dije.

La noche anterior nos habíamos divertido con el ratón, pero sabía que si Bruto y yo lo encontrábamos en la celda —sobre todo si descubríamos que había comenzado a abrir una ratonera en una de las paredes acolchadas— lo mataríamos. Mejor matar al pionero, por divertido que éste fuera, que tener que lidiar luego con sus seguidores. Y no necesito decirles que ninguno de los dos tendría demasiados escrúpulos a la hora de asesinar a un ratón. Al fin y al cabo, el gobierno nos pagaba para que matáramos ratas.

Pero aquella noche no encontramos a *Willie,* el del barco de vapor —más tarde conocido como *Cascabel*— ni en las paredes acolchadas ni detrás de ninguno de los trastos que sacamos al pasillo. De hecho, allí dentro había mucha más basura de la que yo esperaba, quizá porque hacía tiempo que no usábamos la celda. Eso cambiaría con la llegada de William Wharton, pero, naturalmente, entonces aún no lo sabíamos. Por suerte.

–¿Dónde se habrá metido? –preguntó Bruto al fin, secándose el sudor de la nuca con un pañuelo azul–. No hay agujeros, ni grietas... Está eso, por supuesto, pero...–señaló una rejilla en el suelo por donde podría haberse escabullido, pero debajo había una finísima tela metálica que no hubiera permitido el paso de una mosca–. ¿Cómo entró? Y ¿cómo salió?

–Ni idea –respondí.

–Porque entró aquí, ¿verdad? Los tres lo vimos.

–Sí, pasó por debajo de la puerta. Habrá tenido que encogerse un poco, pero lo hizo.

–¡Por el Altísimo! –exclamó Bruto, una expresión que sonaba extraña viniendo de un tipo tan alto como él–. Es una suerte que los presos no puedan encogerse de ese modo, ¿verdad?

–Ya lo creo –respondí, echando un último vistazo a las paredes acolchadas con la esperanza de encontrar un agujero, una grieta o algo por el estilo. No había nada semejante–. Bueno, vámonos.

Willie, el del barco de vapor, reapareció tres noches después, cuando Harry Terwilliger estaba en el escritorio de guardia. Percy también se encontraba de guardia y persiguió al ratón por todo el pasillo con el mismo trapeador que Dean había tenido intención de usar. El roedor lo esquivó con facilidad y se escabulló victorioso debajo de la puerta de la celda de seguridad. Maldiciendo a voz en cuello, Percy abrió la puerta y volvió a sacar todos los cacharros. Según dijo Harry, fue una escena aterradora y graciosa al mismo tiempo. Percy juraba que iba a atrapar al maldito ratón y a arrancarle de cuajo la asquerosa cabeza, pero no lo hizo, desde luego. Media hora más

78

tarde volvió a la mesa de guardia, sudoroso y desaliñado, con la camisa del uniforme fuera de los pantalones. Se apartó el pelo de los ojos y le dijo a Harry –que durante todo el incidente había permanecido leyendo tranquilamente– que iba a poner una protección de goma debajo de la puerta para solucionar el problema.

–Lo que te parezca mejor, Percy –respondió Harry, pasando la página de la novela que estaba leyendo. Supuso que Percy se olvidaría de cerrar el intersticio de debajo de la puerta, y tenía razón.

8

A finales del invierno, mucho después de estos episodios, Bruto vino a buscarme una noche en que estábamos los dos solos. El bloque E se hallaba temporalmente vacío y los demás guardias habían sido asignados a otras tareas. Percy ya se había marchado a Briar Ridge.

–Ven aquí –dijo Bruto con una voz tan chillona y graciosa que hizo que levantase la cabeza de inmediato. Aquella noche caía una fina nevada y yo, que acababa de llegar de la calle, estaba sacudiendo mi chamarra antes de colgarla.

–¿Algún problema? –pregunté.

–No –dijo–, pero he descubierto por dónde entraba y salía *Cascabel.* Me refiero al sitio por donde entró la primera vez, antes de que Delacroix lo adoptara. ¿Quieres verlo?

Por supuesto que quería. Lo seguí por el pasillo de la muerte hasta la celda de seguridad. Todos los utensilios que guardábamos allí estaban en el pasillo. Era obvio que Bruto había aprovechado la ausencia de huéspedes para hacer limpieza general. La puerta estaba abierta y vi la cubeta y el trapeador dentro. El suelo, del mismo y nauseabundo color verdoso del pasillo, se secaba por franjas. En medio de la habitación estaba la escalera que solíamos guardar en el almacén, que también era la última parada de los condenados. En el peldaño superior de la escalera había un tablón de madera, como el que usan los obreros para apoyar las herramientas o el bote de pintura mientras trabajan. En este caso, encima del tablón había una linterna, y Bruto me la pasó.

–Sube. Eres más bajo que yo, así que tendrás que llegar casi arriba del todo, pero yo te sujetaré las piernas.

–Tengo las piernas algo enclenques –dije mientras comenzaba a subir–. Sobre todo las rodillas.

–Lo tendré en cuenta.

–Bien –dije–, porque romperme la cadera sería un precio demasiado alto para descubrir la madriguera de un ratón.

–¿Qué?

–Olvídalo –mi cabeza rozaba la lámpara colgada en el centro del techo y sentía la escalera balancearse precariamente bajo mi peso. También oía rugir el viento invernal en el exterior del edificio–. No me sueltes.

–No te preocupes, te tengo –agarró mis pantorrillas con fuerza y subí otro escalón. Ahora mi cabeza estaba a menos de treinta centímetros del techo y veía las telarañas que un par de arañas laboriosas habían tejido en las juntas de las vigas. Apunté con la linterna, pero no vi nada que mereciera el riesgo que estaba corriendo.

–No, jefe –dijo Bruto–. Estás mirando demasiado lejos. Mira a la izquierda, en la unión de esas dos vigas. ¿La ves? Una está algo descolorida.

–Las veo.

–Apunta la luz a la junta.

Lo hice y de inmediato descubrí a qué se refería. Las vigas estaban sujetas con media docena de taquetes y faltaba uno que dejaba un agujero negro y circular del tamaño de una moneda de veinticinco centavos. Lo miré y luego volteé hacia Bruto con cuidado.

–El ratón era pequeño –dijo–, ¿pero tanto? Hombre, no lo creo.

–Se fue por ahí –dijo Bruto–. Está más claro que el agua.

–Yo no lo veo tan claro.

–Acércate y huele. No te preocupes, te tengo bien sujeto.

Obedecí. Me agarré de una de las vigas con la mano izquierda y me sentí mejor al hacerlo. El viento soplaba otra vez en el exterior y sentía una ráfaga de aire procedente del agujero. Podía oler el característico aroma de una noche de invierno en el Sur... pero también algo más. Olía a menta.

Recordé la voz quebrada de Delacroix diciendo «No deje que le pase nada a *Cascabel*». Aún podía oírla y sentir el calor del cuerpo del ratón mientras el francés me lo entregaba. Era sólo un ratón, más listo que la mayor parte de los miembros de su especie, pero un ratón de cabo a rabo. «No deje que ese maldito cerdo le haga daño a mi ratón», había dicho, y yo le había prometido que no lo permitiría, como siempre prometía a los condenados lo que querían cuando recorrer los pasillos de la muerte dejaba de ser un mito o una hipótesis para convertirse en una realidad ineludible. ¿Me pedían que enviara una carta a un hermano que no habían visto en veinte años? Lo prometía. ¿Me pedían que rezara quince avemarías por su alma? Lo prometía. ¿Me pedían que los dejara morir con el nombre espiritual y que grabara ese mismo nombre en sus tumbas? Lo prometía. Era la forma de que aceptaran recorrer el pasillo sin causar problemas, la forma de sentarlos en la silla situada al fondo sin que perdieran la razón. Naturalmente, no podía cumplir con todas las promesas, pero sí cumplí con la que le hice a Delacroix. El pobre había pagado su crimen con creces. El maldito cerdo no había vuelto a hacerle daño al ratón, pero se había desquitado a gusto con Delacroix. Sé muy bien lo que había hecho el francés, pero nadie merece lo que le pasó a Eduard Delacroix cuando se sentó en el feroz regazo de la Freidora.

En aquel agujero olía a menta. A menta y a algo más.

Extraje una pluma del bolsillo de mi chaqueta con la mano derecha, sin dejar de sujetarme a la viga con la izquierda y olvidando las cosquillas que Bruto me hacía involuntariamente en mis sensibles rodillas. Le quité el capuchón a la pluma con una sola mano, luego metí la punta en el orificio y saqué algo. Era una pequeña astilla de madera pintada de color amarillo chillón. Entonces volví a oír la voz de Delacroix, esta vez con tanta claridad como si el francés estuviera con nosotros en la celda, la misma celda donde William Wharton había pasado tanto tiempo.

«¡Eh, muchachos! –dijo en esta ocasión la voz, la voz risueña y asombrada de un hombre que ha olvidado, al menos por un momento, dónde estaba y lo que le aguardaba–. Vengan a ver lo que es capaz de hacer *Cascabel*.»

–Cielos –murmuré. Me había quedado sin aliento.

–Has encontrado otra, ¿verdad? –preguntó Bruto–. Yo encontré tres o cuatro.

Bajé y proyecté la luz de la linterna sobre la mano grande y abierta del guardia. Me mostraba varias astillas de colores que parecían un juego de palitos chinos para enanos. Dos eran amarillas, como la que había encontrado yo, una verde y otra roja. No estaban pintadas sino coloreadas con crayones.

–¡Vaya, chico! –dije en voz baja y temblorosa–. ¿Qué hacían allí arriba?

–Cuando yo era pequeño, no era corpulento como ahora –dijo Bruto–. Crecí sobre todo entre los quince y los diecisiete años. Hasta entonces era un renacuajo. Y la primera vez que fui a la escuela me sentí pequeño como... bueno, como un ratón. Estaba asustadísimo. ¿Y sabes lo que hice?

Sacudí la cabeza. Fuera sopló otra racha de aire y en los ángulos formados por las vigas las telarañas se movieron suavemente, como si fueran hilos de encaje podrido. Nunca había estado en un sitio tan lúgubre, y en aquel momento, mirando las astillas del carrete que tantos problemas había causado, mi cabeza comprendió lo que el corazón me decía desde que John Coffey había recorrido el pasillo de la muerte: no podría seguir mucho tiempo en aquel empleo. Con Depresión o sin ella, no podría ver a muchos más hombres dirigirse desde mi despacho hacia la muerte.

–Le pedí un pañuelo a mi madre –continuó Bruto–. Así, cuando me sentía pequeño y asustado podía oler su perfume para no sentirme tan mal.

–¿Crees que ese ratón arrancó algunas astillas del carrete para recordar a Delacroix? ¿Acaso piensas que un ratón...?

Alzó la vista y por un instante me pareció ver lágrimas en sus ojos, aunque quizá fuese una ilusión óptica.

–No digo nada, Paul, pero las encontré allí arriba y olí a menta, igual que tú. Y no puedo seguir haciendo esto. No pienso seguir haciéndolo. Si veo a un solo hombre más en esa silla, me moriré. El lunes voy a pedir el traslado al correccional de menores. Si lo consigo, bien; si no, dimitiré y volveré a dedicarme a la agricultura.

–¿Alguna vez cultivaste algo más que piedras?

–No me importa.

–Ya lo sé –dije–. Creo que haré lo mismo que tú.

Me miró fijamente para asegurarse de que no le tomaba el pelo, y luego hizo un gesto afirmativo con la cabeza, como si la cuestión hubiera quedado zanjada. El viento volvió a soplar, esta vez con suficiente fuerza para hacer crujir las vigas, y ambos miramos con inquietud las paredes acolchadas. Creo que por un instante ambos pudimos oír a William Wharton –no Billy the Kid, sino el Salvaje Bill, como lo habíamos llamado desde el día en que entró en el bloque– gritando y riendo, diciéndonos que nos alegraríamos de librarnos de él, que nunca lo olvidaríamos. Y tenía razón.

Bruto y yo respetamos el acuerdo al que llegamos aquella noche en la celda de seguridad. Fue como un juramento solemne sobre las pequeñas astillas de colores. Ninguno de los dos volvió a participar en una ejecución. La de John Coffey fue la última.

SEGUNDA PARTE

UN RATÓN EN EL PASILLO

1

La residencia donde cruzo mi último ramillete de tes y punteo mis últimas y enrevesadas íes, se llama Georgia Pines. Está a unos setenta y cinco kilómetros de Atlanta y a unos doscientos años luz de la vida tal como la vive la mayoría de la gente; es decir, la gente que aún no ha cumplido los ochenta. Quienes lean esto tendrán que tomar precauciones para que no haya un sitio así esperándolos en el futuro. No es un lugar sórdido, al menos en líneas generales –hay televisión por cable y la comida es buena, aunque uno ya no pueda masticar gran cosa–, pero, a su manera, es una antesala de la muerte, igual que el bloque E de Cold Mountain.

Incluso hay un tipo que me recuerda a Percy Wetmore, que consiguió un puesto en el pasillo de la muerte sólo porque estaba emparentado con el gobernador del estado. Dudo que este tipo tenga parientes importantes, aunque se comporta como si los tuviera. Se llama Brad Dolan. Siempre está peinándose, igual que Percy, e invariablemente lleva algo para leer en el bolsillo trasero del pantalón. Percy leía revistas como *Argosy* y *Men's Adventure;* Brad lee libros de bolsillo con títulos como *Chistes rojos* o *Chistes morbosos.* Se pasa todo el tiempo preguntándole a la gente por qué el francés cruzó la calle, cuántos polacos se necesitan para cambiar un foco o cuántos empleados de servicios funerarios hay en un entierro en Harlem. Al igual que Percy, Brad es un idiota incapaz de encontrarle la gracia a algo que no sea mezquino.

El otro día, Brad dijo algo muy cierto, aunque yo no le doy demasiado crédito por ello. Como dice el proverbio, hasta un reloj de pie tiene razón dos veces al día.

–Es una suerte que no tengas el mal de Alzheimer, Paulie –me dijo.

Detesto que me llame Paulie, pero él insiste y ya he dejado de pedirle que no lo haga. Hay un par de dichos, no exactamente proverbios, que pueden aplicarse a Brad Dolan: uno es «puedes llevar a un caballo al agua, pero no puedes obligarlo a beber», y otro, «puedes vestirlo de gala, pero no por ello conseguirás que salga de fiesta». En su terquedad, Brad es igual que Percy.

Cuando hizo ese comentario estaba fregando el suelo de la terraza, donde he estado corrigiendo las páginas que ya he escrito. Son muchas y creo que habrá muchas más.

–¿Sabes qué es en realidad el mal de Alzheimer?

–No –respondí–, pero estoy seguro de que me lo dirás, Brad.

–Es el sida de los viejos –dijo, y soltó una carcajada, «Ja ja ja», como siempre que cuenta uno de sus estúpidos chistes.

Yo no reí, porque lo que dijo me tocó en lo más hondo. No es que tenga el mal de Alzheimer. Aunque en la hermosa Georgia Pines veo muchos casos, sólo sufro de las lagunas de memoria típicas de los viejos. El problema parece afectar más al *cuándo* que al *qué*. Releyendo lo que he escrito, se me ocurre que recuerdo todo lo que sucedió en 1932; es el orden de los acontecimientos lo que se confunde en mi cabeza. Sin embargo, con un poco de cuidado creo que puedo resolver incluso ese problema, al menos hasta cierto punto.

John Coffey llegó al bloque E, el pasillo de la muerte, en octubre de aquel año, condenado por la muerte de unas gemelas de nueve años de apellido Detterick. Ése es el acontecimiento fundamental, y si lo mantengo presente, me las arreglaré bastante bien. William Wharton, o el Salvaje Bill, entró después de Coffey, y Delacroix, antes. Y antes aún vino el ratón, a quien Brutus Howell –Bruto para los amigos– llamaba *Willie*, el del barco de vapor, y Delacroix bautizó con el nombre de *Cascabel*.

Comoquiera que se llamara, lo cierto es que el ratón apareció antes, incluso antes que Del. Todavía era verano cuando se dejó caer allí, y por entonces teníamos otros dos prisioneros en el pasillo de la muerte: el Cacique, Arlen Bitterbuck, y el Presi, Arthur Flanders.

El ratón; el maldito ratón. Delacroix lo adoraba, pero Percy Wetmore no. Percy lo odió desde el principio.

2

El ratón volvió unos tres días después de que Percy lo persiguiera por el pasillo de la muerte por primera vez. Dean Stanton y Bill Dodge discutían de política... lo que en aquellos días significaba que hablaban de Roosevelt y Hoover (Herbert, no J. Edgar). Comían galletas Ritz de una caja que Dean había comprado a Tuu Tuu una hora antes. Percy los escuchaba desde la puerta del despacho, mientras hacía prácticas con la macana que tanto le gustaba. La sacaba de aquella ridícula funda hecha a mano que vaya a saber dónde había conseguido, la arrojaba y la atajaba en el aire (al menos lo intentaba: de no ser por el lazo que la mantenía sujeta a su mano, la mayor parte de las veces habría acabado en el suelo) y volvía a enfundarla. Aquella noche yo no estaba de servicio, pero Dean me lo contó todo al día siguiente.

El ratón apareció en el pasillo de la muerte como

había hecho antes: avanzaba dando pequeños saltitos, se detenía y se volvía como si inspeccionase las celdas vacías. Al cabo de un rato, seguía avanzando, incansable, como si supiera que le esperaba un largo recorrido y estuviese dispuesto a hacerlo.

Esta vez el Presidente estaba despierto, de pie junto a la puerta de su celda. Aquel tipo era demasiado: se las arreglaba para parecer elegante incluso con el uniforme azul de presidiario. Todos sabíamos que con esa pinta no podía acabar en la Freidora, y teníamos razón, porque menos de una semana después de que el ratón apareciese por segunda vez, la sentencia se conmutó por cadena perpetua, y el Presi fue a reunirse con los presos corrientes.

–¡Eh! –llamó–. ¡Aquí hay un ratón! ¿Qué clase de pocilga es ésta?

Aunque reía, Dean dijo que parecía indignado, como si una sentencia de muerte no fuera suficiente para acallar al miembro del club Kiwani[1] que llevaba en su interior. Había sido coordinador regional de una organización llamada Asociación Inmobiliaria del Sur y se había creído lo bastante listo para salir impune después de arrojar al viejo chocho de su padre desde un tercer piso y cobrar una póliza vitalicia en concepto de indemnización. Se había equivocado, aunque no por mucho.

–Calla, *torpigante* –dijo Percy, aunque calificar así a la gente ya era un acto reflejo en él.

En realidad, estaba pendiente del ratón. Había enfundado la macana y sacado una de sus revistas, pero arrojó ésta sobre la mesa de entrada, volvió a desenfundar la macana y comenzó a golpearla contra los nudillos de su mano izquierda.

–Hijo de puta –dijo Bill Dodge–. Nunca había visto un ratón por aquí.

1. Prestigioso club internacional de profesionales. (*N. de la T.*)

–Es bastante simpático –señaló Dean–. Y no tiene miedo a nadie.

–¿Cómo lo sabes?

–Estuvo aquí la otra noche. Percy también lo vio. Bruto lo llama *Willie,* el del barco de vapor.

Percy dejó escapar una risita burlona, pero no dijo nada. Golpeaba la macana con más fuerza contra la palma de la mano.

–Mírenlo –añadió Dean–. El otro día llegó hasta el escritorio. Quiero ver si lo hace otra vez.

Lo hizo, apartándose del Presi al pasar, como si no le gustara cómo olía nuestro interno parricida. Inspeccionó dos de las celdas desocupadas, trepó incluso a dos de los camastros vacíos y sin colchón para olfatearlos, y volvió al pasillo de la muerte. Y todo el tiempo Percy siguió allí, dando golpes con la macana, callado para variar, ansioso por hacer que el ratón se arrepintiera de haber regresado. Impaciente por enseñarle una lección.

–Es una suerte que no tengan que sentarlo en la Freidora, muchachos –dijo Bill, interesado a su pesar–. Les costaría mucho trabajo abrocharle el casquete.

Percy permaneció callado, pero tomó la macana entre los dedos muy lentamente, como si se tratara de un puro.

El ratón se detuvo en el mismo sitio que la vez anterior, a menos de un metro de la mesa de entrada, y alzó la vista hacia Dean como un prisionero ante el juez. Miró a Bill por un instante y luego volvió a concentrar su atención en Dean. A Percy no pareció hacerle el menor caso.

–Hay que reconocer que el cabroncito es valiente –dijo Bill, y alzó un poco la voz–: ¡Eh, tú, *Willie,* el del barco de vapor!

El ratón se encogió un poco y movió las orejas, pero no huyó; ni siquiera demostró que tuviera intención de hacerlo.

–Ahora miren esto –dijo Dean, recordando que Bruto le había dado un trozo de su sándwich de carne–. No sé si volverá a hacerlo, pero...

Partió la galleta y arrojó un trozo al ratón. Por un par de segundos el animalito contempló el fragmento anaranjado con sus ojos negros e intensos, mientras lo olfateaba a distancia moviendo sus finísimos bigotes. Luego se acercó, tomó el trozo de galleta entre las patas delanteras, se sentó y comenzó a comer.

–¡Pero miren nada más! –exclamó Bill–. Come con los mismos modales que un párroco en la casa parroquial el sábado por la noche.

–A mí me recuerda más a un negro comiendo sandía –señaló Percy, aunque ninguno de los dos guardias le prestó atención. En realidad, el Cacique y el Presi tampoco lo hicieron.

El ratón terminó la galleta, pero siguió sentado, aparentemente equilibrado sobre la ingeniosa espiral de su rabo, mirando a los gigantes vestidos de azul.

–Déjenme intentar –dijo Bill. Rompió otro trozo de galleta, se inclinó por encima del escritorio y lo dejó caer con cuidado. El ratón lo olfateó, pero no lo tocó.

–Vaya –dijo Bill–. Debe de estar lleno.

–No –intervino Dean–. Sabe que eres uno de los guardias temporales, eso es todo.

–¿Temporal yo? ¡Vaya! ¡Llevo tanto tiempo aquí como Harry Terwilliger! ¡O quizá más!

–Tranquilízate, veterano, tranquilízate –dijo Dean con una sonrisa–. Pero mira y comprobarás que tengo razón.

Arrojó otro trozo de galleta por el costado y el ratón comenzó a comer otra vez, sin hacer el menor caso a lo que Bill Dodge le había ofrecido. Sin embargo, antes de que pudiera dar el segundo bocado, Percy le arrojó la macana como si fuese una lanza.

El ratón era un blanco pequeño y, para reconocer el

mérito del cabrón de Percy, el tiro había sido lo suficientemente bueno para arrancarle la cabeza, de no ser porque *Willie* tenía unos reflejos perfectos. Esquivó el golpe –sí, como lo habría hecho una persona– y arrojó el trozo de galleta al suelo. La pesada macana de nogal pasó lo bastante cerca de su cabeza y su lomo para erizarle los pelos (al menos eso es lo que dijo Dean, y yo lo transmito textualmente, aunque no acabe de creérmelo). Luego corrió por el suelo de linóleo verde y rebotó contra los barrotes de una celda vacía. El ratón no esperó a comprobar si se trataba de un error; como si de repente hubiera recordado un compromiso previo, se volvió y corrió por el pasillo hacia la celda de seguridad.

Percy, consciente de lo cerca que había estado de matarlo, rugió de frustración y lo persiguió. Bill Dodge lo agarró del brazo, quizá maquinalmente, pero Percy se soltó. Sin embargo, según dijo Dean, es probable que aquel hecho salvara la vida de *Willie,* el del barco de vapor. Percy no quería matar al ratón; quería *aplastarlo,* de modo que corrió dando grandes y cómicas zancadas, como si fuera un ciervo, pisando con fuerza con sus pesadas botas negras de trabajo. El ratón escapó por milagro a los últimos dos saltos con un movimiento zigzagueante. Se metió por debajo de la puerta agitando su largo rabo rosado y desapareció.

–¡Mierda! –exclamó Percy, dando un puñetazo contra la puerta. Luego comenzó a buscar las llaves, decidido a entrar en la celda de seguridad y continuar la persecución.

Dean lo siguió por el pasillo, caminando lentamente para controlar sus emociones. Según me dijo, una parte de él quería burlarse de Percy, pero otra parte quería agarrarlo, obligarlo a voltear, inmovilizarlo contra la puerta de la celda y romperle la cara. La falta principal de Percy había sido agitar los ánimos. Nuestro trabajo en el bloque E consistía en limitar al mínimo los alborotos, y alboroto parecía ser el segundo nombre de pila de Percy Wetmore. Trabajar con él era como intentar desactivar una bomba mientras alguien a tu espalda toca los platillos de vez en cuando. En una palabra, exasperante. Dean dijo que notó esa exasperación en los ojos de Arlen Bitterbuck e incluso en los del Presidente, aunque aquel caballero solía ser más frío que el hielo.

Pero había algo más. En el fondo de su corazón, Dean comenzaba a aceptar al ratón como... bueno, si no como un amigo, al menos como parte de la vida del bloque. Eso convertía lo que Percy había hecho, y lo que intentaba hacer, en algo incorrecto, aunque lo hiciera contra un ratón. Y el hecho de que Percy fuese incapaz de entender qué tenía de malo, era un ejemplo perfecto de su incompetencia para el trabajo que desempeñaba.

Cuando Dean llegó al fondo del pasillo, había conseguido recuperar la compostura e intuía cómo debía manejar la cuestión. Todos sabíamos que si algo no podía soportar Percy, era pasar por estúpido.

—Vaya, te engañó otra vez —dijo con sonrisa burlona.

Percy le dedicó una mirada fulminante y se apartó el cabello de la frente.

—Cuida tus palabras, Cuatro Ojos. Estoy furioso, así que no eches más leña al fuego.

—¿Conque es día de limpieza otra vez? —dijo Dean sin sonreír con la boca, pero sí con los ojos—. Bueno, si no te importa, después de sacar los cacharros, friega el suelo.

Percy miró la puerta y las llaves. Consideró la idea de otra larga, sofocante e infructífera inspección a la celda de paredes acolchadas mientras todos, incluidos el Cacique y el Presi, lo miraban, y dijo:

—Yo no le veo la maldita gracia. No necesitamos ratones en el bloque. Ya hay suficientes gusanos, para tener que vérnoslas también con roedores.

—Lo que tú digas, Percy —respondió Dean levantando las manos. Al día siguiente me confesó que por un instante temió que Percy quisiera desahogarse con él.

Entonces se acercó Bill Dodge y calmó los ánimos.

—Creo que se te cayó esto —dijo a Percy pasándole la macana—. Un centímetro más abajo y le habrías roto el pescuezo a ese cabroncito.

Al oír ese comentario, Percy se encogió de hombros.

—Sí, no fue un mal tiro —dijo guardando la porra en su ridícula funda—. En la escuela jugaba de lanzador. En dos partidos no dejé que el equipo contrario hiciera un solo tanto.

—¡Vaya! ¿De veras? —dijo Bill y su tono respetuoso (aunque cuando Percy se volteó, le guiñó un ojo a Dean) bastó para acabar de zanjar la cuestión.

—Sí —respondió Percy—. Uno fue en Knoxville. Esos chicos de ciudad no sabían qué les había caído encima. Hicimos dos carreras completas. Habría sido un partido perfecto si el árbitro no hubiera sido un *torpigante*.

Dean podría haber dejado las cosas así, pero era un veterano al lado de Percy y parte del trabajo de los veteranos consiste en instruir a los más nuevos. En aquel momento, antes de la llegada de Coffey y de Delacroix, aún creía que Percy era capaz de aprender algo. De modo que lo agarró por la muñeca y le dijo:

—Deberías pensar un poco en lo que acabas de hacer.

Según me dijo, intentó que su tono fuera serio, pero no reprobador. O al menos no *demasiado* reprobador.

Pero con Percy esas tácticas no funcionaban. Él no aprendería nada… pero nosotros sí.

—¿Qué dices, Cuatro Ojos? Sé perfectamente lo que he hecho: perseguir un ratón. ¿O estás ciego?

—También nos asustaste a Bill, a mí y a ellos —dijo Dean, señalando a Bitterbuck y Flanders.

—¿Y qué? —preguntó Percy haciéndose el gallito—.

Por si no lo has notado, no están en el jardín de niños. Aunque ustedes los tratan como si lo estuvieran.

–Bueno, no me gusta que me asusten –rugió Bill–, y por si no lo has notado, trabajo aquí. No soy uno de tus *torpigantes*.

Percy entornó los ojos y lo miró con aire dubitativo.

–No tiene sentido asustarlos más de lo necesario, porque están bajo una gran presión –dijo Dean manteniendo la voz baja–. Y los hombres que están bajo una gran presión pueden estallar, hacerse daño o hacer daño a otros. Incluso pueden causarnos problemas –al oír esa palabra, Percy hizo una mueca. La idea de que surgieran «problemas» no le gustaba. Crearlos no tenía nada de malo, pero verse implicado en ellos, sí–. Nuestro trabajo no es gritar sino hablar –continuó Dean–. Un hombre que grita a los prisioneros es porque ha perdido el control.

Percy sabía quién había escrito esa ordenanza: yo. El jefe. No había un ápice de simpatía entre Percy Wetmore y Paul Edgecombe, y recuerden que aún estábamos en verano, mucho antes de que empezara el auténtico circo.

–Sería conveniente que vieras este sitio como la sala de cuidados intensivos de un hospital. Es mejor guardar silencio...

–Lo veo como un cubo lleno de orina donde se ahogan las ratas –dijo Percy– y eso es todo. Ahora suéltame.

Se liberó de la mano de Dean, pasó entre él y Bill, y caminó por el pasillo con la cabeza inclinada. Pasó demasiado cerca de la celda del Presidente, tanto que Flanders podría haber sacado los brazos, agarrarlo y darle en la cabeza con su propia macana. Eso si Flanders hubiese sido de los agresivos, cosa que no era; aunque el Cacique tal vez lo fuese. Si hubiera tenido ocasión, el Cacique podría haberle dado una paliza para enseñarle la lección. Lo que Dean me dijo la noche siguiente, mientras rememoraba los hechos, me quedó grabado porque resultó ser una especie de profecía.

–Wetmore no entiende que no tiene ningún poder sobre ellos –dijo–. Que nada de lo que haga va a complicarles más las cosas, porque sólo pueden electrocutarlos una vez. Hasta que se meta esa idea en la cabeza, será un peligro para él mismo y para todos nosotros.

Percy entró en mi despacho y cerró dando un portazo.

–Vaya, vaya –dijo Bill Dodge–. Es un huevo hinchado e infectado.

–Y eso que todavía no lo conoces bien.

–Vamos, míralo desde el punto de vista positivo –dijo Bill, que siempre estaba aconsejándole a la gente que se tomara las cosas con optimismo; tanto que a uno le daban ganas de darle un puñetazo en la nariz cada vez que lo sugería–. El ratón amaestrado se salvó.

–Sí, pero no volveremos a verlo –replicó Dean–. Creo que esta vez el maldito Percy lo ha ahuyentado para siempre.

3

Aunque la predicción parecía lógica, era equivocada. El ratón volvió al atardecer del día siguiente, que por casualidad era también la primera de las dos tardes libres de Percy antes de que pasara al turno de medianoche. *Willie,* el del barco de vapor, llegó a eso de las siete. Dean y yo fuimos testigos de su reaparición. También estaba Harry Terwilliger, sentado a la mesa de entrada. Técnicamente, yo me encontraba fuera de servicio, pero me había quedado a pasar un rato extra con el Cacique, cuya hora se acercaba. Bitterbuck mantenía una actitud aparentemente estoica, siguiendo la tradición de su tribu, pero yo era capaz de ver el miedo a la muerte creciendo en su interior como una planta venenosa. De modo que hablamos. Uno podía hablar con ellos durante el día, pero no era lo mismo con los gritos y charlas (por no mencionar las ocasionales peleas) procedentes del patio de ejercicios, el traqueteo de las máquinas del taller de grabado, el eventual chillido de un guardia ordenando que alguien dejara un pico y tomara un azadón o sencillamente que moviera el trasero y se acercara a él. Después de las cuatro, la cosa se tranquilizaba un poco, y a partir de las seis estaba aún mejor. De las seis a las ocho era el momento óptimo. Después de esa hora, uno podía ver que los pensamientos lúgubres volvían a filtrarse en sus mentes –se reflejaban en sus ojos, como las sombras de la tarde– y era mejor parar. Todavía oían lo que uno les decía, pero no le encontraban sentido. A partir de las ocho, se preparaban para la guardia nocturna e imaginaban qué sentirían cuando les ajustaran el casquete a la cabeza y cómo olería dentro del saco negro que cubriría sus caras sudorosas.

Pero agarré al Cacique en un buen momento. Me habló de su primera esposa; me contó que se habían construido una cabaña en Montana. Dijo que aquellos habían sido los mejores años de su vida. El agua era tan pura y fría que al beber sentía que le cortaba la garganta.

–Eh, señor Edgecombe –dijo–, ¿no cree que si un hombre se arrepiente de sus culpas, puede volver al tiempo en que fue más feliz y vivir allí para siempre? ¿No cree que es probable que el cielo sea así?

–Eso es exactamente lo que creo –dije; una mentira de la que nunca me he arrepentido.

Yo había aprendido las leyes de la eternidad sobre el cómodo regazo de mi madre, y creía firmemente en lo que dice la Biblia acerca de los asesinos: que no hay vida eterna para ellos. Supongo que van directamente al infierno, donde arden angustiosamente hasta que Dios autoriza al arcángel Gabriel a tocar la trompeta del Juicio Final. Cuando lo hace, desaparecen... sin duda contentos de hacerlo. Nunca mencioné aquellas creencias a Bitterbuck ni a ningún otro, aunque creo que en el fondo de su corazón lo sabían. «¿Dónde está tu hermano? Su sangre llora desde el suelo», le dijo Dios a Caín, y dudo que esas palabras hayan sorprendido a aquel joven descarriado. Apuesto a que él también oía la voz de Abel gimiendo desde la tierra a cada paso que daba.

Cuando me marché, el Cacique sonreía, quizá pensando en su cabaña de Montana y en su mujer con los pechos desnudos tendida junto al fuego. Pronto se abrasaría en un fuego más caliente, no me cabía duda.

Volví al pasillo y Dean me contó el incidente de la noche anterior con Percy. Supuse que me había esperado para hacerlo, de modo que lo escuché con atención. Siempre escuchaba con atención todo lo referente a Percy, porque estaba completamente de acuerdo con Dean: sabía que Percy era la clase de hombre capaz de crear problemas, tanto para los demás como para sí.

Cuando Dean terminaba su relato, apareció el viejo Tuu Tuu con su carrito de tentempiés adornado con citas manuscritas de la Biblia («Arrepentíos porque Dios juzgará a su pueblo», *Deuteronomio* y «ciertamente os demandaré vuestra sangre, que es vuestra vida», *Génesis,* 9, 5, y otras sentencias alegres y alentadoras) y nos vendió un par de sándwiches y refrescos. Mientras Dean buscaba algo de suelto en el bolsillo, decía que no volvería a ver a *Willie,* el del barco de vapor, porque el cabrón de Percy lo había ahuyentado para siempre.

Justo en ese momento, Tuu Tuu dijo:

–¿Qué es eso?

Miramos y allí estaba el mismísimo ratón en persona, saltando en medio de la Milla Verde. Avanzaba un trecho, se detenía, miraba alrededor con sus ojitos pequeños y brillantes como gotas de aceite y luego seguía su camino.

–¡Eh, ratón! –gritó el Cacique, y el animalito se detuvo y lo miró moviendo los bigotes. Les aseguro que fue como si el maldito bicho supiera que lo había llamado–. ¿Eres un guía espiritual?

Bitterbuck le arrojó un trozo de queso de su cena, que aterrizó justo delante del ratón, pero éste ni siquiera lo miró y continuó su recorrido por el pasillo, mirando las celdas vacías.

–¡Jefe Edgecombe! –llamó el Presidente–. ¿Cree que el pequeño cabrón sabe que Wetmore no está de guardia? Demonios, yo creo que sí.

Yo tenía la misma impresión, pero no estaba dispuesto a reconocerlo en voz alta.

Harry apareció en el pasillo, levantándose los pantalones como hacía siempre que pasaba unos minutos en el escusado, y lo miró con los ojos muy abiertos. Tuu Tuu también lo miraba con una sonrisa que no sentaba nada bien a su barbilla fláccida y su boca desdentada.

El ratón se detuvo en lo que empezaba a convertirse en su sitio habitual, enroscó el rabo alrededor de las patas, y volvió a mirarnos. Otra vez recordé las fotografías que había visto de los jueces dictando sentencia a los desafortunados reclusos. Sin embargo, ¿habría habido alguna vez un recluso tan pequeño y valiente como aquél? Claro que no era un recluso, puesto que podía ir y venir cuando le diera la gana, pero la idea no se apartaba de mi cabeza y nuevamente se me ocurrió pensar que todos nos sentiríamos así de pequeños al acercarnos al trono de Dios después de la muerte, aunque pocos demostraríamos tanto valor.

–Vaya vaya –dijo el viejo Tuu Tuu–. Mírenlo ahí sentado, tan ancho.

–Todavía no has visto nada, Tuu –dijo Harry–. Mira esto.

Se llevó la mano al bolsillo de la camisa y sacó una manzana asada con canela envuelta en papel encerado.

Partió un trozo y lo arrojó al suelo. Estaba seco y duro y pensé que iba a caer demasiado lejos del ratón, pero el animalito levantó una pata, como un hombre que se espanta las moscas para pasar el rato, y lo aplastó en el suelo. Todos reímos con admiración y sorpresa, y el estallido de carcajadas debería haber espantado al ratón, pero éste ni se movió. Tomó la manzana seca entre las patas delanteras, la lamió un par de veces y volvió a dejarla caer, mirándonos como si dijera: «No está mal, pero ¿qué más tienen?»

Tuu Tuu abrió la tapa del carrito, sacó un sándwich, lo desenvolvió y cortó un trozo de salchichón.

–No te molestes –dijo Dean.

–¿Por qué? –preguntó Tuu–. Ningún ratón en su sano juicio desaprovecharía la oportunidad de comer un trozo de salchichón. ¡Estás loco!

Pero yo sabía que Dean tenía razón y la expresión de Harry demostraba que él también lo sabía. Había guardias temporales y guardias fijos, y por alguna razón misteriosa el ratón era capaz de notar la diferencia. Una locura, pero era así.

El viejo Tuu Tuu arrojó el trozo de salchichón al suelo y, tal como esperábamos, el ratón no hizo el menor caso; lo olfateó una vez y luego retrocedió un paso.

–Maldito hijo de puta –exclamó Tuu Tuu, ofendido.

–Dame otro trozo –dije extendiendo la mano.

–¿Del mismo sándwich?

–Del mismo. Lo pagaré yo.

Tuu Tuu me pasó el sándwich. Yo levanté la rebanada superior de pan, corté otro trozo de salchichón y lo arrojé delante de la mesa de entrada. El ratón se acercó de inmediato, lo tomó entre las patas y empezó a comer. El salchichón desapareció antes de que nadie pudiera decir nada.

–¡Maldita sea! –exclamó Tuu Tuu–. Demonios, dame eso.

Agarró el sándwich otra vez, cortó un trozo de salchichón mucho más grande –en realidad, era prácticamente una rebanada– y lo arrojó tan cerca del ratón que casi se lo puso de sombrero. El animal volvió a retroceder, olfateó (sin duda ningún ratón había tenido tanta suerte en la época de la Depresión; al menos en nuestro estado) y alzó la vista para mirarnos.

–Vamos, come –dijo Tuu Tuu, más ofendido que antes–. ¿Qué demonios te pasa?

Dean tomó el sándwich y arrojó otro trozo de embutido. A esas alturas, aquello parecía una extraña ceremonia de comunión. El ratón agarró el salchichón de inmediato y se lo comió. Luego dio media vuelta y caminó por el pasillo hasta la celda de seguridad, haciendo varias pausas en el camino para echar un vistazo rápido a un par de celdas y registrar una tercera. Una vez más, tuve la impresión de que buscaba a alguien, pero en esta ocasión no me apresuré a desechar la idea.

–No pienso mencionar esto –dijo Harry con un tono entre burlón y serio–. En primer lugar, a nadie le importa, y en segundo lugar, nadie me creería.

–Sólo ha comido lo que le dieron ustedes, muchachos –dijo Tuu Tuu sacudiendo la cabeza con incredulidad. Luego se agachó con esfuerzo, recogió lo que el ratón había despreciado y se lo metió en la boca desdentada, donde comenzó a desmenuzarlo con las encías–. ¿Por qué haría una cosa así?

–Yo tengo una pregunta mejor –dijo Harry–. ¿Cómo sabía que Percy no estaba de servicio?

–No lo sabía –respondí–. El que apareciera esta noche ha sido simple coincidencia.

Sin embargo, esa teoría se volvió poco creíble a medida que pasaban los días y el ratón aparecía sólo cuando Percy se encontraba en otra parte de la prisión o tenía otro turno. Harry, Dean, Bruto y yo llegamos a la conclusión de que conocía la voz o el olor de Percy.

Evitamos hablar del ratón. Hubo una especie de acuerdo tácito entre todos, como si al hablar de ello pudiéramos estropear algo especial… y también hermoso, debido a su peculiaridad y delicadeza. Al fin y al cabo, *Willie* nos había elegido por alguna razón que ni siquiera alcanzo a entender ahora. Quizá Harry estaba en lo cierto al decir que no valía la pena contárselo a nadie, no sólo porque no nos creerían, sino porque no les importaría.

4

Era el momento de la ejecución de Arlen Bitterbuck, que en realidad no era jefe sino primer consejero de la tribu de la reserva washita y miembro del Consejo de Ancianos Cherokee. Había matado a un hombre estando borracho; de hecho, los dos lo estaban. El Cacique había aplastado la cabeza del desafortunado contra un bloque de cemento. La disputa había comenzado por un par de botas. De modo que mi consejo de ancianos decidió poner fin a su vida el 17 de julio de aquel lluvioso verano.

Para la mayoría de los presos de Cold Mountain las horas de visita eran tan inflexibles como vigas de acero, pero aquello no contaba para los muchachos del bloque E. Así que el día 16 Bitterbuck entró en la larga estancia contigua a la cafetería: la Galería. La sala estaba dividida en el centro por una tela metálica. Allí, el Cacique se encontraría con su segunda esposa y los hijos que aún mantenían algún trato con él. Era la hora de la despedida.

Lo acompañaron Bill Dodge y dos guardias temporales. Los demás teníamos trabajo: una hora para hacer dos ensayos; tres, si alcanzábamos.

Percy no se quejó de que para la ejecución de Bitterbuck lo asignáramos al cuarto de los interruptores con Jack van Hay. Todavía estaba demasiado verde para saber si aquél era un buen puesto o no. Lo que sí sabía era que podría contemplar la escena a través de una ventana rectangular con rejilla, y aunque quizá no le entusiasmase mirar el respaldo de la silla en lugar de la parte delantera, estaría lo bastante cerca para ver saltar las chispas.

Al otro lado de aquella ventana había un teléfono negro sin manivela ni disco. El teléfono sólo podía recibir llamadas y exclusivamente de un lugar: el despacho del gobernador. He visto muchas películas de prisiones donde el teléfono suena en el momento preciso en que está a punto de accionar el interruptor para cargarse a un pobre inocente, pero en todos los años que pasé en el bloque E, el nuestro no sonó una sola vez. En las películas, la salvación resulta barata, y la inocencia también. Uno paga veinticinco centavos y consigue algo que vale exactamente eso. En la vida real, todo cuesta más y las respuestas son diferentes.

En la despensa había un maniquí de sastre que utilizábamos en los ensayos; para el resto, teníamos a Tuu Tuu. Con el tiempo, Tuu se había convertido en una especie de doble de los condenados, tan tradicional a su manera como el pavo de Navidad que todos comemos nos guste o no. A la mayoría de los carceleros les caía bien, les divertía su acento –también francés, pero de Canadá–, suavizado por sus años de cárcel en el Sur. Hasta Bruto se divertía con el viejo Tuu; pero yo no. A mí me parecía una versión más vieja y suavizada de Percy Wetmore, un hombre demasiado cobarde para cazar y cocinar su propia presa, pero a quien de todos modos le encantaba el olor a parrillada.

Estábamos todos reunidos para el ensayo, como lo estaríamos para el gran acontecimiento. Brutus Howell se hallaba «fuera», como solíamos decir, lo que significaba que pondría el casquete al condenado, controlaría el teléfono del gobernador, llamaría al médico en caso de que fuese necesario y daría la orden de accionar el interruptor en el momento indicado. Si todo iba bien, nadie obtendría el menor crédito por su trabajo. Pero si algo salía mal, los testigos culparían a Bruto y el alcaide me culparía a mí. Ninguno de los dos se quejaba de ello; no habría servido de nada. El mundo gira y así son las cosas. Uno puede resignarse y girar con él o levantarse para protestar y seguir girando de todos modos.

Dean, Harry Terwilliger y yo nos dirigimos a la celda del Cacique apenas tres minutos después de que Bill y sus hombres escoltaran a Bitterbuck hasta la Galería. La puerta de la celda estaba abierta y el viejo Tuu Tuu aguardaba sentado en el camastro del Cacique, con el fino pelo blanco alborotado.

—Hay manchas de leche por toda la sábana —señaló Tuu Tuu—. Debe de querer ordeñar hasta la última gota antes de que se la fríen —añadió con una risita.

—Calla, Tuu —dijo Dean—. Hagamos esto en serio.

—De acuerdo —replicó Tuu Tuu, poniendo cara de lúgubre seriedad. Sin embargo, le brillaban los ojos. El viejo Tuu nunca parecía tan vivo como cuando interpretaba el papel de futuro muerto.

—Arlen Bitterbuck —dije dando un paso al frente—, como funcionario de la corte y del estado de bla, bla, tengo una orden de bla, bla. La ejecución se llevará a cabo a las doce en bla, bla. ¿Quiere ponerse de pie?

Tuu Tuu se levantó de la cama.

—Me pongo de pie, me pongo de pie, me pongo de pie —dijo.

—Dese la vuelta —dijo Dean, y cuando Tuu Tuu obedeció, le examinó el casposo cuero cabelludo.

A la noche siguiente, la coronilla del Cacique estaría afeitada, y el registro de Dean tendría la finalidad de comprobar que no necesitaba un retoque. Los pelos podían obstaculizar la conductividad de la corriente y complicar las cosas. La práctica de aquel día estaba destinada a simplificar las cosas.

–De acuerdo, Arlen, vamos –dije a Tuu Tuu, y salimos de la celda.

–Camino por el pasillo, camino por el pasillo, camino por el pasillo –dijo Tuu Tuu. Yo iba a su izquierda y Dean a su derecha. Harry iba detrás.

Al final del pasillo, torcimos a la derecha, lejos de la vida tal como se vivía en el patio de ejercicios, en dirección a la muerte que se moría en el almacén. Entramos en mi oficina y Tuu se arrodilló sin que nadie se lo pidiera. Era evidente que conocía el guion mejor que cualquiera de nosotros. Dios bien sabía que llevaba más tiempo allí que ninguno.

–Estoy rezando, estoy rezando, estoy rezando –dijo Tuu Tuu, entrelazando las manos huesudas, en una actitud similar a la de la célebre estampa religiosa. Seguro que saben a cuál me refiero: El señor es mi pastor, etcétera, etcétera.

–¿Quién vendrá a atender a Bitterbuck? –preguntó Harry–. No aparecerá un hechicero cherokee y lo bendecirá agitando el pito, ¿verdad?

–En realidad…

–Sigo rezando, sigo rezando, reconciliándome con Jesús –prosiguió Tuu Tuu.

–Cierra el pico, zoquete.

–Estoy rezando.

–Pues reza en voz baja.

–¿Por qué tardan tanto, muchachos? –gritó Bruto desde el almacén, que también había sido vaciado para el ensayo. Estábamos otra vez en la zona de la muerte y prácticamente olía a cadáver.

–Aguanta un poco –respondió Harry con otro grito–. No seas tan impaciente.

–Estoy rezando –dijo Tuu con su desdentada sonrisa de satisfacción–. Rezando por paciencia, un poco de maldita paciencia.

–En realidad, Bitterbuck dice que es cristiano –expliqué–, y está conforme con que lo asista el bautista que vino a ver a Tillman Clark. Se llama Schuster. A mí también me gusta. Es rápido y no los pone nerviosos. Levántate, Tuu. Ya has rezado bastante por hoy.

–Camino –dijo Tuu–, camino otra vez, camino otra vez; sí señor, camino por el pasillo de la muerte.

A pesar de lo bajo que era, tuvo que agacharse un poco para pasar por la puerta del despacho, y nosotros tuvimos que agacharnos aún más. Aquél era un momento crítico para el auténtico prisionero. Cuando miré al otro lado de la plataforma donde aguardaba la Freidora y vi a Bruto con la pistola desenfundada, hice un gesto de satisfacción. Perfecto.

Tuu Tuu bajó los escalones y se detuvo. Las sillas plegables de madera, unas cuarenta en total, estaban en su sitio. Bitterbuck cruzaría hacia la plataforma en un ángulo que lo mantendría alejado de los espectadores, aunque habría media docena de guardias apostados para reforzar las medidas de seguridad. Bill Dodge estaría al mando. Hasta el momento, y a pesar de la precariedad del escenario, ninguno de los condenados había intentado agredir a un testigo, y yo debía asegurarme de que las cosas siguieran igual.

–¿Listos, muchachos? –preguntó Tuu cuando volvimos a colocarnos en nuestro sitio, al pie de la escalera. Asentí con un gesto y nos dirigimos hacia la plataforma. A menudo pensaba que parecíamos un cuerpo de escolta que había perdido la bandera.

–¿Qué se supone que tengo que hacer? –preguntó Percy al otro lado de la tela metálica que separaba el almacén del cuarto de los interruptores.

–Mira y aprende –respondí.

—Y no te toques la salchicha –murmuró Harry, aunque Tuu Tuu lo oyó y rio.

Lo escoltamos hasta la plataforma y Tuu volteó sin necesidad de que le dijésemos nada; el viejo veterano en acción.

—Me siento –dijo–, me siento, me siento en el regazo de la Freidora.

Flexioné la rodilla derecha junto a la izquierda de él. En ese momento éramos totalmente vulnerables al ataque físico, en caso de que el condenado enloqueciera, cosa que ocurría de vez en cuando. Ambos doblamos la rodilla ligeramente hacia adentro para protegernos la entrepierna, agachamos la cara para protegernos el cuello y, naturalmente, nos apresuramos a amarrar los tobillos para neutralizar el peligro lo antes posible. En el momento de la ejecución el Cacique llevaría pantuflas, pero la idea de que «la cosa podría haber sido peor» no es un gran consuelo para un hombre con la laringe rota. Tampoco lo es revolcarse en el suelo con los huevos hinchados del tamaño de botes de conserva, mientras unos cuarenta espectadores –la mayoría periodistas– observan la escena sentados en sillas plegables.

Amarramos los tobillos de Tuu Tuu. La correa del lado de Dean era un poco más grande porque transmitía la corriente. Cuando Bitterbuck se sentara allí la noche siguiente, tendría la pantorrilla izquierda afeitada. Los indios no suelen tener vello en el cuerpo, pero no podíamos correr riesgos.

Mientras amarrábamos los tobillos de Tuu Tuu, Bruto le aseguró la muñeca derecha. Luego Harry dio un paso al frente y le ató la izquierda. Cuando terminaron, Harry hizo una señal a Bruto, que gritó a Van Hay:

—Primera descarga.

Escuché que Percy le preguntaba a Jack van Hay qué significaba aquello (era increíble lo poco que sabía, lo poco que había aprendido durante su estancia en el bloque E) y luego oí a Van Hay susurrar la respuesta. Aquel día, «primera descarga» no significaba nada, pero cuando Bruto lo dijera la noche siguiente, Van Hay le daría a la palanca que activaba el generador de la prisión, situado detrás del bloque B. Los testigos oirían un zumbido persistente y las luces de la prisión se volverían más brillantes. En las celdas de los demás bloques, los prisioneros verían aquellas luces y creerían que ya estaba, que la ejecución había terminado, cuando en realidad acababa de empezar.

Bruto hizo girar un poco la silla para que Tuu pudiera verlo.

—Arlen Bitterbuck, ha sido condenado a morir en la silla eléctrica por un jurado de conciudadanos y por la sentencia de un juez del estado. Que Dios proteja al pueblo de este estado. ¿Tiene algo que decir antes de que se cumpla la sentencia?

—Sí —respondió Tuu con los ojos brillantes y una sonrisa alegre que fruncía los labios—. Quiero pollo frito y papas con salsa para cenar, quiero cagarme en tu cabeza y quiero que Mae West se siente en mi cara, porque estoy cachondo.

Bruto intentó mantenerse serio, pero no lo consiguió. Echó la cabeza hacia atrás y soltó una carcajada. Dean cayó junto a la plataforma como si le hubieran disparado, aullando como un coyote y agarrándose la frente con una mano, como si quisiera mantener los sesos en su sitio. Harry se golpeaba la cabeza contra la pared y repetía «ju ju ju» como si se hubiera atragantado con un trozo de comida. Incluso Jack van Hay, que no era precisamente famoso por su sentido del humor, reía. Naturalmente, yo también estaba tentado, pero logré contenerme. La noche siguiente aquella escena sería real y un hombre moriría en la silla donde Tuu Tuu estaba sentado.

—Cierra el pico, Bruto —dije—. Y ustedes también,

Dean, Harry. Y tú, Tuu, la próxima vez que hagas un comentario semejante, será el último que salga de tu boca. Haré que Van Hay le dé al interruptor de verdad.

Tuu sonrió como diciendo «buen chiste, jefe Edgecombe, buen chiste», pero al ver que yo no respondía me miró con perplejidad.

–¿Qué pasa? –preguntó.

–No tiene gracia –respondí–, eso es lo que pasa. Y si no eres capaz de entenderlo, será mejor que mantengas la bocota cerrada.

Sin embargo, creo que lo que de verdad me enfurecía era que la cosa *tenía* gracia. Miré alrededor y advertí que Bruto me observaba fijamente, todavía sonriente.

–Demonios –dije–. Estoy volviéndome demasiado viejo para este trabajo.

–No –dijo Bruto–, estás en la flor de la vida, Paul.

Pero no era cierto. Él tampoco lo estaba, al menos en lo que se refería a aquel maldito trabajo, y ambos lo sabíamos. Lo importante era que el ataque de risa había pasado. Eso me alegraba, porque lo último que deseaba era que alguien recordase el comentario de Tuu la noche siguiente y volviera a tentarse. Cualquiera diría que era imposible que pasara algo así, que un guardia se desternillara de risa mientras escoltaba a un condenado a la silla delante de un montón de testigos, pero cuando los hombres están bajo tensión, puede pasar cualquier cosa. Y un incidente semejante daría que hablar durante veinte años.

–¿Te callarás la boca, Tuu? –pregunté.

–Sí –respondió con una expresión que le hacía parecer el niño más viejo y enfurruñado del mundo.

Hice una señal a Bruto para que siguiera adelante con el ensayo. Tomó un saco del gancho de bronce situado en el respaldo de la silla y lo colocó sobre la cabeza de Tuu, ajustándolo debajo de la barbilla, de modo que el agujero en la parte superior se extendió al máximo. Entonces Bruto se inclinó, tomó el círculo mojado de esponja del cubo, apretó un dedo contra él y se lamió la punta del dedo. Acto seguido, volvió a introducir la esponja en el cubo. Al día siguiente, no lo haría así, sino que metería la esponja dentro del casquete colgado en el respaldo de la silla. Sin embargo, aquel día no había necesidad de mojarle la cabeza al viejo Tuu.

El casquete era de acero, y las tiras que colgaban a los lados hacían que pareciese el casco de un soldado de infantería. Bruto lo colocó sobre la cabeza del viejo Tuu Tuu, ajustándolo sobre el agujero de la funda negra.

–Me ponen el casco, me ponen el casco, me ponen el casco –dijo Tuu, y ahora su voz sonaba ahogada además de amortiguada por la tela. Las correas prácticamente lo obligaban a mantener las mandíbulas apretadas y yo sospechaba que Bruto las había ajustado un poco más de lo estrictamente necesario para el ensayo. Retrocedió un par de pasos, volteó hacia las sillas vacías y dijo:

–Arlen Bitterbuck, se le someterá a una descarga eléctrica hasta que muera, tal como determina la ley del estado. Que Dios se apiade de su alma –volteó hacia el rectángulo cubierto de tela metálica–. Descarga dos.

El viejo Tuu, quizá intentando recuperar su vena cómica, comenzó a sacudirse y agitarse espasmódicamente en la silla, cosa que nunca había hecho ningún cliente auténtico de la Freidora.

–Me estoy friendo, me estoy friendo –gritó–. ¡Ahhhhh! Soy un pavo asado.

Entonces noté que Harry y Dean no prestaban la menor atención a la escena. Se habían vuelto de espaldas a la Freidora y miraban hacia la puerta que conducía a mi despacho.

–¡Demonios! –exclamó Harry–. Uno de los testigos ha llegado con un día de antelación.

Sentado en el umbral, con la cola elegantemente

enroscada entre las patas, estaba el ratón, contemplándonos con sus ojos brillantes como gotas de aceite.

5

La ejecución estuvo bien. Si podía hablarse de una «buena ejecución», cosa que dudo mucho, la de Arlen Bitterbuck, primer consejero de la reserva cherokee washita, fue una de ellas. Le temblaban tanto las manos que no había conseguido hacerse bien las trenzas, de modo que permitieron que su hija mayor, una mujer de treinta y tantos años, las rehiciera con elegancia. Quería adornar los extremos con plumas de halcón, el pájaro favorito de Arlen, pero no pude permitirlo, pues las plumas podrían incendiarse. Naturalmente, no se lo dije a la hija, a quien sencillamente expliqué que aquello iba en contra de las ordenanzas. La mujer no discutió; se limitó a inclinar la cabeza y a tocarse las sienes en señal de decepción y desaprobación. Aquella mujer se comportaba con enorme dignidad, lo que era casi una garantía de que su padre haría otro tanto.

Cuando llegó el momento, el Cacique dejó la celda sin protestas ni vacilaciones. A veces teníamos que soltar los dedos de los presos de los barrotes –rompí uno o dos en mis años de carcelero y aún no he podido olvidar aquel chasquido seco–, pero, gracias a Dios, el Cacique no era de ésos. Caminó con la cabeza alta por el pasillo de la muerte hasta mi despacho y allí cayó de rodillas para rezar con el hermano Schuster, que había venido desde la Iglesia Bautista de la Luz Divina en la vieja cafetera que tenía por coche. Schuster leyó varios salmos y el Cacique se echó a llorar al oír aquel que habla de descansar junto a las aguas tranquilas. Sin embargo, no se puso histérico ni nada por el estilo. Intuí que el hombre pensaba en un agua tranquila, tan pura y fría que cortaba la garganta al beberla.

En honor a la verdad, me gustaba verlos llorar un poco. Cuando no lo hacían, me preocupaba.

Muchos hombres son incapaces de volver a levantarse sin ayuda, pero el Cacique no tuvo problemas. Al principio se tambaleó ligeramente, como si estuviera borracho, y Dean le tendió una mano para ayudarlo, pero Bitterbuck había recuperado el equilibrio solo y siguió adelante.

Casi todas las sillas estaban ocupadas y la gente murmuraba, como suele hacerse mientras se espera que comience un funeral o una boda. Aquél fue el único momento en que a Bitterbuck le fallaron las fuerzas. No sé si le preocupaba alguna persona en particular, o todas ellas a la vez, pero oí nacer un sollozo en su garganta y el brazo que sujetaba mostró una tensión que no estaba allí antes. Vi con el rabillo del ojo que Harry Terwilliger se acomodaba para cortar el paso del Cacique en caso de que éste decidiera ponerse difícil y retroceder.

Apreté la mano sobre su codo y golpeé el interior de su brazo con un dedo.

–Tranquilo, Cacique –dije prácticamente sin mover los labios–. Lo que la gente recordará de ti es cómo te marchaste, de modo que ofréceles algo bueno; demuéstrales cómo se comporta un washita.

Me miró e hizo un pequeño gesto de asentimiento. Luego tomó una de las trenzas que le había hecho su hija y la besó. Miré a Bruto, que estaba de pie detrás de la silla, estupendo en su mejor uniforme azul con todos los botones de la chamarra resplandecientes y el sombrero perfectamente colocado sobre su cabeza grande. Le hice una pequeña señal y de inmediato dio un paso al frente para ayudar a Bitterbuck a subir a la plataforma en caso de que necesitase ayuda. Aunque no la necesitó.

Pasó menos de un minuto desde que Bitterbuck se sentó en la silla y el momento en que Bruto volvió la cabeza y dijo suavemente: «Interruptor dos.» Las luces bajaron otra vez, pero sólo un poco; nadie lo habría notado de no estar esperándolo. Eso significaba que Van Hay había accionado el interruptor que algún listo había apodado «el secador de Mabel». Se oyó un leve zumbido en el casquete y Bitterbuck se echó hacia adelante, contra las amarras y el cinturón de seguridad que le cruzaba el pecho.

El médico de la prisión contemplaba la escena con expresión imperturbable, apretando los labios hasta que su boca pareció una costura blanca. No hubo espasmos ni sacudidas, como en el ensayo con el viejo Tuu Tuu, sólo una fuerte caída hacia adelante, como cuando un hombre se dobla desde las caderas durante un orgasmo particularmente intenso.

También olía. No era un olor desagradable por sí mismo, pero sí por las asociaciones que despertaba. Nunca he sido capaz de bajar al sótano de mi bisnieta cuando me llevan allí, aunque ahí es donde su pequeño tiene montado su tren eléctrico y le encantaría enseñárselo a su bisabuelo. Como imaginarán, no me molestan los trenes; es el transformador lo que no puedo soportar. Su zumbido y su olor cuando se calienta. Incluso después de tantos años, ese olor me recuerda a Cold Mountain.

Van Hay esperó treinta segundos y luego apagó el interruptor. El médico se adelantó y auscultó al Cacique con el estetoscopio. Los testigos habían dejado de murmurar. El médico se incorporó y miró a través de la tela metálica.

–Sigue vivo –dijo, e hizo un movimiento circular con un dedo.

Había oído unos cuantos latidos breves en el pecho de Bitterbuck, probablemente tan poco significativos como los últimos espasmos de una gallina decapitada, pero era mejor no correr riesgos. No queríamos que en mitad del túnel se sentara de repente en la camilla gritando que se sentía como si ardiera por dentro.

Van Hay le dio al interruptor por tercera vez y el Cacique volvió a caer hacia adelante, moviéndose ligeramente hacia los lados debido a la corriente. El médico volvió a auscultarlo y en esta ocasión hizo un gesto afirmativo. Una vez más, habíamos triunfado en la destrucción de aquello que no podíamos crear. Algunos de los testigos comenzaron a murmurar de nuevo, pero la mayoría permanecieron sentados con la cabeza agachada, como si estuvieran paralizados. O quizá avergonzados.

Harry y Dean entraron con la camilla. En realidad, era Percy quien tenía que coger uno de los extremos, pero él no lo sabía y nadie se molestó en decírselo. Bruto y yo colocamos en la camilla al Cacique, que aún tenía la capucha puesta, y lo llevamos hacia la puerta que conducía al túnel lo más rápido posible sin llegar a correr. Desde el orificio superior del saco salía humo –demasiado humo– y el olor era insoportable.

–¡Diablos! –exclamó Percy con voz temblorosa–. ¿Qué es ese olor?

–Apártate y no vuelvas a ponerte en mi camino –dijo Bruto mientras se dirigía a la pared donde había un extintor. Era un modelo antiguo, de esos que hay que bombear para que salga el producto químico.

Entretanto, Dean le había quitado la capucha. El espectáculo no era tan horrible como nos temíamos, pero la trenza izquierda de Bitterbuck humeaba como un montón de hojas húmedas.

–Olvida eso –le dije a Bruto. No quería tener que limpiar aquel producto químico de la cara del muerto antes de ponerlo en la parte trasera de la camioneta de los fiambres. Asesté unos cuantos golpes a la cabeza del Cacique (mientras Percy me miraba todo el tiempo con los ojos muy abiertos) hasta que dejó de salir humo. Luego bajamos los doce escalones de madera que conducían al túnel. Estaba frío y húmedo como una mazmorra y se oía el sonido sordo y constante del agua al gotear. Las luces cubiertas con rudimentarias pantallas de lata (hechas en el taller de la prisión) alumbraban un túnel de ladrillo que se extendía unos diez metros por debajo de la autopista y tenía un techo abovedado y húmedo. Cada vez que bajaba allí, me sentía como un personaje de Edgar Allan Poe.

Había una camilla con ruedas esperando. Subimos el cuerpo de Bitterbuck y eché un último vistazo para asegurarme de que el pelo ya no ardía. La trenza estaba chamuscada y lamenté ver que el pequeño y elegante lazo de ese mismo lado se había reducido a un simple bulto negro cubierto de hollín.

Percy abofeteó la cara del muerto y el sonido sordo de su mano nos sobresaltó a todos. Miró alrededor con una sonrisa burlona y los ojos brillantes.

–Adiós, Cacique –dijo–. Espero que en el infierno haga suficiente calor para ti.

–No hagas eso –dijo Bruto, y su voz resonó grave y solemne en el túnel húmedo–. Ya ha pagado su deuda y está en paz con el mundo. No vuelvas a tocarlo.

–Vamos, no fastidies –replicó Percy, pero retrocedió con nerviosismo cuando Bruto se acercó a él y su sombra comenzó a crecer a su espalda, como la sombra del mono en el cuento de la calle Morgue.

Sin embargo, en lugar de tomar a Percy, Bruto agarró el extremo de la camilla y empezó a empujar a Arlen Bitterbuck despacio hacia el fondo del túnel, donde le aguardaba su último vehículo, estacionado en la cuesta de la autopista. Las ruedas de goma de la camilla hacían crujir el suelo de madera y su sombra se agrandaba y achicaba contra los muros de ladrillo. Dean y Harry tomaron la sábana doblada a los pies y cubrieron la cara del Cacique, que comenzaba a adquirir el aspecto ceroso e inexpresivo de todas las caras muertas, ya pertenecieran a inocentes o a culpables.

6

Cuando yo tenía dieciocho años, mi tío Paul –a quien debo el honor de mi nombre– murió de un ataque al corazón. Mi madre y mi padre me llevaron a Chicago para asistir al funeral y visitar a unos cuantos parientes paternos a quienes aún no conocía. Estuvimos fuera casi un mes. En cierto modo, fue un viaje agradable, necesario y entretenido, pero por otra parte fue horrible. Yo estaba profundamente enamorado de la mujer con quien me casaría dos semanas después de cumplir los diecinueve. Una noche, cuando mi añoranza por ella era como un fuego descontrolado en mi corazón y en mi cabeza (de acuerdo, de acuerdo, también en mis testículos), le escribí una carta que parecía interminable. Volqué todo mi corazón en ella, sin releer los párrafos ya escritos por temor a que la cobardía me impidiera seguir. Pero no me detuve, y cuando una voz en mi cabeza me dijo que sería una locura enviar una carta semejante, que estaba poniendo mi indefenso corazón en sus manos, me negué a oírla con la imprudente indiferencia de un niño por las consecuencias de sus actos. A menudo me pregunté si Janice habría guardado aquella carta, pero nunca me atreví a interrogarla al respecto. to. Lo único que sé es que no la encontré cuando registré sus pertenencias después del funeral, aunque, naturalmente, eso no significaba nada. Supongo que si nunca se lo pregunté es porque temía que aquella carta ardiente significara menos para ella que para mí.

Tenía cuatro páginas y creí que nunca escribiría nada tan largo en mi vida; pero ahora, miren esto. Con todo lo que llevo escrito, el final aún no está a la vista. Si hubiera sabido que la historia se prolongaría tanto, no habría empezado. No tenía idea de la cantidad de puertas que puede abrir el simple acto de escribir, como si la vieja pluma de mi padre no fuera una pluma sino una extraña variedad de llave maestra. Quizá el mejor testimonio de lo que digo sea el ratón: *Willie*, el del barco de vapor, *Cascabel*, la mascota del pasillo de la muerte. Hasta que empecé a escribir esta historia, no me di cuenta de lo importante que era él (sí, *él*). La forma en que parecía buscar a Delacroix antes de que éste llegara, por ejemplo. Creo que la idea no se me cruzó por la cabeza, al menos conscientemente, antes de empezar a escribir y recordar.

Lo que quiero decir es que no me di cuenta de lo lejos que debía remontarme para hablar de John Coffey, o de cuánto tiempo tendría que dejar en su celda a un hombre tan grande que sus pies no sólo sobresalían de la cama, sino que colgaban hasta llegar al suelo. No quiero que lo olviden ¿de acuerdo? Quiero que lo vean allí, mirando el techo de su celda, llorando en silencio y cubriéndose la cara con las manos. Quiero que oigan sus suspiros que temblaban como sollozos, sus ocasionales gruñidos desgarrados. No eran los sonidos de angustia y arrepentimiento que a menudo oíamos en el bloque E, gritos agudos con vestigios de remordimiento; al igual que sus ojos húmedos, parecían ajenos a la clase de dolor con que estábamos acostumbrados a tratar. Soy consciente de que lo que voy a decir parecerá ridículo, pero no tiene sentido escribir una historia tan larga si uno no va a atreverse a contar la verdad oculta en lo más profundo del corazón. Bien, en cierto modo, era como si John Coffey sintiera pena por todo el mundo, como si experimentase un sentimiento demasiado grande para calmarlo. A veces me sentaba a su lado y le hablaba, como hacía con todos los demás. Creo que ya he dicho que hablar era nuestra función más importante, de modo que a menudo conversaba con John Coffey e intentaba consolarlo. Creo que nunca lo conseguí, y una parte de mí se alegraba de que sufriera, ¿saben? Creía que *merecía* sufrir. Incluso estuve tentado de llamar al gobernador (o pedirle a Percy que lo hiciera; al fin y al cabo era su maldito tío, no el mío) y solicitar un aplazamiento en la ejecución. «Todavía no deberíamos freírlo —me decía—. El crimen aún lo hace sufrir demasiado, le remuerde la conciencia, se remueve en sus entrañas como un palo filoso. Dele otros noventa días, señor. Permita que se castigue a sí mismo como nosotros jamás podremos hacerlo.»

Es a ese John Coffey a quien quiero que mantengan en un rincón de su mente mientras continúo la historia donde la dejé, a ese John Coffey tendido en el camastro, al hombre que tenía miedo de la oscuridad, y quizá con razón, porque ¿acaso no le acecharían allí dos figuras con rizos rubios, ya no niñas pequeñas, sino ángeles vengadores? Ese John Coffey de cuyos ojos siempre manaban lágrimas, como sangre de una herida que no cicatrizará jamás.

7

De modo que el Cacique se frio y el Presidente se marchó... al menos al bloque C, que era el hogar de la mayoría de los ciento cincuenta condenados a cadena perpetua de Cold Mountain. En el caso del Presi, su cadena perpetua sólo duró doce años, pues en 1944 lo ahogaron en la lavandería de la prisión. Claro que no fue en la lavandería de Cold Mountain, pues nuestra penitenciaría se cerró en 1933. Supongo que a los internos no les importaba demasiado. Como dicen ellos, una pared es igual a otra, y la Freidora era tan mortífera en su nuevo cubículo de la muerte como lo había sido en el almacén de Cold Mountain.

Volviendo al Presi, alguien lo empujó de cabeza en una tina de líquido para lavado en seco y lo sostuvo ahí. Cuando los guardias lo rescataron, prácticamente no quedaban rastros de su cara. Para identificarlo tuvieron que tomarle las huellas digitales. Quizá le hubiese convenido terminar en la Freidora, aunque entonces no habría tenido esos doce años de gracia, ¿verdad? Sin embargo, dudo que haya pensado en ellos durante su último minuto de vida, mientras sus pulmones intentaban aprender a respirar cloro y hexitol.

Nunca atraparon al que lo mató. Para entonces, yo estaba en el correccional de menores, pero Harry Terwilliger me escribió: «Le conmutaron la pena sobre todo porque era blanco; pero al final obtuvo su merecido. Yo lo veo como un largo aplazamiento de la ejecución que finalmente caducó.»

Cuando el Presi se marchó, tuvimos una época tranquila en el bloque E. Harry y Dean fueron asignados temporalmente a otros puestos y por un breve periodo en el pasillo de la muerte quedamos Bruto, Percy y yo; lo que era como si Bruto y yo estuviésemos solos, porque Percy se mantenía a distancia. Les aseguro que aquel tipo era un genio para eludir cualquier clase de responsabilidad. De vez en cuando (sólo cuando Percy no estaba por allí), los muchachos venían en busca de lo que Harry llamaba «una buena charla». Muchas de esas veces, también aparecía el ratón. Le dábamos de comer y él se sentaba allí, solemne como Salomón, mirándonos con sus ojitos brillantes como gotas de aceite.

Fueron unas semanas agradables, tranquilas y sin complicaciones a pesar de las frecuentes quejas de Percy. Pero todo lo bueno se acaba, y un lunes lluvioso de finales de julio –¿he dicho ya que aquel verano fue húmedo y desapacible?– me senté en el camastro de una celda a esperar la llegada de Eduard Delacroix.

Llegó con inesperado estrépito. La puerta que conducía al patio de ejercicios se abrió con violencia, dejando entrar una ráfaga de luz, se oyó un ruido de cadenas, una voz balbuceando en una mezcla de inglés y francés cajún (una jerga que los reclusos de Cold Mountain solían llamar *da bayou*) y los gritos de Bruto:

–¡Eh, basta! ¡Con un carajo, déjalo, Percy!

Yo estaba medio dormido en el camastro que luego pertenecería a Delacroix, pero me levanté deprisa, con el corazón desbocado. Esa clase de ruidos no solían oírse en el bloque E hasta la llegada de Percy; él los trajo consigo como un mal olor.

–¡Camina, maldito maricón francés! –gritó Percy sin hacer caso de la advertencia de Bruto, mientras jalaba un tipo no mucho más grande que un bolo.

En la otra mano tenía la macana. Mostraba los dientes en una sonrisa truculenta y su cara tenía un intenso color rojo. Sin embargo, no parecía del todo amargado. Delacroix se esforzaba por seguirle el paso, pero tenía grilletes en los pies y por mucha prisa que se diera, Percy jalaba más rápido. Salí de la celda justo para sostenerlo cuando cayó al suelo, y así fue como nos conocimos Del y yo.

Percy se acercó con la macana en alto, pero yo lo atajé con un brazo. Bruto nos alcanzó jadeando, tan escandalizado y sorprendido como yo por aquella escena.

–No deje que me pegue, *m'sieu* –gimió Delacroix–. *S'il vous plaît, s'il vous plaît!*

–Déjenmelo a mí, déjenmelo a mí –gritó Percy al tiempo que se lanzaba hacia adelante y comenzaba a golpearlo en los hombros con la macana.

Delacroix levantó las manos, gritando, y la macana chocó con un ruido sordo contra las mangas del uniforme azul. Aquella noche lo vi sin la camisa, y el pobre estaba hecho un mapa de moretones. Al verlo me sentí fatal. Era un asesino, no una dulce criatura, pero en el bloque E no hacíamos esas cosas. Al menos hasta que llegó Percy.

–¡Eh! ¡Eh! –exclamé–. ¡Basta! ¿A qué viene todo esto?

Intentaba interponerme entre Delacroix y Percy, pero no lo conseguía. Percy seguía sacudiendo la macana a un lado de mi cuerpo y luego al otro. Tarde o temprano me daría un porrazo en lugar de a su presa, y entonces estallaría una buena, fueran quienes fuesen sus malditos parientes. No sería capaz de contenerme y era muy probable que Bruto se uniera a mí. A veces pienso que ojalá lo hubiéramos hecho. Eso habría cambiado algunas cosas que pasaron después.

–¡Maldito maricón! Te enseñaré a no tocarme, asqueroso cabrón.

¡Pum! ¡Pum! ¡Pum! Delacroix gritaba y le sangraba una oreja. Dejé de intentar escudarlo, lo agarré de un hombro y lo empujé dentro de la celda, donde cayó sobre el camastro. Percy me esquivó y le dio un último golpe en el culo, algo así como la cereza del pastel. Entonces Bruto lo sujetó de los hombros –me refiero a Percy– y lo arrastró por el pasillo.

Cerré la puerta de la celda y eché el cerrojo. Luego volteé hacia Percy, debatiéndome entre la incredulidad y la furia. Percy ya llevaba varios meses con nosotros, el tiempo suficiente para que todos hubiéramos aprendido a detestarlo, pero aquélla fue la primera vez que me di cuenta de que estaba totalmente fuera de control.

Se quedó mirándome, no sin cierto temor –en el fondo era un cobarde, nunca tuve la menor duda al respecto–, pero confiado en que sus relaciones lo protegerían. Y en eso tenía razón. Supongo que habrá gente que no entienda cómo era posible después de todo lo que he dicho de él, pero esa gente conocerá la *Gran Depresión* sólo por los libros de historia. Aquello era mucho más que una frase de libro, y cuando uno tenía un empleo fijo, hermano, era capaz de hacer cualquier cosa para conservarlo.

Para entonces, Percy había palidecido bastante, pero sus mejillas seguían teñidas de rubor y el pelo, habitualmente peinado hacia atrás con brillantina, le caía sobre la frente.

–¡Demonios! ¿A qué viene todo esto? –pregunté–. Nunca se le ha pegado a un prisionero en mi bloque.

–El maldito maricón intentó tocarme el pito cuando bajábamos de la camioneta –dijo Percy–. Se lo merecía y volvería a hacerlo.

Lo miré, demasiado asombrado para hablar. No podía imaginar ni siquiera al homosexual más degenerado de este mundo de Dios intentando hacer lo que Percy acababa de decir. El traslado a una celda del pasillo de la muerte no solía poner cachondos ni a los reclusos más pervertidos.

Volví a mirar a Delacroix, que estaba acurrucado en el camastro y se cubría la cara con las manos para protegerse. Tenía esposas en las muñecas y una cadena entre las piernas. Luego volteé hacia Percy.

–Vete de aquí –dije–. Hablaré contigo más tarde.

–¿Piensa escribir un informe sobre esto? –preguntó con voz truculenta–. Porque si lo hace, puedo redactar mi propio informe, ¿sabe?

No quería escribir ningún informe; sólo quería que desapareciera de mi vista, y se lo dije.

–El asunto está cerrado –concluí. Vi que Bruto me miraba con desaprobación, pero no hice caso–. Ahora vete de aquí. Ve a la administración y diles que estás allí para leer cartas y ayudar a clasificar paquetes.

–De acuerdo.

Había recuperado la compostura, o la terca arrogancia que en su caso hacía las veces de compostura. Se apartó el cabello de la frente con las manos blandas, blancas y pequeñas (las manos de una niña) y se acercó a la celda. Delacroix lo vio y se encogió aún más en el camastro, balbuceando en una mezcla de inglés y francés macarrónico.

–Todavía no he terminado contigo, Pierre –dijo. Entonces una de las enormes manos de Bruto cayó sobre su hombro y Percy dio un salto.

–Sí que has terminado –le espetó Bruto–. Ahora vete. Esfúmate.

–No me das miedo, ¿sabes? –dijo Percy–. Ni un poco –volvió la mirada hacia mí–. Ninguno de los dos me asusta.

Pero lo hacíamos. Se notaba en sus ojos, tan claro como la luz del día, y eso lo volvía aún más peligroso. Un hombre como Percy nunca sabe qué va a hacer un minuto después, un segundo después.

Lo que hizo entonces fue volverse y caminar por el pasillo con pasos largos y arrogantes. Había demostrado al mundo lo que era capaz de hacer cuando un francés esquelético y medio calvo se atrevía a tocarle el pito –¡por todos los santos!– y abandonaba victorioso el campo de batalla.

Recité el discursillo de rigor: que oiríamos el radio –*El salón de baile* y *La chica del domingo*– y que lo trataríamos bien si él hacía otro tanto. Aquella pequeña homilía no fue lo que podríamos definir como uno de mis éxitos. Delacroix lloró todo el tiempo, acurrucado a los pies del camastro, tan lejos de mí como era posible sin estamparse en el rincón. Cada vez que yo me movía, él se encogía, y no creo que escuchase más que una palabra de cada seis. Aunque quizá fuese mejor así. De todos modos, no creo que mi peculiar sermón tuviera mucho sentido.

Quince minutos más tarde volví a la mesa de entrada, donde Brutus Howell, con expresión afligida, chupaba la punta del lápiz que guardábamos con el libro de visitas.

–¡Por el amor de Dios! –exclamé–. ¿Quieres parar antes de que te envenenes?

–Dios santísimo Jesucristo –repuso él dejando el lápiz en la mesa–. No quiero volver a presenciar *jamás* un recibimiento como éste a un preso del bloque.

–Mi padre solía decir que los problemas vienen en series de tres –dije.

–Entonces espero que tu padre no supiera un carajo de ese tema –respondió Bruto, pero no fue así. Hubo una riña cuando llegó John Coffey y una auténtica tormenta cuando ingresó el Salvaje Bill. Tiene gracia, pero es cierto que los problemas vienen en series de tres.

Es justo advertirles que pronto llegaré a la parte de cómo conocimos al Salvaje Bill y de cómo intentó cometer un asesinato en cuanto entró en el pasillo de la muerte.

–¿Qué hay de cierto en eso de que Delacroix le tocó el pito? –pregunté.

–Tenía los tobillos encadenados y el bestia de Percy lo jalaba demasiado rápido –gruñó Bruto–. Cuando bajó de la camioneta tropezó y estuvo a punto de caer al suelo. El pobre desgraciado extendió las manos para contener el golpe y rozó la bragueta de los pantalones de Percy. Fue un accidente.

–¿Crees que Percy se dio cuenta? –pregunté–. ¿Que lo usó como excusa sencillamente porque se le antojaba pegarle a Delacroix y demostrarle quién manda aquí?

Bruto asintió lentamente.

–Sí, creo que fue así.

–Entonces tendremos que vigilarlo –dije mientras me alisaba el pelo. Como si aquel trabajo no fuera lo bastante difícil por sí solo–. Demonios, odio todo esto. Y odio a ese tipo.

—Yo también. ¿Y sabes otra cosa, Paul? No lo entiendo. Tiene contactos, eso sí que lo entiendo, pero ¿por qué usarlos para conseguir un trabajo en el maldito pasillo de la muerte o en cualquier prisión estatal? ¿Por qué no se buscó un puesto de conserje en el senado o de secretario del ayudante del gobernador? Seguro que su familia le habría conseguido un empleo mejor si lo hubiera pedido, así que ¿por qué ha acabado aquí?

Sacudí la cabeza. No lo sabía. En aquel entonces ignoraba muchas cosas. Supongo que era ingenuo.

8

Después de aquel incidente, las cosas volvieron a la normalidad, al menos por un tiempo. En los tribunales del condado, el estado se preparaba para llevar a juicio a John Coffey y el sheriff de Trapingus, Homer Cribus, restaba importancia a la posibilidad de que una multitud vengadora se tomara la justicia por sus manos y linchase al acusado. No es que aquello nos importara; en el bloque E, nadie prestaba demasiada atención a las noticias. En cierto modo, vivir en el pasillo de la muerte era como hacerlo en una habitación insonorizada. De vez en cuando se oían rumores de que en el mundo exterior se producían estallidos, pero eso era todo. No se darían prisa con el caso de John Coffey; querrían asegurarse de juzgarlo como merecía.

Percy provocó a Delacroix un par de veces, y la segunda lo separé y le ordené que fuera a mi despacho. No era la primera vez que discutía con Percy de su conducta, y tampoco sería la última, pero creo que en el transcurso de la entrevista entendí claramente con qué clase de persona estaba tratando. Tenía el corazón de un niño cruel que si va al zoológico no es para contemplar a los animales sino para arrojar piedras a las jaulas.

–Apártate de él, ¿me oyes? –dije–. A menos que yo te indique lo contrario, mantente alejado de él.

Percy se echó el pelo hacia atrás y luego lo alisó con sus pequeñas y suaves manos. A aquel muchacho le encantaba tocarse el pelo.

–No le he hecho nada –dijo–. Sólo le preguntaba qué se siente al saber que uno ha quemado vivos a unos cuantos niños –me miró con los ojos muy abiertos y una expresión inocente en el rostro.

–Déjalo en paz o tendré que presentar un informe –lo amenacé.

Percy rio.

–Escriba todos los informes que quiera. Después yo redactaré el mío, como ya le dije cuando entró ese tipo. Veremos quién gana.

Me incliné, con las manos entrelazadas sobre el escritorio, e intenté hablar como un amigo que hace una confidencia a otro.

–A Brutus Howell no le caes muy bien –dije–. Y cuando a Brutus no le gusta alguien, suele presentar su propio informe. No es muy bueno con la pluma, y es incapaz de abandonar el hábito de chupar la punta del lápiz, así que es probable que decida hacer el informe con los puños. Supongo que entiendes qué quiero decir.

A Percy se le borró la sonrisa de la cara.

–¿Qué pretende decir?

–No pretendo decir nada. Lo he dicho. Y si mencionas esta conversación a alguno de tus… amigos… diré que te lo has inventado todo –lo miré fijamente y con seriedad–. Además, intento ser tu amigo, Percy. Dicen que a buen entendedor, pocas palabras. ¿Por qué quieres enemistarte con Delacroix? No vale la pena.

La táctica funcionó durante un tiempo, y tuvimos paz. En un par de ocasiones, incluso envié a Percy a acompañar a Delacroix a las regaderas junto con Dean y Harry. Por las noches poníamos el radio y Delacroix comenzó a relajarse un poco, adaptándose a la rutina del bloque E. Y tuvimos paz.

Una noche, lo oí reír. Harry Terwilliger estaba en la mesa de entrada y pronto se echó a reír él también. Me levanté y fui a la celda del francés a ver qué pasaba.

—Mire, jefe —dijo al verme—. ¡He domesticado un ratón!

Era *Willie,* el del barco de vapor, y estaba en la celda de Delacroix. Es más, estaba sentado en un hombro del francés y nos miraba tranquilamente a través de los barrotes con sus ojos pequeños como gotas de aceite. Tenía la cola enroscada entre las patas y parecía muy a gusto. En cuanto a Delacroix, bueno, nadie hubiera dicho que era el mismo hombre que una semana antes estaba acurrucado llorando a los pies de la cama. Tenía la misma expresión que mi hija la mañana de Navidad, cuando bajaba a la sala y veía sus regalos.

—¡Mire esto! —exclamó Delacroix.

El ratón estaba sentado en su hombro derecho. El francés extendió el brazo izquierdo y el roedor corrió por encima de su cabeza, usando su pelo (que al menos en al parte trasera era bastante espeso) para trepar. Luego descendió por el otro lado y Delacroix rio al sentir en el cuello el cosquilleo de su cola. El ratón recorrió todo el brazo hasta llegar a la muñeca, luego dio media vuelta y regresó al hombro izquierdo, donde volvió a sentarse con la cola enroscada entre las patas.

—¡Qué impresionante! —exclamó Harry.

—Le he enseñado a hacerlo —dijo Delacroix con orgullo. Yo pensé «y te voy a creer», pero mantuve la boca cerrada—. Se llama *Cascabel.*

—No —replicó Harry con cordialidad—. Es *Willie,* el del barco de vapor, como el de los dibujos animados. El jefe Howell lo bautizó.

—Es *Cascabel* —insistió Delacroix. En cualquier otro tema, habría admitido que blanco era negro si uno lo hubiera querido, pero en lo referente al ratón era inflexible–. Me lo ha dicho al oído. Jefe, ¿podría darme una caja para él? ¿Podría darme una caja para que el ratón duerma aquí conmigo? –su voz se volvió suplicante, con el mismo tono lloroso que había oído tantas veces antes–. Lo pondré debajo de la cama y no causará ningún problema.

–Tu inglés mejora mucho cuando quieres algo –dije, intentando ganar tiempo.

–Ah, ah –murmuró Harry dándome un codazo–. Ahora tendremos problemas.

Pero aquella noche, Percy no parecía dispuesto a causar problemas. No se alisaba el pelo con las manos ni jugaba con su macana, y hasta llevaba el primer botón de la camisa del uniforme desabrochado. Era la primera vez que lo veía así, y resultaba increíble que un pequeño detalle como aquél pudiera cambiarlo tanto. Sin embargo, lo que más me impresionó fue la expresión de su cara. Sin llegar a ser serena –no creo que Percy Wetmore tuviera un ápice de serenidad en todo el cuerpo–, era la expresión de alguien que ha descubierto que es capaz de esperar un tiempo por aquello que desea. No tenía nada que ver con el joven a quien unos días antes yo había amenazado con los puños de Bruto.

Pero Delacroix no notó el cambio y se acurrucó junto a la pared de la celda, flexionando las rodillas contra el pecho. Sus ojos parecieron crecer hasta ocupar la mitad de su cara. El ratón corrió a la coronilla calva y se sentó allí. No sé si recordaría que él también tenía motivos para desconfiar de Percy, pero al menos eso parecía. Aunque quizá su reacción obedeciera a que había olido el miedo del francés.

–Vaya, vaya –dijo Percy–. Parece que has encontrado un amigo, Eddie.

Delacroix quiso responder algo, adivino que una vana amenaza sobre lo que haría si Percy hacía daño a su nuevo compañero, pero no consiguió pronunciar una sola palabra. Su labio inferior tembló ligeramente y eso fue todo. Sin embargo, *Cascabel* no temblaba encima de su cabeza. Estaba sentado perfectamente inmóvil con las patas traseras entre el pelo de Delacroix y las delanteras extendidas sobre la calva, mirando a Percy con aire desafiante, como quien mira a un antiguo enemigo.

–¿No es el mismo ratón que perseguí el otro día? –preguntó Percy–. ¿El que vive en la celda de seguridad?

Asentí con un gesto. Tenía la impresión de que Percy no había vuelto a ver al recién bautizado *Cascabel* desde aquella persecución y ahora no parecía tener ganas de cazarlo.

–Sí, es el mismo –dije–. Aunque Delacroix dice que no se llama *Willie* sino *Cascabel.* Asegura que el ratón se lo ha dicho al oído.

–¿De veras? –dijo Percy–. Los milagros no se acaban nunca, ¿no es cierto?

Yo esperaba que desenfundara la macana y comenzase a golpear con ella los barrotes de la celda, para recordarle a Delacroix quién mandaba allí, pero se limitó a mirarlo con las manos en las caderas.

Entonces, sin ninguna razón aparente, añadí:

–Delacroix acababa de pedirnos una caja, Percy. Cree que el ratón dormirá en ella y que podrá tenerlo consigo como si fuera una mascota. –Mi voz estaba cargada de escepticismo y más que ver, sentí la mirada sorprendida de Harry–. ¿Tú qué opinas?

–Opino que una noche, mientras esté dormido, le cagará en la nariz y saldrá corriendo –respondió Percy con tranquilidad–. Aunque supongo que eso es asunto del francés. La otra noche vi una bonita caja de puros en el carro de Tuu Tuu. No sé si la habrá regalado. Tal vez pida cinco centavos por ella, o incluso veinticinco.

Esta vez miré a Harry y vi que estaba boquiabierto. No era exactamente como el cambio que había experimentado Ebenezer Scrooge la mañana de Navidad, después de que los fantasmas se ocuparan de él, pero se parecía bastante.

Percy se acercó a la celda de Delacroix y metió la cabeza entre los barrotes. El francés se encogió aún más. Juro que de haber podido se habría fundido con la pared.

–¿Tienes cinco centavos, o quizá veinticinco para comprar una caja de puros, *torpigante*? –preguntó.

–Tengo cuatro centavos –respondió Delacroix–, y los pagaré por una caja si está en buenas condiciones, *s'il est bon*.

–Haremos un trato –dijo Percy–. Si ese viejo chulo desdentado está dispuesto a venderte la caja de Corona por cuatro centavos, robaré un poco de algodón de la enfermería para forrarla. Haremos un auténtico Hilton para ratones –se volvió hacia mí–. Tengo que escribir un informe sobre Bitterbuck, Paul –dijo–. ¿Hay plumas en su despacho?

–Sí, desde luego –respondí–. Y formularios también. En el primer cajón de la izquierda.

–Estupendo –dijo, y se marchó contoneándose.

Harry y yo nos miramos.

–¿Crees que está enfermo? –preguntó Harry–. Quizá ha ido al médico y ha descubierto que le quedan tres meses de vida.

Contesté que no tenía la menor idea de qué le pasaba. En ese momento era cierto, y lo fue durante un tiempo, pero al final lo descubrí. Unos años más tarde tuve una interesante conversación de sobremesa con Hal Moores. Para entonces, él estaba retirado y yo en el correccional de menores, de modo que podíamos hablar con libertad. Fue una de esas comidas en que uno bebe demasiado y come poco, así que la lengua se suelta. Hal me contó que Percy había ido a quejarse de mí y de la situación general en el pasillo de la muerte. Había sido poco después de que Delacroix ingresara en el bloque y Bruto y yo evitáramos que lo matase a golpes. Al parecer, lo que más había molestado a Percy fue que le dijera que desapareciese de mi vista. Creía que un hombre emparentado con el gobernador no debía ser tratado con semejantes modales.

En fin, Moores me contó que intentó contener a Percy todo lo que pudo, pero que cuando comprobó que el tipo estaba dispuesto a utilizar sus contactos para que me amonestaran y trasladaran a otra parte de la prisión, lo llamó a su despacho y le dijo que si dejaba las cosas como estaban, él mismo se ocuparía de que tuviese un papel protagónico en la ejecución de Delacroix. Lo pondría junto a la silla. Yo estaría a cargo, como de costumbre, pero los testigos no se enterarían. Para ellos, Percy Wetmore sería el maestro de ceremonias. Moores se había limitado a prometerle lo que ya habíamos acordado antes, pero Percy no lo sabía. Aceptó cejar en sus empeños para que me trasladaran y la atmósfera del bloque E mejoró. Aceptó incluso que Delacroix conservase a su viejo enemigo como mascota. Es sorprendente la forma en que algunos hombres cambian con el incentivo apropiado. En el caso de Percy, el alcaide Moores sólo tuvo que prometerle que podría matar a un pequeño francés calvo.

9

A Tuu Tuu cuatro centavos le parecieron muy poco por una bonita caja de puros Corona, y quizá tuviera razón. Las cajas de puros eran muy apreciadas en la prisión. En ellas podían guardarse miles de objetos pequeños, tenían un olor agradable y recordaban a los presos lo que era la vida en libertad. Supongo que porque en la prisión se permitía fumar cigarros, pero no puros.

Dean Stanton, que para entonces había regresado al bloque, contribuyó con un centavo y yo con otro. Al ver que Tuu Tuu todavía se mostraba reacio a vender, Bruto intentó convencerlo. Primero le dijo que debería avergonzarse de ser tan mezquino, y luego le prometió que él, Brutus Howell en persona, le devolvería la caja de puros una vez que Delacroix fuese ejecutado.

—Tal vez seis centavos no sean suficientes como precio de venta de una caja de puros. Podríamos discutirlo largo y tendido —dijo Bruto—, pero tienes que reconocer que es un buen precio por un *alquiler*. El francés recorrerá el pasillo de la muerte en un mes; seis semanas, como máximo. Esa caja volverá a tu carrito antes de que te des cuenta de que no está allí.

—¿Y si le toca un juez de corazón blando y sigue aquí cuando nos entierren a todos? —dijo Tuu, pero tanto él como Bruto sabían que no sería así. El viejo Tuu Tuu llevaba empujando aquel maldito carro lleno de citas de la Biblia desde los días de las diligencias y tenía información de buena fuente… Yo estaba seguro de que en eso nos superaba. Sabía que Delacroix no podía esperar nada de un juez de corazón blando. Su única esperanza era el gobernador, que no solía ser clemente con tipos capaces de asar vivos a media docena de sus votantes.

—Aunque no consiga un aplazamiento, ese ratón estará cagando en la caja hasta octubre, quizá incluso hasta el día de Acción de Gracias —protestó Tuu, pero Bruto notó que se estaba ablandando—. ¿Quién va a comprar una caja que ha servido de escusado a un ratón?

—Caramba, Tuu —dijo Bruto—. Ésa es la estupidez más grande que te he oído decir desde que te conozco, de verdad. En primer lugar, Delacroix mantendrá la caja tan limpia como para comer en ella. Quiere tanto a ese ratón que es capaz de limpiarla a lengüetazos si es necesario.

–No si es mierda –dijo Tuu arrugando la nariz.

–Y en segundo lugar –continuó Bruto–, la caca de ratón no es un problema. Sólo son unas bolitas, como los perdigones que se usan para cazar pájaros. Sacudes la caja y no queda nada.

El viejo Tuu sabía que no tenía sentido seguir protestando. Llevaba el tiempo suficiente en aquel sitio para reconocer cuándo podía enfrentarse con la brisa y cuándo le convenía rendirse a la fuerza del huracán. Aquello no era exactamente un huracán, pero a los muchachos de uniforme azul les caía bien el ratón y les gustaba la idea de que Delacroix se lo quedase, de modo que era, como mínimo, una fuerte ventolera. Así que Delacroix consiguió su caja y Percy cumplió con su palabra: dos días después, el recipiente estaba forrado con finas capas de algodón robado de la enfermería. Percy se lo entregó personalmente y yo vi el miedo en los ojos del francés cuando sacó la mano a través de los barrotes. Temía que Percy le sujetara la mano y le rompiera los dedos. Debo confesar que yo también tenía un poco de miedo, pero no ocurrió nada semejante. Nunca estuve tan cerca de apreciar a Percy como aquel día, aunque incluso entonces era imposible pasar por alto la expresión divertida de sus ojos. Delacroix tenía una mascota y Percy otra. El francés la cuidaría y la amaría tanto tiempo como pudiera; Percy esperaría con paciencia (tanta paciencia como podía tener alguien como él) y luego la achicharraría viva.

–El Hilton para ratones abre sus puertas –dijo Harry–. La gran incógnita es si ese cabroncito usará la caja.

La pregunta tuvo respuesta tan pronto como Delacroix tomó al ratón y lo colocó suavemente en la caja. El animal se acomodó en el algodón blanco como si estuviera en el paraíso y aquél fue su hogar hasta... Bueno, llegaré al final de la historia de *Cascabel* a su debido tiempo.

Pronto se demostró que la preocupación del viejo Tuu Tuu de que la caja de puros acabara llena de mierda de ratón no tenía ningún fundamento. Jamás vi una sola caca allí, y Delacroix afirmaba que él tampoco. Ni allí, ni en ninguna otra parte de la celda. Mucho más adelante, en la época en que Bruto me enseñó el agujero en la viga y encontramos las astillas de colores, saqué una silla de un rincón de la celda de seguridad y me encontré con un montoncito de cacas de ratón. Por lo visto, siempre cagaba en el mismo sitio, lo más lejos posible de nosotros. Y hay algo más: nunca lo vi mear, y eso que los ratones son incapaces de mantener el grifo cerrado más de dos minutos seguidos, sobre todo cuando comen. Como ya he dicho, aquel maldito roedor era uno de los misterios del buen Dios.

Una semana después de que *Cascabel* se instalara en la caja de puros, Delacroix nos llamó a mí y a Bruto para enseñarnos algo. Lo hacía con tanta frecuencia que resultaba pesado (para el pequeño francés, el solo hecho de que *Cascabel* diese una voltereta sobre la espalda con las patas en alto era una maravilla de la naturaleza), pero esta vez lo que tenía que mostrarnos era realmente divertido.

Después del juicio, el mundo entero parecía haber olvidado a Delacroix, pero el francés tenía una parienta –una vieja tía soltera, según creo– que le escribía una vez por semana. La anciana también le había enviado una bolsa enorme de caramelos de menta, de esos que en la actualidad se comercializan con el nombre de *Canada Mints*. Parecían grandes pastillas rosadas. Naturalmente, no se le permitió quedarse con toda la bolsa de una vez, pues pesaba más de dos kilos y si se la hubiera comido de una sentada habría acabado en la enfermería. Como casi todos los asesinos que tuvimos en el pasillo de la muerte, el francés no tenía idea de la mesura, de modo que le entregábamos los caramelos por docenas y sólo si los pedía.

Cuando llegamos a la celda, *Cascabel* estaba sentado en el camastro junto a Delacroix. Sostenía uno de aquellos caramelos rosados entre las patas y lo mordía con aire satisfecho. Delacroix estaba rebosante de alegría, como un pianista que contempla a su hijo de cinco años tocar sus primeras piezas clásicas. Pero lo cierto es que la cosa tenía auténtica gracia. El caramelo era casi tan grande como *Cascabel* y el vientre peludo de éste ya estaba hinchado de tanto comer.

—¡Quítaselo, Eddie! —dijo Bruto entre divertido y horrorizado—. Por todos los santos, si sigue comiendo va a reventar. Puedo oler a menta desde aquí. ¿Cuántos le has dado?

—Éste es el segundo —respondió Delacroix mirando la barriga del ratón con cierto nerviosismo—. ¿De verdad cree que…? Bueno, ¿podrían estallarle las tripas?

—Es posible —contestó Bruto.

Eso fue suficiente para Delacroix, que tomó el caramelo a medio comer. Yo esperaba que el ratón le diera un mordisco, pero lo cierto es que entregó el caramelo —o lo que quedaba de él— con absoluta docilidad. Miré a Bruto y él sacudió la cabeza como diciendo que no, que él tampoco lo entendía. Entonces *Cascabel* saltó a su caja y se tumbó con aire cansado, haciéndonos reír a los tres. Después de aquel día, nos acostumbramos a ver a *Cascabel* sentado junto a Delacroix, comiendo un caramelo con los modales exquisitos de una señora en una merienda elegante, ambos rodeados del olor que más tarde aspiraría en el agujero de la viga: el olor entre picante y dulce de la menta.

Antes de hablar de la llegada de William Wharton, el auténtico ciclón que azotó el bloque E, quiero contarles algo más sobre *Cascabel*. Aproximadamente una semana después del incidente del primer caramelo de menta, cuando habíamos llegado a la conclusión de que Delacroix no permitiría que al ratón le estallaran las tripas, el francés me llamó a su celda. En aquel momento Bruto había ido a buscar algo a la cooperativa y yo estaba solo, lo que significaba que, según las ordenanzas, no debía acercarme a ningún prisionero. Sin embargo, quizá porque sabía que con un simple puñetazo podía arrojar a Delacroix a veinte metros de distancia, decidí romper las reglas e ir a ver qué quería.

–Mire esto, jefe Edgecombe –dijo–. ¡Ahora verá lo que es capaz de hacer *Cascabel*! –metió la mano detrás de la caja de puros y sacó un pequeño carrete de madera.

–¿De dónde has sacado eso? –pregunté, aunque creía saberlo. Sólo podía habérselo dado una persona.

–Me lo dio el viejo Tuu Tuu –respondió–. Mire.

Yo ya miraba y veía a *Cascabel* dentro de la caja, con las pequeñas patas delanteras levantadas y apoyadas sobre uno de los lados y los ojos negros fijos en el carrete que Delacroix sostenía entre el índice y el pulgar de la mano derecha. Un escalofrío me recorrió la espalda. Nunca había visto a un simple ratón mirar algo con tanta atención, con tanta *inteligencia*. Jamás creí que *Cascabel* fuera un ser sobrenatural, y si he dado esa impresión, lo lamento; pero tampoco tengo ninguna duda de que dentro de su especie era un genio.

Delacroix se inclinó e hizo rodar el carrete por el suelo de la celda. Se deslizó suavemente, como un par de ruedas conectadas mediante un eje. En un instante, el ratón saltó de la caja y corrió detrás del carrete, igual que un perro que persigue un palo. Dejé escapar una exclamación de sorpresa y Delacroix sonrió.

El carrete chocó contra la pared y volvió atrás. *Cascabel* lo rodeó y lo empujó hacia la cama, corriendo de un extremo a otro cada vez que parecía que iba a desviarse de su rumbo. Empujó el carrete hasta que éste topó con los pies de Delacroix. Luego alzó la vista, como para asegurarse de que el francés no tenía otra tarea para él (quizá unos cuantos problemas aritméticos para resolver o una frase en latín para analizar). Aparentemente satisfecho de su trabajo, *Cascabel* volvió a acomodarse dentro de la caja de puros.

—Se lo has enseñado tú —dije.

—Sí, jefe Edgecombe —respondió Delacroix, incapaz de reprimir una sonrisa de satisfacción—. Lo ha agarrado todas las veces que se lo arrojé. Es más listo que el demonio, ¿verdad?

—¿Y el carrete? —pregunté—. ¿Cómo sabías que debías buscarle uno, Eddie?

—Me lo dijo al oído —respondió Delacroix con tranquilidad—. Igual que cuando me murmuró su nombre.

Delacroix enseñó su truco a todos los muchachos; a todos, excepto a Percy. No parecía importarle que Percy hubiera tenido la idea de la caja de puros ni que le hubiera dado algodón para forrarla. El francés era como algunos perros; si se los patea una vez, no vuelven a confiar en uno por agradable que se muestre en adelante.

Aún me parecía oír a Delacroix gritar:

—¡Muchachos! ¡Vengan a ver lo que es capaz de hacer *Cascabel*!

Y a continuación se formaba un tumulto de uniformes azules: Bruto, Harry, Dean, incluso Bill Dodge. Todos se habían quedado atónitos con el truco, igual que yo.

Tres o cuatro días después de que *Cascabel* comenzara a hacer el truco del carrete, Harry Terwilliger encontró unos crayones entre los materiales de arte que guardábamos en la celda de seguridad y se los llevó a Delacroix con una sonrisa tímida.

—He pensado que quizá te gustaría pintar el carrete de varios colores —dijo—. Entonces tu amiguito sería como un ratón de circo, o algo por el estilo.

—¡Un ratón de circo! —exclamó Delacroix, rebosante de alegría. Creo que se sentía auténticamente feliz, quizá por primera vez en su miserable vida–. ¡Eso es lo que es! Un ratón de circo. Cuando salga de aquí, me haré rico con él. Ya lo verán.

Sin duda, Percy Wetmore habría recordado a Delacroix que cuando saliese de allí lo haría en una ambulancia que no tendría necesidad de hacer sonar su sirena, pero Harry calló. Le dijo al francés que pintara el carrete lo mejor posible en el mínimo de tiempo, pues tendría que devolver los crayones a su sitio después de cenar.

Del pintó el carrete, desde luego. Cuando terminó, un extremo era amarillo, el otro verde y el centro rojo intenso. Nos acostumbramos a oír a Delacroix anunciar a voz en cuello:

–Maintenant, m'sieurs et mesdames! Le cirque présentement le mous' amusant et amazeant!

No era exactamente así, pero eso les dará una idea de su francés macarrónico. Luego emitía un sonido gutural, que según creo pretendía imitar un tambor, y arrojaba el carrete. *Cascabel* lo perseguía de inmediato y lo empujaba con el hocico o con las patas. En el segundo caso, el truco parecía realmente digno de un circo. Delacroix, su ratón y el colorido carrete eran nuestro principal entretenimiento en el momento en que pusieron a John Coffey bajo nuestra custodia, y continuaron siéndolo durante un tiempo. Luego recrudeció mi infección urinaria, que había permanecido tranquila durante un tiempo, y llegó William Wharton. Fue como si alguien abriera las puertas del infierno.

10

Casi todas las fechas se han borrado de mi mente. Supongo que podría pedirle a mi nieta, Danielle, que las buscara en los periódicos viejos, pero ¿para qué? De todos modos, las más importantes –como el día que entramos en la celda de Delacroix y encontramos al ratón sentado sobre su hombro o el día que William Wharton llegó al bloque y estuvo a punto de matar a Dean Stanton– no aparecerán en la prensa. Tal vez sea mejor que siga como hasta ahora. Al fin y al cabo, supongo que las fechas no tienen mayor importancia si uno es capaz de recordar qué vio y en qué orden lo hizo.

Sé que los hechos se precipitaron. Cuando me enviaron los papeles para la ejecución de Delacroix desde el despacho de Curtis Anderson, me sorprendió ver que la fecha se había adelantado, algo que rara vez sucedía, ni siquiera en aquellos días en que no era necesario remover cielo y tierra para cargarse legalmente a un hombre. Según creo, sólo eran dos días, del 27 al 25 de octubre. No me tomen la palabra, pero era algo así, pues recuerdo que pensé que Tuu iba a recuperar su caja de puros incluso antes de lo previsto.

Wharton, por el contrario, llegó después de lo esperado. Para empezar, su juicio duró más de lo que suponían los informadores habitualmente fiables de Anderson (en lo referente a Will Wharton, uno no podía fiarse de nada, ni siquiera de nuestros métodos para controlar a los prisioneros que hasta entonces parecían probados e infalibles). Luego, una vez que lo encontraron culpable –al menos en ese punto siguieron el guion– lo llevaron al Hospital General de Indianápolis para hacerle unas pruebas. Al parecer, durante el juicio había sufrido varios ataques lo bastante graves para que se desplomara y agitara espasmódicamente, pataleando contra el suelo de madera. El abogado de oficio alegó que Wharton padecía «ataques epilépticos» y que había cometido sus crímenes en momentos de «enajenación mental», en tanto que el fiscal sostenía que las supues-

tas crisis no eran más que la representación de un cobarde desesperado por salvar su vida. Después de obser-
var de cerca los aparentes ataques epilépticos, el jurado decidió que eran falsos. El juez estuvo de acuerdo, pero
de todos modos ordenó una serie de análisis antes de dic-
tar sentencia. Sólo Dios sabe por qué; quizá por simple
curiosidad.

Fue un milagro que Wharton no escapara del hospital (tampoco nos pasó inadvertida la ironía de que
Melinda, la esposa de Moores, estuviera en el mismo
hospital al mismo tiempo), pero no lo hizo. Supongo
que lo tendrían rodeado de guardias y que el muchacho
aún conservaría alguna esperanza de que lo declararan
incompetente a causa de la epilepsia, si padecía algo así.

Sin embargo, no fue así. Los médicos no encontraron nada anormal en su mente, al menos desde el punto de vista físico, y William *Billy the Kid* Wharton fue
enviado a Cold Mountain.

Debe de haber sido alrededor del 18, pues recuerdo
que llegó dos semanas antes que John Coffey y una semana después de que Delacroix recorriera el pasillo de
la muerte.

El día de la llegada de nuestro nuevo psicópata fue
especialmente memorable para mí. Desperté a las cuatro de la madrugada con un latido en el vientre y el pene
hinchado y ardiente. Antes de poner los pies en el suelo, supe que mi infección urinaria no se había terminado de curar, como yo había deseado. Había experimentado una breve mejoría, pero eso era todo.

Salí al baño para descargar la vejiga –aquello sucedió al menos tres años antes de que instaláramos el primer baño dentro de la casa–, pero cuando llegué a la
pila de leña amontonada en un costado de la casa,
comprendí que no podía aguantar más. Me bajé los pantalones de la piyama justo cuando comenzaba a salir la
orina, y aquella meada estuvo acompañada del dolor

más intenso que he experimentado en toda mi vida. En 1956 tuve una piedra en la vesícula, y sé que la gente dice que es peor, pero comparado con aquel ataque ese cálculo fue como una leve indigestión.

Se me aflojaron las rodillas y caí pesadamente sobre ellas, rasgando el trasero de mi piyama al abrir las piernas para mantener el equilibrio y evitar caer de cara en un charco de orina. Si no me hubiera agarrado de uno de los leños con la mano izquierda, allí habría acabado.

Sin embargo, todo aquello podría haber sucedido en Australia o en algún otro planeta. Lo único que me preocupaba era el dolor; la parte inferior del vientre ardía como si se estuviera incendiando y mi pene –un órgano que solía olvidar, excepto cuando me procuraba el mayor placer que puede experimentar un hombre– parecía a punto de derretirse. Miré hacia abajo, esperando ver salir sangre de la punta, pero en su lugar observé un chorro de orina aparentemente normal.

Me agarré del leño con una mano y me cubrí la boca con la otra, intentando mantener la boca cerrada. No quería despertar a mi esposa con un grito. Tuve la impresión de que nunca terminaría de mear, pero por fin el chorro cesó. Por un instante, quizá un minuto entero, fui incapaz de levantarme. Luego el dolor comenzó a ceder y me incorporé con esfuerzo. Miré el charco de orina, que ya se filtraba en la tierra, y me pregunté si Dios estaría cuerdo al crear un mundo donde un poco de humedad como aquella podía producir un dolor tan terrible.

Decidí pedir la baja por enfermedad e ir a ver al doctor Sadler. No soportaba el olor de las pastillas de sulfamida ni las náuseas que me provocaban, pero cualquier cosa sería mejor que estar de rodillas junto a un montón de leña, intentando contener los gritos mientras parecía que alguien me había rociado el pito con gasolina y había arrojado un cerillo.

Luego, mientras me tomaba una aspirina y oía los suaves ronquidos de Janice procedentes de la habitación, recordé que aquél era el día de la llegada de Will Wharton al bloque E y que Bruto no estaría allí. Según el orden del día, debía ir al otro lado de la prisión a ayudar a trasladar la biblioteca y el resto del equipo de enfermería al nuevo edificio. A pesar del dolor, no me parecía bien dejar a Dean y a Harry solos con Wharton. Eran funcionarios competentes, pero el informe de Curtis Anderson había sugerido que William Wharton era excepcionalmente peligroso. «A ese hombre no le importa nada», había escrito, subrayando la frase para darle énfasis.

Para entonces el dolor se había calmado un poco y yo ya podía pensar con claridad. Supuse que lo mejor era salir pronto para la prisión. Podía llegar a las seis, la hora en que solía hacerlo el alcaide Moores. Él enviaría a Brutus Howell de nuevo al bloque E con tiempo suficiente para recibir a Wharton y yo cumpliría con mi postergada visita al médico. De hecho, Cold Mountain me quedaba de camino.

Durante los treinta kilómetros de viaje a la penitenciaría, en dos ocasiones volví a sentir esa necesidad urgente de orinar. Las dos veces pude detenerme y solucionar el problema sin ponerme en evidencia (gracias al cielo, el tránsito a aquellas horas en las carreteras comarcales era casi inexistente). Ninguna de las dos meadas fue tan dolorosa como la que me había arrojado al suelo del camino al baño, pero en ambas ocasiones tuve que sostenerme de la manija de la puerta del acompañante de mi pequeño coupé Ford y sentí correr el sudor por mi cara ardiente. Estaba enfermo, no cabía duda; muy enfermo.

Sin embargo, lo conseguí. Entré por la puerta sur, estacioné en el sitio habitual y fui directamente a ver al alcaide. Eran cerca de las seis, la oficina de Miss Hannah estaba vacía (no llegaría hasta las siete, una hora más civilizada) pero vi luz en el despacho de Moores a través del cristal de la puerta. Llamé y abrí. Moores alzó la vista, sobresaltado al ver a alguien por allí a horas tan intempestivas, y yo habría dado cualquier cosa por no haberlo sorprendido en aquel estado, con expresión afligida e indefensa. Cuando entré, se tiraba con las dos manos del pelo blanco, por lo general cuidadosamente peinado, que ahora estaba enmarañado y en punta. Tenía los ojos enrojecidos y rodeados de bolsas. Pero lo peor era su palidez; tenía el aspecto de un hombre que acaba de regresar de una larga caminata en una noche helada.

–Lo siento, Hal. Volveré... –empecé.

–No –dijo–. Pasa, Paul, por favor. Cierra la puerta y entra. Nunca en toda mi vida había necesitado tanto ver a alguien. Cierra la puerta y entra.

Obedecí y olvidé mi propio dolor por primera vez desde que me había despertado aquella mañana.

–Es un tumor en el cerebro –dijo Moores–. Sale en las radiografías. De hecho, los médicos parecían muy satisfechos con ellas. Uno incluso ha dicho que eran las mejores que habían tomado hasta el momento y que las publicarán en una célebre revista médica de Nueva Inglaterra. Dicen que es del tamaño de un limón y que está muy adentro, donde no pueden operar. Suponen que morirá antes de Navidad. No se lo he dicho, porque no sé cómo hacerlo. ¡Dios, no se me ocurre la manera de decírselo!

Entonces se echó a llorar con unos sollozos largos y asmáticos que me llenaron de pena y horror al mismo tiempo. Cuando un hombre tan discreto como Hal Moores pierde el control, asusta verlo. Permanecí inmóvil por unos instantes, luego me acerqué y le rodeé los hombros con un brazo. Se agarró a mí con las dos manos, como un hombre a punto de ahogarse, y comenzó a sollozar contra mi estómago, olvidando la compostura. Más tarde, cuando consiguió controlarse, me pidió perdón. Lo hizo sin mirarme a los ojos, como alguien que siente que se ha humillado tanto que quizá nunca logre superarlo. Un hombre puede acabar odiando a otro que lo ha visto en ese estado, y aunque supuse que el alcaide Moores no era de esos, no me atreví a mencionar el verdadero motivo de mi visita. De modo que cuando salí del despacho de Moores, me dirigí al bloque E en lugar de a mi coche. Para entonces, la aspirina comenzaba a hacer efecto y el dolor de vientre se había convertido en una punzada sorda. Supuse que me las podría arreglar para pasar el día; recibiría a Wharton, volvería a visitar a Hal Moores por la tarde y pediría la baja por enfermedad para el día siguiente. Creía que ya había pasado lo peor, pero lo cierto es que lo peor de aquel día ni siquiera había comenzado.

11

–Creímos que seguía sedado por las pruebas –dijo Dean a última hora de la tarde. Su voz era grave, áspera, casi un ladrido, y tenía moretones negros en el cuello. Noté que le costaba trabajo hablar y pensé en decirle que no se esforzara, pero a veces duele más callar. Supuse que ésa era una de aquellas veces y mantuve la boca cerrada–. Todos creímos que estaba sedado, ¿verdad?

Harry Terwilliger hizo un gesto de asentimiento. Incluso Percy, sentado a una distancia prudencial de los demás, asintió en silencio.

Bruto me miró y por un instante nuestros ojos se cruzaron. Era obvio que pensábamos lo mismo: que las cosas siempre sucedían de ese modo. Todo parecía ir bien y uno actuaba conforme a las reglas de juego, pero entonces cometía un error y… ¡pum!, el cielo se desmoronaba. Habían pensado que estaba dopado, lo cual era una suposición bastante razonable, pero a nadie se le ocurrió *preguntar* si de verdad lo estaba. Me pareció ver algo más en los ojos de Bruto: Harry y Dean aprenderían de su error, sobre todo Dean, que podía haber vuelto a casa en un ataúd. Percy no aprendería nada; no quería, o quizá no podía. Lo único que podía hacer Percy era sentarse en un rincón y refunfuñar porque volvía a estar metido hasta el cuello en la mierda.

En total, siete guardias se habían trasladado a Indianola para hacerse cargo de Salvaje Bill: Harry, Dean, Percy, dos guardias atrás (no recuerdo sus nombres, aunque estoy seguro de que entonces los sabía) y dos delante. Llevaron lo que entonces llamábamos la «diligencia»: una camioneta Ford supuestamente equipada con cristales antibalas, cuya carrocería acababa de ser reforzada con planchas de acero. Parecía un híbrido entre la camioneta del lechero y un coche blindado.

Harry Terwilliger estaba oficialmente a cargo de la expedición. Le entregó los papeles al sheriff del condado (no Homer Cribus, supongo, sino otro patán como él votado por el pueblo), quien a su vez le entregó al señor William Wharton, un alborotador *extraordinaire*, como habría dicho Delacroix. Aunque habían enviado un uniforme con antelación, el sheriff y sus ayudantes no se habían molestado en ponérselo. Dejaron la tarea para nuestros muchachos, que cuando vieron a Wharton por primera vez en la segunda planta del Hospital General, lo encontraron vestido con una bata y pantuflas baratas de felpa. Era un hombre delgado con cara pequeña y llena de granos y una maraña de pelo largo y rubio. El culo, también pequeño y repleto de granos, quedaba al descubierto por detrás de la bata. De hecho, fue lo primero de él que vieron Harry y los demás, pues cuando entraron, Wharton miraba por la ventana hacia el estacionamiento. No volteó . Se limitó a permanecer inmóvil, sosteniendo las cortinas con una mano, mudo como un muñeco, mientras Harry se quejaba con el sheriff del condado de que no le hubieran puesto el uniforme y el sheriff, a su vez, le daba una clase –como solían hacer todos los funcionarios del interior– sobre cuáles eran sus obligaciones y cuáles no.

Cuando Harry se cansó (dudo que haya tardado mucho), ordenó a Wharton que volteara, y el muchacho obedeció. Según dijo Dean con su voz rasposa, tenía el mismo aspecto que cualquiera de los miles de brutos revoltosos que habían pasado por Cold Mountain en el transcurso de los años. Les quitabas esa mirada feroz y lo único que quedaba era un estúpido con una vena mezquina. A veces uno también les descubría una vena cobarde, sobre todo cuando se volvían de espaldas a la pared, pero por lo general no había otra cosa en ellos que maldad y ganas de bronca, más maldad y más ganas de bronca. Hay gente que ve algo noble en personajes como William Wharton, pero yo no soy uno de ellos. Una rata también pelea si la arrinconan. Según dijo Dean, la cara de aquel hombre parecía tener tanta personalidad como su culo lleno de acné. La mandíbula caída, los ojos distantes, los hombros encorvados y las manos laxas. Daba la impresión de que le habían inyectado una buena dosis de morfina y estaba tan aturdido como una persona drogada.

Al llegar a este punto, Percy hizo otro gesto de asentimiento.

–Ponte esto –dijo Harry señalando el uniforme que estaba a los pies de la cama. Lo habían quitado del envoltorio café, pero aparte de eso nadie lo había tocado. Seguía doblado como cuando estaba en la lavandería de la prisión: unos calzones blancos asomaban por una manga, y un par de calcetines del mismo color por la otra.

Wharton parecía dispuesto a obedecer, aunque era

incapaz de hacerlo sin ayuda. Consiguió ponerse los calzones, pero cuando llegó a los pantalones, intentó poner las dos piernas en el mismo agujero. Por fin, Dean decidió ayudarlo: le pasó los pies por el sitio indicado, subió los pantalones y abrochó la bragueta. Wharton permaneció inmóvil, sin intentar cooperar. Miraba al otro lado de la habitación con expresión ausente y las manos laxas, y a ninguno de los presentes se le ocurrió que podía estar fingiendo. No es que tuviese la esperanza de escapar (al menos eso creo yo), pero sí de organizar la mayor cantidad de problemas posibles en cuanto se presentara la ocasión.

Se firmaron los papeles y William Wharton, que en el momento de su detención se había convertido en propiedad del condado, pasó a ser propiedad del estado. Lo condujeron por la escalera trasera, a través de la cocina del hospital, rodeado de uniformes azules. Wharton caminaba con la cabeza agachada y las manos de largos dedos colgando a ambos lados del cuerpo. La primera vez que se le cayó la gorra, Dean se la puso. La segunda vez, él mismo se la metió en el bolsillo trasero del pantalón.

Tuvo otra oportunidad de crear problemas cuando lo metieron en la diligencia y lo encadenaron, pero no lo hizo. Si esa idea se le cruzó por la cabeza (todavía hoy no estoy seguro de que lo hiciera), debe de haber supuesto que el espacio era demasiado pequeño y el número de contendientes demasiado alto para salir victorioso. De modo que le pusieron las cadenas, una entre los tobillos y otra –demasiado larga, según se descubriría más tarde– entre las muñecas.

El viaje hasta Cold Mountain duró una hora. En todo ese tiempo, Wharton permaneció inmóvil en el asiento de la izquierda de la camioneta, con la cabeza agachada y las manos esposadas colgando entre las rodillas. Harry dijo que de vez en cuando murmuraba algo y Percy salió un instante de su enfurruñamiento para añadir que le caía la baba por encima del labio inferior, gota a gota, hasta formar un charco a sus pies. Como un perro con la lengua fuera en un caluroso día de verano.

Entraron en la penitenciaría por la puerta sur y se dirigieron al estacionamiento, supongo que pasando junto a mi coche. El guardia de servicio abrió la enorme puerta que separaba el estacionamiento del patio de ejercicios y la diligencia entró en el recinto. No había muchos presos en el patio y la mayoría trabajaba en el jardín. Debía de ser época de plantar calabazas. Condujeron directamente hacia el bloque E y se detuvieron. El conductor abrió la puerta, dijo a los guardias que había sido un placer trabajar con ellos y comentó que llevaría la camioneta al taller para cambiarle el aceite. Los guardias de refuerzo siguieron en el vehículo y los dos que iban sentados atrás, ahora con las puertas abiertas, se alejaron comiendo manzanas.

Así pues, Dean, Harry y Percy se quedaron solos con el prisionero encadenado. Debería haber sido suficiente, de hecho lo habría sido si no se hubieran dejado engañar por el esquelético muchacho con cadenas en las muñecas y los tobillos. Lo escoltaron durante la docena de pasos que los separaban de la puerta del bloque E, en la misma formación que usábamos para conducir a los prisioneros por el pasillo de la muerte. Harry iba a la izquierda, Dean a la derecha y Percy detrás con la macana en la mano. Nadie me lo dijo, pero sé perfectamente que tenía la macana en la mano; aquel imbécil adoraba su macana de madera.

Entretanto, yo esperaba sentado en el sitio que sería el hogar de Wharton hasta que llegase su turno de freírle el culo en la silla: primera celda a la derecha del pasillo en dirección a la celda de seguridad. Tenía la carpeta de registro en la mano y esperaba impaciente el momento de pronunciar mi pequeño discurso y esfumarme de allí. El dolor recrudecía en mi vientre y quería encerrarme en el despacho hasta que pasara.

Dean dio un paso al frente para abrir la puerta. Escogió la llave indicada del llavero que llevaba colgado a la cintura y la metió en la cerradura. Cuando Dean hacía girar la llave y tiraba de la manija de la puerta, Wharton pareció cobrar vida. Soltó un aullido desgarrado, incoherente, similar al grito de guerra de un rebelde que paralizó temporalmente a Harry y dejó a Percy fuera de combate. Yo oí el grito a través de la puerta entreabierta y al principio no lo asocié con un sonido humano. Pensé que un perro se habría colado en el patio y lo habrían herido o que quizá algún preso malhumorado le había dado con un pico.

Wharton levantó los brazos, pasó la cadena que unía sus muñecas por encima de la cabeza de Dean, y comenzó a estrangularlo. Dean soltó un grito ahogado y se inclinó hacia adelante, bajo la fresca luz eléctrica de nuestro pequeño mundo. Wharton se alegró de caer con él, hasta le dio un empujón sin dejar de gritar, murmurar incoherencias e incluso reír. Tenía los brazos flexionados y los puños pegados a las orejas de Dean, tensando al máximo la cadena y moviéndola de delante atrás.

Harry se lanzó sobre la espalda de Wharton, lo agarró del grasoso pelo rubio con una mano y le asestó un puñetazo en la cara con la otra. Tenía una pistola y una macana, pero en la confusión del momento no usó ninguna de las dos armas. Habíamos tenido problemas con algún prisionero antes, pero hasta el momento ninguno nos había agarrado por sorpresa como Wharton. La astucia de aquel hombre superaba nuestra experiencia. Nunca había visto nada igual, y nunca lo vería.

Además, era fuerte. La aparente flojedad había desaparecido de sus miembros y, como luego diría Harry, fue como saltar en un nido de alambres de espino que misteriosamente habían cobrado vida. Wharton, que ya estaba dentro y cerca de la mesa de entrada, se volvió hacia la izquierda y se deshizo de Harry, que chocó contra la mesa y cayó al suelo.

–¡Ehhh, muchachos! –gritaba Wharton–. ¿Qué me dicen de esta fiesta?

Sin dejar de reír y gritar, Wharton volvió a sus intentos de estrangular a Dean con la cadena. ¿Por qué no? Wharton sabía lo que todos sabíamos: sólo podían freírlo una vez.

–¡Pégale, Percy, pégale! –gritó Harry mientras se incorporaba. Pero Percy estaba paralizado, con la macana en la mano y los ojos desorbitados.

Cualquiera hubiera dicho que aquélla era la oportunidad que esperaba, la ocasión ideal para hacer buen uso de su macana, pero estaba demasiado asustado y confuso para eso. No se encontraba ante un pequeño francés aterrorizado ni ante un gigante negro que parecía ausente de su propio cuerpo, sino ante el mismísimo demonio.

Arrojé la carpeta de registro al suelo, desenfundé mi 38 y salí de la celda de Wharton, olvidando por completo la infección que ardía en mi vientre por segunda vez en el día. No es que dude de la descripción de Wharton que hicieron los muchachos, lo de la expresión ida y los ojos ausentes, pero ése no fue el tipo que yo vi. Yo vi la cara de un animal, no un animal inteligente, sino uno lleno de astucia, maldad y… sí, alegría. Hacía lo que le correspondía hacer. El sitio y las circunstancias no importaban. Otra cosa que vi fue la cara hinchada y enrojecida de Dean. Al reparar en la pistola, Wharton hizo girar a Dean hacia ella, de modo que por fuerza tendría que darle a uno para derribar al otro. Por encima del hombro de Dean, un ojo ardiente y azul me desafiaba a disparar.

TERCERA PARTE

LAS MANOS DE COFFEY

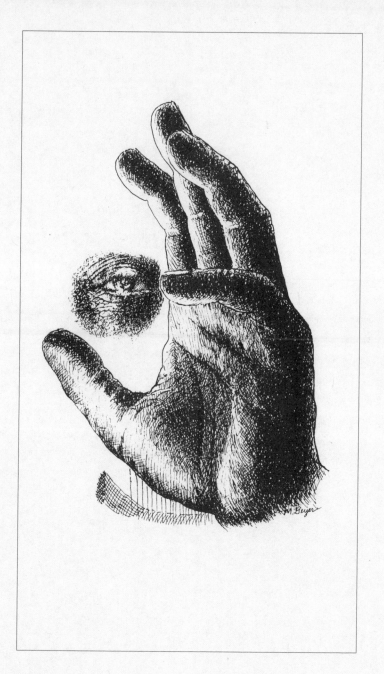

1

Releyendo lo que he escrito, descubro que he cali-
ficado a Georgia Pines, el sitio donde vivo, de «residencia geriátrica». A la gente que dirige este centro no le
gustaría leer algo así. Según los folletos que tienen en el
vestíbulo y que envían a los clientes potenciales, se trata de «una finca de retiro para la tercera edad». Hasta
tiene un «centro de esparcimiento», según el folleto.
Quienes vivimos aquí (el folleto no nos define como
«internos», pero yo a veces lo hago) lo llamamos sencillamente la sala de la tele.

La gente cree que soy un tipo hosco porque no bajo
a la sala de la tele varias veces al día, pero no es la compañía lo que no puedo soportar, sino los programas.
Oprah, Ricki Lake, Carnie Wilson, Rolanda... El mundo se desmorona alrededor de nosotros, y ellos sólo
hablan de líos amorosos entre mujeres con minifalda y
hombres con la camisa desabrochada. En fin, «no juz-
guéis si no queréis ser juzgados», dice la Biblia, de modo
que será mejor que me baje del púlpito. Es sólo que si
quisiera pasarme el tiempo viendo telenovelas me mu-
daría al campamento de caravanas Happy Wheels, tres
kilómetros más al sur, donde las noches de los viernes
y los sábados siempre aparecen coches de la poli con las
sirenas aullando y las luces parpadeando. Tengo una
amiga especial, Elaine Connelly, y está de acuerdo con-

migo. Elaine es una mujer muy inteligente y elegante; tiene ochenta años, es alta y delgada, todavía anda recta y posee una vista perfecta. Camina despacio, porque tiene algún problema en las caderas y sé que la artritis en las manos la hace sufrir mucho, pero tiene un cuello largo y hermoso, un cuello de cisne, y una cabellera larga y bonita que le llega a los hombros cuando la deja suelta.

Lo mejor es que no le parezco hosco ni reservado. Elaine y yo pasamos mucho tiempo juntos; supongo que si no tuviese una edad tan grotesca, diría que es mi chica. Sin embargo no está mal que sólo sea una amiga especial; a veces es mejor que una novia. Nos ahorramos muchos de los problemas que trae aparejados el noviazgo, y aunque sé que nadie por debajo de los cincuenta me creerá, en ocasiones las cenizas son mejores que una auténtica fogata. Es extraño, pero cierto.

De modo que no miro la tele durante el día. A veces paseo, otras veces leo, aunque durante los últimos meses he invertido la mayor parte del tiempo en escribir estas memorias entre las plantas de la terraza. Creo que aquí hay más oxígeno y eso ayuda a preservar la memoria.

Pero en ocasiones, cuando no puedo dormir, bajo y enciendo la tele. En Georgia Pines no tenemos video comunitario ni nada similar –supongo que es un esparcimiento demasiado caro para nuestro centro de esparcimiento–, pero sí los servicios normales de televisión por cable, y eso significa que podemos disfrutar del canal de cine clásico. En caso de que ustedes no tengan televisión por cable, es el canal en que la mayor parte de las pelis son en blanco y negro y donde las mujeres nunca se quitan la ropa. Para un viejo como yo, eso resulta reconfortante. Muchas noches me he quedado dormido en el horrible sofá verde del salón, frente a la televisión, mientras la mula Francis saca el sartén de Donald

O'Connor del fuego por enésima vez, John Wayne pone orden en Dodge City o Jimmy Cagney llama «rata asquerosa» a alguien mientras desenfunda la pistola. Algunas de esas películas las he visto con Janice (no sólo mi esposa, sino también mi mejor amiga) y me tranquilizan. La ropa que llevan los actores, la forma en que hablan y caminan, incluso la música de fondo me tranquiliza. Supongo que me recuerdan los tiempos en que aún formaba parte del mundo, en lugar de ser una reliquia apolillada que espera su hora en un lugar donde muchos de los residentes usan pañales o ropa interior de hule.

Sin embargo, no había nada tranquilizador en lo que vi esta mañana; nada en absoluto.

Elaine a menudo se une a mí para la matiné de las cuatro de la madrugada. Aunque no menciona el tema, creo que su artritis la tortura y que las medicinas que le dan no le sirven de mucho.

Cuando apareció esta mañana, moviéndose como un fantasma en su bata blanca de toalla, me encontró sentado en el sofá lleno de bultos, inclinado sobre los finos palitos que en otro tiempo llamaba piernas, sosteniéndome las rodillas para intentar detener los temblores que me sacudían como un árbol en una tormenta. Tenía frío en todo el cuerpo, excepto en el vientre, que parecía arder con el espectro de la infección urinaria que tanto me fastidió en el otoño de 1932; el otoño de John Coffey, Percy Wetmore y el ratón amaestrado.

También había sido el otoño de William Wharton.

–¡Paul! –gritó Elaine mientras corría hacia mí con toda la rapidez que le permitían los clavos oxidados y los fragmentos de vidrio que tiene en las caderas–. ¿Qué ocurre, Paul?

–Ya pasará –dije, aunque mis palabras no sonaron convincentes, sino casi incomprensibles debido a que me castañeteaban los dientes–. Dame un par de minutos y estaré como nuevo.

Se sentó a mi lado y me rodeó los hombros con un brazo.

—Seguro que sí —dijo—. Pero ¿qué te pasa? ¡Caramba, Paul! Parece que hubieras visto un fantasma.

Y lo había visto, aunque no me di cuenta de ello hasta que lo dije en voz alta y noté la mirada de asombro de Elaine.

—En realidad no, Elaine —expliqué mientras le acariciaba la mano con extrema suavidad—, pero por un instante... ¡Dios mío, Elaine!

—¿Tiene que ver con tus tiempos de carcelero en la prisión? —preguntó—. ¿La época sobre la cual escribes en la terraza?

Asentí.

—Trabajé en el pasillo de la muerte...

—Lo sé...

—Aunque también lo llamábamos la Milla Verde por el suelo de linóleo. En el otoño del treinta y dos, ingresó un tipo, un *salvaje*, llamado William Wharton. Le gustaba hacerse llamar Billy the Kid; incluso llevaba ese nombre tatuado en un brazo. Era sólo un muchacho, pero muy peligroso. Todavía recuerdo lo que escribió sobre él Curtis Anderson, el ayudante del alcaide: «Es un salvaje y está orgulloso de serlo. Tiene diecinueve años y al tipo no le importa nada.» Había subrayado esa última frase dos veces.

La mano que me había rodeado los hombros ahora me acariciaba la espalda. Comenzaba a calmarme. En aquel momento sentí que amaba a Elaine Connelly; se lo dije y podría haberle dado mil besos en la cara. Quizá debí hacerlo. A cualquier edad es horrible sentirse solo y asustado, pero creo que es peor cuando uno es viejo. Sin embargo, tenía otra cosa en la cabeza, un asunto antiguo e inconcluso.

—Tienes razón —dije—. He estado escribiendo sobre la llegada de Wharton al bloque, cuando estuvo a punto de matar a Dean Stanton, uno de los muchachos que trabajaban conmigo en aquel entonces.

—¿Cómo pudo hacerlo? —preguntó Elaine.

—Gracias a una mezcla de maldad e imprudencia —respondí con tono sombrío—. Wharton puso la maldad, y los guardias que lo escoltaban la imprudencia. El mayor error fue la cadena que Wharton llevaba entre las manos, que era demasiado larga. Cuando Dean abrió la puerta del bloque E, Wharton estaba detrás de él. Había un guardia a cada lado, pero Anderson tenía razón: a aquel tipo no le importaba nada. Le pasó la cadena por el cuello a Dean y empezó a estrangularlo con ella. —Elaine se estremeció—. Bueno, la cuestión es que me puse a pensar en eso y no podía dormir, así que bajé. Encendí la tele, pensando que tú podías venir y tendríamos una especie de cita...

Elaine rio y me besó en la frente, justo encima de la ceja. Cuando Janice me besaba así, solía sentir un escalofrío en todo el cuerpo, y volví a sentirlo cuando Elaine lo hizo esta mañana. Supongo que algunas cosas no cambian nunca.

—Estaban poniendo una vieja película de gángsters de los años cuarenta, *El beso de la muerte* —sentí que empezaba a temblar otra vez e intenté controlarme—. Actúa Richard Widmark —añadí—, fue su primer papel importante. Nunca fui a verla con Jan, porque las pelis de policías y ladrones no eran nuestras favoritas, pero recuerdo haber leído en algún sitio que Widmark había hecho una interpretación estupenda en el papel de malo. Y es cierto. Está pálido... da la impresión de que en lugar de caminar se desliza... y se la pasa llamando «basura» a la gente y hablando de los soplones; de lo mucho que odia a los soplones —a pesar de mis esfuerzos, comenzaba a temblar otra vez. No podía evitarlo—. Tenía el cabello rubio —murmuré—, rubio y liso. Vi hasta la parte en que empuja a una mujer en silla de ruedas por las escaleras y luego apagué el televisor.

–¿Te recordó a Wharton?

–*Era* Wharton –dije–. El mismo.

–Paul… –comenzó Elaine, pero enseguida se detuvo. Miró la pantalla negra de la tele (el receptor de la televisión por cable seguía encendido en el número 10, el de la cadena AMC) y luego volvió la cabeza hacia mí.

–¿Qué?, ¿qué pasa, Elaine? –pregunté convencido de que iba a decirme que tenía que dejar de escribir; romper las páginas que ya había escrito y acabar con todo aquello.

Sin embargo, dijo:

–No dejes que esto te detenga –la miré boquiabierto–. Cierra la boca, Paul, o te entrará una mosca.

–Lo siento, es que… bueno…

–Pensaste que iba a decirte exactamente lo contrario, ¿verdad?

Tomó mis manos entre las suyas (suave, muy suavemente entre sus dedos largos y hermosos a pesar de los nudillos deformes) y se inclinó, fijando sus ojos pardos –el izquierdo ligeramente opaco a consecuencia de una catarata– en mis ojos azules.

–Es probable que sea demasiado vieja y frágil para vivir –dijo–, pero no para pensar. ¿Qué importancia tienen unas cuantas noches en vela a nuestra edad? ¿Qué más da ver un fantasma en la tele? ¿Acaso vas a decirme que es el primero?

Pensé en el alcaide Moores, en Harry Terwilliger y en Brutus Howell. Pensé en mi madre y en Jan, mi esposa, que murió en Alabama. Sin duda sabía bastante de fantasmas.

–No –respondí–, no ha sido el primero. Pero fue horrible, Elaine, porque de verdad era él.

Me besó otra vez y se levantó con un respingo de dolor, apretando el dorso de las manos contra la parte superior de las caderas, como si temiese que éstas se escaparan de su piel si no tenía cuidado.

–Creo que he cambiado de idea sobre la televisión –dijo–. Tengo una pastilla de reserva que he estado guardando para un día lluvioso. Creo que me la tomaré y volveré a la cama. Quizá tú deberías hacer lo mismo.

–Sí –respondí–. Supongo que sí.

Por un instante pensé en sugerirle que volviéramos juntos, pero entonces vi el dolor en sus ojos y deseché la idea por absurda. Porque si hubiera dicho que sí, lo habría hecho sólo por mí, y eso no estaba bien.

Salimos juntos de la sala de la tele (no pienso dignificarla usando el otro nombre, ni siquiera irónicamente) y yo intenté acompasar mis pasos a los suyos, lentos y dolorosamente cuidadosos. El edificio estaba en silencio. Sólo oímos el gemido de un residente que tenía una pesadilla.

–¿Crees que podrás dormir? –preguntó.

–Sí, creo que sí –respondí, pero, naturalmente, no lo conseguí.

Estuve despierto hasta el amanecer, pensando en *El beso de la muerte*. Veía a Richard Widmark, riendo estúpidamente, atando a la anciana a la silla de ruedas y arrojándola por las escaleras. «Esto es lo que hacemos con los soplones», le decía, y entonces su cara se fundía con la de William Wharton el día que llegó al bloque E, al pasillo de la muerte. Wharton riendo como Widmark, gritando: «¿Qué me dicen de esta fiesta?» Después de aquello, ni siquiera pude desayunar. Vine a la terraza y empecé a escribir.

¿Fantasmas? Sin duda. Lo sé todo sobre fantasmas.

2

–¡Eh, muchachos! –dijo Wharton con una risita–. ¿Qué me dicen de esta fiesta?

Sin dejar de reír y gritar, volvió a concentrarse en estrangular a Dean con la cadena. ¿Y por qué no? Wharton sabía, tan bien como Dean, Harry y mi amigo Brutus Howell, que a un hombre sólo se lo puede freír una vez.

–¡Pégale, Percy! –gritó Harry Terwilliger. Se había abalanzado contra Wharton, intentando detener la pelea poco después de empezar, pero Wharton lo había arrojado al suelo y ahora intentaba incorporarse–. ¡Pégale!

Pero Percy permaneció inmóvil, con la porra de madera en la mano y los ojos desorbitados. Adoraba su porra de madera y cualquiera hubiera dicho que aquélla era la oportunidad de usarla que había estado esperando desde su llegada a Cold Mountain... Sin embargo, cuando llegó la hora tuvo demasiado miedo para hacerlo. No estaba ante un francés canijo como Delacroix ni ante un gigante negro que parecía ausente de su propio cuerpo, como John Coffey. Estaba ante el mismísimo demonio.

Arrojé la carpeta de registro al suelo, desenfundé mi 38 y salí de la celda de Wharton, olvidando por completo la infección que ardía en mi vientre por segunda vez en el día. No es que dude de la descripción de Wharton que hicieron los muchachos, lo de la expresión ida y los ojos ausentes, pero ese no fue el tipo que yo vi. Yo no vi la cara de un animal inteligente, sino uno lleno de astucia, maldad y... sí, alegría. Hacía lo que le correspondía hacer. El lugar y las circunstancias no importaban. Otra cosa que vi fue la cara hinchada y enrojecida de Dean, que agonizaba ante mis propios ojos. Al ver la pistola, Wharton hizo girar a Dean hacia ella, de modo que por fuerza tendría que darle a uno para derribar al otro. Por encima del hombro de Dean, un ojo ardiente y azul me desafiaba a disparar. El pelo de Dean ocultaba el otro ojo de Wharton. Detrás, estaba Percy Wetmore, con actitud vacilante y la macana a medio levantar.

Entonces se produjo un milagro: Brutus Howell apareció en el hueco de la puerta del patio. Habían terminado de mudar el material de la enfermería y venía a ver si queríamos café.

Howell actuó sin un instante de vacilación. Empujó a Percy a un lado con increíble brusquedad, sacó su propia macana de la funda y la dejó caer sobre el cráneo de Wharton con toda la fuerza de su enorme brazo derecho. Se oyó un chasquido sordo, un ruido hueco, como si no hubiera cerebro debajo del cráneo de Wharton, y la cadena se aflojó alrededor del cuello de Dean. Wharton se desplomó como un saco de trigo y Dean se apartó a gatas, con los ojos fuera de las órbitas, tosiendo y agarrándose el cuello con la mano.

Me arrodillé a su lado, pero sacudió la cabeza con violencia.

–Estoy bien –dijo con voz ahogada–. Ocúpense de… él –señaló a Wharton–. ¡Enciérrenlo en la celda!

Teniendo en cuenta la fuerza con que Brutus le había pegado, supuse que, más que una celda, Wharton necesitaba un ataúd. Sin embargo, no tuvimos tanta suerte. No estaba muerto sino inconsciente. Se encontraba tendido de lado, con un brazo extendido de modo que sus dedos tocaban el linóleo verde, los ojos cerrados, la respiración tranquila, pero regular. Hasta tenía una sonrisa pacífica en el rostro, como si se hubiera dormido escuchando su canción de cuna favorita. Un pequeño hilo de sangre salía de entre su pelo, manchando el cuello de la camisa nueva. Eso era todo.

–¡Percy! –exclamé–. ¡Ayúdame! –pero Percy no se movió. Siguió inmóvil contra la pared, mirándolo todo con expresión de asombro. Creo que ni siquiera sabía dónde estaba–. ¡Maldito seas, Percy! ¡Agárralo!

Entonces se movió, y Harry lo ayudó. Entre los tres arrastramos al inconsciente Wharton a la celda, mientras Bruto ayudaba a Dean a levantarse y lo sostenía con la dulzura de una madre. Dean estaba inclinado, esforzándose por recuperar el aliento.

Nuestro nuevo chiquillo travieso no despertó en casi tres horas, pero cuando lo hizo, no acusó ningún efecto secundario de la salvaje paliza de Bruto. Recuperó el conocimiento con la misma rapidez con que se movía: de forma súbita y brusca. Estaba tendido en la cama como si hubiera muerto y un segundo después lo vimos de pie junto a los barrotes, silencioso como un gato, mirándome mientras yo escribía un informe sobre lo sucedido en la mesa de entrada. Cuando noté que alguien me miraba y alcé la vista, sonrió exhibiendo una dentadura negra y deteriorada, a la que ya le faltaban varias piezas.

–Eh, adulador –dijo–, la próxima vez te tocará a ti, y no fallaré.

–Hola, Wharton –dije con toda la indiferencia de que fui capaz–. Dadas las circunstancias, creo que puedo saltarme el discurso de bienvenida, ¿no te parece?

Su sonrisa se desdibujó. No era la respuesta que esperaba, y quizá yo no se la hubiese dado de haber sido otra la situación. Sin embargo, durante el tiempo que permaneció inconsciente, había ocurrido algo. En cierto modo he escrito todas estas páginas para hablar de ello, pero veremos si me creen.

3

Pasada la conmoción, Percy mantuvo la boca cerrada, excepto para gritarle una vez a Delacroix. Supongo que su reacción no obedecía tanto a un esfuerzo por actuar con tacto como a la impresión que acababa de sufrir. Percy Wetmore sabía tanto de tacto como yo de tribus africanas, pero aun así fue un alivio. Si hubiera empezado a protestar por la forma en que Bruto lo había empujado contra la pared o preguntar por qué nadie le había advertido que en el bloque E de vez en cuando ingresaban salvajes como Billy Wharton, lo habría matado. Entonces habría recorrido el pasillo de la muerte de una forma completamente diferente. Si uno piensa en ello, la idea tiene gracia. Perdí mi oportunidad de hacer lo mismo que James Cagney en *Al rojo vivo*.

Bueno; la cuestión es que cuando nos aseguramos de que Dean seguía respirando y no moriría en el acto, Harry y Bruto lo acompañaron a la enfermería. Delacroix, que había permanecido mudo durante toda la pelea (llevaba en la cárcel el tiempo suficiente para saber cuándo le convenía mantener la boca cerrada y cuándo era prudente volver a abrirla), comenzó a gritar en el instante mismo en que Bruto y Harry ayudaban a Dean a salir. Delacroix exigía saber qué había pasado. Cualquiera hubiera dicho que habían violado sus derechos constitucionales.

–¡Cierra el pico, puñetas! –le gritó Percy, tan furioso que tenía las venas del cuello hinchadas.

Le toqué un brazo y lo sentí temblar debajo de la camisa. En parte era consecuencia del susto, naturalmente (a menudo tenía que recordarme a mí mismo que el problema de Percy era que tenía veintiún años, no muchos más que Wharton), pero creo que el temblor se debía sobre todo a que estaba furioso. Detestaba a Delacroix. No sé por qué, pero lo odiaba a muerte.

–Ve a ver si el alcaide Moores sigue en la prisión –le dije a Percy–. Si es así, explícale lo sucedido. Dile que tendrá un informe escrito mañana, si consigo terminarlo.

Estaba claro que Percy se sentía orgulloso de la responsabilidad que se depositaba en él; por un instante terrible creí que iba a responder con un saludo militar.

–Sí, señor. Lo haré.

–Empieza por decirle que la situación en el bloque E es normal. Esto no es un cuento y el alcaide no te agradecerá que alargues la historia para crear emoción.

–No lo haré.

–De acuerdo. Vete.

Comenzó a andar hacia la puerta, pero enseguida se dio media vuelta. Si algo podía esperar de Percy, era que me contradijera. Yo deseaba imperiosamente que se marchara. Tenía la sensación de que alguien había encendido fuego a mi entrepierna, y ahora Percy no parecía dispuesto a largarse.

–¿Se encuentra bien, Paul? –preguntó–. ¿Tiene fiebre? ¿Está agripado? Porque su cara está empapada de sudor.

–Es probable que tenga algo –dije–, pero en líneas generales estoy bien. Ahora va a explicarle lo sucedido al alcaide, Percy.

Hizo un gesto de asentimiento y se marchó (debemos dar gracias a Dios por sus pequeños favores). En cuanto la puerta se hubo cerrado, me encerré en mi despacho. Las ordenanzas exigían que siempre hubiera alguien en la mesa de entrada, pero en aquel momento no podía preocuparme de esos detalles. El dolor era terrible, igual que por la mañana.

Conseguí llegar al pequeño baño situado detrás del escritorio y bajarme los pantalones antes de que comenzara a salir la orina, pero estuve a punto de mearme encima. Tuve que taparme la boca con la mano para no gritar, mientras me agarraba con la otra de la pila del lavabo. No estaba en mi casa, donde podía caer de rodillas y dejar un charco junto a la leña. Si me arrodillaba, mojaría todo el suelo.

Conseguí mantener el equilibrio y reprimir un grito, pero estuve a punto de perder ambas batallas. Tenía la impresión de que la orina estaba llena de pequeños fragmentos de cristal. El olor procedente del inodoro era nauseabundo y veía pequeñas manchas blancas –probablemente pus– flotando en la superficie.

Tomé la toalla del toallero y me sequé la cara. No cabía duda de que sudaba; estaba empapado en sudor. Miré al espejo metálico y vi el reflejo de un hombre que volaba de fiebre. ¿Treinta y nueve grados, cuarenta tal vez? Mejor no saberlo. Dejé la toalla en su sitio, jalé la cadena y crucé lentamente mi despacho en dirección a las celdas. Temía que Bill Dodge o alguno de los otros hubiera regresado y descubierto que no había nadie en la mesa, pero el pasillo estaba desierto. Wharton seguía inconsciente en el camastro, Delacroix estaba callado y John Coffey no había dado señales de vida en todo ese tiempo. Ni siquiera se había asomado a espiar, lo que en cierto modo era preocupante.

Crucé el pasillo y eché un vistazo a la celda de Coffey, esperando que se hubiera suicidado con uno de los dos métodos típicos del pasillo de la muerte: ahorcándose con los pantalones o mordiéndose las venas de las muñecas. Pero no había sucedido nada semejante. Coffey, el hombre más grande que había visto en mi vida, estaba sentado a los pies de la cama, con las manos sobre el regazo. Me miró con sus extraños ojos húmedos.

–¿Jefe? –dijo.

–¿Qué pasa, grandulón?

–Necesito verlo.

–¿No me estás viendo, John Coffey?

No respondió, y continuó estudiándome con aquella mirada peculiar y vidriosa. Suspiré.

–Dentro de un segundo, grandulón.

Me volví hacia Delacroix, que estaba de pie junto a los barrotes de su celda. *Cascabel*, su ratón domado (Delacroix decía que había adiestrado a su mascota, aunque todos los que trabajábamos en el pasillo de la muerte estábamos convencidos de que el animalito se había adiestrado solo), corría de una de las manos del francés a la otra, como un acróbata que salta desde plataformas situadas encima de una pista de circo. Tenía los ojos muy abiertos y las orejas echadas hacia atrás sobre la cabeza gris. No cabía duda alguna de que el ratón reaccionaba con el nerviosismo de Delacroix. Mientras yo lo observaba, bajó por los pantalones del francés, cruzó la celda y se dirigió al colorido carrete que estaba contra la pared. Empujó el carrete hacia los pies de Delacroix y alzó la vista con ansiedad, pero el pequeño francés no le hizo el menor caso, al menos por el momento.

–¿Qué ha pasado, jefe? –preguntó–. ¿Han herido a alguien?

–Todo está arreglado –respondí–. El chico nuevo entró como un león, pero ahora duerme como un cordero. Todo lo que acaba bien está bien.

–Todavía no ha terminado –dijo Delacroix mirando hacia la celda donde estaba encerrado Wharton–. *L'homme mauvais, c'est vrai!*

–Bueno –dije–, no te preocupes por eso, Del. Nadie va a obligarte a saltar la cuerda con él en el patio.

Oí un crujido a mi espalda. Era Coffey, que se levantaba de la cama.

–Señor Edgecombe –dijo, y esta vez parecía realmente impaciente–. Necesito hablar con usted.

Volteé pensando que no había problema. Después de todo, hablar formaba parte de mi trabajo. Intentaba no temblar, aunque el sudor de la fiebre se había vuelto frío, como sucede en ocasiones. Sin embargo mi bajo vientre seguía ardiendo, como si lo hubieran abierto para rellenarlo con brasas encendidas y luego hubieran vuelto a cerrarlo.

–Pues habla, John Coffey –dije intentando mantener la voz serena y despreocupada.

Por primera vez desde su llegada al bloque E, John Coffey parecía estar realmente presente entre nosotros. El constante goteo de lágrimas había cesado y supe que esta vez veía lo que miraba –a Paul Edgecombe, el jefe de los carceleros del bloque E–, y no el lugar al que habría deseado regresar para deshacer el terrible crimen que había cometido.

–No –dijo–. Tiene que entrar aquí.

–Sabes que no puedo hacerlo –dije, siempre esforzándome por mantener el tono despreocupado–. Al menos en este preciso momento. Estoy solo y tú pesas una tonelada y media más que yo. Ya hemos tenido una pelea esta mañana y es suficiente. De modo que si no te importa hablaremos a través de los barrotes.

–¡Por favor! –apretaba los barrotes con tanta fuerza que tenía los nudillos pálidos y las uñas blancas. Su cara era una máscara de angustia y sus extraños ojos reflejaban una necesidad imperiosa que yo era incapaz de entender. Recuerdo que pensé que si no hubiera estado enfermo quizá la habría entendido, y que hacerlo me habría permitido ayudarlo a superar aquel trance. Cuando uno sabe qué necesita un hombre, también conoce al hombre–. ¡Por favor, jefe Edgecombe, *tiene* que entrar!

Pensé que aquél era el pedido más absurdo que había oído jamás, pero entonces supe que iba a hacer algo aún más absurdo: entrar. Tenía las llaves colgadas del cinturón y buscaba la de la celda de Coffey. Habría podido tenderme sobre sus rodillas y partirme como si fuera una rama seca incluso en un día en que me sintiera perfectamente, y no era ése el caso. Pero iba a hacerlo a pesar de todo; solo, y después de una demostración elocuente de lo que podía ocurrir cuando uno se comportaba con estupidez e imprudencia delante de un asesino convicto, iba a abrir la celda de aquel gigante negro, entrar y sentarme a su lado. No era necesario que Coffey cometiese una locura para que yo perdiese mi empleo, pero iba a hacerlo de todos modos.

«Para –me dije–. No lo hagas, Paul.» Pero no atendí ni mis propias razones. Abrí el cerrojo superior, luego el inferior y empujé la puerta.

–Quizá no sea buena idea, jefe –dijo Delacroix con una voz tan nerviosa y remilgada que en otras circunstancias me habría hecho reír.

–Tú ocúpate de tus asuntos que yo me ocuparé de los míos –respondí sin volverme. Tenía los ojos fijos en John Coffey, tan fijos como si los hubiera clavado. Cualquiera habría dicho que me tenía hipnotizado. Mi propia voz sonaba como un eco en medio de un extenso valle. Demonios, quizá *estuviera* hipnotizado–. Túmbate en la cama y descansa un poco.

–¡Por Dios, éste es un sitio de locos! –dijo Delacroix con voz temblorosa–. *Cascabel*, espero que me fríen pronto para terminar de una vez.

Entré en la celda de John Coffey, quien retrocedía a medida que yo avanzaba. Cuando tocó el camastro (era tan alto que le llegaba a las pantorrillas) se sentó en él. Luego dio una palmada sobre el colchón, invitándome a sentarme, sin quitarme los ojos de encima. Me senté a su lado y me rodeó los hombros con un brazo, como si yo fuese su novia y estuviéramos en el cine.

–¿Qué quieres, John Coffey? –pregunté, siempre mirándolo a los ojos… esos ojos tristes, serenos.

–Ayudar –respondió.

Suspiró, como un hombre que se enfrenta a un trabajo que no desea hacer, y apoyó su mano sobre mi entrepierna, justo encima del pene, en el hueso situado a unos treinta centímetros del ombligo.

–¡Eh! –grité–. Quita tu maldita mano de ahí…

Pero entonces sentí un estremecimiento, una especie de sacudida indolora que me hizo saltar sobre la cama e inclinarme, como el viejo Tuu cuando decía que se estaba friendo, que se estaba asando como un pavo. No sentí calor ni electricidad, pero por un instante las cosas parecieron perder el color, como si alguien hubiera estrujado el mundo hasta convertirlo en sudor. Podía ver cada uno de los poros de la cara de John Coffey, cada venilla de sus ojos atormentados y una minúscula cicatriz en su barbilla. Era consciente de que asía el aire con las manos y de que mis pies pataleaban sobre el suelo de la celda.

Entonces, todo pasó, incluida mi infección urinaria. Tanto el calor como las dolorosas punzadas desaparecieron de mi entrepierna y la fiebre se esfumó. Aún podía sentir y oler el sudor que momentos antes me empapaba la piel, pero todo había acabado.

–¿Qué ocurre? –preguntó Delacroix con voz aguda. Sus palabras parecían venir de muy lejos, pero cuando John Coffey se inclinó y dejó de mirarme a los ojos, la voz del francés se volvió súbitamente clara. Fue como si alguien me hubiese quitado unos trozos de algodón o un par de tapones de cera de los oídos–. ¿Qué le ha hecho?

No respondí. Coffey estaba inclinado, con la cara desfigurada y el cuello hinchado. Sus ojos parecían a punto de saltar de las órbitas. Tenía el aspecto de un hombre que acaba de atragantarse con un hueso de pollo.

–¡John! –exclamé, y le di una palmada en la espalda. No se me ocurría qué otra cosa hacer–. ¿Qué pasa, John?

Al sentir el contacto de mi mano, se estremeció y emitió un desagradable sonido gutural, similar a una arcada. Abrió la boca como a menudo lo hacen los caballos para permitir que les pongan el bocado: a regañadientes, con los labios separándose de los dientes en una especie de mueca desesperada. Luego sus dientes también se separaron y exhaló una nube de pequeños insectos negros similares a mosquitos. Al menos eso es lo que me parecieron en aquel momento. Los insectos revolotearon furiosamente entre sus rodillas, se volvieron blancos y desaparecieron.

De repente, perdí toda la fuerza del vientre, como si los músculos se hubieran convertido en agua. Choqué contra la pared de piedra de la celda de Coffey y recuerdo que pensé en el nombre del Salvador: Cristo, Cristo, Cristo... una y otra vez. Supuse que la fiebre me hacía delirar; eso fue todo.

Entonces me di cuenta de que Delacroix gritaba pidiendo auxilio. Decía a voz en cuello que John Coffey estaba matándome. Coffey se había inclinado sobre mí, es cierto, pero sólo para comprobar que me encontraba bien.

–Calla, Del –dije mientras me incorporaba. Esperé que el dolor volviera a desgarrarme las entrañas, pero no sucedió. Estaba mejor. Me sentí mareado por un instante, pero el mareo pasó antes de que me agarrara de los barrotes de la celda para mantener el equilibrio–. Estoy perfectamente.

–Será mejor que salga de ahí de inmediato –dijo con el tono de una anciana aprensiva que ordena a un niño que baje de un manzano–. Se supone que no puede entrar en una celda cuando no hay nadie más en el bloque.

Miré a John Coffey, que estaba sentado en el camastro con sus enormes manos apoyadas sobre sus rodillas gruesas como troncos. El gigante negro me devolvió la mirada. Tuvo que inclinar un poco la cabeza, aunque no demasiado.

–¿Qué has hecho, grandulón? –pregunté en voz baja–. ¿Qué me has hecho?

–Ayudar –respondió–. Lo alivié, ¿verdad?

–Sí, pero ¿*cómo*? ¿Cómo lo has hecho?

Volteó la cabeza hacia la derecha, hacia la izquierda y de nuevo al centro. No sabía cómo me había ayudado, cómo me había curado, y la expresión de serenidad de su rostro sugería que tampoco le importaba, igual que a mí me importaban un pepino las técnicas de atletismo cuando corría los últimos cincuenta metros en el maratón del 4 de julio. Pensé en preguntarle cómo

había descubierto que estaba enfermo, aunque seguramente habría obtenido la misma respuesta. Una vez leí
una frase en algún sitio que nunca he podido olvidar,
algo sobre «un enigma envuelto en un misterio». Eso
era John Coffey, y supongo que si conseguía dormir
por las noches era porque no buscaba motivos a las
cosas. Percy lo llamaba «el tonto», y aunque era una
crueldad, no parecía muy alejado de la verdad. El grandulón sabía su nombre, sabía que no se escribía igual
que la bebida, y eso era lo único que parecía importarle.

Como si quisiera confirmar esa idea, volvió a sacudir
la cabeza muy lentamente y se tendió en el camastro
con las manos entrelazadas debajo de la mejilla izquierda, a modo de almohada, y la cara vuelta hacia la pared.
Las piernas le colgaban en el aire a la altura de las pantorrillas, pero al parecer eso nunca le había molestado.
Tenía la camisa levantada en la espalda y vi las cicatrices
que surcaban su piel.

Salí de la celda, eché los cerrojos y me volví hacia
Delacroix, que me miraba con impaciencia, tal vez incluso con miedo, cogido de los barrotes de la celda.
Cascabel estaba sentado sobre uno de sus hombros,
moviendo los bigotes finos como filamentos.

–¿Qué le ha hecho ese negro? –preguntó Delacroix–.
¿Lo ha hechizado? –en su particular acento cajún, «hechizado» sonaba como una palabra exótica.

–No sé de qué hablas, Del.

–¡Vaya si no! Mírese, jefe. Hasta camina de forma
diferente.

Quizá fuese cierto. Tenía una maravillosa sensación
de calma, una serenidad tan notable que podría haberla
definido como una forma de éxtasis. Cualquiera que
haya padecido un dolor insoportable y se haya recuperado de repente comprenderá a qué me refiero.

–Todo va bien, Del –insistí–. Coffey ha tenido una
pesadilla. Eso es todo.

–¡Es un hechicero! –exclamó Delacroix con vehemencia. Tenía el labio superior perlado de sudor. No había visto gran cosa, pero sí lo suficiente para estar aterrorizado–. Es un brujo vudú.

–¿Por qué dices eso?

Delacroix tomó el ratón con una mano, ahuecó la palma y acercó el animalito a su cara. Sacó algo rosado del bolsillo de la camisa, uno de los caramelos de menta. Al principio, el ratón no hizo el menor caso del dulce y estiró la cabeza hacia el cuello de su amo, oliéndole el aliento como una persona que aspira la fragancia de un ramo de flores. Sus pequeños ojos como gotas de aceite estaban entrecerrados en una expresión de éxtasis. Delacroix le besó el hocico y el ratón se dejó besar. Luego tomó el caramelo que le ofrecía y comenzó a masticar. Delacroix siguió observándolo por unos segundos y después volvió la mirada hacia mí. Entonces comprendí.

–Te lo ha dicho el ratón, ¿verdad?

–*Oui.*

–Como cuando te murmuró su nombre.

–*Oui.* Me lo dijo al oído.

–Recuéstate, Del –dije–. Descansa un poco. Tanto murmullo tiene que haberte agotado.

Dijo algo más; supongo que me acusó de no creerle, pero su voz volvía a sonar lejana, y cuando regresé a la mesa de entrada me pareció que no caminaba, sino que flotaba, o tal vez no me moviese en absoluto. Las celdas se deslizaban a los lados como escenarios de película sobre ruedas.

Comencé a sentarme normalmente, pero a mitad del proceso mis rodillas se aflojaron y caí sentado sobre el cojín azul que Harry había traído de su casa un año antes. Si la silla no hubiera estado allí, me habría desplomado en el suelo sin apenas darme cuenta.

Permanecí allí sentado, sintiendo el vacío en el bajo

vientre donde diez minutos antes parecía que se incendiaba un bosque. «Lo alivié , ¿verdad?», había preguntado John Coffey, y era cierto, al menos en lo concerniente a mi cuerpo. Mi mente era otra historia. En cuanto a la tranquilidad mental, no me había aliviado en absoluto.

Mis ojos se posaron en la pila de formularios situados en un extremo del escritorio, debajo de un cenicero metálico. INFORMES DEL BLOQUE rezaba en la parte superior, y más abajo había un espacio en blanco para «Incidencias imprevistas». En el informe de aquella noche usaría aquel espacio para informar de la accidentada y emocionante llegada de Wharton. Pero ¿y si contaba lo que me había ocurrido en la celda de John Coffey? Me imaginé a mí mismo tomando el lápiz –aquel cuya punta Bruto siempre estaba lamiendo– y escribiendo una sola palabra en mayúsculas: MILAGRO.

Aunque la cosa tenía cierta gracia, en lugar de sonreír me sentía al borde de las lágrimas. Me llevé las manos a la cara y me cubrí la boca con las palmas para reprimir los sollozos, pues no quería volver a asustar a Del, pero no hubo ningún sollozo. Tampoco lágrimas. Al cabo de unos instantes apoyé las manos en el escritorio y entrelacé los dedos. No sabía qué me pasaba y todo lo que podía pensar era que no deseaba que nadie volviese al bloque hasta que hubiera recuperado la compostura. Aun así, tenía miedo de lo que pudiesen ver en mi cara.

Tomé un formulario. Esperaría hasta sentirme un poco mejor para describir cómo mi último niño travieso había estado a punto de estrangular a Dean, pero entretanto podía rellenar los detalles triviales. Aunque temía que la letra me saliese extraña, temblorosa, lo cierto es que tenía el aspecto de siempre.

Unos cinco minutos después dejé el lápiz sobre la mesa y me dirigí al baño de mi despacho. No necesitaba orinar con urgencia, pero quería comprobar qué había ocurrido. Mientras esperaba que saliera el chorro, llegué a la conclusión de que me dolería igual que por la mañana, como si junto con el pis pasaran pequeños fragmentos de cristal. Después de todo, comprobaría que había sido hipnotizado y eso sería un verdadero alivio, a pesar del dolor.

Pero no hubo dolor, y el líquido que cayó en la taza era transparente, sin rastro de pus. Me abroché la bragueta, jalé la cadena y regresé a la mesa de entrada.

Sabía qué había ocurrido; supongo que lo sabía incluso mientras intentaba convencerme de que me habían hipnotizado. Había experimentado una sanación milagrosa, una auténtica demostración del poder de Jesús Nuestro Señor. Durante mi niñez, cuando asistía regularmente a la última Iglesia Bautista o de Pentecostés escogida por mi madre o sus hermanas, había oído muchas historias de milagros de Jesús Nuestro Señor. Una de ellas era la de un hombre llamado Roy Delfines, que cuando yo tenía doce años vivía con su familia a tres kilómetros de mi casa. Delfines le había cortado accidentalmente el dedo meñique a su hijo cuando éste sostenía un tronco en el patio para que su padre lo hachara. Roy Delfines afirmaba que durante el otoño y el invierno siguientes prácticamente había gastado la alfombra con las rodillas y que en primavera el dedo del niño había vuelto a crecer. Hasta había recuperado la uña. Yo creí a Roy Delfines cuando habló un jueves por la noche, rebosante de alegría. Se expresaba con tanta sencillez y sinceridad, sin sacar las manos de los bolsillos de su overol, que era imposible *no* creerle. «Cuando el dedo empezó a crecer le picaba tanto que pasó varias noches en vela –dijo Roy Delfines–. Pero él sabía que el Señor así lo quería, y lo soportó.» Alabado sea Jesús. El Señor es todopoderoso.

La historia de Roy Delfines sólo era una entre tantas. Yo crecí en la tradición de milagros y curaciones. También creía en los amuletos, en las virtudes del agua estancada para curar las verrugas, en la necesidad de poner musgo debajo de la almohada para curar el dolor de una pérdida amorosa y, naturalmente, en lo que solíamos llamar «encantamientos». Sin embargo, no creía que John Coffey fuera un hechicero. Lo había mirado a los ojos y, lo que era más importante, había sentido su contacto, y había sido como si me tocase un médico extraño y maravilloso.

«Lo alivié, ¿verdad?»

Aquella frase seguía resonando en mi cabeza, como una canción pegajosa o las palabras de un hechizo: «Lo alivié, ¿verdad?»

Pero no había sido él, sino Dios. El uso de la primera persona de Coffey debía atribuirse a la ignorancia más que al orgullo, pero gracias a las enseñanzas recibidas en aquellas iglesias tan apreciadas por mi madre y mis tías veinteañeras, yo sabía, o al menos creía, que la curación no dependía del curandero, sino de la voluntad divina. Es natural alegrarse de la mejoría de un enfermo, pero la persona que se ha sanado tiene la obligación de preguntarse el porqué, de meditar sobre la voluntad de Dios y las formas extraordinarias en que éste pone en práctica esa voluntad.

¿Qué quería Dios de mí en este caso? ¿Qué deseaba tanto como para conceder a un asesino de niños la capacidad de curar? ¿Que permaneciera en el bloque en lugar de estar en casa, temblando en la cama y sudando a causa de los comprimidos de sulfamida? Quizá. Tal vez debía estar allí por si Bill Wharton decidía crear más problemas o para asegurarme de que Percy Wetmore no hiciera ninguna tontería. Muy bien. Entonces me quedaría allí. Mantendría los ojos bien abiertos y la boca cerrada... sobre todo en lo referente a curas milagrosas.

Dudaba que alguien me interrogara sobre mi mejoría. Había estado diciendo a todo el mundo que me encontraba mejor y lo cierto es que hasta aquel día yo mismo lo creía. Incluso le había dicho al alcaide Moores que todo había pasado. Delacroix había notado algo, pero supuse que también mantendría la boca cerrada (quizá por temor a que John Coffey lo hechizase si no lo hacía). En cuanto a Coffey, era muy probable que ya hubiera olvidado el incidente. Al fin y al cabo, no era más que un canal, y ninguna alcantarilla del mundo recuerda el agua que ha pasado por ella una vez que ha dejado de llover. De modo que resolví no mencionar el tema, sin saber que muy pronto contaría la historia y a quién se la contaría.

Pero no podía dejar de reconocer que sentía curiosidad por aquel grandulón. Después de lo ocurrido en su celda, sentía más curiosidad que nunca.

4

Aquella noche, antes de marcharme, hice arreglos para que Bruto me cubriera al día siguiente si llegaba un poco más tarde de lo habitual. Por la mañana me levanté y salí rumbo a Tefton, en el condado de Trapingus.

—No me gusta esa obsesión que tienes por ese tal Coffey —dijo mi esposa mientras me entregaba el almuerzo que me había preparado. Janice no confiaba en las hamburgueserías de la carretera; decía que en todas ellas acechaba un dolor de estómago—. No es propio de ti, Paul.

—No estoy obsesionado por él —respondí—. Sólo siento curiosidad.

—Sé por experiencia que una cosa lleva a la otra —dijo Janice con amargura, y a continuación me dio un gran beso en la boca—. Al menos tienes mejor aspecto. Me tenías preocupada. ¿Estás mejor de la infección?

–Mucho mejor –respondí, y me marché cantando algo así como *Come, Josephine, in my flying machine* y *We're in the money* para hacerme compañía.

Primero fui a las oficinas del *Intelligencer*, el periódico de Tefton, donde me dijeron que Burt Hammersmith, el tipo que buscaba, debía de estar en los juzgados. En los juzgados me dijeron que Hammersmith había estado allí, pero que se había marchado después de que tuvieran que interrumpir un juicio debido a la rotura de un caño de agua. El juicio en cuestión era por violación (en las páginas del *Intelligencer* se hablaría de «asalto a una mujer», que era como se definían aquellos actos antes de que Ricki Lane y Carnie Wilson aparecieran en escena). Suponían que habría vuelto a su casa. Me señalaron un camino de tierra tan estrecho y lleno de baches que casi no me atreví a meterme allí con el Ford. Sin embargo, por fin encontré a Hammersmith, el hombre que había escrito la mayor parte de los artículos sobre el juicio de Coffey, y gracias a él me enteré de los detalles de la breve cacería que había precedido la detención del gigante negro. Por supuesto, me refiero a los detalles que el *Intelligencer* consideró demasiado morbosos para publicar.

La señora Hammersmith era una mujer joven con cara cansada y bonita y las manos rojas por el cloro. No me preguntó qué quería; sencillamente me guio por una casa pequeña, que olía a galletas recién horneadas, hasta la galería trasera, donde su marido estaba sentado con un refresco en la mano y un ejemplar de la revista *Liberty* en el regazo. Había un pequeño jardín con una cuesta, a cuyos pies dos niños reían y discutían por un columpio. Aunque desde la galería era imposible determinar el sexo de los críos, supuse que eran niño y niña. Quizá fuesen gemelos, lo que daría cierto interés a la intervención de su padre en el caso Coffey, por indirecta que ésta fuera. Más cerca, como una isla en medio de un trozo de tierra compacta, desnuda y de aspecto descuidado, había una caseta de perro. Sin embargo, no había señales de *Fido*. Era otro día insólitamente caluroso y supuse que estaría dentro, durmiendo.

—Burt, tienes compañía —dijo la señora Hammersmith.

—De acuerdo —respondió él.

Me miró, miró a su esposa y volvió a mirar a los niños, que eran sin duda quienes más le preocupaban. Se trataba de un hombre delgado, casi patéticamente delgado, como si acabara de recuperarse de una enfermedad grave, y su cabello comenzaba a escasear. Su mujer le tocó un hombro con una mano roja, hinchada de lavar. Hammersmith no la miró ni la tocó, y al cabo de unos segundos ella la retiró. Por un instante fugaz se me ocurrió pensar que parecían más hermano y hermana que marido y mujer. Él tenía inteligencia y ella belleza, pero a pesar de todo guardaban cierto parecido físico, ese ligero aire hereditario del que es imposible escapar. Más tarde, cuando volvía a casa, comprendí que no se parecían en absoluto: lo que les daba un aspecto familiar era la apariencia de agotamiento y tristeza. Es curioso cómo el sufrimiento marca nuestras caras y nos hace semejantes.

—¿Quiere algo frío para beber, señor…? —preguntó la mujer.

—Edgecombe —dije—. Paul Edgecombe. Sí, gracias. Un refresco me vendría muy bien.

Entró en la casa. Estreché brevemente la mano de Hammersmith, que era larga y fría. No dejó de mirar a los niños en ningún momento.

—Señor Hammersmith, soy el carcelero jefe del bloque E, en la prisión estatal de Cold Mountain. Allí…

—Sé bien de qué me habla —dijo mirándome con mayor interés—. De modo que el gran jefe del pasillo de la muerte está en mi patio trasero, en persona. ¿Cómo es que ha conducido setenta y cinco kilómetros para hablar con el único reportero a tiempo completo del periódico local?

–Quiero hablar de John Coffey –dije.

Creo que esperaba alguna reacción notable (estaba algo sugestionado por la idea de que los niños podían ser gemelos… y quizá también por la casa del perro), pero Hammersmith se limitó a arquear las cejas y beber un trago del refresco.

–Ahora Coffey es su problema, ¿verdad? –preguntó.

–En realidad, no es demasiado problema –dije–. No le gusta la oscuridad y pasa la mayor parte del tiempo llorando, pero eso no nos crea dificultades en el trabajo. Estamos habituados a ver cosas peores.

–Llora mucho, ¿eh? –preguntó Hammersmith–. Bueno, yo diría que le sobran motivos para llorar, teniendo en cuenta lo que hizo. ¿Qué quiere saber de él?

–Cualquier cosa que pueda decirme. He leído sus artículos en el periódico, de modo que quiero cualquier información que no haya aparecido en ellos.

Me miró con expresión hostil.

–¿Como qué aspecto tenían las niñas? ¿O qué les hizo exactamente? ¿Es ésa la clase de información que anda buscando, señor Edgecombe?

–No –respondí manteniendo la voz serena–. No estoy interesado en las gemelas Detterick. Las pobrecillas están muertas, pero Coffey no, por el momento, y siento curiosidad por él.

–De acuerdo –dijo–. Tome una silla y acérquese, señor Edgecombe. Tendrá que perdonarme si le he hablado con brusquedad, pero mi trabajo me obliga a ver muchos buitres. ¡Demonios! Yo mismo he sido acusado de ser uno de ellos en más de una ocasión. Sólo quería asegurarme de que usted no lo fuera.

–¿Y ya está seguro?

–Creo que sí –respondió con tono casi de indiferencia.

La historia que me contó es básicamente la misma que relaté antes en estas páginas: la señora Detterick encontró la galería vacía, con la puerta arrancada de sus bisagras, las mantas tiradas en un rincón y sangre en los escalones; su hijo y su marido corrieron tras el secuestrador; la cuadrilla los alcanzó poco después y finalmente capturó a John Coffey, que estaba sentado a la orilla del río, llorando, con los cuerpos apretados como si fueran muñecas entre sus enormes brazos. El esquelético periodista, vestido con una camisa blanca y pantalones grises, hablaba en voz baja e inexpresiva... pero ni por un instante dejaba de mirar a los niños, que reían, discutían y se turnaban para montarse en el columpio situado al pie de la cuesta del jardín. En medio de la historia, la señora Hammersmith regresó con una botella de cerveza casera sin alcohol, fría, fuerte y deliciosa. Escuchó durante unos instantes y luego llamó a los niños, anunciándoles que iba a sacar unas galletas del horno.

—Ahora vamos, mamá —gritó la niña, y la mujer volvió a entrar en la casa.

Cuando Hammersmith hubo concluido la historia, dijo:

—¿Para qué quiere saber todo esto? Es la primera vez que me visita un carcelero de la prisión.

—Como le he dicho...

—Ya, curiosidad. La gente siente curiosidad, lo sé, incluso doy gracias a Dios por ello; sin esa curiosidad no tendría el empleo que tengo y hasta es probable que me viese obligado a trabajar para ganarme el pan. Pero setenta y cinco kilómetros es un largo trecho para recorrer por mera curiosidad, sobre todo teniendo en cuenta que en los últimos treinta la carretera se encuentra en un estado deplorable. De modo que ¿por qué no me cuenta la verdad, señor Edgecombe? Yo he satisfecho su curiosidad; ahora satisfaga usted la mía.

Supongo que podría haber dicho algo así como: «Resulta que yo tenía una infección urinaria, John Coffey me tocó y me la curó. El hombre que violó y asesinó a esas dos niñas hizo algo así, de modo que me planteé un montón de interrogantes sobre él, como habría hecho cualquiera. Incluso me pregunté si Homer Cribus y el agente Rob McGee no habrían atrapado al hombre equivocado, a pesar de todas las pruebas que había contra él. Porque uno no imagina que un hombre con semejante poder en las manos sea capaz de violar y asesinar a unas niñas.»

Pero no; dudaba que Hammersmith fuera a creer en aquella versión de los hechos.

—Me pregunto dos cosas —dije—. La primera es si había hecho algo así con anterioridad.

Hammersmith me miró con una súbita expresión de interés, y supe que era un tipo listo, quizá incluso brillante.

—¿Por qué dice eso? —preguntó—. ¿Qué sabe, señor Edgecombe? ¿Qué le ha contado?

—Nada, pero un hombre que hace esa clase de cosas, puede haber cometido un delito similar antes. Suelen tomarle el gusto.

—Sí —respondió—. Lo hacen. Claro que sí.

—Y se me ocurrió pensar que sería fácil seguirle los pasos y descubrir si era así. No debe de ser difícil seguir el rastro de un hombre de su tamaño, sobre todo cuando, además, es negro.

—En eso se equivoca —dijo—. Al menos en el caso de Coffey no es tan fácil.

—¿Lo intentó?

—Sí y no encontré nada. Un par de empleados de ferrocarriles creyeron haberlo visto en Knoxville dos días antes del asesinato de las gemelas Detterick. Nada sorprendente. Lo atraparon al otro lado del río, a pocos metros de las vías del ferrocarril del sur, y seguramente habrá venido en tren desde Tennessee. Recibí una carta de un hombre de Kentucky que dijo que a principios de la primavera había contratado a un hombre grande y calvo para cargar fardos. Le envié una fotografía de Coffey y lo identificó. Pero aparte de eso... –Hammersmith se encogió de hombros y sacudió la cabeza.

–¿No le parece extraño?

–Me parece *muy* extraño, señor Edgecombe. Es como si hubiera caído del cielo. Y él no puede ayudarnos. Es incapaz de recordar qué hizo la semana anterior.

–Así es –dije–. ¿Cómo lo explica?

–Estamos en la época de la Depresión –respondió–, así es como lo explico. La gente deambula por todos los caminos del país. Los de Oklahoma quieren recoger melocotones en California, los blancos pobres de los zarzales del norte quieren trabajar en las fábricas de coches de Detroit, los negros de Misisipi quieren trasladarse a Nueva Inglaterra para buscar empleo en las fábricas de calzado o en las hilanderías. Todos, negros y blancos por igual, piensan que la situación estará mejor en otro sitio. Es el nuevo estilo de vida americano. Ni siquiera un gigante como Coffey llama la atención... al menos hasta que decide asesinar a un par de criaturas. A un par de criaturas *blancas*.

–¿De verdad cree eso? –pregunté con incredulidad.

Me miró con una expresión serena en su rostro esquelético.

–A veces sí –respondió.

Su esposa se asomó por la ventana de la cocina como el conductor de una locomotora y gritó:

–¡Niños! Las galletas están listas. –Se volvió hacia mí–: ¿Se le antoja una galleta de avena y pasas, señor Edgecombe?

–Estoy seguro de que están deliciosas, señora, pero esta vez diré que no.

–De acuerdo –dijo ella, y metió la cabeza.

–¿Ha visto las cicatrices que tiene Coffey? –preguntó Hammersmith de repente, siempre mirando a los niños, que se resistían a abandonar el columpio, incluso por unas galletas de avena y pasas.

–Sí –respondí, aunque me sorprendió que él las hubiera visto.

Al ver mi reacción, rio.

–El golpe maestro del defensor fue hacer que Coffey se quitase la camisa y enseñara las cicatrices al jurado. El fiscal, George Peterson, protestó indignado, pero el juez lo permitió. El viejo George podría haberse ahorrado la saliva. Los jurados de esta zona del país no se dejan convencer por la mierda psicológica de que la gente maltratada no puede controlar sus actos. Creen que la gente hace lo que quiere. La verdad es que simpatizo bastante con ese punto de vista, pero eso no quita que las cicatrices fueran horribles. ¿Ha notado algo acerca de ellas, Edgecombe?

Yo había visto a Coffey desnudo en la ducha, y naturalmente, me había fijado en las cicatrices, de modo que sabía a qué se refería Hammersmith.

–Están rotas, como si fueran un enrejado.

–¿Y sabe qué significa eso?

–Que cuando era un niño alguien lo azotó brutalmente –contesté–. Antes de que creciera.

–Pero no consiguieron ahuyentar al demonio que llevaba dentro, ¿verdad, Edgecombe? Deberían haberse ahorrado los latigazos y ahogarlo en el río como a un gatito perdido, ¿no cree?

Supongo que lo más correcto hubiera sido asentir y largarme de allí, pero no pude. Yo lo había visto y había *sentido* su contacto. Había experimentado en mi propia carne lo que podían hacer sus manos.

–Es un hombre extraño –dije–, pero no parece violento. Sé cómo lo encontraron y es difícil conciliar esa imagen con lo que veo diariamente en el bloque. Conozco bien a los hombres violentos, señor Hammersmith.

Por supuesto, pensaba en Wharton, estrangulando a Dean Stanton con la cadena y gritando: «¡Eh, muchachos! ¿Qué me dicen de esta fiesta?»

Hammersmith me miraba con atención y sonreía con una expresión de incredulidad que no terminaba de gustarme.

–No ha venido hasta aquí sólo para saber si Coffey mató a alguna otra niña en otro sitio –dijo–. Creo que ha venido a ver si yo creía que realmente es culpable. ¿Me equivoco? Confiéselo, Edgecombe.

Bebí el último sorbo de mi refresco, dejé la botella en la mesa y dije:

–Muy bien; ¿lo cree culpable?

–Le diré algo –empezó–, y será mejor que me escuche con atención, porque es probable que sea justamente lo que necesita saber.

–Lo escucho.

–Teníamos un perro llamado *Sir Galahad* –dijo señalando la casa del perro–. Un perro bueno. No era de raza, pero era cariñoso, tranquilo. Siempre dispuesto a lamernos la mano o a correr detrás de una ramita. Hay muchos canes por el estilo, ¿no cree? –me encogí de hombros y asentí con un gesto. Él añadió–: En cierto sentido, un perro bueno es igual que su negro. Uno se familiariza con él y le toma cariño. No sirve para nada en particular, pero convive con nosotros porque *creemos* que él también nos quiere. Si uno tiene suerte, nunca descubre lo contrario, Edgecombe. Pero Cynthia y yo no tuvimos suerte.

Suspiró. Fue un sonido largo y casi espectral, como el rumor del viento entre las hojas secas. Volvió a señalar la casa del perro y me pregunté cómo no me había dado cuenta antes del aire de abandono que tenía o de que muchos de los excrementos esparcidos alrededor de ella estaban blanquecinos y polvorientos.

–Solía limpiar sus excrementos –continuó Hammersmith– y reparar el techo de la casa para que no entrara la lluvia. También en ese sentido *Sir Galahad* era como su negro, incapaz de hacer esas cosas solo. Ahora ni toco la casa. No me he acercado a ella desde el accidente… si es que puede llamárselo así. Tomé el rifle y le disparé, pero no he hecho nada más desde entonces. No me atrevo. Supongo que algún día tendré que reunir fuerzas para limpiar los excrementos y derribar la casa.

De repente se aproximaron los niños y supe que no quería que lo hicieran. Era lo último que deseaba. La niña estaba bien, pero el niño…

–Caleb –dijo Hammersmith–. Ven aquí un momento.

Los pequeños, sin duda gemelos, debían de tener unos cuatro años. La niña continuó hacia la casa, pero el niño se acercó a su padre mirándose los pies. Sabía que era feo. Incluso a los cuatro años, uno sabe si es feo o no. Hammersmith le tomó la barbilla con dos dedos e intentó levantarle la cara. Al principio el niño se resistió, pero cuando el padre dijo «por favor, pequeño» con dulzura, serenidad y afecto, obedeció.

Una cicatriz enorme y circular partía del cuero cabelludo, bajaba por la frente, cruzaba un ojo ciego y torcido y llegaba a la comisura de una boca desfigurada, que parecía imitar la sonrisa astuta de un jugador o, quizá, de un chulo. Una mejilla era tersa y bonita; la otra estaba arrugada como un tronco marchito. Supuse que antes habría habido allí un agujero, pero al menos ahora había cicatrizado.

–Le queda un ojo –dijo Hammersmith acariciando con dulzura la mejilla arrugada del pequeño–. Supongo que ha tenido suerte de no quedar ciego. Todos los días damos gracias a Dios por ello, ¿verdad, Caleb?

–Sí –dijo con timidez el niño, un niño que sería hostigado cruelmente por sus compañeros de clase en el patio del colegio durante todos los años escolares, un niño a quien nadie invitaría a jugar y que probablemente nunca se acostaría con una mujer (ni siquiera pagando por ella) cuando alcanzara la edad y las necesidades de adulto, un niño que siempre quedaría fuera del círculo cálido e iluminado de sus iguales, un niño que se miraría al espejo durante los siguientes sesenta o setenta años de su vida y pensaría: «Eres feo, feo, feo.»

–Entra y toma tus galletas –dijo su padre, besando la boca desfigurada de su hijo.

–Sí, papá –respondió Caleb, y entró corriendo en la casa.

Hammersmith sacó un pañuelo del bolsillo trasero del pantalón y se limpió los ojos. Estaban secos, pero supongo que se había acostumbrado a sentirlos húmedos.

–El perro ya estaba aquí cuando nacieron –explicó–. Cuando Cynthia trajo a los niños del hospital lo llevé a la casa para que los oliese, y *Sir Galahad* les lamió las manos. Aquellas manitas pequeñas –movió la cabeza de arriba abajo, como si confirmara las últimas palabras para sí–. Jugaba con ellos; solía lamer la cara de la pequeña Arden hasta que la niña reía. Caleb le jalaba las orejas, y cuando empezó a andar, a veces recorría el patio agarrado de la cola de *Sir Galahad*. El perro ni siquiera les gruñía. A ninguno de los dos.

Ahora sí que lloraba. Hammersmith se secó las lágrimas automáticamente, con la naturalidad de un hombre que tiene mucha práctica en hacerlo.

–No tuvo ningún motivo –continuó–. Caleb no lastimó, no le gritó, no le hizo nada. Lo sé porque yo estaba delante. Si no hubiera estado allí, lo habría matado. No ocurrió *nada*, Edgecombe. Sencillamente, el niño tenía la cara volteada hacia el perro y a *Sir Galahad* se le cruzó por la mente, si es que un perro tiene mente, que quería atacar y morder. Matar incluso, si era posible. El niño estaba frente a él, y el perro mordió. Lo mismo ocurrió con Coffey. Estaba allí, vio a las niñas en la galería, las agarró, las violó, las mató. Usted dice que debería haber algún indicio de que hizo algo similar con anterioridad, y comprendo qué quiere decir, pero es posible que fuese la primera vez. Tal vez si lo hubieran dejado en libertad no habría vuelto a hacerlo nunca. Es probable que *Sir Galahad* no volviera a morder a nadie. Pero como se imaginará, ni siquiera me hice esa pregunta. Fui a buscar el rifle, até al perro y le volé los sesos —respiraba con dificultad—. Soy tan educado como cualquiera, señor Edgecombe. Fui a la Universidad de Bowling Green, estudié historia además de periodismo, e incluso algo de filosofía. Me gusta pensar que soy un hombre culto. Aunque dudo que mis compatriotas del Norte me vean así, soy un hombre culto. No traficaría con esclavos ni por todo el té de China. Creo que debemos ser humanos y generosos y esforzarnos para solucionar el problema racial. Sin embargo, debemos recordar que nuestros negros morderán si les damos la oportunidad, igual que un perro muerde si encuentra la ocasión y se le cruza por la cabeza. Quiere saber si el lloroso John Coffey, con todas esas cicatrices en la espalda, es culpable del crimen, ¿verdad?

Asentí con un gesto.

—Pues sí —dijo Hammersmith—. No lo dude, y no le vuelva la espalda. Es probable que tenga suerte una o cien veces... quizá mil... pero al final... —levantó una mano frente a sus ojos, chasqueó los dedos e imitó el movimiento de una boca al morder con la mano—. ¿Me entiende?

Volví a asentir.

—Las violó, las mató y después lo lamentó —prosiguió—, pero las niñas siguieron violadas y muertas. Sin embargo, ustedes lo solucionarán, ¿verdad, Edgecombe? Dentro de unas semanas se asegurarán de que no vuelva a hacer nada semejante.

Se levantó, se apoyó en la barandilla de la galería y miró con aire ausente la casa del perro, en el centro de la tierra pisoteada, en medio de un montón de excrementos antiguos.

—Espero que me disculpe –dijo por fin–. Como me he librado de pasar la tarde en los tribunales, pensé que podría pasarla con mi familia. Nuestros hijos sólo son pequeños una vez.

—Por supuesto –dije. Sentía los labios entumecidos, como si no me pertenecieran–. Y muchas gracias por su tiempo.

—De nada –dijo.

Conduje directamente de la casa de Hammersmith a la prisión. Fue un largo viaje, y esta vez no fui capaz de acortarlo cantando. Era como si hubiera olvidado todas las canciones, al menos por el momento. No dejaba de ver la cara desfigurada de aquel niño y la mano de Hammersmith, con los dedos que subían y bajaban imitando una boca al morder.

5

Al día siguiente Bill Wharton el Salvaje visitó la celda de seguridad por primera vez. Pasó la mañana y la tarde tan tranquilo y silencioso como un cordero, un estado que, según descubriríamos después, no era natural en él y significaba que se avecinaban problemas. Luego, aproximadamente a las siete y media de la tarde, Harry Terwilliger sintió algo húmedo y caliente en el uniforme que se había puesto limpio ese mismo día. Era orina. William Wharton estaba de pie en su celda, exhibiendo sus dientes ennegrecidos con una gran sonrisa y meando los pantalones y los zapatos de Harry.

—El maldito hijo de puta debe de haber estado preparando aquella escena todo el día –dijo Harry más tarde, asqueado y furioso.

Bien. Había llegado el momento de enseñarle a William Wharton quién mandaba en el bloque E. Harry nos avisó a mí y a Bruto y yo puse sobre aviso a Dean y a Percy, que también estaban de servicio. Recuerden que entonces teníamos tres prisioneros y eso significaba ocupación plena. Mis hombres estaban de guardia de siete de la tarde a tres de la madrugada –el momento más propicio para los problemas– y otros dos grupos se turnaban durante el resto del día. Aquellos grupos estaban formados en su mayor parte por guardias temporales, al mando de los cuales solía estar Bill Dodge. No era un mal sistema y yo tenía la impresión de que en cuanto pudiera pasar a Percy al turno de día, las cosas irían aún mejor. Sin embargo, nunca conseguí hacerlo. A veces me pregunto si eso hubiera cambiado algo.

Había un depósito de agua en el almacén, al otro lado de la Freidora, y Dean y Percy le acoplaron una manguera de incendios de lona. Luego se quedaron junto a la válvula, para abrirla en caso de que fuese necesario.

Bruto y yo fuimos rápidamente a la celda de Wharton, donde éste seguía de pie, sonriente y con el pito colgando fuera del pantalón. La noche anterior, antes de marcharme, yo había sacado la camisa de fuerza de la celda de seguridad y la había arrojado sobre un estante de mi despacho, pensando que podríamos necesitarla para nuestro nuevo inquilino. Ahora la llevaba en una mano, con el dedo índice enganchado debajo de uno de los tirantes. Harry nos seguía, jalando la boquilla de la manguera que cruzaba mi oficina, bajaba los peldaños del almacén y se remontaba hasta el tambor cilíndrico de donde Dean y Percy la desenrollaban con la mayor rapidez posible.

–¿Qué? ¿Les gustó? –preguntó el Salvaje Bill. Reía como un niño en carnaval, tan alto que casi no podía hablar, y unas lágrimas enormes se deslizaban por sus mejillas–. Supongo que sí, ya que se han dado tanta prisa en venir. Estoy cocinando unas caquitas como acompañamiento. Bonitas y blandas. Mañana se las serviré.

Al ver que yo abría la puerta de su celda, entrecerró los ojos. Entonces advirtió que Bruto tenía el revólver en una mano y la macana en la otra.

–Es probable que entren aquí por su propio pie –dijo–, pero Billy the Kid les asegura que saldrán en camilla –sus ojos se posaron en mí–. Y si piensa que va a ponerme esa camisa para locos, le espera una buena, viejo estúpido.

–Tú no das las órdenes aquí –repliqué–. Ya deberías saberlo, pero supongo que eres demasiado idiota para aprenderlo sin que te lo enseñen.

Terminé de abrir los cerrojos y empujé la puerta. Wharton retrocedió hasta el camastro con el pito colgando fuera de los pantalones, extendió las manos con las palmas hacia arriba y me llamó con los dedos.

–Ven aquí, mamón –dijo–. Si quieres jugaremos al colegio, pero este chico es lo bastante grande para ser la maestra –volvió la mirada y la negra sonrisa hacia Bruto–. Ven, grandulón. Esta vez no podrás cogerme por la espalda. Deja esa pistola, que de todos modos no vas a usar, y enfrentémonos cuerpo a cuerpo. Veamos quién es mejor...

Bruto entró en la celda, pero no se acercó a Wharton. Una vez al otro lado de la puerta, torció a la izquierda y Wharton abrió desmesuradamente los ojos al ver la manguera apuntando hacia él.

–No lo harás –dijo–. No...

–¡Dean! –grité–. Abre. ¡A tope!

Wharton saltó hacia adelante, y Bruto le asestó un golpe con la macana. Un buen golpe en la frente, justo encima de las cejas. Estoy seguro de que Percy soñaba con dar uno igual. Wharton, que parecía pensar que nunca habíamos tenido problemas antes de conocerlo, cayó de rodillas, con los ojos abiertos pero ciegos. Entonces comenzó a salir el agua. Harry se tambaleó ante su fuerza, pero enseguida recuperó el equilibrio. Sostenía la boquilla firmemente entre las manos, apuntando como si la manguera fuese un arma. El chorro dio directamente en el pecho de Wharton, lo hizo girar y lo empujó debajo del camastro. En el otro extremo del pasillo Delacroix saltaba, reía con nerviosismo y gritaba a Coffey, exigiéndole que le contara qué ocurría, quién ganaba y si al nuevo *gran'fou* le gustaba el tratamiento de agua. John no dijo nada, permaneció allí quieto, vestido con sus calzones y las pantuflas de la prisión. Apenas si lo miré, pero bastó para ver la expresión de siempre en su cara, triste y serena al mismo tiempo. Era como si hubiera visto aquello antes, no una vez o dos, sino miles.

–¡Cierren el agua! –gritó Bruto por encima del hombro, y corrió hacia Wharton. Tomó al chico por las axilas y lo sacó de debajo de la cama. Wharton, semiinconsciente, tosía y emitía sonidos ahogados. Un hilo de sangre caía en sus ojos desde la frente, donde la macana de Bruto había abierto la piel en una línea vertical.

Para Bruto y para mí, poner la camisa de fuerza era una especie de ciencia. Habíamos practicado la técnica como un par de coristas que ensayan un nuevo número y de vez en cuando la práctica daba sus frutos. Como en aquella ocasión. Bruto sentó a Wharton y le sostuvo los brazos, igual que un niño que sostiene los brazos de una muñeca de trapo. La conciencia comenzaba a regresar a los ojos de Wharton, como si éste supiera que si no se resistía entonces ya no podría hacerlo, pero la comunicación entre su cerebro y sus músculos seguía interrumpida, y antes de que pudiera restablecerla yo le pasé la camisa por los brazos y Bruto abrochó las presillas en la espalda. Mientras lo hacía, jalé los brazos de Wharton hacia atrás y le até las muñecas con una tira de lona. Cuando terminé, el muchacho parecía abrazarse a sí mismo.

—¡Maldita sea, imbécil, dime qué hacen! —gritó Delacroix. Oí que *Cascabel* emitía un chillido, como si también él exigiera información.

Entonces llegó Percy, con la cara radiante y la camisa mojada pegada al cuerpo después de la lucha con el depósito de agua. Dean venía detrás. La marca azulada que le rodeaba el cuello como un collar hacía que tuviese un aspecto mucho menos entusiasta.

—Vamos, Salvaje Bill —dije levantando a Wharton—, ahora vamos a andar, pasito a pasito.

—¡No me llame así! —gritó Wharton. Creo que por primera vez vimos sus auténticos sentimientos y no las técnicas de camuflaje de un animal astuto—. El Salvaje Bill Hickock nunca fue un héroe. Nunca combatió ni empuñó un cuchillo. No era más que un guerrillero de los confederados. El muy imbécil se sentó de espaldas a la puerta y se dejó matar por un borracho.

—¡Caramba, el chico está dándonos una lección de historia! —exclamó Bruto mientras empujaba a Wharton fuera de la celda—. Uno nunca sabe con qué va a encontrarse cuando checa tarjeta en este sitio, pero con tanta gente agradable como tú, supongo que es lógico, ¿verdad? ¿Sabes una cosa? Muy pronto tú también serás historia, Salvaje Bill. Mientras tanto, camina. Tenemos una habitación especial para ti. Una habitación para que te relajes.

Wharton soltó un grito furioso, incoherente, y se arrojó contra Bruto, aunque estaba perfectamente embutido dentro de la camisa de fuerza y tenía las manos detrás. Percy hizo ademán de desenfundar la macana —la solución Wetmore para todos los problemas de la vida—, pero Dean lo agarró de la muñeca. Percy lo miró con una mezcla de perplejidad e indignación, como si quisiera decir que después de lo que Wharton le había hecho, era la última persona en el mundo que debía retenerlo.

Bruto empujó a Wharton hacia atrás, yo lo atajé y lo empujé hacia Harry, que a su vez lo empujó por el pasillo de la muerte, más allá del atónito Delacroix y el imperturbable Coffey. Wharton corrió para evitar caer de bruces, maldiciendo todo el tiempo, escupiendo juramentos como un soldador escupe chispas. Lo metimos en la última celda de la derecha, mientras Dean, Harry y Percy (que por una vez no se quejaba del exceso de trabajo) sacaban todos los cacharros de la celda de seguridad. Entretanto, mantuve una breve conversación con Wharton.

–Te crees duro –dije–, y quizá lo seas, pero aquí la dureza no cuenta. Tus días de estampidas han terminado. Si facilitas las cosas, nosotros te las facilitaremos a ti. Si nos creas problemas, morirás de todos modos, pero te aseguro que antes te meteremos en cintura.

–Se alegrarán de verme morir –dijo Wharton con voz ronca. Luchaba por quitarse la camisa de fuerza, aunque sabía perfectamente que no lo conseguiría, y tenía la cara roja como un tomate–. Pero antes de irme, les haré la vida imposible –me mostró los dientes como un mono furioso.

–Si lo que quieres es hacernos la vida imposible, ya puedes dejarlo porque lo has conseguido –dijo Bruto–. Pero ten en cuenta que no nos importa si pasas todo el tiempo que te toque estar en el pasillo de la muerte en la celda de las paredes acolchadas. Llevarás esa camisa de fuerza hasta que los brazos se te gangrenen por falta de circulación y se te caigan –hizo una pausa y agregó–: Nadie visita esta celda, ¿sabes? Y si crees que a alguien le importa lo que pueda pasarte, te equivocas. Para el mundo, tú ya eres un criminal muerto.

Wharton miró a Bruto con atención y la furia comenzó a desvanecerse de su cara.

–Quítenme esto –dijo con voz conciliadora, una voz demasiado cuerda y serena para fiarse de ella–. Me portaré bien. De veras.

Harry apareció en la puerta de la celda. El pasillo parecía un mercado de objetos de segunda mano, pero habíamos conseguido organizarlo todo con bastante rapidez. Lo habíamos hecho antes, de modo que teníamos práctica.

–Todo listo –dijo Harry.

Bruto agarró el bulto cubierto de lona que correspondía al codo derecho de Wharton y lo levantó.

–Vamos, Salvaje Bill, e intenta mirar las cosas desde el punto de vista positivo. Tendrás al menos veinticuatro horas para recordar que no debes sentarte de espaldas a la puerta y fiarte de una mano de ases y ochos.

–Quítenme esto –dijo Wharton. Miró primero a Bruto, luego a Harry y por fin a mí. Su cara volvía a ponerse roja–. Me portaré bien, he aprendido la lección, he... ayyyy...

De repente cayó al suelo, la mitad dentro de la celda y la otra mitad en el pasillo. Pataleaba y movía el cuerpo espasmódicamente.

–¡Demonios! Le ha dado un ataque –murmuró Percy.

–Tan cierto como que mi hermana es la reina de Babilonia –dijo Bruto–. Baila la danza del vientre para Moisés todas las noches envuelta en un tul blanco –se agachó y tomó a Wharton por una de las axilas. Yo lo agarré de la otra. Wharton se sacudía entre los dos como un pez recién pescado. Arrastrar aquel cuerpo que no dejaba de moverse, oír los gruñidos de Wharton por un extremo de su cuerpo y sus pedos por el otro, fue una de las peores experiencias de mi vida.

Alcé la vista y por un instante mis ojos se encontraron con los de John Coffey. Estaban rojos y sus mejillas volvían a estar húmedas. Lloraba otra vez. Recordé a Hammersmith imitando la boca de un perro con la mano y me estremecí. Luego volví a centrar mi atención en Wharton.

Lo arrojamos dentro de la celda de seguridad como si fuera un fardo y observamos cómo se sacudía en el suelo, cerca de la rejilla que una vez habíamos inspeccionado buscando el ratón que había comenzado su vida entre nosotros con el nombre de *Willy*, el del barco de vapor.

—Me da igual que se trague la lengua y se muera —dijo Harry con su voz ronca y áspera—, pero piensen en el papeleo, muchachos. Será interminable.

—El papeleo es lo de menos —terció Harry con voz lúgubre—. Debemos pensar en la audiencia. Perderemos nuestro maldito empleo y acabaremos recogiendo guisantes en Misisipi. Saben qué quiere decir Misisipi en el idioma de los indios, ¿verdad? Quiere decir «trasero».

—No se tragará la lengua ni se morirá —dijo Bruto—. Cuando abramos mañana la puerta, estará perfectamente. Créanme.

Y así fue. El hombre que sacamos de la celda a las nueve de la noche del día siguiente estaba tranquilo, pálido y aparentemente escarmentado. Caminaba con la cabeza agachada, no intentó atacar a nadie cuando le quitamos la camisa de fuerza y se limitó a mirarme con aire ausente cuando le dije que la próxima vez serían cuarenta y ocho horas y que debía decidir cuánto tiempo quería pasarse meándose en los pantalones y comiendo papilla de bebé a cucharadas.

—Me portaré bien, jefe. He aprendido la lección —murmuró con voz sumisa cuando lo devolvimos a su celda. Bruto me miró y me hizo un guiño.

A última hora del día siguiente, William Wharton —a quien le gustaba que lo llamaran Billy the Kid y no como al vulgar guerrillero confederado John Law, el

Salvaje Bill Hickock– le compró un pastel de chocolate al viejo Tuu. Se le había prohibido expresamente comprar cualquier cosa, pero, como he dicho antes, el turno de tarde estaba cubierto por guardias temporales, de modo que lo hizo. El propio Tuu estaba al corriente de la prohibición, pero para él el negocio era el negocio.

Aquella noche, cuando Bruto hacía la ronda de vigilancia, Wharton estaba junto a la puerta de su celda. Esperó a que Bruto lo mirara, se golpeó las mejillas hinchadas con las palmas de las manos y escupió un chorro asombrosamente largo de chocolate y saliva en la cara del guardia. Se había metido el pastel entero en la boca, lo había mantenido allí hasta ablandarlo y luego lo había usado como si fuera tabaco de mascar.

Wharton cayó sobre el camastro con la barbilla embadurnada de chocolate, pataleando y riendo a voz en cuello mientras señalaba a Bruto, que tenía algo más que la barbilla cubierto de chocolate.

–¡Ja, ja, ja! Miren al cafre. ¿Cómo te va, negro? –Wharton reía agarrándose el vientre–. Vaya, cómo lamento no haber tenido un poco de mierda…

–Tú eres mierda –gruñó Bruto–. Y espero que tengas las maletas preparadas, porque vas a volver a tu retrete favorito.

Una vez más le pusieron la camisa de fuerza y fue a parar a la celda de paredes acolchadas, en esta ocasión por dos días. A veces lo oíamos maldecir, otras prometer que se portaría bien, que había aprendido la lección, y de vez en cuando gritaba que se moría y que necesitaba un médico; pero la mayor parte del tiempo permanecía callado. Así estaba cuando lo sacamos de la celda de seguridad, callado, con la cabeza baja y la mirada ausente. Ni siquiera respondió cuando Harry le dijo:

–Recuerda que todo depende de ti.

Se portaría bien durante un tiempo y luego tramaría una nueva. No hacía nada que no hubieran hecho otros antes (excepto, quizá, por lo del pastel de chocolate; hasta Bruto tuvo que admitir que había sido bastante original) pero su persistencia resultaba aterradora. Yo tenía miedo de que tarde o temprano alguien se distrajera y tuviésemos que pagarlo muy caro. Lo peor era que la situación podía prolongarse bastante, ya que en algún sitio había un abogado moviendo cielo y tierra por él, proclamando a los cuatro vientos que sería un error asesinar a alguien que era prácticamente un niño y, por otra parte, tan blanco como John Brown. No tenía sentido quejarse. Al fin y al cabo, el trabajo de su abogado consistía en intentar que Wharton no se sentara en la silla eléctrica. Sin embargo, el nuestro era mantenerlo entre rejas, y sabíamos que más tarde o más temprano, con abogado o sin él, la Freidora recibiría su presa.

6

Aquella misma semana Melinda Moores, la esposa del alcaide, volvió a casa desde Indianola. Los médicos habían acabado con ella; tomaron interesantes y flamantes fotografías de su tumor cerebral, reunieron información sobre la debilidad de su mano derecha y los dolores paralizantes que la torturaban casi todo el tiempo y acabaron con ella. Entregaron a su esposo un montón de cápsulas de morfina y enviaron a Melinda a morir a casa. Hal Moores había acumulado varios días de permiso por enfermedad –no muchos, pues en aquellos tiempos no correspondían demasiados– y se los tomó para ayudarla a sobrellevar el trance.

Mi esposa y yo fuimos a visitarla tres días después de que regresase a casa. Telefoneé antes y Hal dijo que podíamos ir. Melinda tenía un buen día y se alegraría de vernos.

–Detesto esta clase de visitas –le dije a Janice mientras conducíamos hacia la casa donde los Moore habían vivido durante casi todos sus años de matrimonio.

–Como todo el mundo, cariño –dijo mi esposa acariciándome una mano–. Pero lo soportaremos, y ella también.

–Eso espero.

Encontramos a Melinda en el salón, sentada al sol de un octubre mucho más cálido de lo habitual, y mi primera impresión fue que la mujer había perdido cuarenta kilos. No era así, por supuesto –si hubiera perdido tanto peso no habría quedado nada de ella–, pero ésa fue la reacción inicial de mi cerebro ante lo que veían mis ojos. Su cara estaba tan demacrada que parecía enseñar la calavera que había debajo, su piel tenía el color de un pergamino y debajo de sus ojos había grandes ojeras. Además, era la primera vez que la veía sentada en la mecedora sin los trapos de colores con que solía confeccionar alfombras. Estaba sentada sin hacer nada. Como una persona que espera en una estación de trenes.

–Melinda –dijo mi esposa con afecto. Creo que estaba tan impresionada como yo, o quizá más, pero lo disimuló maravillosamente, como sólo saben hacer las mujeres. Se acercó a Melinda, se arrodilló al lado de la mecedora y puso una de sus manos entre las suyas. Entretanto, mis ojos se posaron casualmente en la alfombra azul que estaba junto a la chimenea y pensé que debería haber sido verde como los limones viejos, pues aquella habitación se había convertido en otra versión del pasillo de la muerte.

–Te traje un poco de té –dijo Jan–. Del que preparo yo. Lo he dejado en la cocina.

–Muchas gracias, querida –dijo Melinda. Su voz sonaba vieja y cansada.

–¿Cómo te encuentras? –preguntó mi esposa.

–Mejor –respondió Melinda con voz ronca, áspera–.

No como para ir a un baile, pero al menos hoy no tengo dolores. Me dan pastillas para el dolor de cabeza, y a veces funcionan.

—Eso es bueno.

—Pero no puedo agarrar las cosas. Tengo algún problema en la mano derecha —la levantó, la miró como si no la hubiera visto antes y volvió a apoyarla en su regazo—. Bueno, tengo problemas… en todas partes.

De repente, la mujer se echó a llorar en silencio y me recordó a John Coffey. Una vez más, sus palabras resonaron en mi cabeza: «Lo alivié, ¿verdad?» Era como una letanía de la que no podía deshacerme.

Entonces entró Hal y me rescató. No necesito decirles cuánto me alegré de ello. Fuimos a la cocina y me sirvió medio vaso de whisky casero, recién salido de la destilería de algún campesino. Chocamos los vasos y bebimos. El alcohol me pasó por el pescuezo como si fuera gasolina, pero al llegar al estómago produjo un efecto paradisíaco. Sin embargo, cuando Moores levantó una vez más la botella de cerámica invitándome a otra copa, la rechacé sacudiendo la cabeza. El Salvaje Bill Wharton estaba en su celda, al menos por el momento, y no sería prudente acercarme a él con la mente nublada por el alcohol. Ni siquiera al otro lado de los barrotes.

—No sé cuánto tiempo podré soportarlo, Paul —dijo en voz baja—. Por las mañanas viene una chica a ayudarme, pero los médicos dicen que podría perder el control de esfínteres y… y… —se detuvo a mitad de la frase y tragó saliva, haciendo evidentes esfuerzos por no llorar.

—Hágalo lo mejor que pueda —dije. Extendí la mano por encima de la mesa y apreté la suya, rígida, llena de manchas seniles—. Tómese las cosas con calma, día por día, y deje que Dios se ocupe del resto. No puede hacer otra cosa, ¿verdad?

—Supongo que no. Pero es muy duro, Paul. Ojalá

nunca tengas que pasar por algo similar —hizo un esfuerzo y recuperó la compostura—. Ahora cuéntame las últimas noticias. ¿Cómo van las cosas con William Wharton? Y ¿qué tal te llevas con Percy Wetmore?

Hablamos del trabajo durante un buen rato y la visita llegó a su fin. Ya en el coche, mi esposa permaneció en silencio la mayor parte del trayecto de regreso a casa, llorosa y pensativa. Entonces, las palabras de Coffey volvieron a mi mente una vez más: «Lo alivié, ¿verdad?»

—Es terrible —dijo Jan en cierto momento—. No podemos hacer nada por ayudarla.

Asentí en silencio y pensé: «Lo alivié, ¿verdad?» Pero era una idea absurda, y lo mejor que podía hacer era quitármela de la cabeza.

Cuando giramos hacia nuestra casa, Jan habló por segunda vez, pero no de su vieja amiga, Melinda, sino de mi infección urinaria. Quería saber si realmente estaba curada. Le dije que sí. Que estaba curada.

—Estupendo —dijo, y me besó encima de la ceja, en mi punto débil—. Entonces quizá debiéramos hacer algo... Claro que si tienes tiempo y ganas.

Puesto que tenía tiempo de sobra y ganas suficientes, la tomé de la mano y la llevé hacia el dormitorio, donde ella se desnudó y acarició la parte de mí que se hinchaba y latía, aunque ya había dejado de doler. Y mientras la penetraba lentamente, como le gustaba —como nos gustaba a ambos—, pensé en John Coffey diciendo que me había aliviado, que me había aliviado, ¿verdad? Como una letanía.

Más tarde, mientras conducía hacia la prisión, pensé que pronto tendríamos que empezar los ensayos de la ejecución de Delacroix. Un pensamiento llevó a otro, recordé que Percy Wetmore estaría junto a la silla y sentí un escalofrío de pánico. Me dije que quizá después de esa ejecución nos libraríamos de Percy para siempre, pero el escalofrío no me abandonó, como si la infección que había sufrido en lugar de curarse se hubiera limitado a cambiar de lugar: primero me quemaba la entrepierna y ahora me helaba la espalda.

7

–Vamos –dijo Bruto a Delacroix la noche siguiente–. Tú, *Cascabel*, y yo vamos a dar un breve paseo.

Delacroix lo miró con desconfianza, pero luego sacó el ratón de la caja de puros, lo colocó sobre la palma de la mano y miró a Bruto con los ojos entrecerrados.

–¿Qué quiere decir? –preguntó.

–Es una gran noche para ti y para *Cascabel* –dijo Dean, mientras él y Harry se unían a Bruto. El collar de moretones que le rodeaba el cuello había adquirido un desagradable tono amarillento, pero al menos podía hablar sin parecer un perro ladrando a un gato. Se volvió hacia Bruto y preguntó–: ¿Crees que deberíamos ponerle las esposas?

Bruto reflexionó por un instante.

–No –respondió por fin–. Se portará bien, ¿verdad, Del? Y el ratón también. Al fin y al cabo, esta noche agarrarán una buena fiesta.

Percy y yo contemplábamos la escena desde la mesa de la entrada. Percy tenía los brazos cruzados y una sonrisa desdeñosa en los labios. Al cabo de unos instantes, sacó su peine de concha y comenzó a peinarse. John Coffey también miraba en silencio al otro lado de las rejas de su celda. Wharton estaba tendido en su camastro, con la vista fija en el techo, completamente indiferente a lo que ocurría. Seguía «portándose bien», aunque lo que él llamaba portarse bien era similar a lo que los médicos de Briar Dodge habrían definido como un «estado catatónico».

Aquel día había otra persona en el bloque. Estaba en mi despacho, pero su delgada sombra se proyectaba fuera de la puerta sobre el pasillo de la muerte.

—¿De qué va todo esto, *gran'fou*? —preguntó Delacroix con recelo, poniendo los pies encima del camastro mientras Bruto abría la doble cerradura de la celda. Sus ojos saltaban rápidamente de un guardia a otro.

—Te lo explicaré —dijo Bruto—. El alcaide Moores está de baja por un tiempo. Como probablemente sabrás, su mujer está enferma. De modo que ha quedado al mando el señor Anderson, el señor Curtis Anderson.

—¿Sí? ¿Y eso qué tiene que ver conmigo?

—Bueno —dijo Harry—. El jefe Anderson ha oído hablar de tu ratón y quiere verlo actuar. Él y otros seis funcionarios los están esperando en la administración. No son simples guardias de uniforme azul, sino auténticos peces gordos. Según tengo entendido, uno de ellos es un político que ha venido desde la capital del estado.

Delacroix pareció sentirse orgulloso al oír aquello y la desconfianza desapareció de su rostro. Era natural que aquellos hombres quisieran ver a *Cascabel*. ¿Quién no iba a querer verlo?

Buscó algo, primero debajo de la cama y después debajo de la almohada, y por fin encontró uno de los caramelos de menta y el carrete de colores. Miró a Bruto con expresión inquisitiva y Bruto hizo un gesto de asentimiento.

—Sí. Se mueren de ganas de ver el truco del carrete, pero supongo que la forma en que come esos caramelos también tiene mucha gracia. Y no olvides la caja de puros. La necesitarás para transportarlo, ¿verdad?

Delacroix tomó la caja de puros y metió ahí dentro los utensilios del ratón, que ya se había acomodado en uno de sus hombros. Luego salió de la celda, con el pecho henchido de orgullo, y miró a Harry y a Dean.

—¿Ustedes también vienen, muchachos?

–No –respondió Dean–. Tenemos otras cosas que hacer. Pero los dejarás boquiabiertos, Del. Enséñales lo que es capaz de hacer un muchacho de Louisiana cuando se propone algo.

–Ya verán –dijo Delacroix, y su cara se iluminó con una sonrisa tan súbita e ingenua que me conmovió, a pesar del terrible crimen que aquel hombre había cometido. ¡Qué mundo el nuestro! ¡Qué mundo!

Delacroix se volvió hacia John Coffey, con quien había entablado una especie de amistad similar a las que yo había visto centenares de veces en aquella casa de la muerte.

–Los dejarás boquiabiertos, Del –dijo Coffey con seriedad–. Enséñales todos los trucos.

Delacroix asintió y se llevó una mano al hombro. *Cascabel* saltó como si se tratara de una plataforma y extendió la pata hacia la celda de Coffey. El negro sacó uno de sus enormes dedos entre los barrotes y el ratón estiró el cuello y le lamió la punta, igual que un perro amaestrado.

–Vamos, Del –dijo Bruto–. Esos hombres están haciendo esperar una cena caliente en casa sólo para ver los trucos de tu ratón.

Naturalmente, no era cierto. Anderson tenía que quedarse en su puesto hasta las ocho y los guardias que había llevado allí para ver el «espectáculo», hasta las once o las doce, según sus turnos. El político de la capital seguramente sería un conserje con una corbata prestada, pero Delacroix no tenía forma de saberlo.

–Estoy listo –dijo Delacroix con la sencillez de una gran estrella que ha conseguido que no se le suban los humos a la cabeza–. Vamos. –Y mientras Bruto lo guiaba por el pasillo de la muerte, Del comenzó a ensayar–: *Messieurs et mesdames! Bienvenue a cirque de mousie!*

Sin embargo, pese a estar absorto en su mundo de fantasía, esquivó a Percy y lo miró con desconfianza.

Harry y Dean se detuvieron junto a la celda vacía situada frente a la de Wharton (quien ni siquiera se había movido). Bruto abrió los cerrojos de la puerta que daba al patio de ejercicios y se llevó a Delacroix a dar su espectáculo ante los peces gordos de la penitenciaría de Cold Mountain. Esperamos que la puerta se cerrara y miramos hacia mi despacho. La sombra seguía en el suelo, flaca como el hambre, y me alegré de que Delacroix estuviera demasiado emocionado para verla.

–Sal de ahí –dije–. Y démonos prisa, muchachos. Quiero hacer dos ensayos completos y no tenemos mucho tiempo.

El viejo Tuu Tuu salió del despacho con los ojos brillantes y un aire más arrogante que de costumbre. Se dirigió a la celda de Delacroix y entró.

–Me siento –dijo–. Me siento, me siento, me siento.

Cerré los ojos por un instante y pensé que aquél era el auténtico circo. Sí; aquél era el auténtico circo y nosotros los ratones amaestrados. Luego aparté ese pensamiento de mi mente y comenzamos el ensayo.

8

Los dos ensayos salieron bien. Percy actuó con una eficacia que no habría imaginado ni en mis fantasías más disparatadas. Por supuesto, eso no significaba que las cosas fueran a salir bien cuando llegase el momento de que el francés recorriera el pasillo de la muerte, pero era un gran paso en la dirección correcta. Supuse que la eficacia de Percy se debía a que por fin hacía algo que realmente le interesaba. Esa idea me hizo despreciarlo aún más, pero no me recreé en ella. Al fin y al cabo, ¿qué más daba? Le pondría el casquete a Delacroix, lo electrocutaría y ambos desaparecerían de escena. ¿Acaso no sería un final feliz? Además, como había señalado el alcaide Moores, los sesos de Delacroix se freirían de un modo u otro, independientemente de quién estuviera a su lado.

Sin embargo, Percy había desempeñado su nuevo papel a la perfección, y lo sabía. Todos lo sabíamos. En cuanto a mí, me sentía demasiado aliviado para odiarlo. Al parecer, las perspectivas eran buenas. Me sentí aún más aliviado al advertir que Percy prestaba atención a nuestras sugerencias sobre trucos que podían mejorar su actuación o, como mínimo, reducir el riesgo de contratiempos. En honor a la verdad, nos entusiasmamos bastante al darle instrucciones; todos, incluido Dean, que siempre que podía se mantenía física y mentalmente apartado de Percy. Supongo que nuestro entusiasmo era natural; no hay nada más halagador para un veterano que el hecho de que un joven tome en serio sus consejos, y en ese sentido no éramos diferentes. En consecuencia, ninguno de nosotros se dio cuenta de que el Salvaje Bill Wharton había dejado de mirar el techo. Yo tampoco le había prestado atención, pero sé que ya no lo hacía. Observaba cómo nos jactábamos y aconsejábamos a Percy al lado de la mesa de entrada. ¡Lo aconsejábamos, y él parecía escucharnos! La cosa tiene gracia, sobre todo cuando uno piensa en cómo salió todo al final.

El ruido de una llave en la puerta del patio de ejercicios puso fin a nuestra conversación sobre el ensayo.

–Ni una palabra ni una mirada equívoca –advirtió Dean a Percy–. No debe enterarse de lo que hacíamos. No es bueno para ellos. Los pone nerviosos.

Percy asintió y se pasó un dedo por los labios como si quisiera decir que estaban sellados. El gesto pretendía ser cómico, pero no lo fue. Se abrió la puerta del patio de ejercicios y entró Delacroix, escoltado por Bruto, que llevaba la caja de puros con el carrete de colores, como el ayudante de un mago al finalizar el espectáculo. *Cascabel* estaba sentado en el hombro del francés. ¿Y Delacroix? Les aseguro que Jenny Lind no habría tenido un aspecto más radiante después de una actuación en la Casa Blanca.

—*Cascabel* los ha fascinado —proclamó Delacroix—. Rieron, lo ovacionaron y aplaudieron.

—Estupendo —dijo Percy con un tono indulgente y compasivo impropio de él—. Ahora vuelve a tu celda, veterano.

Delacroix le dirigió una graciosa mirada de desconfianza y volvimos a ver al antiguo Percy. Mostró los dientes en una sonrisa burlona e hizo un gesto como si fuera a coger a Delacroix. Era una broma, por supuesto, pues Percy estaba de buen humor, pero Delacroix no lo sabía. Se apartó bruscamente, con una expresión de miedo y desazón, y tropezó con los grandes pies de Bruto. Cayó al suelo y se golpeó la nuca contra el linóleo verde. *Cascabel* saltó justo a tiempo para evitar morir aplastado y corrió por el pasillo hacia la celda del francés.

Delacroix se levantó, dedicó una mirada de odio al sonriente Percy y corrió detrás de su mascota, llamándola mientras se frotaba la nuca. Bruto, que ignoraba que Percy por fin había hecho bien su trabajo, dirigió una mirada de desprecio al joven guardia y siguió al francés agitando las llaves.

Creo que lo que ocurrió a continuación se debió a que Percy tenía intención de disculparse. Sé que es difícil de creer, pero aquel día estaba de un humor insólito. Si eso es cierto, probaría ló que dice un proverbio tan viejo como cínico que oí en una ocasión, algo así como que ninguna buena acción queda sin castigo. Recuerdo haberles dicho que en una de las ocasiones en que persiguió al ratón hasta la celda de seguridad, antes de que Delacroix ingresara en el bloque, Percy se acercó demasiado a la celda del Presi. Acercarse a los convictos era peligroso, y por eso el pasillo de la muerte era tan ancho. Si caminabas por el centro, los presos no podían alcanzarte. El Presi no le hizo nada a Percy, pero entonces pensé que Arlen Bitterbuck podría haberlo hecho si el guardia se hubiera acercado a él. Aunque sólo fuera para darle una lección.

Bien, el Presidente y el Cacique ya no estaban allí, pero Bill Wharton había ocupado su lugar. Tenía peores modales que el Presi o el Cacique y había estado contemplando el espectáculo, esperando una oportunidad para entrar en escena. Y Percy Wetmore le sirvió esa oportunidad en bandeja.

–¡Eh, Del! –gritó Percy riendo. Fue detrás de Bruto y del francés, y en el camino se acercó demasiado a la celda de Wharton–. ¡Tonto! No pretendía ofenderte. ¿Te encuentras...?

Wharton se levantó del camastro y corrió hacia la puerta de la celda como un rayo. En todos mis años de carcelero jamás vi a un tipo moverse con tanta rapidez, y eso incluye a los jóvenes atletas con los que Bruto y yo trabajamos en el correccional de menores. Wharton sacó los brazos entre los barrotes y sujetó a Percy, primero por los hombros de la camisa del uniforme, luego del cuello, y lo inmovilizó contra la puerta de la celda. Percy chilló como un cerdo en el matadero, y sé por la expresión de sus ojos que creyó que iba a morir.

–Vaya, qué tierno eres –murmuró Wharton al tiempo que apartaba una mano del cuello de Percy para acariciarle el cabello–. Suave como el pelo de una chica –añadió con una sonrisa–. Preferiría tu culo al coño de tu hermana –y le besó una oreja.

Creo que Percy, que como recordarán había golpeado a Delacroix por rozarle la entrepierna accidentalmente, sabía muy bien qué estaba ocurriendo. Dudo que quisiera creerlo, pero lo sabía. El color se había esfumado de su rostro y los granos de sus mejillas se destacaban como marcas de nacimiento. Tenía los ojos húmedos y desorbitados. Un hilo de saliva se deslizaba por la comisura de su boca torcida. Todo sucedió rápidamente; yo diría que empezó y terminó en unos diez segundos.

Harry y yo nos acercamos con la macana en alto y Dean desenfundó la pistola, pero antes de que la cosa pasara a mayores, Wharton soltó a Percy, retrocedió con las manos levantadas y una sonrisa maliciosa en los ojos.

–Lo he soltado. Sólo era un juego –dijo–. No le he arrancado un solo pelo de su bonita cabecita, así que no vuelvan a encerrarme en esa maldita celda acolchada.

Percy Wetmore cruzó el pasillo y se agarró de los barrotes de la celda vacía de enfrente, respirando de manera tan agitada que parecía llorar. Por fin aprendería que debía andar por el centro del pasillo, lejos de las garras y los dientes de los prisioneros. Tuve la impresión de que recordaría aquella lección más que todos los consejos que le habíamos dado después del ensayo. Su cara reflejaba una expresión de auténtico horror y por primera vez desde que lo conocía su precioso cabello estaba enmarañado, con varios mechones en punta. Tenía el aspecto de quien acaba de salvarse por milagro de una violación.

Siguió un momento de absoluta quietud, un silencio denso, roto únicamente por la respiración entrecortada de Percy. Entonces sonó una risa senil, tan súbita y enajenada que resultaba escalofriante. Pensé que era Wharton; pero no, era Delacroix, que estaba de pie en la puerta de su celda señalando a Percy. El ratón volvía a estar sobre su hombro y el francés parecía un brujo pequeño pero perverso, con diablillo incluido.

–¡Mírenlo, se ha orinado encima! –gritó Delacroix–. Miren lo que ha hecho el gran hombre. Les pega a los demás con su macana *mais oui, mauvais homme* , pero cuando alguien lo toca se orina como un bebé.

Siguió señalando y riendo; todo el odio y el miedo que sentía por Percy salió en aquella risa desdeñosa. Percy lo miró, aparentemente incapaz de moverse o hablar. Wharton se acercó a la puerta de la celda y observó la mancha oscura en la parte delantera de los pantalones de Percy –era pequeña, pero estaba allí, y no había duda de qué se trataba–, y sonrió.

–Alguien debería comprarle pañales al chico duro –dijo y volvió a su camastro, riendo.

Bruto se dirigió a la celda de Delacroix, pero el francés ya se había tendido en el camastro.

Me acerqué a Percy y lo tomé del hombro.

–Percy... –comencé, pero él pareció revivir y apartó mi mano con brusquedad.

Se miró los pantalones, vio la mancha que se extendía hacia las piernas y su cara se tiñó de rojo. Alzó la vista, me miró y luego miró a Harry y a Dean. Recuerdo que me alegré de que el viejo Tuu Tuu se hubiera marchado. Si hubiese estado allí, la noticia se habría difundido por toda la prisión en un solo día, y teniendo en cuenta el apellido de Percy, Wetmore[1] –en este caso, una desgracia para él– la anécdota se habría contado con regocijo durante años.

–Si le cuentan esto a alguien, estarán en la cola de desempleados antes de que acabe la semana –murmuró con furia. Era la clase de comentario estúpido que en otras circunstancias me habría dado ganas de pegarle, pero en ese momento sólo podía compadecerlo. Creo que advirtió que me compadecía de él, y eso hizo que se sintiese peor, como si le restregaran una herida con un manojo de ortigas.

–Lo que ocurre aquí dentro no sale de aquí –dijo Dean con suavidad–. No tienes por qué preocuparte.

Percy miró por encima del hombro hacia la celda de

1. Wetmore: literalmente, «más mojado». (*N. de la T.*)

Delacroix. Bruto estaba cerrando la puerta y desde el interior se oía claramente la risa del francés. La mirada de Percy era más negra que el carbón. Pensé en decirle que en la vida uno cosecha lo que siembra, pero llegué a la conclusión de que no era el mejor momento para un sermón.

–En cuanto a él… –empezó, pero se detuvo a mitad de la frase. Se marchó al almacén en busca de un par de pantalones limpios.

–Es tan guapo –susurró Wharton con voz melosa.

Harry le dijo que cerrara el pico o acabaría en la celda de seguridad por una simple cuestión de principios. Wharton se cruzó de brazos, cerró los ojos y fingió dormir.

9

La noche anterior a la ejecución de Delacroix hizo más calor que nunca: veintisiete grados, según comprobé en el termómetro colgado en la ventana de la administración, cuando chequé tarjeta a las seis. Veintisiete grados en octubre, imagínense, y los truenos resonando en el oeste como ocurre en pleno mes de julio. Aquella tarde me encontré con un miembro de mi congregación, que me preguntó con aparente seriedad si creía que un tiempo tan insólito podía ser señal de que se acercaba el fin del mundo. Respondí que estaba seguro de que no, pero entonces se me cruzó por la cabeza que sí lo era para Eduard Delacroix. Desde luego que sí.

Bill Dodge estaba junto a la puerta del patio de ejercicios, tomando café y fumando un cigarro. Me miró y dijo:

–Vaya, a quién tenemos aquí. Paul Edgecombe en persona.

–¿Qué tal ha ido el día, Billy?

–Bien.

–¿Y Delacroix?

–Bien. Sabe que mañana es su día y al mismo tiempo no parece darse por enterado. Ya sabes cómo se comportan casi todos cuando les llega el fin.

Asentí con un gesto.

–¿Y Wharton?

–¡Vaya comediante! –exclamó Bill con una risita–. Hace que Jack Benny parezca un cuáquero a su lado. Le dijo a Rolfe Wettermark que comía mermelada de fresa del coño de su esposa.

–¿Y qué contestó Rolfe?

–Que no estaba casado. Le dijo que debía de estar pensando en su propia madre.

Reí con ganas. Aunque era una vulgaridad, tenía gracia y era un placer reír sin sentir que alguien encendía cerillos en mi vientre. Bill rio conmigo, luego arrojó el resto del café al patio, donde a esas horas sólo quedaban algunos presos de confianza que parecían llevar mil años allí.

Se oyó un trueno a lo lejos y un relámpago iluminó el cielo encapotado. Bill miró hacia arriba con intranquilidad y dejó de reír.

–Te confieso que este tiempo no me gusta nada. Parece que fuera a pasar algo en cualquier momento. Algo malo.

En eso tenía razón. Algo malo ocurrió aquella noche aproximadamente al cuarto para las diez, cuando Percy mató a *Cascabel*

10

Todo parecía indicar que íbamos a tener una buena noche, a pesar del calor. John Coffey estaba tan tranquilo como de costumbre, el Salvaje Bill fingía ser Bill el

Bueno y Delacroix estaba de bastante buen humor considerando que tenía una cita con la Freidora en menos de veinticuatro horas.

Comprendía lo que iba a pasarle, al menos a un nivel muy básico. Había pedido tacos para su última comida («como mínimo cuatro») y me había dado instrucciones especiales para la cocina:

—Dígales que les pongan salsa picante —dijo—. No de la suave, sino de esa verde que quema la garganta. Esa salsa me provoca diarrea y me hace pasar todo el día siguiente en el escusado, pero esta vez eso no será problema, *n'est pas?*

La mayoría de los condenados se preocupaban por su alma inmortal con una especie de estúpida morbosidad, pero Delacroix no dio mayor importancia a mi pregunta sobre quién quería que le diera consuelo espiritual en sus últimas horas. Si el Cacique Bitterbuck no había puesto objeciones a Schuster, tampoco lo haría él. Lo que de verdad le preocupaba, como seguramente habrán imaginado, era qué pasaría con *Cascabel* después de que él muriese. Yo estaba acostumbrado a pasar muchas horas con los condenados la noche anterior a su ejecución, pero aquélla era la primera vez que pasaba esas horas hablando del destino de un ratón.

Del imaginó una situación tras otra, estudiando pacientemente todas las posibilidades. Y mientras pensaba en voz alta, planeando el futuro de su mascota como si se tratara de un hijo que debía ir a la universidad, arrojaba el carrete una y otra vez contra la pared. *Cascabel* corría tras él, lo atajaba y lo empujaba hacia los pies del francés. Al cabo de un rato, la escena empezó a ponerme nervioso: primero el ruido del carrete al chocar contra la pared, luego el de las patitas del ratón sobre el suelo. Aunque el truco era ingenioso, perdía por completo la gracia después de noventa minutos seguidos de representación. Y *Cascabel* era incansable. De vez en cuando se detenía para beber agua de un plato de café o mordisquear uno de los caramelos de menta, y luego empezaba de nuevo con su número. En más de una ocasión estuve a punto de pedirle a Delacroix que lo dejara descansar un rato, pero entonces me recordaba a mí mismo que sólo tenía aquella noche y el día siguiente para jugar con *Cascabel*. Sin embargo, comenzaba a costarme mantenerme fiel a mi promesa de dejarle hacer su santa voluntad. Ya saben cómo se siente uno cuando oye un ruido una y otra vez; acaba por atacarte a los nervios. Cuando me decidí a hablar, vi a John Coffey junto a la puerta de la celda, al otro lado del pasillo, moviendo la cabeza de un lado a otro –derecha, izquierda y otra vez al centro– como si me hubiera leído el pensamiento y me aconsejara que lo pensase mejor.

Dije que me ocuparía de que llevaran a *Cascabel* con la tía soltera de Delacroix, aquella que le había enviado el paquete de caramelos. Le enviaríamos también el carrete, e incluso la «casa». Haríamos una colecta y conseguiríamos que Tuu Tuu renunciara a la caja de puros Corona. Pero después de unos segundos de reflexión, durante los cuales arrojó el carrete contra la pared al menos cinco veces y *Cascabel* se lo devolvió con el hocico o las patas, Delacroix dijo que no. La tía Hermoine era demasiado vieja, no entendería el carácter juguetón de *Cascabel*. Además, ¿qué pasaría si el ratón vivía más que ella? ¿Qué sería de él en ese caso? No; la tía Hermoine no era la persona adecuada.

Le pregunté qué le parecería que uno de nosotros se ocupara de él. Así podría quedarse en el bloque E. Delacroix me agradeció el detalle, *certainement*, pero dijo que *Cascabel* era un ratón que necesitaba libertad. Él lo sabía porque, como ya habrán adivinado, el ratón se lo había dicho al oído.

–De acuerdo –dije–, entonces uno de nosotros se lo llevará a casa. Quizá Dean. Estoy seguro de que a su hijo le encantaría tener un ratón de mascota.

Delacroix palideció de horror ante aquella idea. ¿Un niño pequeño a cargo de un genio roedor como *Cascabel*? ¿Cómo, en nombre del *bon Dieu*, esperaba que un crío pudiera continuar con su entrenamiento y mucho menos enseñarle trucos nuevos? ¿Y si el pequeño perdía el interés y se olvidaba de alimentarlo tres días seguidos? Delacroix, que había asado vivos a seis seres humanos con el fin de encubrir su primer asesinato, se estremeció con la repulsión de un fanático antiviviseccionista.

—De acuerdo, me lo llevaré yo mismo —cuarenta y ocho horas antes de la ejecución les prometía cualquier cosa; cualquier cosa—. ¿Qué te parece?

—No, señor Edgecombe —dijo Del con tono de culpabilidad. Arrojó otra vez el carrete, que rebotó contra la pared y giró. *Cascabel* corrió hacia él de inmediato y lo empujó de vuelta hacia Delacroix—. Muchas gracias, *merci beaucoup*, pero usted vive en el bosque y *Cascabel* tendría mucho miedo de vivir *en bois*. Lo sé porque…

—Creo que puedo adivinarlo, Del —dije.

Delacroix asintió con una sonrisa.

—Pero le aseguro que encontraremos dónde colocarlo —arrojó el carrete otra vez y *Cascabel* corrió tras él. Intenté disimular mi fastidio.

Al final, Bruto me salvó el día. Estaba en la mesa de entrada, mirando a Harry y a Dean, que jugaban a las cartas. Percy también estaba allí y Bruto se cansó de intentar iniciar una conversación y obtener gruñidos por respuesta. Se acercó al banco donde yo estaba sentado, junto a la celda de Delacroix, y se detuvo allí a escuchar nuestra conversación, con los brazos cruzados.

—¿Qué me dices de Ratilandia? —preguntó Bruto, rompiendo el silencio que siguió cuando Delacroix rechazó la hospitalidad de mi vieja casa en el bosque. Lo dijo con tono casual, como quien propone una idea que acaba de cruzársele por la cabeza.

–¿Ratilandia? –repuso Delacroix con una mezcla de asombro e interés–. ¿Qué es eso?

–Es una atracción para turistas en Florida –respondió–. Creo que en Tallahassee. ¿Estoy en lo cierto, Paul? ¿Es Tallahassee?

–Sí –contesté sin vacilar un instante, pensando «bendito sea Brutus Howell»–. Tallahassee. A un paso de la universidad para perros.

Bruto hizo una mueca extraña con la boca y pensé que iba a estropear las cosas con una carcajada, pero se contuvo y asintió. Supuse que ya hablaríamos más tarde de la universidad para perros.

Esta vez Del no arrojó el carrete, aunque *Cascabel* se encaramó a sus pantuflas con las patas delanteras, claramente ansioso por repetir el truco. El francés paseó la vista de Bruto a mí y otra vez a Bruto.

–¿Qué hacen en Ratilandia? –inquirió.

–¿Crees que aceptarían a *Cascabel*? –preguntó Bruto, fingiendo no hacer caso a Delacroix, pero con toda la intención de despertar su interés–. ¿Crees que tiene cualidades, Paul?

Simulé reflexionar por un momento.

–¿Sabes? –dije–. Cuanto más pienso en ello, más brillante me parece la idea –con el rabillo del ojo, vi que Percy se acercaba por el pasillo de la muerte, manteniéndose bien alejado de la celda de Wharton (ya nunca olvidaría la lección). Por fin se detuvo, apoyó un hombro en la puerta de una celda vacía y escuchó nuestra conversación con una sonrisa desdeñosa en los labios.

–¿Qué es Ratilandia? –preguntó Del, ahora con impaciencia.

–Ya te lo he dicho; una atracción para turistas –repitió Bruto–. Allí habrá unos… no sé, quizá cien ratones. ¿Verdad, Paul?

–Más de ciento cincuenta en la actualidad –dije–. Es

un gran éxito. Tengo entendido que van a abrir otro en Los Ángeles, que se llamará Ratilandia II. Parece que el negocio florece. Por lo visto, los ratones amaestrados se han puesto de moda… aunque no entiendo por qué.

Delacroix nos miraba atónito, con el carrete de colores en las manos, olvidando momentáneamente su propia situación.

–Sólo admiten a los ratones más listos –advirtió Bruto–, los que son capaces de hacer trucos. Y no pueden ser blancos, porque los blancos se compran en cualquier tienda de mascotas.

–Ya –dijo Delacroix con vehemencia–. Yo detesto las tiendas de mascotas.

–También tienen una carpa –dijo Bruto con la mirada distante mientras imaginaba la escena–, donde uno entra y…

–¡Sí, sí, como un *cirque*! –exclamó Del–. ¿Hay que pagar para entrar?

–¿Me estás tomando el pelo? Claro que hay que pagar para entrar. Cinco centavos por cabeza; dos en el caso de los niños. Y es como una ciudad hecha de cajas de cartón y rollos de papel higiénico, con ventanas de vidrio esmerilado para que uno pueda ver el interior.

–¡Sí! ¡Sí! –dijo Delacroix extasiado, y volteó hacia mí–: ¿Qué es el vidrio esmerilado?

–El vidrio mate que usan en las puertas de los hornos.

–¡Ah! ¡Eso! –hizo un ademán con la mano en dirección a Bruto, invitándolo a continuar, y los ojos como gotas de aceite de *Cascabel* estuvieron a punto de salirse de las órbitas para no perder de vista el carrete de colores. Fue muy gracioso. Percy se acercó un poco más, como para ver mejor la escena, y advertí que John Coffey fruncía el entrecejo. Sin embargo, estaba demasiado abstraído en la historia de Bruto para prestarle atención. Aquel relato daba un nuevo sentido a nuestra obligación de contarle al condenado lo que quería oír, y les aseguro que yo estaba fascinado.

–Bien –continuó Bruto–, está la ciudad de los ratones, pero lo que más les gusta a los niños es el Circo de las Estrellas de Ratilandia, donde los ratones se columpian en trapecios, empujan pequeños barriles o apilan monedas…

–¡Sí! ¡Ése es el sitio ideal para *Cascabel*! –dijo Delacroix con los ojos brillantes y las mejillas rojas. En ese momento, Brutus Howell me parecía una especie de santo–. Por fin serás un ratón de circo, *Cascabel*. Vivirás en Florida, en una ciudad para ratones. ¡Con ventanas de vidrio esmerilado! ¡Hurra!

Arrojó el carrete con tanta fuerza que éste golpeó contra la pared, rebotó y salió al pasillo entre los barrotes de la celda. *Cascabel* corrió tras él y Percy vio su oportunidad.

–¡No, imbécil! –gritó Bruto, pero Percy no le hizo el menor caso.

En el preciso instante en que *Cascabel* alcanzaba el carrete, demasiado concentrado en su número para advertir la proximidad de su antiguo enemigo, Percy le asestó un puntapié con la gruesa suela de una de sus botas de trabajo. La columna vertebral del roedor se partió con un crujido audible, y de su boca comenzó a manar sangre. Los ojitos pequeños y oscuros parecieron saltar de sus órbitas, y en ellos vi una expresión de angustia y sorpresa demasiado humana para un simple ratón.

Delacroix soltó un grito de horror y pena. Se lanzó contra la puerta de la celda, sacó los brazos entre los barrotes y comenzó a repetir el nombre del ratón una y otra vez.

Percy volteó hacia él con una sonrisa en los labios. De hecho, volteó hacia nosotros tres.

–Ya está –dijo–. Sabía que tarde o temprano lo agarraría. Sólo era cuestión de tiempo.

Dio media vuelta y caminó sobre sus pasos por el pasillo de la muerte, sin prisas, dejando a *Cascabel* tendido en el linóleo verde, en medio de un creciente charco de sangre.

CUARTA PARTE

UNA EJECUCIÓN
ESPELUZNANTE

1

Aparte de escribir estas páginas, desde que vine a vivir a Georgia Pines llevo un pequeño diario –poca cosa, cada día escribo un par de párrafos, sobre todo acerca de la climatología– y anoche estuve hojeándolo. Quería saber cuánto tiempo había pasado desde que mis nietos, Christopher y Lisette, me habían traído aquí, prácticamente obligado.

–Es por tu bien, abuelo –dijeron.

Es natural. ¿No es lo que dice la gente cuando por fin encuentra la forma de librarse de un problema que habla y camina?

Ha pasado poco más de un año. Lo curioso es que no sé si me parece un año, o más, o menos. Mi sentido del tiempo parece estar *fundiéndose*, como un muñeco de nieve después de una helada de enero. Es como si el tiempo hubiera perdido el significado que tenía: la hora oficial del Este, la hora de verano, la hora de invierno. Aquí sólo existe la hora de Georgia Pines; es decir, la hora de los viejos, la hora de las viejas, la hora de orinarse en la cama. Lo demás ha desaparecido. Desaparecido.

Éste es un lugar peligroso. Al principio uno no se da cuenta, cree que es sólo un lugar aburrido, tan inofensivo como una guardería a la hora de la siesta, pero es peligroso, créanme. Desde mi llegada he visto a mucha gente deslizarse hacia la senilidad, y a veces hacen algo más que deslizarse: se sumergen en ella con la vertiginosa velocidad de un submarino. Llegan aquí bastante bien –con la mirada ausente, atados a un bastón o incluso con incontinencia urinaria, pero bien– y de repente les ocurre algo. Un mes más tarde están sentados en la sala de la tele, mirando a Oprah Winfrey con la boca entreabierta y un olvidado vaso de jugo de naranja inclinado y goteando en una mano. Al cabo de otro mes, hay que recordarles los nombres de sus hijos cuando éstos vienen a visitarlos. Y un mes después, es preciso recordarles sus propios nombres. Algo les pasa, no cabe duda. Es el tiempo de Georgia Pines. Aquí el tiempo es como un ácido diluido que primero borra la memoria y después el deseo de seguir viviendo.

Hay que resistir. Es lo que siempre le digo a Elaine Connelly, mi amiga especial. Para mí las cosas han mejorado desde que comencé a escribir lo que me ocurrió en 1932, el año en que John Coffey llegó al pasillo de la muerte. Cientos de recuerdos son horribles, pero siento que aguzan mi mente y mi conciencia, como una navaja que saca punta a un lápiz, y eso le da sentido al dolor. Sin embargo, no basta con escribir y recordar. También tengo un cuerpo, por gastado y grotesco que sea, y lo ejercito todo lo que puedo. Al principio me costó –los viejos como yo no somos buenos haciendo ejercicio por la mera necesidad de hacerlo–, pero ahora que mis caminatas tienen un propósito se ha vuelto más sencillo.

Salgo después del desayuno, casi siempre en cuanto clarea. Esta mañana llovía, y aunque la humedad me da dolor de huesos, tomé un impermeable del perchero situado al lado de la puerta de la cocina y salí de todos modos. Si un hombre tiene una obligación, debe cumplirla por mucho que le cueste. Además, hay algunas compensaciones. La principal es mantener el sentido del tiempo real, diferenciarlo del tiempo de Georgia Pines. Y con dolor o sin él, la lluvia me gusta. Sobre todo por la mañana temprano, cuando el día es joven y parece lleno de promesas, incluso para un viejo acabado como yo.

Pasé por la cocina, me detuve a pedir un par de panes tostados a uno de los cocineros de ojos soñolientos, y salí. Crucé el campo de cróquet y luego el pequeño jardín cubierto de malezas. Más allá hay una arboleda, atravesada por un sendero estrecho y serpenteante, y un par de cobertizos abandonados que se desmoronan lentamente. Caminé despacio por el sendero, oyendo el suave y espectral tamborileo de la lluvia sobre los pinos, masticando un pan tostado con los pocos dientes que me quedan. Me dolían las piernas, pero era un dolor leve, tolerable. En líneas generales, me sentía bastante bien. Aspiré el aire gris y húmedo tan profundamente como pude, absorbiéndolo como si fuera un alimento.

Cuando llegué al segundo cobertizo, entré por un instante y me ocupé del asunto que me había llevado allí.

Veinte minutos más tarde, mientras volvía sobre mis pasos, sentí el gusanillo del hambre en el estómago y pensé que no me vendría mal comer algo más sustancial que un pan tostado. Un cuenco de avena con leche o incluso unos huevos revueltos con una salchicha. Las salchichas me encantan, siempre me han gustado, pero en los últimos tiempos si como más de una me da diarrea. Sin embargo, una sola no me haría ningún daño. Luego, con el estómago lleno y la mente todavía fresca gracias al aire húmedo (eso esperaba), iría a la terraza y a escribir sobre la ejecución de Eduard Delacroix. Lo haría lo antes posible, antes de perder el valor.

Mientras cruzaba el campo de cróquet en dirección a la puerta de la cocina, pensaba en *Cascabel*, en la forma en que Percy Wetmore le había roto la columna de una patada y en los gritos de Delacroix al darse cuenta de lo que había hecho su enemigo; de modo que no vi a Brad Dolan, semioculto por el contenedor, hasta que me tomó de la muñeca.

—¿Has salido a dar un pequeño paseo, Paulie?

Di un respingo y aparté la mano. Me había sobresaltado —todo el mundo se aparta cuando se asusta—, pero eso no era todo. Recuerden que estaba pensando en Percy Wetmore, y Brad me recuerda a él. En parte porque siempre lleva un libro en el bolsillo (Percy solía llevar una revista de aventuras; Brad una edición en rústica de chistes que sólo causan gracia a la gente mezquina como él), y en parte porque se comporta como el rey de la Montaña de Mierda, pero sobre todo porque es un hipócrita que disfruta haciendo daño al prójimo.

Noté que acababa de entrar a trabajar; aún no se había puesto el uniforme blanco. Llevaba pantalones de mezclilla y una horrible camisa de estilo vaquero. En una mano tenía los restos de un pastelillo que había robado de la cocina y lo comía debajo del alero para no mojarse y, estoy seguro, para vigilarme. También estoy seguro de que tengo que tener cuidado con Brad Dolan. No le caigo bien, no sé por qué, del mismo modo que nunca supe por qué a Percy Wetmore le disgustaba Delacroix. En realidad, disgustar es una expresión demasiado suave: Percy odió a Delacroix con toda el alma desde el momento en que el pequeño francés llegó al pasillo de la muerte.

—¿Qué haces con ese impermeable, Paulie? —preguntó tocando el cuello de la prenda—. No es tuyo.

—Lo tomé del vestíbulo —respondí. Detesto que me llame Paulie, y creo que él lo sabe, pero no quiero darle la satisfacción de demostrárselo—. Hay muchos, y no voy a estropearlo. Después de todo, es para la lluvia, ¿verdad?

—Pero no para *ti*, Paulie —dijo tocándolo otra vez—. Ésa es la cuestión. Los impermeables no son para los residentes, sino para los empleados.

–Aun así no veo qué tiene de malo que lo use.

Esbozó una sonrisa.

–No se trata de que hagas algo malo, sino de que cumplas con las reglas. ¿Cómo sería la vida sin reglas? –sacudió la cabeza, como si mi sola visión le hiciera sentir pena por estar vivo–. Quizá creas que un viejo como tú no tiene que preocuparse por las reglas, pero no es así, Paulie.

Sonreía con desprecio, como si me odiara. ¿Por qué? No lo sé. A veces no hay una razón, y eso es lo más terrible.

–Bueno, lamento haber violado las reglas –dije con voz aguda, casi plañidera, y me detesté a mí mismo por hablar de aquel modo, pero soy viejo y los viejos solemos hablar con tono quejumbroso. Lo cierto es que nos asustamos con facilidad–. No lo sé –añadí.

Sólo quería deshacerme de él. Cuanto más lo escuchaba hablar, mayor era el parecido que le encontraba con Percy. William Wharton, el loco que ingresó en el pasillo de la muerte en el otoño de 1932, en una ocasión sujetó a Percy y lo asustó tanto que el guardia se orinó en los pantalones. «Si le cuentan esto a alguien –nos dijo Percy– estarán en la cola de desempleados antes de que acabe la semana.» Ahora, tantos años después, me parece oír a Brad Dolan pronunciando las mismas palabras con idéntico tono de voz. Es como si al escribir sobre aquellos tiempos hubiera abierto una puerta secreta que conecta el pasado con el presente: Percy Wetmore con Brad Dolan, Janice Edgecombe con Elaine Connelly, la prisión de Cold Mountain con la residencia geriátrica Georgia Pines. Y si esa idea no me impide dormir esta noche, nada lo hará.

Hice ademán de seguir hacia la cocina, pero Brad volvió a agarrarme la muñeca. No sé si la primera vez lo había hecho adrede, pero esta vez sí; me apretaba tanto que me lastimaba. Mientras tanto, miraba a un lado y a otro para asegurarse de que no hubiese nadie bajo la lluvia, de que nadie viera que estaba maltratando a uno de los viejos que debía cuidar.

—¿Qué haces en ese sendero? —preguntó—. Sé que no vas a cogerte a nadie. Esos tiempos han pasado para ti, así que dime, ¿qué haces?

—Nada —respondí, diciéndome que debía mantener la calma y no demostrarle que me lastimaba, recordándome que no había mencionado el cobertizo sino únicamente el sendero—. Camino para refrescarme la mente.

—Ya es demasiado tarde, Paulie. Tu mente no recuperará la lucidez —volvió a apretarme la delgada muñeca de viejo, presionando los huesos frágiles, sin dejar de mirar a un lado y a otro para comprobar que nadie lo veía. Brad no tenía miedo de romper las reglas sino de que lo descubrieran haciéndolo. En ese sentido también se parecía a Percy Wetmore, que en ningún momento nos permitía olvidar que era pariente del gobernador—. A tu edad, es un milagro que puedas recordar quién eres. Eres demasiado viejo, incluso para un museo como éste. Me desagradas, Paulie.

—Suéltame —dije, intentando que mi voz no sonara suplicante. No se trataba sólo de orgullo. Pensé que si suplicaba, lo envalentonaría, como el olor a miedo suele envalentonar a un perro furioso y animarlo a morder cuando en otras circunstancias se habría limitado a ladrar. Eso me recordó al periodista que había escrito sobre el juicio de Coffey. Era un temerario llamado Hammersmith, y lo más temible de él era que no era consciente de su temeridad.

En lugar de soltarme, Dolan volvió a apretarme la muñeca, y gemí. No quería hacerlo, pero fui incapaz de evitarlo. Me dolían hasta los tobillos.

—¿Qué haces allí, Paulie? Dímelo.

—Nada —repetí. No lloraba, pero temía empezar a

hacerlo si seguía apretándome de ese modo–. Nada. Sólo camino. Me gusta andar. ¡Suéltame!

Lo hizo, pero apenas el tiempo suficiente para agarrarme de la otra mano, que estaba cerrada.

–Abre –dijo–. Deja que papá vea qué llevas ahí.

Obedecí y Dolan gruñó disgustado al ver lo que llevaba: los restos del segundo pan tostado. La había apretado en mi mano derecha cuando me agarró la muñeca izquierda y tenía los dedos embadurnados con mantequilla, mejor dicho, margarina; como es lógico, aquí no hay mantequilla.

–Entra y lávate las malditas manos –dijo retrocediendo y dando otro bocado al pastelillo–. Caramba.

Subí por la escalerilla. Me temblaban las piernas y el corazón me latía como una máquina con las válvulas flojas y los pistones viejos. Cuando agarré la perilla que me permitiría entrar en la cocina y librarme del peligro, Dolan dijo:

–Si le cuentas a alguien que te apreté la muñeca, Paulie, diré que sufres alucinaciones. El principio de una demencia senil. Sabes que me creerán. Si tienes un moretón, pensarán que te lo hiciste solo.

Sí. Tenía razón. Y una vez más, podría haber sido Percy Wetmore quien pronunciaba aquellas palabras, un Percy que había conseguido mantenerse joven y mezquino mientras yo me había vuelto viejo e indefenso.

–No diré nada a nadie –murmuré–. No tengo nada que decir.

–Eso está muy bien, cariño –su voz era suave y burlona, la voz de un *torpigante* (para usar la expresión favorita de Percy) que creía que iba a ser joven eternamente–. Y pienso descubrir en qué andas. Me ocuparé de ello, ¿sabes?

Claro que lo sabía, pero no iba a darle la satisfacción de reconocerlo. Entré, crucé la cocina (olía a huevos y salchichas, pero yo había perdido el apetito) y colgué el impermeable en su sitio. Luego subí a mi habitación, descansando en cada escalón, dando tiempo a mi corazón para que se calmara, y tomé las cosas para escribir.

Salí a la galería y en el preciso instante en que me sentaba ante la pequeña mesa junto a la ventana, se asomó mi amiga Elaine. Parecía cansada, incluso enferma. Se había peinado, pero aún llevaba la bata. Los viejos no nos fijamos mucho en nuestro aspecto; no podemos darnos ese lujo.

—No quiero molestarte —dijo—. Si ibas a empezar a escribir...

—No seas tonta —respondí—. Me sobra más tiempo que a Bayer aspirinas. Ven.

Entró en la galería, pero se detuvo al lado de la puerta.

—Es que no podía dormir, y estaba mirando por la ventana cuando vi...

—A Dolan y a mí manteniendo una agradable charla —dije. Esperaba que sólo nos hubiera visto, que la ventana estuviese cerrada y no me hubiera oído suplicar a Dolan que me dejase marchar.

—No parecía agradable ni amistosa —dijo—. Paul, ese Dolan ha estado haciendo preguntas sobre ti. La semana pasada me interrogó. Entonces no le di importancia, pensé que era un chismoso, pero ahora me pregunto qué sucede.

—Conque ha estado haciendo preguntas sobre mí... —dije intentando disimular mi ansiedad—. ¿Qué clase de preguntas?

—Adónde vas cuando sales a caminar, por ejemplo, y por qué lo haces.

Solté una risita forzada.

—Ahí tienes un hombre que no cree en las virtudes del ejercicio físico.

—Piensa que escondes algo —hizo una pausa—. Y yo también.

Abrí la boca, aunque no sé qué iba a decir, pero antes de que pudiera articular palabra Elaine me detuvo con un ademán de sus manos deformes, aunque curiosamente bellas.

—Si lo haces, no quiero saber de qué se trata, Paul. Tus asuntos sólo te incumben a ti. Me educaron en esa creencia, aunque no todo el mundo la comparte. Sólo quería decirte que tuvieras cuidado. Y ahora te dejo trabajar.

Se dio media vuelta para marcharse, pero antes de que franqueara el umbral la llamé. Volteó y me miró con expresión inquisitiva.

—Cuando termine lo que estoy escribiendo... —comencé, pero me detuve a mitad de la frase y sacudí la cabeza—. *Si* termino lo que estoy escribiendo —rectifiqué—, ¿querrás leerlo?

Reflexionó por un instante y luego esbozó una sonrisa capaz de enamorar a cualquier hombre, incluso a uno viejo como yo.

—Será un placer.

—Antes de decir eso deberías esperar a leerlo —observé pensando en la ejecución de Delacroix.

—De todos modos, lo leeré de principio a fin —respondió—. Lo prometo. Aunque antes tendrás que terminar.

Me dejó para que lo hiciese, pero pasó un buen rato antes de que empezara a escribir. Estuve mirando por la ventana durante casi una hora, tamborileando con el lápiz sobre la mesa, observando cómo el día clareaba poco a poco, pensando en Brad Dolan, que me llama Paulie y nunca se cansa de sus chistes sobre chinos, vietnamitas, hispanos e irlandeses, rumiando las palabras de Elaine Connelly: «Cree que escondes algo, y yo también.»

Es probable que sea así. Sí; quizá lo haga. Y, naturalmente, Brad Dolan quiere saber qué es. No porque piense que se trata de algo importante (supongo que lo es sólo para mí), sino porque no le parece bien que un viejo tenga secretos. Nada de tomar impermeables del perchero que está al lado de la puerta de la cocina, y nada de secretos. De lo contrario, es probable que los tipos como yo creamos que seguimos siendo humanos. ¿Por qué es inadmisible que pensemos algo así? Dolan no lo sabe, y en eso también se parece a Percy.

Así fue como mis pensamientos, al igual que un río que gira en un meandro, me llevaron del momento en que Dolan apareció debajo del alero de la cocina y me tomó de la muñeca, hasta Percy, el mezquino Percy Wetmore y la forma en que se vengó del hombre que se había reído de él.

Delacroix había estado arrojando el carrete para que *Cascabel* fuera tras él, y aquél rebotó en la pared de la celda, saliendo al pasillo. Eso fue todo. Entonces Percy tuvo su gran oportunidad.

2

–¡No, imbécil! –gritó Bruto, pero Percy no le hizo el menor caso.

En el preciso instante en que *Cascabel* alcanzaba el carrete, demasiado concentrado en su número para advertir la proximidad de su antiguo enemigo, Percy le asestó un puntapié con la gruesa suela de una de sus botas de trabajo. La columna vertebral del roedor se partió con un crujido audible, y de su boca comenzó a manar sangre. Los ojitos pequeños y oscuros parecieron saltar de sus órbitas, y en ellos vi una expresión de angustia y sorpresa demasiado humana para tratarse de un ratón.

Delacroix soltó un grito de horror y pena. Se lanzó contra la puerta de la celda, sacó los brazos entre los barrotes y comenzó a repetir el nombre del ratón una y otra vez.

Percy volteó hacia él con una sonrisa en los labios. De hecho, volteó también hacia Bruto y hacia mí.

—Ya está —dijo—. Sabía que tarde o temprano lo agarraría. Sólo era cuestión de tiempo.

Dio media vuelta y caminó sobre sus pasos por el pasillo de la muerte, sin prisas, dejando a *Cascabel* tendido en el linóleo verde, en medio de un creciente charco de sangre.

Dean se levantó de la mesa de entrada, golpeándose la rodilla con ella y arrojando el tablero de juego al suelo. Las fichas se esparcieron en todas las direcciones.

—¿Qué has hecho esta vez? —le gritó a Percy—. ¿Qué demonios has hecho esta vez, imbécil?

Percy no respondió. Pasó junto a la mesa sin decir palabra, alisándose el pelo con los dedos. Cruzó mi despacho hacia el almacén. William Wharton contestó por él:

—¿Jefe Dean? Creo que lo que ha hecho es enseñar al francés que nadie se ríe de él —y luego soltó una carcajada sincera, una risa franca y alegre, como la de un hombre de campo.

En aquel tiempo conocí a personas (casi siempre aterradoras) que sólo parecían normales cuando reían. Will Wharton, el Salvaje, era uno de ellos.

Volví a mirar al ratón, atónito. Todavía respiraba, pero había pequeñas gotas de sangre entre sus finísimos bigotes, y sus ojos, poco antes brillantes como gotas de aceite, se habían vuelto opacos. Bruto recogió el carrete de colores, lo miró y luego me miró a mí. Parecía tan aturdido como yo. Detrás de nosotros, Delacroix seguía gritando con angustia y horror. Naturalmente, no era sólo por el ratón. Percy había abierto una grieta en las defensas de Delacroix y todo el miedo acumulado salía por allí. Sin embargo, *Cascabel* era el centro de todos esos sentimientos reprimidos, y escucharlo era terrible.

–¡No, no! –repetía una y otra vez, entre gritos de desesperación e inconexas plegarias en francés–. ¡No, no, no! ¡Pobre *Cascabel*!

–Dénmelo.

Alcé la vista, sorprendido por aquella voz grave que al principio no reconocí. Era John Coffey. Al igual que Delacroix, había sacado los brazos entre los barrotes de la celda, aunque sólo hasta la mitad del antebrazo; el resto era demasiado grueso para pasar. Pero a diferencia de Delacroix, no agitaba los brazos; sencillamente los mantenía extendidos con las palmas hacia arriba en un ademán de impaciencia. Su voz reflejaba la misma urgencia, y supongo que por eso me costó reconocerla. Parecía un hombre distinto del alma en pena que había ocupado la celda durante las últimas semanas.

–¡Démelo, señor Edgecombe, antes de que sea demasiado tarde!

Entonces recordé lo que había hecho por mí y comprendí. Supuse que no podía hacer ningún daño, aunque tampoco creía que pudiera ayudar. Cuando recogí el ratón, me sobresalté ante su contacto: su lomo estaba tan atravesado por huesos rotos que parecía una almohadilla para alfileres cubierta de piel. Aquello no era una infección urinaria. Sin embargo…

–¿Qué haces? –me preguntó Bruto mientras depositaba a *Cascabel* sobre la enorme mano derecha de Coffey–. ¿Qué demonios haces?

Coffey metió el ratón en la celda. El animalito yacía inerte sobre la palma de su mano, con la cola suspendida entre el pulgar y el índice, la punta sacudiéndose ligeramente en el aire. Entonces Coffey cubrió su mano derecha con la izquierda, creando una especie de cúpula. Ya no podíamos ver a *Cascabel*; sólo la cola permanecía a la vista, colgando y moviéndose como un péndulo mortecino. Coffey se llevó las manos a la cara, abriendo los dedos de la derecha de modo que formaba brechas semejantes a los barrotes de las celdas de la prisión. La cola del ratón caía ahora hacia el lado de las manos que quedaba frente a nosotros.

Bruto se acercó a mí con el carrete de colores en la mano.

–¿Qué hace?

–Calla –dije.

Delacroix había dejado de llorar.

–Por favor, John –murmuró–. Por favor, Johnny, ayúdalo, *s'il vous plaît*.

Dean y Harry se unieron a nosotros, éste con un mazo de cartas en la mano.

–¿Qué pasa? –preguntó Dean, pero yo me limité a sacudir la cabeza. Volvía a sentirme hipnotizado. ¡Caray!; creo que lo estaba.

Coffey acercó la boca al resquicio entre dos de sus dedos e inspiró hondo. Por un instante el tiempo pareció detenerse. Luego separó la cabeza de las manos y vi la cara de un hombre muy enfermo o que sufre un dolor desesperante. Le brillaban los ojos, se mordía con fuerza el labio inferior y la cara morena palideció hasta adquirir un color desagradable, como una mezcla de ceniza y barro. Desde lo más profundo de su garganta surgió un sonido ahogado.

–¡Dios bendito! –murmuró Bruto. Sus ojos parecían a punto de saltar de las órbitas.

–¿Qué? –preguntó Harry como si ladrara–. ¿Qué pasa?

–¡La cola! ¿No la ves? ¡La cola!

La cola de *Cascabel* ya no era un péndulo mortecino; se movía con brusquedad de un lado a otro, como la cola de un gato que intenta cazar un pájaro. Entonces, desde el hueco de las manos de Coffey, se oyó un chillido familiar.

Coffey volvió a emitir ese sonido ahogado, gutural, y volvió la cabeza hacia un lado, como alguien que quiere escupir la flema acumulada en la garganta. En lugar de eso, exhaló por la boca y la nariz una nube de insectos negros. Creo que eran insectos, y los demás pensaron lo mismo, aunque ya no estoy seguro de que lo fuesen. Volaron alrededor de él como una nube que oscureció sus rasgos por un instante.

–¡Dios mío! ¿Qué es eso? –preguntó Dean con voz aguda, horrorizado.

–Tranquilo –me oí decir–. No se asusten. Desaparecerán dentro de unos segundos.

Igual que cuando Coffey me había curado la infección urinaria, los «bichos» se volvieron blancos y poco después se esfumaron.

–¡Diablos! –susurró Harry.

–¿Paul? –dijo Dean con voz vacilante–. ¿Paul?

Coffey parecía haberse recuperado, como alguien que ha conseguido escupir el trozo de carne con que se había atragantado. Se agachó, apoyó las manos en el suelo, y después de espiar entre los dedos, las abrió. *Cascabel* estaba perfectamente –ni un solo bulto en la columna vertebral, ni una protuberancia debajo de la piel– y salió corriendo. Se detuvo por un momento junto a los barrotes de la celda de Coffey y cruzó el pasillo en dirección a la de Delacroix. Noté que aún tenía gotas de sangre en los bigotes.

Delacroix lo levantó, riendo y llorando al mismo tiempo, cubriendo al ratón con besos ruidosos y desvergonzados. Dean, Harry y Bruto lo miraban con mudo estupor. Entonces Bruto dio un paso al frente y pasó el carrete entre los barrotes. Al principio, Delacroix no lo vio, pues sólo tenía ojos para el ratón, como un padre que acaba de recuperar a un hijo que había estado a punto de ahogarse. Bruto le tocó el hombro con el carrete. Delacroix lo vio, lo tomó y volvió a concentrarse en *Cascabel*, acariciándole la piel y devorándolo con los ojos, como si necesitara cerciorarse de que el ratón se encontraba bien.

–Arrójalo –dijo Bruto–. Quiero verlo correr.

–Se encuentra bien, jefe Bowell. Gracias a Dios, está bien.

–Arrójalo –repitió Bruto–. Hazme caso.

Delacroix se inclinó de mala gana, claramente reacio a soltar a *Cascabel*, al menos por el momento. Luego, con la mayor suavidad, arrojó el carrete, que rodó por el suelo de la celda, más allá de la caja de puros Corona, y chocó contra la pared. *Cascabel* lo persiguió, aunque no con la rapidez de costumbre. Parecía cojear un poco de la pata posterior izquierda, y eso es lo que más me impresionó. Aquella ligera cojera daba visos de realidad a lo ocurrido.

Sin embargo, alcanzó el carrete, y lo empujó con el hocico hacia Delacroix con el entusiasmo de siempre. Volteé hacia John Coffey, que sonreía detrás de los barrotes de la celda. Era una sonrisa cansada, no exactamente de felicidad, pero la urgencia que había visto en su rostro mientras pedía que le entregáramos el ratón y la posterior expresión de dolor y miedo, como si se ahogara, habían desaparecido. Era el John Coffey de siempre, con su aspecto ausente y la extraña mirada distante.

–Lo ayudaste, ¿verdad, grandulón?

–Sí –respondió Coffey. La sonrisa se ensanchó un poco y por un instante reflejó felicidad–. Ayudé al ratón de Delacroix, lo ayudé. Ayudé a… –guardó silencio, incapaz de recordar el nombre del animal.

–*Cascabel* –dijo Dean mientras lo miraba con expresión cautelosa, inquisitiva, como si esperase que en cualquier momento se incendiara o comenzase a flotar dentro de la celda.

–Eso –dijo Coffey–. *Cascabel*. Es un ratón de circo. Y va a vivir en una casa con cristal esmerilado.

–Puedes estar seguro –dijo Harry, que también contemplaba a Coffey.

A nuestras espaldas, Delacroix estaba tendido en su camastro con *Cascabel* sobre el pecho. Lo acunaba cantándole una canción francesa que parecía canción de cuna.

Coffey miró hacia el extremo del pasillo donde estaba la mesa de entrada y la puerta de mi despacho.

–El jefe Percy es malo –dijo–. Es muy malo. Aplastó al ratón de Del. A *Cascabel*.

Entonces, antes de que pudiéramos contestar –en el caso de que se nos hubiera ocurrido algo que decir– regresó a su camastro, se tendió y volteó la cara hacia la pared.

3

Veinte minutos más tarde, cuando Bruto y yo entramos en el almacén, Percy estaba de espaldas. Había encontrado una lata de cera para muebles en el estante situado encima del armario donde dejábamos los uniformes sucios (y a veces nuestras ropas de civil, puesto que en la lavandería de la prisión les daba igual lavar una cosa que otra) y estaba encerando los brazos y las patas de la silla eléctrica. Es probable que esto les parezca extraño, incluso macabro, pero para Bruto y para mí era la cosa más normal que Percy había hecho en toda la noche. Al día siguiente la Freidora se presentaría en público y, al menos en apariencia, Percy estaría a cargo del espectáculo.

–Percy –dije.

Volteó. La canción que tarareaba se ahogó en su garganta. Al principio no vi la expresión de miedo que esperaba, pero noté que Percy parecía mayor y pensé que John Coffey tenía razón. Era malo. La experiencia me había demostrado que la maldad es como una droga, y creo que nadie estaba en mejores condiciones que yo para llegar a esa conclusión. Percy se había convertido en un adicto; había disfrutado con lo que le había hecho al ratón, y sobre todo con los gritos desesperados de Delacroix.

–No me reclamen –dijo con un tono de voz casi afable–. Al fin y al cabo, no era más que un ratón. Nunca debería haber estado aquí y ustedes lo saben.

–El ratón se encuentra bien –dije. Mi corazón latía desbocado, pero me esforcé por hablar con suavidad, casi con indiferencia–. Perfectamente. Corre, chilla y persigue el carrete otra vez. Lo de matar ratones se te da tan bien como cualquiera de las demás cosas que haces aquí.

Me miró con expresión de asombro e incredulidad.

–No esperarán que me lo crea, ¿verdad? He reventado a ese maldito bicho. Oí el ruido. Así que ya pueden...

–Cierra el pico.

Me miró con los ojos desorbitados.

–¿Qué has dicho?

Di un paso al frente. Sentía que me latía una vena en medio de la frente. No recordaba haber estado tan furioso en mucho tiempo.

–¿No te alegras de que *Cascabel* se encuentre bien después de todas las conversaciones que hemos tenido sobre nuestra obligación de mantener la calma entre los prisioneros, sobre todo cuando se acerca el final? He pensado que te aliviaría saberlo, que te alegrarías incluso, teniendo en cuenta que Delacroix será ejecutado mañana.

Percy me miró, luego miró a Bruto, y su aparente serenidad se transformó en inquietud.

–¿Qué clase de broma es ésta? –preguntó.

–No es ninguna broma, amigo –dijo Bruto–. El que lo consideres así es... bueno, una de las razones por las que es imposible confiar en ti. Si quieres que sea sincero contigo, te diré que creo que eres un caso perdido.

–Cuida tus palabras –dijo Percy con aspereza. Comenzaba a acusar el miedo, miedo de lo que pudiésemos hacerle, de lo que pudiéramos estar tramando. Me alegró detectar ese temor; nos facilitaría las cosas–. Conozco a gente importante.

–Eso dices, pero como eres *tan* soñador... –dijo Bruto, que parecía a punto de echarse a reír.

Percy dejó el trapo de encerar en el asiento de la silla, cuyas correas estaban sujetas a los brazos y las patas.

–Maté a ese ratón –dijo con voz no demasiado firme.

–Si quieres compruébalo personalmente –dije–. Vivimos en un país libre.

–Lo haré –respondió–. Lo haré.

Pasó junto a nosotros, con los labios apretados y jugueteando con el peine entre sus manos pequeñas (Wharton tenía razón: eran bonitas). Subió los peldaños y entró en mi despacho. Bruto y yo permanecimos en silencio al lado de la Freidora, aguardando su regreso. No sé a Bruto, pero a mí no se me ocurría nada que decir. Ni siquiera sabía qué pensar sobre lo que acabábamos de ver.

Unos tres minutos después, Bruto tomó el trapo de Percy y comenzó a encerar los gruesos barrotes del respaldo de la silla. Tuvo tiempo de terminar con uno y empezar con otro antes de que regresara Percy, que tropezó y estuvo a punto de caer por los peldaños que comunicaban mi despacho con el almacén, y caminó hacia nosotros con paso vacilante y una expresión de perplejidad e incredulidad en el rostro.

–Lo cambiaron –dijo con tono acusatorio–. Cabrones, cambiaron de ratón. Están gastándome una broma y les aseguro que lo lamentarán. Si no dejan de burlarse de mí, acabarán en la cola de desempleados. ¿Quiénes se creen que son? –Hizo una pausa para recuperar el aliento, con los puños apretados.

–Te diré quiénes somos –dije–. Somos tus compañeros de trabajo... aunque no por mucho tiempo –tendí los brazos y lo tomé de los hombros. No con demasiada fuerza, pero con la suficiente para inmovilizarlo.

Percy intentó soltarse.

–Quita tus...

Bruto le agarró la mano derecha, pequeña y blanda, y la aprisionó en su puño bronceado.

–Cierra el pico, maldito brabucón. Si sabes lo que te conviene, aprovecharás esta última oportunidad para quitarte la cera de los oídos.

Lo hice girar, lo levanté sobre la plataforma y lo hice retroceder hasta que la parte posterior de sus rodillas chocó contra el asiento de la silla eléctrica, obligándolo a sentarse. Su serenidad se había esfumado, al igual que su malicia y su arrogancia. Aunque aquellas actitudes eran auténticas, deben recordar que Percy era muy joven y a su edad constituían una especie de coraza, como una fina y desagradable capa de pintura. Todavía era posible hacer mella en ella, y supuse que Percy ya estaba preparado para escucharnos.

–Quiero que me des tu palabra –dije.

–¿Sobre qué? –Todavía intentaba sonreír, pero en sus ojos había una expresión de horror. Aunque la corriente eléctrica del cuarto de interruptores estaba desconectada, el asiento de madera de la Freidora tenía su propio poder, y supe que Percy lo percibía.

–Tu palabra de que si mañana por la noche te dejamos a cargo de la ejecución, te irás a Briar Ridge y nos dejarás en paz –dijo Bruto con una vehemencia que no había empleado antes–. De que al día siguiente pedirás el traslado.

–¿Y si me niego? ¿Si llamo a ciertas personas y les cuento que ustedes me han acosado y amenazado, que se han comportado como vulgares matones?

–Si tus contactos son tan buenos como crees, es probable que nos despidan –dije–. Pero antes nos aseguraremos de que tú también lo pases muy mal, Percy.

–¿Por lo del ratón? ¡Vamos! ¿Creen que a alguien le importará que haya aplastado al ratón de un asesino? ¿Piensan que eso puede preocuparle a alguien ajeno a este basurero?

–No. Pero tres hombres te vieron permanecer de brazos cruzados mientras Bill Wharton intentaba estrangular a Dean Stanton con la cadena de las esposas. Y eso les importará. Te juro, Percy, que el mismísimo gobernador se preocupará por eso.

Las mejillas y la frente de Percy se tiñeron de rojo.

–¿Piensan que les van a creer? –preguntó, pero su voz había perdido la fiereza. Era evidente que sabía que nos creerían, y a Percy no le gustaban los problemas. No veía nada de malo en violar las normas, pero que lo descubrieran haciéndolo era otra cosa.

–Tengo fotos de los moretones del cuello de Dean –añadió Bruto. No sé si era cierto o no, pero sonaba bien–. ¿Sabes qué demuestran las fotos? Que Dean estuvo a punto de morir sin que nadie lo ayudara, a pesar de que tú estabas ahí, detrás de Wharton. Tendrás que responder a algunas preguntas difíciles, ¿no crees? Y una historia así podría perseguirte durante bastante tiempo. Lo más probable es que la mancha siga en tu expediente mucho después de que tus parientes dejen su cargo y vuelvan a su casa a beber jarabe de menta en el jardín de su casa. El expediente de un hombre puede ser muy interesante, y la gente tendrá ocasión de leerlo muchas veces a lo largo de su vida.

Percy nos miró con expresión de incredulidad. Se llevó la mano izquierda a la cabeza y se mesó el cabello. No dijo nada, pero supe que lo teníamos acorralado.

–Resolvamos este asunto de una buena vez –dije–. A ti te hace tanta gracia trabajar aquí como a nosotros tenerte de compañero, ¿no es cierto?

–¡Detesto este lugar! –exclamó–. Detesto la forma en que me tratan. Nunca me han dado una oportunidad –en eso último estaba muy equivocado, aunque pensé que no era el momento de discutir acerca de ello–. Pero tampoco me gusta que me obliguen a hacer lo que no quiero. Mi padre me enseñó que si te dejas intimidar una vez, la gente acaba haciéndolo siempre –le brillaban los ojos, que eran casi tan bonitos como sus manos–. Y sobre todo, no me gusta que me intimiden los grandulones como éste. –Miró a mi amigo y gruñó–: Bruto... al menos tienes el apodo que te corresponde.

–Tienes que entender algo, Percy –dije–. En nuestra opinión, eres tú quien ha estado intimidándonos. No hacemos más que repetirte cómo debes hacer las cosas mientras tú insistes en hacerlas a tu manera. Luego, si algo sale mal, te escudas en tus relaciones. Aplastar el ratón de Delacroix... –Bruto me miró y me retracté al instante–. Mejor dicho, intentar aplastar el ratón de Delacroix es un ejemplo. Te empeñas en intimidar y nosotros no hacemos más que defendernos. Pero escúchame: si haces las cosas bien, saldrás de aquí sin problemas, oliendo como una rosa, como un joven prometedor que asciende en su carrera. Nadie se enterará de esta conversación. ¿Qué dices? Compórtate como un adulto y promete que te marcharás de aquí después de la ejecución de Delacroix.

Pareció pensárselo, y al cabo de unos instantes sus ojos cobraron una expresión extraña, la expresión de alguien que acaba de tener una buena idea. No me alegré mucho, pues lo que para Percy era una buena idea no solía serlo para nosotros.

–Al menos piensa en lo agradable que será alejarte de un montón de mierda como Wharton –dijo Bruto.

Percy asintió con la cabeza y dejé que se pusiera de pie. Se alisó la camisa del uniforme, la metió dentro del pantalón y se peinó rápidamente.

–De acuerdo. Mañana me haré cargo de la ejecución de Delacroix y al día siguiente pediré el traslado a Briar Ridge. Es un trato. ¿Les parece bien?

–Muy bien –dije. Aquella expresión continuaba en sus ojos, pero en ese momento me sentía demasiado aliviado para preocuparme por ella.

Percy tendió la mano.

–¿Sellamos el trato?

Bruto y yo le estrechamos la mano. ¡Qué idiotas!

4

El día siguiente fue el más sofocante, aunque el último de calor de aquel extraño octubre. Cuando llegué al trabajo los truenos retumbaban en el oeste y unas nubes oscuras comenzaban a agolparse en el horizonte. Al caer la noche comenzaron a acercarse, cruzadas por relámpagos azules y blancos. A eso de las diez hubo un tornado en el condado de Trapingus –mató a cuatro personas y arrancó el techo de las caballerizas de Tefton– y en Cold Mountain se desató una tormenta eléctrica con fuertes vientos. Más tarde pensé que el propio cielo protestaba por la horrible muerte de Eduard Delacroix.

Al principio, todo fue bastante bien. Del había pasado un día tranquilo en su celda, jugando a ratos con *Cascabel*, pero la mayor parte del tiempo acariciándolo tendido en el camastro.

Wharton intentó crear problemas en más de una ocasión. En cierto momento le gritó a Delacroix que en cuanto bajara los peldaños que lo llevarían al infierno, los demás comerían unas riquísimas hamburguesas de ratón, pero Delacroix no contestó. Finalmente, Wharton pareció llegar a la conclusión de que no valía la pena seguir y dejó de molestarlo.

Al cuarto para las diez se presentó el hermano Schuster y nos alegró a todos diciendo que rezaría con Del en francés. Parecía un buen presagio, pero nos equivocamos.

Alrededor de las once comenzaron a llegar los testigos, casi todos hablando en voz baja sobre el tiempo y especulando sobre la posibilidad de que un corte de corriente eléctrica obligara a posponer la ejecución. Era evidente que no sabían que la Freidora poseía su propio generador y que la función tendría lugar a menos que le cayera un rayo directamente encima. Harry estaba en el cuarto de los interruptores, de modo que Bill Dodge y Percy Wetmore se ocuparon de acomodar a la gente en sus asientos y ofrecerles un vaso de agua fría. Entre el público había dos mujeres: la hermana de la joven que Del había violado y asesinado, y la madre de una de las víctimas del incendio. La segunda era corpulenta, pálida y decidida. Le dijo a Harry Terwilliger que esperaba que el hombre que iban a ver se sintiese aterrorizado, que sabía que los fuegos del infierno estaban preparados para él y que Satanás lo estaba esperando. Luego se echó a llorar y ocultó la cara tras un pañuelo casi tan grande como la funda de una almohada.

Los truenos, apenas amortiguados por el techo metálico, retumbaban con fuerza. La gente miraba hacia arriba con inquietud. Los hombres, aparentemente incómodos por tener que usar corbata a esa hora de la noche, se enjugaban el sudor de las mejillas (en el almacén hacía un calor sofocante) y, naturalmente, no apartaban la vista de la Freidora. Quizá durante la semana hubiesen gastado bromas al respecto, pero a las once y media de la noche no había lugar para bromas. Comencé esta historia diciendo que la situación no tenía ninguna gracia para aquellos que debían sentarse en la silla de roble, pero lo cierto es que no sólo a los condenados se les borraba la sonrisa de la cara cuando llegaba el momento. La silla se veía tan *desnuda* sobre la plataforma, con las correas de las piernas a cada lado, como uno de esos aparatos que usaban los enfermos de polio. Nadie hablaba, y cuando volvió a sonar un trueno con el crujido súbito e inesperado de un árbol que se astilla, la hermana de la víctima de Delacroix dejó escapar un breve grito. El último en sentarse en la sección de los testigos fue Curtis Anderson, en representación del alcaide Moores.

A las once y media me acerqué a la celda de Delacroix con Bruto y Dean detrás de mí. Del estaba sentado en el camastro con *Cascabel* en el regazo. El ratón tenía el cuello estirado hacia la cara del condenado y los ojos como gotas de aceite fijos en ella. Del le acariciaba la cabeza, mientras grandes y silenciosas lágrimas se deslizaban por sus mejillas. El ratón parecía mirar esas lágrimas. Al oír pisadas, el francés alzó la vista. Estaba muy pálido. A mi espalda, sentí más que vi a John Coffey, de pie tras las rejas de su celda.

Del dio un respingo al oír el ruido de las llaves, pero mantuvo la compostura y continuó acariciando la cabeza de *Cascabel* mientras yo abría la puerta.

–Hola, jefe Edgecombe –dijo–. Hola, chicos. Saluda, *Cascabel*.

Pero el ratón siguió mirando con arrobamiento la cara del pequeño francés, como si se preguntara por el motivo de las lágrimas. El carrete de colores estaba en la caja de puros Corona. Pensé que Del lo había guardado allí por última vez y me embargó la emoción.

–Eduard Delacroix, como funcionario del tribunal…

–¿Jefe Edgecombe?

Iba a continuar con mi discurso, pero lo pensé mejor.

–¿Qué pasa, Del?

Me entregó el ratón.

–Aquí tiene. No deje que le pase nada a *Cascabel*.

–Del, no creo que venga conmigo. No…

–*Mais oui*, ha dicho que sí. Dice que lo sabe todo sobre usted, jefe Edgecombe, y que usted lo llevará a ese sitio de Florida donde los ratones hacen trucos. Dice que confía en usted –tendió más la mano y, aunque parezca increíble, el ratón pasó de su palma a mi hombro. Era tan ligero que no podía sentirlo a través de la chamarra del uniforme, pero percibía su calor–. Otra cosa, jefe. No permita que ese malvado vuelva a acercarse a él. No deje que le haga daño a mi ratón.

–No, Del, no lo permitiré –me preguntaba qué debía hacer con el animal en aquel momento. No podía llevar a Delacroix ante los testigos con un ratón en el hombro.

–Yo lo tomaré, jefe –dijo una voz detrás de mí. Era John Coffey, y me pareció un misterio que hablara precisamente en aquel momento, como si me hubiera leído el pensamiento–. Sólo por un rato. Y si a Del no le importa.

Delacroix asintió con la cabeza.

–Sí. Tómalo hasta que haya acabado esta locura… *¡Bien!* Y después de… –volvió la mirada hacia Bruto y hacia mí–. ¿Van a llevarlo a Florida? ¿A ese lugar llamado Ratilandia?

–Sí. Lo más probable es que Paul y yo vayamos juntos –respondió Bruto mientras observaba con expresión de inquietud y preocupación cómo *Cascabel* pasaba de mi hombro a la enorme mano de Coffey. El ratón no protestó ni hizo ademán de escapar. De hecho, trepó a la mano de Coffey con la misma tranquilidad con que había subido a mi hombro–. Tomaremos unos días de las vacaciones que nos corresponden, ¿verdad, Paul?

Asentí con un gesto y Del me imitó, con los ojos brillantes y esbozando una sonrisa.

–La gente pagará cinco centavos para verlo. Dos, en el caso de los niños. ¿No es cierto, jefe Howell?

–Exacto, Del.

–Usted es un buen hombre, jefe Howell –dijo Delacroix–. Y usted también, jefe Edgecombe. Es verdad que a veces me gritan, pero sólo cuando lo merezco. Todos son buenos, excepto ese Percy. Ojalá pudiera volver a verlos en otro sitio. *Mauvais temps, mauvais chance.*

–Tengo que decirte algo, Del –dije–. Lo mismo que debo decirle a todo el mundo antes de la ejecución. No es gran cosa, pero forma parte de mi trabajo, ¿entiendes?

–*Oui, messieur* –respondió y miró por última vez a *Cascabel*, sentado en el hombro de John Coffey–. *Au revoir, mon ami* –dijo, echándose a llorar–. *Je t'aime, mon petit* –y le sopló un beso. Aquel beso podría haber parecido gracioso, incluso grotesco, pero no lo fue.

Por un instante, mi mirada se cruzó con la de Dean, pero la desvié de inmediato. Dean miró hacia la celda de seguridad y esbozó una sonrisa extraña. Creo que estaba a punto de llorar. En cuanto a mí, dije lo que tenía que decir, y cuando terminé Delacroix salió por última vez de su celda.

–Espera un momento –dijo Bruto, e inspeccionó la coronilla afeitada de Del, donde debía ir el casquete. Hizo un gesto de asentimiento y dio una palmada en el hombro al francés.

–Perfecto. Vamos.

Así fue como Eduard Delacroix inició su último trayecto por el pasillo de la muerte, la cara mojada con una mezcla de sudor y lágrimas y los truenos resonando en el exterior. Bruto caminaba a la izquierda del condenado, yo a la derecha y Dean detrás de él.

Schuster estaba en mi despacho, donde montaban guardia Ringgold y Battle. Schuster miró a Del, sonrió y le habló en francés. A mí me pareció un francés macarrónico, pero lo cierto es que produjo un efecto maravilloso. Del también sonrió, se acercó a Schuster y lo abrazó. Ringgold y Battle se pusieron tensos, pero yo alcé una mano y sacudí la cabeza.

Schuster escuchó el torrente de palabras en francés ahogadas por las lágrimas, asintió como si entendiera perfectamente y dio a Delacroix una palmada en la espalda. Me miró por encima del hombro del francés y dijo:

—Apenas si entiendo la mitad de lo que dice.

—No creo que importe —respondió Bruto.

—Yo tampoco, hijo —contestó Schuster con una sonrisa. Era el mejor de todos, y ahora me doy cuenta de que nunca supe qué fue de él. Espero que haya conservado su fe.

Se puso de rodillas y entrelazó las manos. Delacroix lo imitó.

—*Not' Pere, qui êtes aux cieux* —comenzó Schuster, y Delacroix lo siguió. Rezaron el padrenuestro juntos en aquel francés gutural con acento cajún, hasta llegar a «*mais déliverez-nous du mal, ainsi soit-il*». Para entonces, Del había dejado de llorar y parecía tranquilo.

Siguieron con unos salmos bíblicos (en inglés), sin olvidar la parábola de las aguas tranquilas. Por fin Schuster hizo ademán de levantarse, pero Del lo tomó de la manga de la camisa y dijo algo en francés. Schuster lo escuchó con atención y respondió. Del añadió algo más y lo miró esperanzado.

Schuster volteó hacia mí y dijo:

—Quiere decir algo más, Edgecombe. Una plegaria con la que no puedo ayudarlo porque no pertenece a mi fe. ¿Está bien?

Miré al reloj de la pared y vi que faltaban diecisiete minutos para las doce.

—Sí —respondí—. Pero tendrá que darse prisa. Ya sabe que debemos cumplir con el horario previsto.

–Sí, lo sé. –Se volvió hacia Delacroix e hizo un gesto de asentimiento.

Del cerró los ojos como para rezar, pero por un instante no dijo nada. Frunció el entrecejo y tuve la impresión de que buscaba algo en lo más profundo de su memoria, como un hombre que registra un desván en busca de un objeto que no ha usado o necesitado en mucho, mucho tiempo. Volví a mirar el reloj y habría dicho algo si no hubiese sido porque Bruto me jaló la manga y sacudió la cabeza.

Entonces Del comenzó, hablando en voz baja pero rápido en ese francés cajún que era tan suave y sensual como el pecho de una mujer:

–*Marie! Je vous salue, Marie, oui, pleine de grâce; le Seigneur est avec vous; vous êtes bénie entre toutes les femmes et mon cher Jésus, le fruit de vos entrailles, est béni* –lloraba otra vez, pero creo que ni él mismo lo sabía–. *Sainte Marie, ma mère, Mère de Dieu, priez pour moi, priez pour nous, pauv' pécheurs, maint'ant et a l'heure… le'heure de notre mort. L'heure de mon mort* –hizo una inspiración profunda, temblorosa–. *Ainsi soit-il.*

Mientras Delacroix se ponía de pie, un relámpago iluminó la habitación con un resplandor blanco azulado. Todo el mundo se sobresaltó, excepto Del, que aún parecía abstraído en sus oraciones. Tendió una mano, sin mirar hacia dónde. Bruto se la tomó y la apretó por un instante. Delacroix lo miró y sonrió.

–*Nous voyons…* –comenzó, pero al instante volvió a hablar en inglés con un esfuerzo evidente–. Ya podemos seguir, jefe Edgecombe. Estoy en paz con Dios.

–Muy bien –dije, preguntándome si seguiría sintiéndose en paz con Dios quince minutos más tarde, cuando estuviera sentado al otro lado de los interruptores. Esperaba que sus plegarias hubieran sido oídas y que la Madre María rezara por él con toda el alma, porque en aquel momento necesitaba toda la protección posible. Fuera, un trueno volvió a sacudir el cielo–. Vamos, Del. Ya queda poco.

–Bien, jefe, está bien, porque ya no tengo miedo –eso dijo, pero vi en sus ojos que mentía, padrenuestro o no, avemaría o no. Cuando cruzan el último tramo de linóleo verde, todos tienen miedo.

–Espera al fondo, Del –ordené, aunque no hubiera necesitado decírselo. En efecto, se detuvo junto a los peldaños, o más bien se quedó paralizado al ver a Percy Wetmore en la plataforma, con el cubo de la esponja a los pies y el teléfono que comunicaba con el gobernador apenas visible detrás de su cadera derecha.

–*Non* –dijo Del en voz baja, horrorizado–. *Non, non*, él no.

–Sigue andando –dijo Bruto–. Míranos a mí y a Paul y olvida que él está ahí.

–Pero…

La gente había volteado a mirarnos, pero moviendo un poco el cuerpo yo aún podía tomar el codo izquierdo de Delacroix sin que me vieran.

–Tranquilo –dije tan bajo que sólo Del y Bruto podían oírme–. Lo único que la gente recordará de ti es cómo te marchaste, así que dales un buen ejemplo.

En ese momento resonó el trueno más fuerte de la noche, lo bastante potente para hacer vibrar el tejado metálico del almacén. Percy se sobresaltó como si alguien lo hubiera asustado y Del dejó escapar una risita desdeñosa.

–Si suena un trueno más fuerte, volverá a orinarse en los pantalones –dijo, e irguió los hombros, aunque lo cierto es que no tenía mucho que erguir–. Vamos. Acabemos de una vez.

Nos acercamos a la plataforma. Delacroix echó una mirada fugaz y nerviosa a los testigos –que en esta ocasión eran alrededor de veinticinco–, pero Bruto, Dean y yo mantuvimos la vista fija en la silla. Todo parecía en orden. Levanté un pulgar y arqueé una ceja a Percy, que hizo una mueca como si quisiera decir: «¿Qué pasa? Por supuesto que todo está en orden.»

Esperaba que tuviera razón.

Bruto y yo tomamos automáticamente a Delacroix de los codos para ayudarlo a subir a la plataforma. Ésta apenas medía unos quince centímetros de altura, pero les sorprendería saber cuántos condenados, incluso los más duros, necesitaban ayuda para subir el último peldaño de su vida.

Sin embargo, Del lo hizo bien. Se detuvo por un instante frente a la silla (evitando mirar a Percy) y aunque parezca mentira habló a la Freidora, como si quisiera presentarse:

–*C'est moi* –dijo.

Percy intentó agarrarlo, pero Delacroix se dio media vuelta y se sentó solo. Me arrodillé a su izquierda y Bruto a su derecha. Me protegí la entrepierna y el cuello de la forma que ya he descrito anteriormente y manipulé la hebilla de manera que se cerrara como las fauces de un animal alrededor del esquelético tobillo del francés. Se oyó otro trueno y di un respingo. Una gota de sudor se me metió en el ojo y me escoció. Ratilandia. Por alguna razón no dejaba de pensar en Ratilandia y en los cinco centavos de la entrada. Dos para los niños que contemplarían a *Cascabel* a través de las ventanas de vidrio esmerilado.

La correa se resistía a cerrarse. Oía las inspiraciones profundas de Del. Los pulmones que cuatro minutos después estarían achicharrados se esforzaban por mantener en funcionamiento, el corazón acelerado por el miedo. En aquel momento, el hecho de que hubiera matado a media docena de personas no parecía importante. No digo esto con la intención de pronunciarme sobre el bien y el mal; me limito a contar lo que sentí.

Dean se arrodilló a mi lado y susurró:

–¿Qué pasa, Paul?

–No puedo… –comencé, pero entonces la hebilla se cerró con un chasquido. Debió de haber pellizcado la piel de Delacroix, porque el francés se estremeció y dejó escapar un pequeño gemido.

–Lo siento –dije.

–Está bien, jefe –respondió Del–. Sólo dolerá un minuto.

Del lado de Bruto estaba la correa con el electrodo, que siempre tardaba un poco más en cerrar, de modo que los tres nos levantamos en el mismo momento. Dean tomó la correa correspondiente a la muñeca izquierda y Percy la derecha. Yo estaba preparado para ayudar a Percy en caso de que lo necesitara, pero se las apañó mejor con la correa de la muñeca que yo con la del tobillo. Noté que Delacroix temblaba, como si ya le hubieran aplicado una corriente de baja intensidad. También podía oler su sudor rancio y fuerte, que me recordó el vinagre en que se conservan los encurtidos.

Dean hizo un gesto de asentimiento a Percy, que volvió la cabeza, dejando ver la herida que se había hecho al afeitarse esa misma mañana y dijo:

–Descarga uno.

Se oyó un zumbido similar al ruido que hace una nevera vieja al conectarse y las luces del almacén se volvieron más brillantes. Hubo unas cuantas exclamaciones y murmullos entre el público. Del se agitó en la silla, tomando los brazos de roble con las manos con tanta fuerza que sus nudillos palidecieron. Sus ojos se movieron con rapidez de lado a lado y su respiración se aceleró aún más. Prácticamente jadeaba.

–Tranquilo –murmuró Bruto–. Tranquilo, Del. Lo estás haciendo muy bien. Aguanta. Lo haces muy bien.

«Eh, muchachos –pensé–, vengan a ver lo que hace *Cascabel*.» Y otro trueno resonó sobre nuestras cabezas.

Percy se colocó con solemnidad enfrente de la silla eléctrica. Era su gran momento, se había convertido en la estrella y todas las miradas estaban fijas en él... todas, excepto una. Delacroix mantenía la vista en su regazo. Yo habría apostado cualquier cosa a que Percy se hacía un lío a la hora de pronunciar su discurso, pero lo hizo sin vacilar, con voz misteriosamente serena.

–Eduard Delacroix, ha sido condenado a morir en la silla eléctrica por un jurado integrado por sus conciudadanos y en virtud de una sentencia dictada por un juez de este estado. ¿Tiene algo que decir antes de que se ejecute la sentencia?

Del intentó hablar y al principio sólo consiguió emitir un murmullo agónico. Las comisuras de la boca de Percy dibujaron la sombra de una sonrisa desdeñosa y me habría gustado fusilarlo allí mismo. Entonces, Del se lamió los labios y lo intentó otra vez:

–Lamento lo que he hecho –dijo–. Daría cualquier cosa por volver atrás, pero es imposible. Así que ahora... –un trueno estalló como un mortero aéreo sobre nuestras cabezas. Del se sobresaltó en la silla hasta donde le permitieron las correas, y sus ojos parecieron querer salirse de las órbitas–. Así que ahora debo pagar el precio de mis errores. Que Dios me perdone –volvió a lamerse los labios y miró a Bruto–. No olviden su promesa sobre *Cascabel* –dijo en voz más baja, sólo para nosotros.

–No lo olvidaremos, no te preocupes –respondí dándole una palmada en la mano fría como la arcilla–. Irá a Ratilandia.

–Mentira –dijo Percy mientras abrochaba la última correa sobre el pecho de Delacroix–. Ese lugar no existe. Los muchachos te han contado un cuento de hadas para tranquilizarte. Creí que lo sabías, maricón.

Un brillo extraño en los ojos de Del me indicó que una parte de él ya lo sabía, aunque se resistía a aceptarlo. Miré a Percy, sorprendido y furioso, y él me devolvió la mirada, como si me preguntara qué iba a hacer al respecto. Por supuesto, me tenía en sus manos. Yo no podía hacer nada delante de los testigos, con Delacroix sentado en la frontera entre la vida y la muerte. Todo lo que quedaba por hacer era acabar de una vez.

Percy tomó la capucha del gancho y la colocó sobre la cara del francés, ajustándola debajo de la barbilla. El siguiente paso consistía en tomar la esponja del cubo y colocarla en el casquete, y ahí fue donde Percy se apartó de la rutina por primera vez: en lugar de inclinarse y sacar la esponja, descolgó el casquete del respaldo de la silla y se agachó con él en la mano. En otras palabras, en lugar de acercar la esponja al casquete –la forma corriente de hacerlo– acercó el casquete a la esponja. Debí advertir que algo no iba bien, pero estaba demasiado nervioso. Fue la única ejecución en que me sentí completamente fuera de control. En cuanto a Bruto, en ningún momento miró a Percy, al menos mientras éste se inclinaba sobre el cubo (de tal forma que ocultaba con su cuerpo lo que hacía) o cuando se incorporó y se volvió hacia Del con el círculo de esponja café dentro del casquete. Bruto miraba la tela que cubría la cara del francés, contemplaba la forma en que la seda se le pegaba, dibujando el círculo de la boca abierta de Delacroix, y se separaba otra vez cuando el condenado exhalaba el aire. Gruesas gotas de sudor caían por la frente y las sienes del guardia, justo debajo del cuero cabelludo. Era la primera ejecución en que veía sudar a Bruto. Detrás de él, Dean parecía aturdido y enfermo, como si se esforzara para no vomitar la cena. Ahora sé que todos intuíamos que algo iba mal, aunque no pudiéramos determinar qué. En aquel momento nadie sabía que Percy había estado interrogando a Jack van Hay. Le había hecho muchas preguntas, aunque en su mayor parte eran para disimular su verdadera intención. Lo que Percy quería saber –lo *único* que quería saber– era el cometido que cumplía la esponja. Por qué se la mojaba en solución salina… y qué podía ocurrir si no se hacía. Qué podía ocurrir si la esponja estaba seca.

Percy colocó el casquete sobre la cabeza de Delacroix. El hombrecillo se sobresaltó y volvió a gemir, esta vez más alto. Algunos testigos se movieron incómodos en sus asientos. Dean dio un paso al frente con la intención de ayudar a sujetar la correa de la barbilla, pero Percy le hizo una señal de que se alejara. Dean obedeció, encorvando ligeramente la espalda y dando un respingo cuando otro trueno sacudió el almacén. Esta vez se oyeron las primeras gotas de lluvia sobre el tejado. Sonaban fuertes, como si alguien arrojara puñados de cacahuates contra una tabla de lavar.

Sin duda habrán oído la expresión «se me heló la sangre». Seguro. Todo el mundo la usa, pero la única vez en mi vida que sentí que me ocurría algo parecido fue aquella temprana y tormentosa madrugada de 1932, diez segundos después de medianoche. No fue la ponzoñosa expresión de triunfo en la cara de Percy Wetmore mientras se apartaba de la figura encapuchada y amarrada a la Freidora; fue lo que debería haber visto y no vi. Las mejillas de Delacroix no estaban mojadas con el agua que debía caer del casquete. Entonces entendí.

–Eduard Delacroix –decía Percy–, de acuerdo con la ley del estado, ahora se le aplicará una descarga eléctrica que pondrá fin a su vida.

Miré a Bruto con una angustia que reducía el dolor de mi infección urinaria a la categoría de un simple golpe en el dedo.

«¡La esponja está seca!», articulé en silencio, moviendo los labios, pero Bruto no entendió, sacudió la cabeza y volvió a mirar la capucha del francés, donde sus últimos esfuerzos por respirar hacían que la seda se pegara a su cabeza y se separara de ella, alternativamente.

Tomé a Percy del codo, pero se apartó de mí con una mirada serena. Fue una mirada fugaz, pero lo dijo todo. Más tarde contaría mentiras y verdades a medias que la gente importante creería, pero yo sabía la verdad. Percy era un buen alumno cuando algo le interesaba (lo habíamos descubierto en los ensayos) y escuchó con atención cuando Van Hay le explicó que la esponja mojada en solución salina conducía la electricidad, convirtiendo la descarga en una especie de proyectil que iba directamente al cerebro. Sí; Percy sabía muy bien lo que hacía. Supongo que más tarde le creí cuando dijo que no sabía lo lejos que llegaría, pero eso no cuenta, ¿verdad? Yo creo que no. Sin embargo, no podía hacer nada, a menos que gritara delante del ayudante del alcaide y de todos los testigos que no accionaran el interruptor. Creo que si me hubieran dado otros cinco segundos lo habría hecho, pero Percy no me los concedió.

–Que Dios se apiade de su alma –dijo al hombrecillo jadeante y aterrorizado sentado en la silla, luego miró hacia el rectángulo de tela metálica donde aguardaban Harry y Jack; este último con la mano en el interruptor que rezaba «El secador de pelo de Mabel». El médico estaba de pie a la derecha de la ventana, tan silencioso e inexpresivo como era habitual en él, con la mirada fija en el maletín negro que tenía a sus pies.

–Descarga dos.

Al principio, todo fue como de costumbre: un zumbido un poco más alto que el primero, aunque no demasiado, y la involuntaria sacudida hacia adelante del cuerpo de Delacroix debida a los espasmos musculares.

Entonces las cosas se torcieron. El zumbido se volvió vacilante y siguió un chasquido, como si alguien arrugara un trozo de celofán. Percibí un olor horrible, que no identifiqué como una mezcla de esponja y pelo quemados hasta que vi los hilos azules de humo saliendo por los costados del casquete. Más humo escapaba por el agujero situado en la parte superior del casquete por donde entraba la electricidad; como el humo que sale de una tienda india.

Delacroix comenzó a sacudirse en la silla, moviendo de un lado a otro la cabeza cubierta por la capucha, como expresando una negativa vehemente. Sus piernas comenzaron a dar pequeñas patadas, detenidas por las correas que rodeaban sus tobillos. Otro trueno retumbó sobre nuestras cabezas y la lluvia arreció con mayor fuerza.

Miré a Dean Stanton, que me devolvió la mirada con expresión confusa. Se oyó un estallido debajo del casquete, como cuando una piña explota en el fuego, y esta vez también vi humo debajo de la capucha, surgiendo en pequeñas espirales.

Me acerqué a la ventana de tela metálica que nos separaba del cuarto de los interruptores, pero antes de que pudiera abrir la boca, Brutus Howell me tomó del codo y apretó con tanta fuerza que me hizo hormiguear los nervios. Estaba blanco como la mantequilla, pero no parecía presa del pánico.

–No ordenes que paren –dijo en voz baja–. No lo hagas. Ya es demasiado tarde.

Al principio, cuando Del empezó a gritar, los testigos no lo oyeron. La lluvia en el tejado de metal se había convertido en un rugido y los truenos eran continuos. Pero los que estábamos en la plataforma oímos bien los gemidos ahogados de dolor debajo de la capucha humeante, los chillidos de un animal herido o mutilado por una enfardadora de heno.

El zumbido del casquete era entrecortado y fuerte, interrumpido por sonidos similares a las interferencias de radio. Delacroix comenzó a moverse de atrás adelante, como un niño haciendo un berrinche. La plataforma tembló y Del se convulsionaba casi con fuerza suficiente para romper la correa del pecho. La corriente lo sacudía de lado a lado y oí el crujido de su hombro derecho al dislocarse o romperse. Siguió un ruido parecido a un martillazo sobre un cajón de madera. La entrepierna de los pantalones, apenas visible debido a las constantes contracciones de sus piernas, se oscureció. Entonces el francés empezó a emitir unos chillidos horribles, agudos como los de una rata, audibles a pesar del intenso aguacero.

–¿Qué demonios le pasa? –gritó alguien.

–¿Resistirán las correas?

–¡Dios! ¡Qué olor!

–¿Es normal todo esto? –preguntó una de las mujeres.

Delacroix se movía hacia adelante y hacia atrás, hacia adelante y hacia atrás. Percy lo miraba boquiabierto, horrorizado. Sin duda, había esperado que ocurriese algo, pero no aquello.

La capucha que cubría la cara de Delacroix se incendió y al olor a esponja y pelo chamuscados se sumó el de carne asada. Bruto tomó el cubo donde había estado la esponja (ahora vacío) y corrió hacia la pila situada en un extremo de la estancia.

–¿No debería cortar la electricidad, Paul? –preguntó Van Hay a través de la tela mecánica. Parecía perplejo–. ¿No debería…?

–¡No! –respondí. Bruto lo había entendido antes y yo estaba de acuerdo: teníamos que terminar. Lo que quiera que hiciéramos durante el resto de nuestras vidas era secundario: en aquel momento debíamos acabar con Eduard Delacroix–. ¡Por el amor de Dios! Sigue dándole al interruptor. Sigue.

Me volví hacia Bruto, vagamente consciente de los comentarios de la gente a nuestras espaldas, algunos de pie, un par gritando.

–¡Deja eso! –grité–. ¡Nada de agua! ¡Nada de agua! ¿Están locos?

Bruto me miró y comprendió. Arrojar agua sobre un hombre que recibía una descarga eléctrica era lo último que debía hacerse. Miró alrededor, vio el extintor colgado en la pared y fue en su busca. Buen chico.

La capucha se había abierto lo suficiente para revelar una cara más negra que la de John Coffey. Los ojos de Del, ahora globos blancos de gelatina transparente, habían saltado de sus órbitas y caían sobre sus mejillas. Noté que las pestañas habían desaparecido y que los párpados ardían. Salía humo del cuello entreabierto de la camisa, que también se incendió. Y el zumbido de la electricidad continuaba, vibraba en mi cabeza. Creo que fue algo similar a lo que oyen los locos.

Dean dio un paso al frente, creyendo ingenuamente que podría apagar las llamas de la camisa de Del con las manos, y tiré de él con tanta fuerza como para levantarlo en vilo. Tocar a Delacroix en aquel momento era como meterse en la boca del lobo. En este caso, un lobo electrificado.

No volteé a mirar qué ocurría detrás de nosotros, pero parecía un infierno; sillas que caían, gente chillando, una mujer que gritaba a voz en cuello: «¡Paren, paren! ¿No ven que ya ha tenido suficiente?» Curtis Anderson me tomó del hombro y preguntó qué demonios pasaba y por qué no ordenaba a Jack que cerrara la corriente.

–Porque no puedo –respondí–. Hemos llegado demasiado lejos para parar ahora, ¿no lo ves? De cualquier modo, todo acabará en unos segundos.

Pero pasaron al menos dos minutos antes de que acabara, los dos minutos más largos de mi vida, y creo que Delacroix permaneció consciente todo el tiempo. Gritaba, temblaba, se sacudía. Salía humo de sus orificios nasales y de su boca, que había adquirido el color morado de las ciruelas maduras. La lengua humeaba como una plancha caliente y los botones de la camisa estallaban o se derretían. La camiseta no se había incendiado, pero estaba achicharrada y percibíamos claramente el olor a quemado del vello del pecho.

La gente corrió hacia la puerta como un rebaño en estampida, pero no pudo salir (al fin y al cabo estábamos en una prisión), de modo que permaneció apiñada allí mientras Delacroix se asaba vivo. «Me estoy friendo –había dicho el viejo Tuu en el ensayo de la ejecución de Arlen Bitterbuck–. Soy un pavo asado.» Los truenos continuaban y la lluvia caía del cielo con justificada furia.

En cierto momento recordé al médico y lo busqué con la mirada. Seguía allí, pero tendido en el suelo al lado del maletín negro. Se había desmayado.

Bruto se acercó a mí con el extintor en la mano.

–Todavía no –dije.

–Ya lo sé.

Buscamos a Percy y lo encontramos detrás de la Freidora, paralizado, con los ojos muy abiertos, mordiéndose los nudillos.

Por fin Delacroix cayó hacia atrás con la cara desfigurada inclinada sobre un hombro. Seguía temblando, pero sabíamos por experiencia que era sólo por efecto de la corriente. El casquete había caído ligeramente a un lado, pero cuando lo retiramos unos minutos después, la mayor parte del cuero cabelludo y el pelo que quedaba se desprendieron con él, como pegados al metal por un poderoso adhesivo.

–¡Corta! –grité a Jack tras unos treinta segundos en que el bulto carbonizado, deforme y humeante sentado en la silla eléctrica sólo se movía con los espasmos de la electricidad. El zumbido se cortó en el acto e hice un gesto de asentimiento a Bruto.

El guardia volteó y arrojó el extintor en los brazos de Percy con tanta fuerza que estuvo a punto de derribarlo de la plataforma.

–Hazlo tú –dijo Bruto–. Al fin y al cabo eres el maestro de ceremonias, ¿no es así?

Percy le dirigió una mirada entre desdeñosa y asesina, colocó el extintor en posición, bombeó y lanzó una enorme nube de espuma blanca sobre el hombre de la silla. Noté que las piernas de Delacroix se sacudían otra vez cuando el chorro le dio en la cara y pensé: «¡Oh, no, tendremos que empezar otra vez!», pero no hubo más movimientos.

Anderson tranquilizaba a los testigos asustados, les decía que todo iba bien, que todo estaba bajo control, que la tormenta eléctrica había producido una subida de tensión y que no había razón para preocuparse. Sólo faltó que les dijera que lo que en realidad olían –una asquerosa mezcla de pelo chamuscado, carne frita y mierda fresca– era Chanel n.º 5.

–Trae el estetoscopio del médico –dije a Dean cuando se agotó el contenido del extintor. Delacroix estaba cubierto de blanco y lo peor del hedor había sido reemplazado por un punzante olor a producto químico.

–El médico... ¿Debería...?

–Olvídate del médico; limítate a traer su estetoscopio –dije–. Terminemos con esto y saquémoslo de aquí.

Dean asintió. Le gustaba la idea de terminar y sacar a Delacroix de allí. Nos gustaba a ambos. Abrió el maletín negro y comenzó a buscar. El médico empezaba a moverse, señal de que no había sufrido una apoplejía o un ataque al corazón. Eso era bueno. Aunque la forma en que Bruto miraba a Percy no lo era.

–Ve al túnel y espera junto a la camilla –dije.

Percy tragó saliva.

–Paul, yo no sabía...

–Cierra el pico. Ve al túnel y espera junto a la camilla. Ahora mismo.

Volvió a tragar saliva, hizo una mueca como si lo hubiera ofendido, y se dirigió hacia la puerta que conducía a las escaleras y el túnel. Llevaba el extintor en los brazos como si fuera un crío. Dean pasó a su lado con el estetoscopio. Lo tomé y me lo puse en los oídos. Lo había usado alguna vez cuando estaba en el ejército, y es como montar en bicicleta, no se olvida.

Limpié la espuma del pecho de Delacroix y estuve a punto de vomitar al ver que una parte de su piel se desprendía de la carne como... bueno, como la piel de un pavo asado.

–¡Dios mío! –sollozó a mi espalda una voz que no reconocí–. ¿Siempre es así? ¿Por qué no me avisaron? No habría venido.

«Demasiado tarde, amigo», pensé.

–Saquen a ese hombre de aquí –dije dirigiéndome a Bruto, a Dean o a quienquiera que me oyese. Lo dije cuando estuve seguro de que no vomitaría sobre el regazo humeante de Delacroix–. Llévenlos a todos hacia la puerta.

Me armé de valor y apoyé el disco del estetoscopio en el surco negro y rojo de carne viva que había abierto en el pecho de Delacroix. Escuché, rezando para no oír nada, y así fue.

–Está muerto –dije a Bruto.

–Gracias a Dios.

–Sí. Gracias a Dios. Tú y Dean tomen la camilla. Desabrochemos las correas y saquémoslo de aquí lo antes posible.

5

Bajamos los doce escalones y descargamos el cuerpo en la camilla. Mi mayor terror era que la carne chamuscada se desprendiera de los huesos mientras lo manipulábamos –no podía olvidar la imagen del pavo asado–, pero no fue así.

Curtis Anderson permaneció arriba, tranquilizando a los testigos; o al menos intentándolo, y fue una suerte para Bruto, porque no pudo verlo cuando se dirigió hacia la parte delantera de la camilla y se precipitó sobre Percy, que parecía atónito. Lo tomé de un brazo y eso también fue una suerte para ambos. Suerte para Percy porque Bruto iba a darle un golpe de muerte, y suerte para Bruto porque de haberlo hecho habría perdido su empleo o incluso acabado en prisión.

—No —dije.

—¿Qué quieres decir? —preguntó con ira—. Has visto lo que ha hecho. ¿Vas a seguir permitiendo que se escude en sus relaciones después de lo que ha hecho?

—Sí.

Bruto me miró boquiabierto y con una expresión de furia tal en los ojos que parecía a punto de echarse a llorar.

—Escucha, Bruto, si le pegas todos perderemos el trabajo. Tú, Dean, yo y quizá el propio Jack van Hay. Los demás ascenderán un puesto o dos, empezando por Bill Dodge, y la comisión directiva contratará a tres o cuatro desempleados para cubrir el hueco. Quizá tú puedas permitírtelo, pero... —señalé con un pulgar a Dean, que miraba el húmedo túnel de ladrillos con los anteojos en la mano y parecía tan aturdido como Percy— ¿qué me dices de Dean? Tiene dos hijos, uno en la escuela y otro a punto de entrar.

—Entonces ¿qué hacemos? —preguntó Bruto—. ¿Permitir que salga impune?

—No sabía que hubiese que mojar la esponja —dijo Percy con voz débil, mecánica. Naturalmente, era la versión que tenía preparada de antemano, cuando esperaba cometer una simple picardía en lugar del cataclismo que acababa de presenciar—. Cuando ensayábamos no la mojábamos.

—Maldito cabrón —dijo Bruto y se lanzó sobre Percy.

Volví a atajarlo y lo empujé hacia atrás. Entonces se oyeron pasos en los escalones. Volteé, temeroso de ver aparecer a Curtis Anderson, pero era Harry Terwilliger. Tenía las mejillas blancas como el papel y los labios morados, como si acabara de comer pastel de arándanos.

Volví a concentrarme en Bruto.

–Por el amor de Dios, Bruto. Delacroix está muerto y no podemos hacer nada al respecto. Además, Percy no vale la pena.

¿Ya tenía yo el plan en mente o comenzaba a urdirlo? Les aseguro que desde entonces me lo he preguntado muchas veces. Me lo he preguntado durante muchos años y jamás di con una respuesta satisfactoria. Supongo que no tiene demasiada importancia. Son muchas las cosas que no la tienen, aunque eso no impide que uno especule sobre ellas durante años.

–Hablan de mí como si fuera imbécil –dijo Percy. Aún parecía aturdido y asombrado, como si alguien acabara de darle un puñetazo en el estómago, pero comenzaba a recuperarse.

–Y lo eres, Percy –dije.

–Eh, no pueden…

Tuve que hacer un esfuerzo enorme para no pegarle. El agua goteaba entre los ladrillos del túnel mientras nuestras sombras se movían, grandes y deformes sobre las paredes, como las del relato de Poe sobre la calle Morgue. Los truenos seguían sonando, aunque allí abajo llegaban amortiguados.

–Sólo quiero oírte decir una cosa, Percy, y es que repitas la promesa de pedir el traslado a Briar Ridge mañana mismo.

–No se preocupen por eso –dijo con evidente mal humor. Echó un vistazo a la figura cubierta con una sábana que yacía en la camilla, desvió la vista, me miró por un segundo y volvió a desviar la vista.

–Será lo mejor –dijo Harry–. De lo contrario, es probable que conozcas a Bill Wharton el Salvaje mucho mejor de lo que deseas –hizo una pausa–. Yo lo arreglaría.

Percy nos tenía miedo, y probablemente temía lo que pudiésemos hacerle si seguía allí cuando descubriéramos que había hablado con Jack van Hay acerca de la esponja y el motivo por el que había que empaparla en solución salina, pero el comentario de Harry sobre Wharton provocó una expresión de auténtico terror en sus ojos. Supe que recordaba cómo lo había inmovilizado Wharton, acariciándole el pelo y hablándole con dulzura.

–No te atreverías –murmuró Percy.

–Claro que sí –respondió Harry con calma–. ¿Y sabes una cosa? Nadie me culparía, porque ya has demostrado ser un imprudente con los prisioneros. Además de incompetente, por supuesto.

Percy cerró los puños y sus mejillas se tiñeron de rojo.

–No soy ningún…

–Sí que lo eres –dijo Dean uniéndose a nosotros. Formábamos un semicírculo alrededor de Percy, a los pies de la escalera. No tenía escapatoria, pues detrás de él la camilla le bloqueaba la salida con su carga de carne humeante oculta debajo de una sábana vieja–. Acabas de quemar vivo a Delacroix. Si eso no es incompetencia, ya me dirás qué es.

Percy parpadeó. Había planeado protegerse fingiendo ignorancia y ahora descubría que había caído en su propia trampa. No sé qué habríamos dicho a continuación, porque en ese preciso momento Curtis Anderson bajó por las escaleras corriendo. Al oírlo, nos apartamos un poco de Percy para que no pareciera que lo amenazábamos.

–¿Qué demonios ha sido eso? –rugió Anderson–.

¡Por todos los santos! Allí arriba el suelo está cubierto de vómitos. ¡Y el olor! He ordenado a Magnusson y al viejo Tuu que abran las ventanas, pero apuesto a que ese olor no desaparecerá en cinco años. Y el maldito Wharton está cantando. Lo he oído.

—¿Acaso desafina, Curt? —preguntó Bruto. Ya saben que uno puede quemar el gas de un escape con una chispa sin resultar herido, siempre, claro está, que lo haga antes de que la concentración sea demasiado alta. Aquello fue igual. Miramos a Bruto por un instante y luego estallamos en carcajadas. Nuestra risa sonora, histérica, retumbó en el túnel sombrío como el aleteo de murciélagos. Nuestras sombras se inclinaron y temblaron en las paredes. Al final, incluso Percy se unió a nosotros. Por fin la risa se desvaneció y todos nos sentimos un poco mejor. Volvimos a sentirnos *cuerdos*.

—Muy bien, muchachos —dijo Anderson enjugándose las lágrimas con un pañuelo y todavía soltando una risita ocasional—. ¿Qué demonios ha ocurrido?

—Fue una ejecución —dijo Bruto. Su tono sereno sorprendió a Anderson, pero no a mí, o al menos no demasiado. Bruto siempre se las arreglaba para quitar dramatismo a las cosas—. Y efectiva.

—¿Cómo puedes calificar de efectivo un aborto eléctrico como ése? ¡Los testigos no dormirán en un mes! ¡Qué digo!; ese gordo cabrón no dormirá en un año entero.

Bruto señaló la camilla y el bulto situado debajo de la sábana.

—Está muerto, ¿no es cierto? En cuanto a los testigos, mañana la mayoría le contará a sus amigos que fue un acto de justicia divina: Del quemó vivas a varias personas y nosotros lo quemamos vivo a él. Claro que no dirán que fuimos nosotros, sino la voluntad divina que se manifestó *a través* de nosotros. Y quizá haya algo de cierto en ello. ¿Y sabes qué es lo mejor? ¿La más pura verdad? La mayoría de sus amigos desearán haber estado aquí para verlo –al decir esto, miró a Percy con una mezcla de repulsión e ironía.

–¿Y qué más da si se enfadan un poco? –preguntó Harry–. Vinieron por voluntad propia. Nadie los obligó.

–Yo no sabía que la esponja debía estar mojada –repitió Percy como un robot–. En los ensayos no la mojábamos.

Dean lo miró con disgusto.

–¿Cuántos años estuviste orinándote sobre la tapa del escusado antes de que te dijeran que había que levantarla? –se mofó.

Percy abrió la boca para responder, pero le dije que cerrara el pico y, milagrosamente, me hizo caso. Entonces volteé hacia Anderson.

–Percy lo fastidió todo, Curtis, ésa es la pura verdad –lo miré, desafiándolo a que me contradijera, pero no lo hizo, quizá porque leyó mis pensamientos: era mejor que Anderson pensara que se trataba de un estúpido error y no de una fechoría deliberada.

Además, lo que se dijera en el túnel no tenía importancia. Lo que le importaba, lo único que importa a los Percy Wetmore del mundo, es el informe que reciben oralmente o por escrito los peces gordos.

Anderson nos miró a los cinco con perplejidad. Miró incluso a Del, aunque éste ya no podía hablar.

–Supongo que podría haber sido peor –dijo.

–Es cierto –asentí–. Podría seguir vivo.

Curtis parpadeó. Era obvio que esa posibilidad no se le había cruzado por la cabeza.

–Quiero un informe completo de este asunto mañana –ordenó–. Y ninguno de ustedes hablará con el alcaide Moores antes de que lo haga yo. ¿De acuerdo?

Sacudimos la cabeza con vehemencia. Si Curtis Anderson quería contárselo todo al alcaide personalmente, no teníamos nada que objetar.

–Eso si los periodistas no lo publican en los periódicos… –añadió.

–No lo harán –dije–. Si lo hacen, los editores los matarán. Demasiado macabro para las familias. Pero ni siquiera lo intentarán; los que vinieron esta noche eran todos veteranos. A veces las cosas salen mal; eso es todo. Lo saben tan bien como nosotros.

Anderson reflexionó por un instante y luego asintió con la cabeza. Volteó hacia Percy con una expresión de asco en el rostro habitualmente sereno.

–Eres un imbécil y no me caes bien –dijo. Percy lo miraba atónito–. Pero si le cuentas a alguno de tus amiguitos que he dicho esto, lo negaré. Y estos hombres me respaldarán. Te has metido en una buena, chico.

Volteó y empezó a subir por las escaleras. Cuando iba por el cuarto escalón, lo llamé:

–¿Curtis?

Volteó con expresión inquisitiva, pero no dijo nada.

–No debes preocuparte por Percy –dije–. Pronto se trasladará a Briar Ridge. A un puesto mejor y más importante. ¿No es verdad, Percy?

–En cuanto acepten el traslado –añadió Bruto.

–Y mientras tanto, pedirá la baja por enfermedad todas las noches –terció Dean.

Eso enfureció a Percy, que no había trabajado el tiempo suficiente en la prisión para acumular días de baja pagados. Miró a Dean y dijo con tono de disgusto:

–Eso es lo que tú crees.

6

Volvimos al bloque alrededor de la una y cuarto (todos excepto Percy, a quien mandé a limpiar el almacén) y me puse a escribir el informe. Decidí hacerlo en la mesa de entrada. Si me sentaba en la cómoda silla de mi despacho, había grandes posibilidades de que me quedase dormido. Quizá les parezca extraño, considerando lo que había ocurrido una hora antes, pero tenía la impresión que desde las once de la noche del día anterior había vivido tres vidas seguidas sin dormir.

John Coffey estaba de pie junto a los barrotes de su celda, con lágrimas en sus ojos extraños y distantes. Eran como sangre que manase de una herida incurable pero indolora. Más cerca de la mesa, Wharton estaba sentado en el camastro, moviéndose de lado a lado y entonando una canción que había inventado y no carecía completamente de sentido. Si no recuerdo mal, decía algo así:

> *¡Asémonos, tú y yo, oh, oh, oh!*
> *¡Sangrantes y humeantes, oh, oh, oh!*
> *No fue Roy, no fue Phylly,*
> *no fue Jackie, no fue Billy.*
> *¡Fue un franchute apestoso, oh, oh, oh,*
> *llamado Delacroix, oh, oh, oh!*

–Calla, degenerado –dije.

Wharton sonrió mostrando los dientes podridos. Él no se estaba asando, al menos por el momento. Estaba contento, feliz, y parecía que en cualquier momento iba a empezar a bailar tap.

–Entra y hazme callar –dijo con tono jocoso, y enseguida empezó otra estrofa de la «canción de la barbacoa», cuya letra no carecía de sentido. Algo pasaba aquella noche, no cabía duda. Wharton demostraba un ingenio bilioso y repulsivo, pero brillante a su manera.

Me acerqué a John Coffey, que se enjugó las lágrimas con el dorso de las manos. Tenía los ojos rojos e irritados y me pareció que también él estaba exhausto. No era lógico en el caso de un hombre que apenas caminaba dos horas diarias por el patio de ejercicios y pasaba el resto del día sentado, pero su cansancio era evidente.

–Pobre Del –dijo en voz baja y grave–. Pobre Del.

–Sí –dije–. Pobre Del. ¿Te encuentras bien, John?

–Del ya no sufre –dijo Coffey–. ¿Verdad, jefe?

–Sí, pero responde a mi pregunta, John: ¿te encuentras bien?

–Del ya no sufre. Ha tenido suerte. No importa cómo haya sido, ahora tiene más suerte que ninguno.

Pensé que Delacroix tal vez no hubiese estado de acuerdo con ese punto de vista, pero no lo dije. En su lugar, eché un vistazo a la celda de Coffey.

–¿Dónde está *Cascabel*?

–Corrió hacia allí –respondió señalando la celda de seguridad.

Asentí con la cabeza.

–Bueno, ya volverá.

Pero no lo hizo. Los días de *Cascabel* en el pasillo de la muerte habían terminado. El único rastro de él fue lo que Bruto encontró ese invierno: unas cuantas astillas de madera de colores y el olor a caramelo de menta que salía de la grieta de una viga.

Pensé en marcharme, pero no lo hice. Miré a John Coffey y él me devolvió la mirada como si leyera mis pensamientos. Me dije que debía volver a la mesa de entrada a escribir el informe, pero en su lugar pronuncié su nombre:

–John Coffey.

–Sí, jefe –respondió de inmediato.

A veces un hombre necesita imperiosamente saber algo, y eso es lo que me ocurrió en aquel momento. Me agaché y comencé a quitarme un zapato.

Cuando llegué a casa la lluvia había amainado y una luna tardía asomaba sobre las colinas del norte. El sueño parecía haber desaparecido con las nubes. Estaba totalmente despierto y tenía la impresión de que llevaba conmigo el olor de Delacroix. Pensé que lo olería en mi piel –asémonos, tú y yo, sangrantes y humeantes, oh, oh, oh– durante mucho tiempo.

Janice me esperaba levantada, como todas las noches en que había ejecución. No pensaba contarle lo ocurrido, no veía el sentido de torturarla, pero cuando entré le bastó con mirarme a la cara para intuir algo, y quiso saberlo todo. De modo que me senté, tomé sus manos cálidas entre las mías frías (la calefacción de mi viejo Ford no funcionaba bien y la temperatura había bajado varios grados después de la tormenta) y le conté lo que creí que deseaba oír. Sin embargo, en mitad de la historia me eché a llorar. No lo esperaba, y me sentía algo avergonzado, aunque sólo un poco. Al fin y al cabo, estaba con mi esposa, y ella nunca me reñía por desviarme del camino que creía que debía seguir un hombre… bueno, que debía seguir yo. Un hombre con una buena esposa es la criatura más afortunada del mundo, y supongo que el que no la tiene debe de ser el más desgraciado. Su única bendición es que quizá no sea consciente de ello. Lloré con la cabeza apretada a su pecho y cuando pasó mi pequeña tormenta me sentí mejor… al menos un poco mejor. Creo que fue entonces cuando se me ocurrió la idea. No me refiero al zapato. El zapato guardaba cierta relación, pero eso no era todo. La idea de la que hablo fue una especie de iluminación: entonces tomé conciencia de que John Coffey y Melinda Moores, por distintos que fueran en tamaño, color y raza, tenían exactamente la misma mirada: triste, distante, de aflicción. La mirada de un moribundo.

–Ven a la cama –dijo mi esposa por fin–. Ven a la cama conmigo, Paul.

Le obedecí, hicimos el amor y cuando terminamos se durmió. Tendido allí, mirando la sonrisa de la luna y escuchando las vibraciones de las paredes, que por fin dejaban paso al otoño después de un largo verano, recordé a John Coffey diciendo que había ayudado al ratón. «Ayudé al ratón de Del. A *Cascabel*. Es un ratón de circo.»

«Seguro», pensé. Y quizá todos fuésemos ratones de circo, yendo de aquí para allá, apenas conscientes de que Dios y sus guardianes divinos nos miraban en nuestras casas de cartón a través de ventanas de vidrio esmerilado.

Cuando el día empezó a clarear, conseguí dormir un poco; tal vez dos o tres horas, aunque lo hice como suelo dormir en la actualidad en Georgia Pines, intranquilo y a ratos. Antes de dormirme pensé en las iglesias de mi juventud. Los nombres cambiaban de acuerdo con los caprichos de mi madre y sus hermanas, pero eran todas iguales: las iglesias de Alabado sea Jesús, el Señor es Poderoso. A la sombra de aquellas torres achatadas y cuadrangulares, la idea de redención nos llegaba con la misma regularidad que la campana que invitaba a los fieles a orar. Sólo Dios podía perdonar los pecados, podía y lo hacía, lavándolos con la sangre agónica de su Hijo crucificado, pero eso no excusaba a sus hijos de eludir la responsabilidad de redimirse por esos pecados (o incluso por menos errores de juicio) siempre que fuera posible. La redención era poderosa; era la llave de la puerta que dejaba atrás el pasado.

Me dormí pensando en la redención, en Eduard Delacroix incendiándose bajo el rugido de los truenos, en Melinda Moores y en el grandulón con los ojos siempre llorosos. Esos pensamientos se convirtieron en un sueño. En él, John Coffey estaba sentado a la orilla de un río, lanzando gritos incoherentes y desesperados al cielo del amanecer mientras en la orilla opuesta un tren de mercancías corría vertiginosamente hacia el oxidado viaducto que cruzaba Trapingus. El negro acunaba en sus brazos los cuerpos desnudos de dos niñas rubias. Sus puños, similares a enormes rocas cafés, estaban crispados. Alrededor de él cantaban los grillos y revoloteaban los mosquitos, mientras el día ardía de calor. En mi sueño yo me acercaba a él, me arrodillaba a su lado y tomaba sus manos. Entonces sus puños se abrían y revelaban sus secretos. En uno de ellos había un carrete de color verde, rojo y amarillo; en el otro, el zapato de un guardia.

–No pude evitarlo –dijo John Coffey–. Lo intenté, pero era demasiado tarde.

Y esta vez, en mi sueño, le entendí.

8

A las nueve de la mañana siguiente, mientras tomaba la tercera taza de café (aunque mi esposa no dijo nada, advertí la desaprobación en su cara cuando me la trajo) sonó el teléfono. Entré en el vestíbulo y levanté el auricular. La telefonista me dijo que había alguien al otro lado. Luego me deseó un buen día y colgó… al menos en apariencia. En aquellos tiempos, nunca sabías si estaban escuchándote.

La voz de Hal Moores me impresionó. Sonaba grave y vacilante, como la de un octogenario. Pensé que era una suerte que hubiéramos arreglado las cosas con Curtis Anderson en el túnel, que era una suerte que estuviera de acuerdo con nosotros acerca de Percy, porque el hombre con quien hablaba no volvería a trabajar en Cold Mountain.

–Paul. Tengo entendido que anoche hubo problemas. Y también sé que nuestro amigo Percy Wetmore estuvo implicado.

–Hubo algún problema –admití, sujetando el auricular con fuerza–, pero lo importante es que el trabajo se hizo.

–Sí, claro.

–¿Puedo preguntarle quién se lo contó? –para atar cabos, pensé, aunque no lo dije.

–Puedes preguntármelo, pero como no es asunto tuyo, prefiero no contestarte. Sin embargo, cuando telefoneé al despacho para ver si tenía algún recado o había algún asunto urgente, me contaron algo interesante.

–¿Ah, sí?

–Sí. Parece que había una solicitud de traslado en mi escritorio. Percy Wetmore quiere marcharse a Briar Ridge lo antes posible. Debe de haber rellenado la solicitud antes de que acabara el turno de anoche, ¿no crees?

–Eso parece –asentí.

–En circunstancias normales, dejaría que Curtis se ocupara de ello, pero teniendo en cuenta la atmósfera que se respira en el bloque E en los últimos tiempos, le pedí a Hannah que me traiga la solicitud a la hora de comer. Ella ha aceptado amablemente. Aprobaré la solicitud y la enviaré a la capital esta misma tarde. Creo que Percy se marchará en un mes. Quizá antes incluso.

Esperaba que me alegrase con la noticia, y tenía razones para hacerlo. Robaría tiempo del cuidado de su esposa para ocuparse de un asunto que en otro caso podría llevar seis meses, a pesar de las relaciones de Percy. Sin embargo, sentí un vuelco en el corazón. ¡Un mes! Aunque quizá diera igual. La llamada me libraba del deseo perfectamente natural de esperar antes de realizar un acto arriesgado, y lo que pensaba en aquel momento era realmente arriesgado. En casos como ése, a veces es mejor precipitarse antes de perder el valor. Si teníamos que vérnoslas con Percy (eso suponiendo que los demás estuvieran de acuerdo con mi locura; es decir, suponiendo que pudiera hablar en plural), mejor hacerlo aquella misma noche.

–¿Estás ahí, Paul? –susurró, como si hablara para sí–. Demonios, creo que se ha cortado la comunicación.

–No. Estoy aquí, Hal. Es una gran noticia.

–Sí –asintió, y otra vez pensé que hablaba como un viejo, o al menos como una persona muy frágil–. Ah, ya sé lo que piensas –no, alcaide, pensé. Ni en un millón de años podría imaginar lo que pienso–. Piensas que nuestro amigo seguirá allí para la ejecución de Coffey. Es probable, porque está prevista antes del día de Acción de Gracias, pero siempre puedes ponerlo en el cuarto de los interruptores. Nadie protestará. Ni siquiera él, según creo.

–Lo haré –dije–. Y ¿cómo está Melinda?

Se produjo una larga pausa, tan larga que de no ser por el ruido de la respiración de Hal al otro lado de la línea esta vez habría sido yo quien pensara que se había cortado la comunicación. Cuando habló, lo hizo con voz mucho más baja:

–Se está hundiendo –dijo.

«Hundiendo.» La palabra que usaban en otros tiempos para evitar decir que alguien se moría, aunque dando a entender que comenzaba a alejarse de la vida.

–Los dolores se han calmado un poco, al menos por el momento… pero no puede caminar sin ayuda, no puede sostener las cosas, se hace pis en la cama… –siguió otra pausa y Hal volvió a bajar la voz para pronunciar algo que sonó como «dice».

–¿Qué dice, Hal? –pregunté con el entrecejo fruncido. Mi esposa había entrado en el vestíbulo y me miraba mientras se secaba las manos con un trapo de cocina.

–No –dijo con una mezcla de rabia y tristeza–. Maldice.

–Ah –aún no entendía qué quería decir, pero no pregunté. No tuve necesidad de hacerlo.

–Está perfectamente normal, hablando de las flores del jardín, de un vestido que vio en un catálogo o de lo que oyó decir a Roosevelt en el radio y de lo maravilloso que le parece y de repente comienza a decir las cosas más horribles… las palabras más espantosas. No levanta la voz, aunque quizá fuese mejor que lo hiciera, porque entonces uno entendería, entonces…

–Parecería otra persona.

–Exactamente –dijo, agradecido–. Pero oírla usar ese lenguaje horrible con la voz dulce de siempre… Perdóname, Paul –su voz se quebró y oí que se aclaraba la garganta. Luego continuó, un poco más alto pero con el mismo tono de angustia–. Quiere que venga el pastor Donaldson y sé que sería un consuelo para ella, pero ¿cómo voy a pedírselo? Imagina que está leyendo las escrituras con ella y lo insulta. Lo haría. Lo hizo conmigo anoche. Me dijo: «Pásame esa revista, pendejo.» Paul, ¿de dónde ha sacado ese lenguaje? ¿Cómo es posible que conozca esas palabras?

–No lo sé, Hal. ¿Estarán en casa esta tarde?

Cuando se encontraba bien, cuando no lo torturaba el dolor o la preocupación, Hal Moores tenía una vena sarcástica y cortante. Sus subordinados temían esa cualidad más que su furia o su desdén. Su ironía, por lo general impaciente y brusca, podía herir como un ácido, y en aquel momento me salpicó. Fue algo inesperado, pero me alegré de oírlo. Después de todo, parecía que no había perdido las ganas de luchar.

–No –dijo–. Melinda y yo saldremos a bailar. Espalda contra espalda, giro a la izquierda, y luego le diremos al violinista que es un cochino pendejo.

Me cubrí la boca con la mano para reprimir la risa. Por suerte, la tentación pasó deprisa.

–Lo siento –dijo–. Últimamente no duermo bien y estoy de mal humor. Por supuesto que estaremos en casa. ¿Por qué lo preguntas?

—No tiene importancia —respondí.

—No estarás pensando en venir a visitarnos, ¿verdad? Porque si anoche estabas de guardia, hoy también. A menos que hayas cambiado el turno con alguien.

—No; no lo he cambiado —dije—. Esta noche estoy de guardia.

—De todos modos, tal como está Melinda, no sería buena idea.

—Quizá no. Gracias por la noticia.

—De nada. Y reza por Melinda, Paul.

Respondí que sí, pensando que tal vez hiciera algo más que rezar. Como dicen en la iglesia, Dios ayuda a los que se ayudan. Colgué el auricular y miré a Janice.

—¿Cómo está Melly? —preguntó.

—No muy bien —le conté lo que me había dicho Hal, incluyendo la parte de los insultos, aunque no mencioné la palabra «pendejo». Terminé diciendo que según Hal se estaba «hundiendo» y ella me miró con atención.

—¿Qué estás tramando? Porque estás tramando algo, y quizá no sea buena idea. Lo veo en tu cara.

No podía mentirle, pues en nuestra relación nunca había habido cabida para las mentiras, pero le dije que era mejor que no lo supiera, al menos por el momento.

—¿Es algo que podría crearte problemas? —En realidad, más que alarmada por la idea parecía interesada, sencillamente. Era una de las cosas que más me gustaban de ella.

—Quizá.

—¿Es bueno?

—Quizá —repetí.

Seguía de pie, haciendo girar ociosamente la manivela del teléfono con una mano mientras con los dedos de la otra apretaba la palanca de conexión.

—¿Quieres que te deje solo mientras usas el teléfono? —preguntó—. ¿Que sea una buena mujercita y me largue a lavar los platos o a tejer?

Asentí con un gesto.

—Yo no lo diría de ese modo, pero…

—¿Tendremos algún invitado a comer, Paul?

—Eso espero —dije.

9

Hablé con Bruto y con Dean de inmediato, porque los dos tenían teléfono. Harry no tenía, al menos en aquel entonces, pero llamé al vecino más cercano y me devolvió la llamada veinte minutos más tarde, avergonzado por hacerlo por cobrar y prometiéndome que la pagaría cuando llegase el recibo. Le dije que hablaríamos de eso en su momento y lo invité a comer en casa. Bruto y Dean estarían allí, y Janice había prometido preparar su famosa ensalada de col, por no mencionar su aún más famoso pastel de manzana.

—¿Una comida sin un motivo especial? —preguntó con escepticismo.

Admití que quería hablar con ellos de un asunto, pero que prefería no mencionarlo por teléfono. Harry aceptó la invitación. Colgué el auricular, me acerqué a la ventana y miré a través de ella con aire pensativo. No había despertado a Bruto ni a Dean, y lo cierto es que tampoco parecía que Harry acabara de salir del reino de los sueños. Por lo visto, yo no era el único que estaba perturbado por lo sucedido la noche anterior, y considerando la loca idea que tenía en la cabeza, era mejor así.

Bruto, que vivía más cerca que los demás, llegó a las once y cuarto. Dean apareció quince minutos más tarde y Harry (vestido ya para el trabajo) un cuarto de hora después. Janice nos sirvió sándwiches de carnes frías, ensalada de col y té helado. Comimos en la cocina; un día antes lo habríamos hecho en el pórtico, disfrutando de la brisa, pero después de la tormenta la temperatura había bajado unos siete grados y un viento fuerte soplaba desde las colinas.

—Puedes sentarte con nosotros —le dije a mi esposa.

Pero Janice sacudió la cabeza.

—Prefiero no enterarme de lo que traman; me preocuparé menos si no sé nada. Comeré algo en el vestíbulo. Tengo una cita con Jane Austen y es muy buena compañía.

—¿Quién es Jane Austen? —preguntó Harry cuando mi esposa se hubo marchado—. ¿Una pariente tuya o de Janice? ¿Una prima? ¿Es guapa?

—Es una escritora, tonto —dijo Bruto—. Murió antes de que Betsy Ross confeccionara la primera bandera americana.

—Ah —Harry parecía avergonzado—. No leo mucho. Sólo manuales de radio.

—¿En qué estás pensando, Paul? —preguntó Dean.

—En primer lugar, en John Coffey y en *Cascabel* —su sorpresa no me extrañó. Creo que estaban convencidos de que iba a hablarles de Delacroix o de Percy, o quizá de ambos. Miré a Dean y a Harry—. Lo que ocurrió con *Cascabel*, lo que hizo Coffey... todo fue muy rápido. No sé si llegaron a tiempo para ver lo destrozado que estaba el ratón.

Dean negó con la cabeza.

—No. Pero vi la sangre en el suelo.

Me volví hacia Bruto, que dijo:

—Ese hijo de puta de Percy lo aplastó. Debería haber muerto, pero no lo hizo. Coffey lo salvó, de algún modo lo curó. Sé que suena absurdo, pero lo vi con mis propios ojos.

—También me curó a mí, y yo hice algo más que verlo, lo *sentí*.

Les conté lo de mi infección urinaria, cómo había recrudecido, el sufrimiento que me había causado (señalé por la ventana la pila de leños donde me había sostenido la mañana que había caído de rodillas a causa del dolor), cómo había desaparecido por completo después de que Coffey me tocara. Añadí que no había vuelto a aparecer.

No me llevó mucho tiempo contar mi historia, y cuando terminé todos reflexionaron en silencio mientras comían los sándwiches.

—Le salen unas cosas negras de la boca —dijo Dean por fin—. Como mosquitos.

—Es verdad —asintió Harry—. Al principio eran negros, aunque luego se volvieron blancos y desaparecieron —miró alrededor con aire pensativo—. Es como si hubiera olvidado todo hasta que tú me lo recordaste, Paul. ¿No es extraño?

—No tiene nada de extraño —dijo Bruto—. Creo que es lo que suele hacer la gente cuando no alcanza a entender algo, olvidarlo. No sienta bien recordar cosas que no se entienden. ¿Y qué pasó contigo, Paul? ¿Había bichos cuando te curó?

—Sí. Creo que son la enfermedad… el dolor… el sufrimiento. Es como si absorbiese esas cosas y luego las dejara salir al aire.

—Donde mueren —añadió Harry.

Me encogí de hombros. No sabía si morían o no, no estaba seguro, pero tampoco tenía importancia.

—¿Aspiró tu enfermedad? —preguntó Bruto—. Ya sabes, cuando tomó al ratón parecía que aspiraba el dolor… o la muerte.

—No —respondí—. Me tocó, sencillamente, y sentí una especie de corriente eléctrica, aunque no fue dolorosa. Pero yo no estaba muriéndome. Sólo sufría.

Bruto asintió.

—El contacto y la respiración. Los predicadores siempre hablan de eso.

—Alabado sea Jesús, el Señor es poderoso —apostillé.

—No sé si Jesús tendrá algo que ver —dijo Bruto—, pero creo que John Coffey tiene poderes.

–De acuerdo –terció Dean–. Si dicen que fue así, tendré que creerles. Los caminos del Señor son inescrutables. Pero ¿qué tiene que ver todo esto con nosotros?

Ésa era la gran pregunta. Respiré hondo y les conté lo que me proponía hacer. Me escucharon atónitos. Hasta Bruto, que solía leer revistas sobre hombrecillos verdes procedentes del espacio, parecía atónito. Esta vez se produjo un silencio más largo, y nadie continuó con los sándwiches.

Finalmente, Brutus Howell habló con voz serena y sensata:

–Si nos descubren perderemos el empleo, Paul, y tendríamos suerte si eso fuera todo. Probablemente acabaríamos en el bloque A como huéspedes del estado, haciendo carteras y bañándonos de a dos.

–Sí –dije–. Es probable.

–Entiendo cómo te sientes –continuó–. Conoces a Moores mejor que cualquiera de nosotros. Además de nuestro jefe es nuestro amigo, y sé que aprecias mucho a su esposa...

–Es la mujer más encantadora del mundo –dije– y significa mucho para él.

–Pero no la conocemos tan bien como tú y Janice –dijo Bruto–. ¿Verdad, Paul?

–Si la conocieran les caería bien –dije–, al menos si la hubieran conocido antes de que enfermara. Hace muchas cosas por la comunidad, es religiosa y una buena amiga. Además, es divertida. O lo era. Podría hacerlos llorar de risa con sus historias. Pero ésa no es la razón por la que quiero salvarla, si es que puede salvarse. Lo que le ocurre es una afrenta, maldita sea. Una afrenta a los ojos, a los oídos y al corazón.

–Muy noble, pero dudo mucho que ése sea el motivo por el que se te ha ocurrido esta idea –dijo Bruto–. Creo que tiene que ver con Del; que quieres equilibrar la balanza de algún modo.

Tenía razón; claro que sí. Conocía a Melinda Moores mejor que los demás, pero quizá no lo suficiente para arriesgar nuestros empleos o incluso nuestra libertad. O mi propio trabajo y mi libertad. Tenía dos hijos adultos y lo último que deseaba en el mundo era que Janice tuviese que escribirles diciendo que su padre sería sometido a juicio por... ¿Por qué? No estaba seguro. Probablemente por alentar o consentir un intento de fuga.

Pero la muerte de Delacroix había sido la experiencia más desagradable, más perversa de mi vida –no de mi vida laboral, sino de toda mi vida– y yo había participado en ella. *Todos* lo habíamos hecho al permitir que Percy Wetmore permaneciera en el bloque E cuando sabíamos que no estaba en condiciones de trabajar en un sitio semejante. Le habíamos hecho el juego. Hasta el alcaide Moores tenía parte de responsabilidad. «Sus sesos se freirán tanto si forma parte del equipo como si no», había dicho, y quizá tuviera razón, teniendo en cuenta lo que había hecho el francés, pero Percy había hecho algo más que freírle los sesos: le había hecho saltar los ojos de las órbitas y le había quemado la cara. ¿Y por qué? ¿Porque Delacroix había asesinado a media docena de personas? No; porque Percy se había meado en los pantalones y el pequeño francés había tenido el atrevimiento de reírse de él. Todos habíamos participado de algún modo en un acto monstruoso, y Percy iba a salir impune. Se iría a Briar Ridge, feliz como una almeja cuando sube la marea, y allí encontraría un asilo lleno de lunáticos con los que ejercitar a gusto su crueldad. No podíamos hacer nada al respecto, pero quizá no fuera demasiado tarde para lavarnos la mierda de las manos.

–En mi iglesia no hablaban de equilibrar la balanza, sino de redención –dije–, pero supongo que es más o menos lo mismo.

–¿De verdad crees que Coffey podría salvarla? –preguntó Dean en voz baja, asombrado–. ¿Qué piensas que haría? ¿Aspirar el tumor de su cabeza como si fuera el hueso de un durazno?

–Creo que podría. No estoy seguro, desde luego, pero después de lo que hizo conmigo… y con *Cascabel*…

–Es cierto que el ratón estaba en las últimas –dijo Bruto.

–Pero ¿lo haría? –murmuró Harry–. ¿Lo haría?

–Si puede, lo hará –respondí.

–¿Por qué? Coffey ni siquiera la conoce.

–Porque es lo que hace. Es lo que Dios le ha mandado hacer.

Bruto nos recordó que olvidábamos algo.

–¿Y qué hay de Percy? –preguntó.

Entonces les conté lo que se me había ocurrido al respecto.

Cuando terminé, Harry y Dean me miraban asombrados, pero Bruto esbozaba una reticente sonrisa de admiración.

–Muy audaz, hermano Paul –dijo–. Te juro que me has dejado sin habla.

–¡Sería genial! –susurró Dean, y a continuación soltó una carcajada y aplaudió como un niño–. ¡Hurra, hurra, hurra!

Deben recordar que Dean tenía especial interés en la parte del plan que involucraba a Percy, pues éste lo había puesto en peligro de muerte al quedarse paralizado durante el ataque de Wharton.

–Sí, pero ¿qué pasará después? –preguntó Harry. Parecía reacio a aceptar el plan, pero su mirada lo delataba: sus ojos brillaban como los de alguien que quiere que lo convenzan–. ¿Qué pasará?

–Dicen que los muertos no hablan –rugió Bruto, y lo miré rápidamente para comprobar que bromeaba.

–Creo que mantendrá la boca cerrada –dije.

–¿De veras? –Dean parecía escéptico. Se quitó los anteojos y comenzó a limpiarlos–. Convénzanme.

–En primer lugar, no sabrá qué ha ocurrido. Creerá que todo ha sido una broma. En segundo lugar, y lo más importante, tendrá miedo de hablar. Cuento con ello. Le diremos que si empieza a escribir cartas o a hacer llamadas telefónicas, nosotros también escribiremos cartas y haremos unas cuantas llamadas.

–Sobre la ejecución –concluyó Harry.

–Y sobre cómo se quedó paralizado cuando Wharton atacó a Dean –dijo Bruto–. Creo que lo que más le asusta es que la gente se entere de eso –asintió con un gesto lento y pensativo–. Podría funcionar, pero ¿no tendría más sentido llevar a la señora Moores a Coffey que Coffey a la señora Moores, Paul? Podríamos ocuparnos de Percy tal como lo has planeado y luego traerla a ella por el túnel en lugar de sacar a Coffey por allí.

–Nunca –dije sacudiendo la cabeza–. Ni en un millón de años.

–¿Por el alcalde Moores?

–Sí. Es tan escéptico que a su lado el incrédulo Tomás parecería Juana de Arco. Si llevamos a Coffey a su casa, lo sorprenderemos y creo que podremos conseguir que Coffey haga algo. De lo contrario...

–¿Qué vehículo pensabas usar? –preguntó Bruto.

–Primero pensé en la «diligencia», pero supongo que no podríamos salir sin que lo advirtiesen. Además, todo el mundo la conoce en treinta kilómetros a la redonda. Supongo que tendríamos que usar mi Ford.

–Piénsalo mejor –dijo Dean mientras volvía a ponerse los anteojos–. No podrías meter a John Coffey en tu coche aunque lo desnudaras, lo cubrieras de mantequilla y lo empujaras con un calzador. Estás tan acostumbrado a verlo que has olvidado lo grande que es.

No tenía respuesta para eso. Aquella mañana había

concentrado casi toda mi atención en el problema de Percy y en el obstáculo menor, aunque considerable, de Bill Wharton. Ahora me daba cuenta de que transportar a Coffey no iba a ser tan sencillo como creía.

Harry Terwilliger tomó el resto de su segundo sándwich, lo miró por un segundo y volvió a dejarlo.

–Si cometiéramos esta locura –dijo–, supongo que podríamos usar mi camioneta y sentarlo en la parte trasera. A esa hora no habrá mucha gente en los caminos. Sería después de medianoche, ¿verdad?

–Sí –respondí.

–Olvidan algo, muchachos –dijo Dean–. Sé que Coffey ha estado muy tranquilo desde que ingresó en el bloque. Se pasa el día sentado en el camastro llorando, pero se trata de un *asesino*, y es *enorme*. Si decidiera escapar de la camioneta de Harry, sólo podríamos detenerlo disparándole. Y a un tipo como ése habrá que dispararle varias veces para matarlo, aunque usemos una 45. ¿Y si no pudiéramos detenerlo? ¿Y si matara a alguien más? No me gustaría perder mi empleo ni ir a prisión, tengo esposa e hijos que dependen de mí para comer, pero creo que sería aún peor llevar la muerte de otra niña en la conciencia.

–No ocurrirá.

–¿Cómo puedes estar seguro?

No respondí. No lo sabía. Estaba convencido de que harían esa pregunta, pero no se me ocurría cómo explicar lo que sabía. Bruto me ayudó.

–Tú no crees que sea culpable, ¿verdad, Paul? –parecía incrédulo–. Piensas que el gran tonto es inocente.

–Estoy seguro de que lo es –dije.

–¿Y cómo puedes estarlo?

–Por dos motivos –respondí–. El primero es mi zapato –me incliné y comencé a hablar.

QUINTA PARTE

VIAJE NOCTURNO

1

H. G. Wells escribió una novela sobre un hombre que inventaba una máquina del tiempo, y yo he descubierto que, al escribir mis memorias, he creado mi propia máquina del tiempo. A diferencia de la de Wells, sólo puede viajar al pasado, concretamente al año 1932, cuando era carcelero del bloque E de la penitenciaría de Cold Mountain. Aunque esta máquina del tiempo es misteriosamente eficaz, me recuerda el viejo Ford que tenía en aquellos tiempos: sabías que tarde o temprano arrancaría, pero era imposible predecir si conseguirías ponerlo en marcha con sólo pulsar el contacto o si tendrías que bajar y darle a la manivela hasta dislocarte el brazo.

Desde que empecé a contar la historia de John Coffey he tenido muchos arranques fáciles, pero ayer no pude evitar darle a la manivela. Creo que fue porque llegué a la parte de la ejecución de Delacroix y, en el fondo, me resistía a hablar de eso. Fue una muerte cruel, una muerte horrible, y todo por culpa de Percy Wetmore, un joven que se pasaba el día peinándose y que no soportaba que se rieran de él... ni siquiera un francés medio calvo que no veía otras Navidades.

Sin embargo, como ocurre con la mayor parte de las tareas difíciles, lo peor es empezar. A un motor le trae sin cuidado si uno lo pone en marcha con una llave o si tiene que darle a la manivela; una vez que ha arrancado, funcionará igual de un modo u otro. Eso es lo que me ocurrió ayer. Al principio las palabras salieron entrecortadas, luego en frases completas, y por fin como un auténtico torrente. He descubierto que escribir es una forma muy especial de evocación, en cierto modo aterradora; algo así como recordar una violación. Quizá lo vea de este modo porque he envejecido (una fatalidad que, a veces pienso, ocurrió a mis espaldas), pero no lo creo. Supongo que la combinación de la pluma con la memoria crea una especie de magia, y la magia es peligrosa. Teniendo en cuenta que conocí a John Coffey y vi lo que era capaz de hacer (tanto a ratones como a hombres), me siento en condiciones de afirmarlo: la magia es peligrosa.

En cualquier caso, ayer escribí durante todo el día. Las palabras salían a borbotones, la galería de esta sobreestimada residencia de ancianos desapareció de mi vista, reemplazada por el almacén situado al fondo del pasillo de la muerte –donde tantos chicos traviesos se sentaron por última vez– y las escaleras que conducían al túnel subterráneo. Allí fue donde Dean, Harry, Bruto y yo nos enfrentamos a Percy Wetmore, sobre el cuerpo humeante de Delacroix, y lo obligamos a prometer que solicitaría el traslado al asilo de Briar Ridge.

En la galería siempre hay flores, pero ayer al mediodía sólo podía oler el nauseabundo hedor a carne humana chamuscada. El ruido de la cortadora de césped eléctrica, procedente del jardín, fue reemplazado por el goteo del agua que se filtraba a través del techo abovedado del túnel. El viaje había comenzado. Regresé a 1932, no con el cuerpo, pero sí con la mente y el espíritu.

Me salté la comida, escribí hasta las cuatro, y cuando por fin dejé el lápiz, me dolía la mano. Caminé despacio hasta el fondo del pasillo de la segunda planta, donde hay una ventana que da al estacionamiento de los empleados. Brad Dolan, el celador que me recuerda a Percy –el mismo que está muerto de curiosidad por saber adónde voy y qué hago en mis caminatas– conduce un viejo Chevrolet con una calcomanía que reza: HE VISTO A DIOS Y ES UN CABRÓN. El coche no estaba. Brad había terminado su turno y se había marchado a ese misterioso lugar que llama casa. Supongo que será coche casa con puertas pegadas a la pared con cinta adhesiva y latas de cerveza esparcidas por todos los rincones.

Salí por la cocina, donde comenzaban a preparar la cena.

–¿Qué lleva en esa bolsa, señor Edgecombe? –preguntó Norton.

–Una botella vacía –respondí–. En el bosque he descubierto la fuente de la eterna juventud. Bajo allí cada tarde, tomo un poco de agua y me la bebo antes de acostarme. Le aseguro que es muy buena.

–Es probable que lo mantenga joven –dijo George, el otro cocinero–, pero no ha hecho una puta mierda por su aspecto.

Todos reímos y salí. Aunque el coche de Dolan ya no estaba, me sorprendí buscándolo con la vista. Me regañé por permitir que me intimidara hasta ese punto y crucé el campo de cróquet. Al otro lado hay un jardín lleno de malezas que se ve mucho más bonito en los folletos de Georgia Pines, y más allá un camino serpenteante que se interna en el bosque, al este de la residencia. Junto al camino hay un par de viejos cobertizos abandonados. Entré en el segundo, situado junto al alto muro de piedra que separa los jardines de Georgia Pines de la autopista 47, y permanecí unos minutos dentro.

Por la noche cené bien, vi un rato la tele y me fui a la cama temprano. Muchas noches me despierto y vuelvo a la sala de la tele, donde miro viejas películas en el canal de cine clásico. Sin embargo, anoche no lo hice.

Dormí como un tronco y no tuve ninguno de los sueños que me atormentan desde que comencé mi aventura literaria. Escribir debió de dejarme agotado. Ya saben que no soy un jovenzuelo.

Cuando desperté, el círculo del sol, que a las seis de la mañana por lo general está en el suelo, se había trasladado hasta los pies de la cama. Me levanté deprisa, tan alarmado que apenas noté las punzadas de la artritis en las caderas, las rodillas y los tobillos. Me vestí tan rápido como pude, y corrí por el pasillo hacia la ventana que da al estacionamiento, esperando que el sitio donde Dolan estaciona su viejo Chevrolet estuviera vacío. A veces llega hasta media hora tarde...

Pero no tuve esa suerte. El coche estaba allí, brillando bajo el sol de la mañana. En los últimos tiempos, Brad Dolan tiene un buen motivo para ser puntual. Ya lo creo. El viejo Paulie Edgecombe sale a algún sitio a primera hora y Brad se propone descubrir adónde. «¿Qué haces allí, Paulie? Dímelo.» Seguro que ya estaba esperándome. Me habría gustado darle plantón y quedarme donde estaba... pero no podía.

–¿Paul?

Volteé tan rápido que estuve a punto de caer al suelo. Era mi amiga Elaine Connelly, que abrió desorbitadamente los ojos y tendió las manos como si quisiera sostenerme. Por suerte para ella, recuperé el equilibrio. Elaine sufre de una artritis tremenda, y si hubiese caído en sus brazos la habría partido en dos como si fuese una rama seca. El romanticismo no muere cuando uno se interna en el extraño territorio que se extiende al otro lado de la frontera de los ochenta, pero uno debe olvidarse de las estúpidas galanterías de *Lo que el viento se llevó*.

–Lo siento –dijo–. No era mi intención asustarte.

–Tranquila –respondí con una tímida sonrisa–. Mejor despertar así que con un cubo de agua fría. Debería contratarte para que lo hicieras todas las mañanas.

—Buscabas el coche de Dolan, ¿verdad?

No tenía sentido engañarla, de modo que asentí.

—Ojalá pudiera estar seguro de que está en el ala oeste. Me gustaría salir un momento, pero no quiero que me vea.

Esbozó una sonrisa misteriosa, la sombra de la sonrisa que debía de tener de joven.

—Es un entrometido, ¿no es cierto?

—Sí.

—Y no está en el ala oeste —dijo—. Acabo de bajar a desayunar y puedo decirte dónde está porque lo he visto. Está en la cocina —la miré con desazón. Sabía que Dolan era curioso, pero no creía que llegara a tanto—. ¿No puedes postergar tu caminata? —preguntó.

Reflexioné por un instante.

—Supongo que puedo, pero...

—No debes.

—No. No debo.

Entonces pensé que me preguntaría adónde iba y qué era aquello tan importante que debía hacer en el bosque. Pero no lo hizo. En su lugar, volvió a dedicarme esa sonrisa traviesa y maravillosa, aunque insólita en su cara demacrada, marcada por el dolor.

—¿Conoces a Howland? —preguntó.

—Claro —respondí, aunque no lo veía mucho. Estaba en el ala oeste, lo que en Georgia Pines equivale casi a un país limítrofe—. ¿Por qué?

—¿Sabes qué tiene de especial? —preguntó. Negué con la cabeza y Elaine, con una sonrisa más grande de lo habitual, dijo—: El señor Howland es uno de los cinco residentes de Georgia Pines que tienen permiso para fumar. Es porque ingresó aquí antes de que cambiaran las reglas.

Una ley de privilegio para patriarcas. Y ¿qué sitio más adecuado para un patriarca que una residencia para ancianos?

Elaine se metió la mano en el bolsillo de la bata de

rayas azules y blancas y me enseñó con disimulo dos cosas: un cigarro y una caja de cerillos.

—«Ladronzuelo, ladronzuelo —recitó con voz graciosa, cantarina—, la pequeña Ellie no morderá el anzuelo.»

—Elaine… ¿qué demonios…?

—Acompaña a esta viejecita abajo —dijo al tiempo que guardaba otra vez el cigarro y los cerillos en el bolsillo y me tomaba del brazo con una mano deforme. Comenzamos a andar por el pasillo y, mientras lo hacíamos, decidí darme por vencido y dejarlo todo en sus manos. Elaine es vieja y débil, pero no estúpida.

Mientras bajábamos por las escaleras con la cautela lógica de dos personas que casi se han convertido en reliquias, Elaine dijo:

—Espera abajo. Voy al baño del vestíbulo del ala oeste. Sabes a cuál me refiero, ¿verdad?

—Sí —respondí—. El que está junto al balneario. Pero ¿para qué?

—No he fumado un cigarro en quince años —dijo—, pero esta mañana se me antoja uno. No sé cuántas caladas podré dar antes de que salte la alarma contra incendios, pero voy a descubrirlo.

La miré con admiración, pensando en lo mucho que me recordaba a mi mujer. Jan habría hecho exactamente lo mismo. Elaine me devolvió la mirada, sonriendo con picardía. Pasé una mano por el cuello largo y hermoso, acerqué su cabeza a la mía, y la besé en la boca.

—Te quiero, Ellie —dije.

—Vamos, vamos, eso son palabras mayores —dijo, pero noté que estaba contenta.

—¿Y qué me dices de Chuck Howland? —pregunté—. ¿Crees que tendrá problemas?

—No, porque está en la sala de la tele mirando *Buenos días, América* con dos docenas de personas. Yo voy a desaparecer en cuanto empiece a sonar la alarma del ala oeste.

–No te vayas a caer y a hacerte daño. Jamás me perdonaría...

–¡Déjate de tonterías! –dijo, y esta vez fue ella quien me besó a mí. Amor entre las ruinas. Quizá a algunos de ustedes les parezca gracioso y a otros patético, pero les diré algo: un amor grotesco es mejor que ningún amor.

La miré marcharse, moviéndose despacio y con rigidez (sólo usa bastón en los días húmedos, y eso siempre y cuando el dolor le resulte insoportable; simple coquetería), y esperé. Pasaron cinco minutos, diez, y cuando empezaba a creer que Ellie había perdido el valor o descubierto que el detector de humo del baño no funcionaba, la alarma contra incendios del ala oeste se disparó con un zumbido ensordecedor.

Me dirigí a la cocina, aunque despacio. No tenía motivos para darme prisa hasta que Dolan estuviese fuera de la vista. Un grupo de viejos, casi todos en bata, salieron de la sala de la tele (el llamado centro de esparcimiento; eso sí que es grotesco) para ver qué pasaba. Me alegró comprobar que Chuck Howland estaba entre ellos.

–¡Edgecombe! –gritó Kent Avery, apoyándose en su bastón con una mano y jalándose obsesivamente con la otra la entrepierna de los pantalones de la piyama–. ¿Va en serio o es otra falsa alarma? ¿Tú qué crees?

–Supongo que no hay forma de saberlo –respondí. En ese momento tres empleados pasaron corriendo rumbo al ala oeste, gritando a los viejos reunidos en la puerta del salón de la tele que salieran hasta que ellos comprobaran el motivo de la alarma. El tercero era Brad Dolan. Ni siquiera me miró al pasar, lo cual me alegró sobremanera. Mientras cruzaba la cocina, pensé que un equipo formado por Elaine Connelly y Paul Edgecombe podía rivalizar con una docena de Brad Dolan, incluso con el añadido de media docena de Percy Wetmore.

Los cocineros continuaron recogiendo las sobras del desayuno, sin hacer el menor caso a la alarma de incendios.

–Eh, señor Edgecombe –dijo George–. Brad Dolan estaba buscándolo. Acababa de marcharse.

Por suerte para mí, pensé, pero dije que ya lo vería más tarde. Luego pregunté si había sobrado algún pan tostado del desayuno.

–Claro –dijo Norton–. Pero están fríos y duros. Esta mañana se levantó tarde.

–Sí –admití–, pero tengo hambre.

–Le calentaré uno en un minuto –dijo George mientras tomaba el pan.

–No. No me importa que esté frío –dije, y cuando me pasó un par de panes tostados de aspecto misterioso (los dos tenían aspecto misterioso), salí a toda prisa, sintiéndome como el jovenzuelo de otros tiempos, como el colegial que hacía pinta para ir a pescar y en el bolsillo de la camisa llevaba un pan relleno de mermelada, envuelto en papel encerado.

En la puerta de la cocina me detuve a buscar a Dolan con la mirada. Tras comprobar que no había señales de él, caminé a toda prisa por el campo de cróquet y el jardín, masticando uno de los panes. Al llegar a la arboleda, aminoré la marcha, y mientras avanzaba por el sendero serpenteante, mis pensamientos volvieron al día siguiente de la terrible ejecución de Eduard Delacroix.

Aquella mañana, Hal Moores me había contado que el tumor cerebral de Melinda le provocaba extraños ataques, durante los cuales maldecía y soltaba toda clase de palabrotas… Lo que mi esposa más tarde definió (aunque no estaba muy segura de que fuera lo mismo) como síndrome de Tourette. El temblor de la voz de Hal, unido al recuerdo del modo en que John Coffey había curado mi infección urinaria y la columna vertebral rota del ratón de Delacroix, me indujeron a cruzar la frontera que separa la idea de una acción de la acción misma.

Pero había algo más; algo que tenía que ver con las manos de John Coffey y con mi zapato.

De modo que llamé a los hombres que trabajaban conmigo, aquellos en quienes había confiado durante años: Dean Stanton, Harry Terwilliger, Brutus Howell. Fueron a comer a mi casa un día después de la ejecución de Delacroix y escucharon mi plan. Naturalmente, todos sabían que Coffey había curado al ratón. Bruto lo había visto con sus propios ojos. Así que cuando sugerí que si llevábamos a John Coffey a casa de Melinda podría ocurrir otro milagro, no se rieron de mí. Sin embargo, Dean Stanton planteó la pregunta más inquietante: ¿qué pasaría si John Coffey escapaba en el camino?

–¿Y si mata a alguien más? –preguntó Dean–. No me gustaría perder mi empleo ni ir a prisión. Tengo esposa e hijos que dependen de mí para comer, pero creo que sería aún peor llevar la muerte de otra niña en la conciencia.

Se hizo el silencio y todos me miraron, esperando mi respuesta. Supe que si decía lo que tenía en la punta de la lengua, las cosas cambiarían. Habíamos llegado a un punto en que era imposible volver atrás.

Al menos para mí, volver atrás era imposible. Así pues, lo dije:

2

–No ocurrirá –dije.

–¿Cómo puedes estar seguro? –preguntó Dean.

No respondí. No lo sabía. Estaba convencido de que me harían esa pregunta, pero no se me ocurría cómo explicar lo que tenía en la mente y en el corazón. Bruto me ayudó.

–Tú no crees que sea culpable, ¿verdad, Paul? –preguntó con tono de incredulidad–. Crees que el gran tonto es inocente.

–Estoy completamente seguro de que lo es –dije.

–¿Cómo puedes estarlo?

–Por dos motivos –respondí–. El primero es mi zapato.

–¿Tu zapato? –exclamó Bruto–. ¿Qué diablos tiene que ver tu zapato con que John Coffey asesinara a dos niñas?

–Anoche me quité un zapato y se lo di –expliqué–. Fue después de la ejecución, cuando las cosas se calmaron un poco. Lo pasé entre los barrotes y él lo agarró con una de sus enormes manos. Entonces le pedí que amarrara las agujetas. Tenía que asegurarme de que lo hiciera, ¿entienden? Nuestros muchachos siempre usan pantuflas, porque un hombre puede suicidarse con las agujetas de los zapatos si se lo propone. Todos lo sabemos –los muchachos asintieron–. John apoyó el zapato en el regazo y cruzó las agujetas como es debido, pero ahí se quedó. Dijo que estaba seguro de que alguien le había enseñado a hacerlo cuando era pequeño, quizá su padre o uno de los novios que tuvo su madre después de que él los abandonara, pero lo había olvidado.

–Estoy con Bruto –dijo Dean–. Todavía no entiendo qué tiene que ver tu zapato con el asesinato de las gemelas Detterick.

Les recordé la historia del secuestro y asesinato de las niñas, todo lo que había leído en la biblioteca de la prisión, una tarde sofocante, mientras me hervía la entrepierna y Gibbons roncaba en un rincón. También les conté lo que me dijo más tarde el periodista Hammersmith.

–El perro de los Detterick no mordía, pero ladrar se le daba muy bien –expliqué–. El hombre que raptó a las niñas lo distrajo arrojándole unas salchichas. Supongo que fue acercándose lentamente mientras se las arrojaba, y que cuando el perro atrapó la última, le agarró la cabeza y se la retorció. Le rompió el pescuezo.

»Más tarde, cuando atraparon a John Coffey, el agente a cargo de la persecución, que se llamaba Rob McGee, vio un bulto en el bolsillo del overol de Coffey. McGee pensó que podía tratarse de una pistola, pero Coffey dijo que era su almuerzo. No mentía. Llevaba un par de sándwiches y unos pepinillos envueltos en papel periódico y atados con un cordel de carnicero. Coffey no recordaba quién se los había dado. Sólo sabía que era una mujer que llevaba un delantal.

–Sándwiches y pepinillos, pero ninguna salchicha –dijo Bruto.

–Ninguna salchicha –confirmé.

–Claro que no –dijo Dean–. Se las dio al perro.

–Eso es lo que dijo el fiscal en el juicio –asentí–, pero si Coffey abrió el paquete del almuerzo para alimentar al perro, ¿cómo volvió a atarlo con el cordel? Ese tipo no sabe atar ni un simple nudo.

Siguió un largo silencio de asombro, que finalmente rompió Bruto:

–¡Caray! ¿Cómo es posible que nadie sacara a relucir ese detalle en el juicio?

–A nadie se le ocurrió –dije y volví a recordar a Hammersmith, el periodista, que había ido a la universidad en Bowling Green y se consideraba un hombre culto; Hammersmith, que me había dicho que los perros y los negros se parecían y que podían atacarte de repente y sin razón. Y hablaba de ellos diciendo *sus* negros, como si fueran propiedad ajena, no suya. No, nunca suya. En aquel entonces, el Sur estaba lleno de tipos como Hammersmith–. Nadie estaba preparado para pensar en ello, ni siquiera el abogado de Coffey.

–Pero tú sí –dijo Harry–. Caramba, muchachos,

estamos sentados ante Sherlock Holmes –parecía asombrado y divertido al mismo tiempo.

–Déjate de bromas –dije–. A mí tampoco se me habría ocurrido si no hubiera relacionado lo que John le dijo al agente McGee aquel día con lo que dijo más tarde después de curarme y de salvar al ratón.

–¿Qué dijo? –preguntó Dean.

–Cuando entré en su celda, sentí como si me hipnotizara. Si hubiera querido atacarme, yo no habría podido detenerlo.

–Eso no me gusta nada –murmuró Harry moviéndose incómodo en la silla.

–Le pregunté qué quería y respondió: «Sólo ayudar.» Lo recuerdo con absoluta claridad. Cuando terminó, me sentí mucho mejor y él lo supo enseguida. «Lo alivié, ¿verdad?», me dijo.

–Igual que con el ratón –intervino Bruto asintiendo–. Tú le dijiste «Lo ayudaste, y Coffey respondío como un loro: «Ayudé al ratón de Del.» Fue entonces cuando lo supiste, ¿no es cierto?

–Sí, supongo que sí. Recordé lo que le había dicho a McGee cuando el agente le preguntó qué había pasado. Estaba en todos los artículos sobre el asesinato. «No pude evitarlo. Lo intenté, pero era demasiado tarde.» No es de extrañar que hayan malinterpretado sus palabras al ver a un hombre así, grande como una casa, con dos niñas blancas y rubias muertas en los brazos. Lo que oyeron coincidía con lo que veían, y lo que veían era un negro. Creyeron escuchar una confesión; entendieron que Coffey decía que había sentido la compulsión de secuestrar, violar y matar a las niñas, que por un momento había recuperado la cordura y había intentado detenerse, pero…

–Era demasiado tarde –murmuró Bruto.

–Exacto. Pero lo que quería decir es que las había encontrado y había intentado curarlas, devolverles la vida, sin conseguirlo. Ya estaban muertas.

–¿De veras crees eso, Paul? –preguntó Dean–. ¿Pondrías las manos en el fuego por él?

Hice examen de conciencia por última vez y asentí con la cabeza. Ahora lo *sabía,* pero una parte de mí había intuido que había algo extraño en la situación de Coffey desde el principio, desde el mismo momento en que Percy lo condujo al bloque E gritando a voz en cuello: «¡Entra un muerto!» Al fin y al cabo, le había estrechado la mano. Nunca le había estrechado la mano a un condenado, pero con Coffey había hecho una excepción.

–Cielos –dijo Dean–. ¡Santo cielo!

–Dijiste que el zapato era una de las razones –terció Harry–, ¿cuál es la otra?

–Poco antes de encontrar a Coffey, la cuadrilla que buscaba a las niñas se detuvo en el bosque, cerca de la orilla del río Trapingus. Vieron un área de hierba pisoteada y llena de sangre y encontraron lo que quedaba del camisón de Cora Detterick. Los perros se despistaron. La mayoría quería ir hacia el sudeste, río abajo, pero dos de ellos, los cazamapaches, tiraban río arriba. Bobo Marchant, el dueño de los perros, les dio a oler el camisón y entonces siguieron la dirección de los demás.

–Conque los cazamapaches se despistaron, ¿eh? –preguntó Bruto con una sonrisa extraña en los labios–. No están preparados para seguir un rastro y confundieron su trabajo.

–Sí.

–No lo entiendo –dijo Dean.

–Los perros olvidaron lo que Bobo les había hecho oler como señuelo –dijo Bruto–. Cuando llegaron al río no perseguían a las niñas sino al asesino. Mientras el asesino y las niñas estuvieran en el mismo sitio, no había ningún problema, pero…

El brillo de los ojos de Dean me indicó que comenzaba a entender. Harry ya había caído.

–Si lo piensas un poco –dije–, te preguntarás cómo

es posible que cualquiera, incluso un jurado que quiere endosarle un crimen a un vagabundo negro, pudo pensar que John Coffey era culpable. La sencilla idea de distraer al perro para romperle el pescuezo está por encima de sus posibilidades.

»Creo que lo más cerca que estuvo de la granja de los Detterick fue la orilla del Trapingus, a unos nueve kilómetros de distancia. Deambulaba por allí, quizá pensando en ir a las vías y subirse a un tren de carga. Cuando llegan al viaducto aminoran la marcha lo suficiente para que cualquiera pueda trepar de un salto. Entonces oyó ruidos procedentes del norte.

–¿El asesino? –preguntó Bruto.

–El asesino. Quizá ya hubiera violado a las niñas, o tal vez lo que oyó Coffey fueron sus gritos mientras las violaban. En cualquier caso, en aquella área de hierba el asesino terminó su crimen; aplastó las cabezas de las niñas haciéndolas chocar la una contra la otra, abandonó los cuerpos y huyó.

–Huyó hacia el noroeste –dijo Bruto–. Hacia donde querían ir los cazamapaches.

–Exactamente. Coffey, alertado por los ruidos, se internó en una arboleda de alisos, al sudeste del sitio donde dejaron a las niñas, y encontró los cadáveres. Quizá una de ellas estuviera viva, o incluso las dos, aunque no por mucho tiempo. John Coffey es incapaz de darse cuenta de algo así, de eso estoy seguro. Sólo sabe que tiene en las manos un poder para curar y quiso usarlo con Cora y Kathe Detterick. Cuando vio que no lo conseguía, se desmoronó y se echó a llorar histéricamente. Y así fue como lo encontraron.

–¿Por qué no se quedó en el sitio donde las encontró? –preguntó Bruto–. ¿Qué motivos tenía para llevarlas hasta la orilla del río? ¿Lo sabes?

–Supongo que al principio permaneció allí –respondí–. En el juicio hablaron de una amplia zona pisoteada, con la hierba aplastada. Y John Coffey es muy grande.

–John Coffey es un jodido gigante –dijo Harry, bajando la voz para que mi esposa no lo oyera.

–Quizá se asustó al ver que no podía ayudar a las niñas, o es probable que se le ocurriera que el asesino seguía allí, vigilándolo. Coffey es corpulento, pero no particularmente valiente. Harry, ¿recuerdas que nos preguntó si dejábamos una luz encendida por las noches?

–Sí. Recuerdo que me hizo gracia, teniendo en cuenta su tamaño –respondió Harry con aire perplejo y pensativo.

–Pero si él no mató a esas niñas, ¿quién lo hizo? –preguntó Dean.

–Cualquier otro –dije sacudiendo la cabeza–. Supongo que un blanco. El fiscal habló mucho de la fuerza necesaria para matar a un perro tan grande como el de los Detterick, pero...

–Eso es una estupidez –rugió Bruto–. Cualquier niña de doce años puede romperle el pescuezo a un perro si lo toma desprevenido y sabe por dónde agarrarlo. Si Coffey no lo hizo, pudo hacerlo cualquiera... un hombre cualquiera, claro está. Tal vez nunca lo sepamos.

–A menos que lo haga otra vez –dije.

–Si lo hace en Texas o en California, tampoco nos enteraremos –observó Harry.

Bruto se reclinó en la silla, se restregó los ojos con los puños, como un niño cansado, y dejó caer las manos sobre el regazo.

–Esto es una pesadilla –dijo–. Hay un hombre que podría ser inocente, que seguramente es inocente, pero va a recorrer el pasillo de la muerte tan seguro como que Dios creó los árboles y los peces. ¿Y qué vamos a hacer al respecto? Si sacamos a relucir esa mierda de sus poderes curativos, todo el mundo se reirá de nosotros y él acabará en la silla eléctrica de cualquier modo.

Como no tenía la menor idea de cómo responder a esa pregunta, dije:

—Preocupémonos de eso más tarde. Ahora, la cuestión es qué vamos a hacer con respecto a Melly. Yo diría que se tomen un tiempo para pensarlo, pero me temo que cada día que pase tendrá menos posibilidades de ayudarla.

—¿Recuerdas cuando sacó las manos entre los barrotes para que le entregáramos el ratón? —preguntó Bruto—. «Démelo antes de que sea demasiado tarde», dijo.

—Lo recuerdo.

Bruto reflexionó por un instante y luego asintió.

—Estoy contigo —dijo—. Me sabe muy mal lo que le pasó a Del, pero sobre todo tengo curiosidad por ver qué ocurrirá cuando Coffey toque a Melinda. Quizá no ocurra nada, pero...

—Dudo mucho que podamos sacar a ese grandulón del bloque —dijo Harry, pero luego suspiró y asintió—. ¿Qué más da? Cuenten conmigo.

—Y conmigo —dijo Dean—. ¿Quién se quedará en el bloque, Paul? ¿Lo echamos a suerte?

—De eso nada —respondí—. Te quedarás tú.

—¿Así de sencillo? ¡Malditos sean! —respondió Dean, ofendido y enojado. Se quitó los anteojos con brusquedad y comenzó a restregarlos con furia contra la camisa—. ¿Qué clase de arreglo es ése?

—La mejor clase de arreglo para un tipo con niños que todavía van al colegio —respondió Bruto—. Harry y yo somos solteros. Paul está casado, pero sus hijos ya se mantienen solos. Corremos un gran riesgo y hay muchas posibilidades de que nos descubran. —Me miró con soberbia—. Has olvidado un detalle, Paul: si conseguimos sacar a Coffey del bloque y sus poderes no funcionan, es muy probable que Hal Moores nos despida —hizo una pausa para darme la oportunidad de responder, pero yo no tenía respuesta a esa pregunta, de modo que mantuve la boca cerrada. Bruto se volvió hacia Dean y continuó—: No me malinterpretes; podrías perder el empleo de todos modos, pero al menos tendrás la oportunidad de salvarte de la cárcel si las cosas salen mal. Percy pensará que estamos gastándole una broma. Si te quedas en la mesa de entrada, podrás alegar que pensaste lo mismo.

—Aun así no me gusta —dijo Dean, pero estaba claro que acabaría aceptando, le gustara o no. El comentario sobre sus hijos lo había convencido—. ¿Y tiene que ser esta noche? ¿Estás seguro?

—Si vamos a hacerlo, yo preferiría que fuera esta noche —dijo Harry—. Si me dan la oportunidad de pensarlo, es muy probable que pierda el valor.

—Al menos déjenme ir a la enfermería —dijo Dean—. Puedo hacer eso, ¿verdad?

—Mientras hagas lo que debes sin que te descubran… —dijo Bruto.

Dean parecía ofendido, de modo que le di una palmada en el hombro.

—Hazlo a la entrada, al checar tarjeta, ¿de acuerdo?

—Claro.

Mi mujer asomó la cabeza por la puerta, como si le hubiera dado una señal.

—¿Quién quiere más té helado? —preguntó con voz despreocupada—. ¿Brutus?

—No, gracias —respondió el aludido—. Me gustaría tomar un buen whisky, pero supongo que en estas circunstancias no es lo más adecuado.

Janice me miró sonriente, pero con expresión preocupada en los ojos.

—¿En qué lío estás metiendo a los muchachos, Paul? —sin embargo, antes de que pudiera pensar en una respuesta apropiada, me atajó con la mano y dijo—: No importa, no quiero saberlo.

3

Más tarde, cuando los demás se marcharon y me vestía para ir a trabajar, me tomó del brazo, me obligó a voltear y me miró con feroz intensidad.

–¿Melinda? –preguntó. Asentí–. ¿Puedes hacer algo por ella, Paul? ¿De verdad puedes hacer algo, o no es más que una esperanza motivada por lo que viste anoche?

Pensé en los ojos de Coffey, en sus manos y en la forma en que había acudido a él cuando me llamó, como si me hubiera hipnotizado. Lo vi tender las manos, pedir que le entregase el cuerpo destrozado y moribundo de *Cascabel*. «Antes de que sea demasiado tarde», había dicho. Luego, aquellos bichos negros se habían vuelto blancos y habían desaparecido.

–Creo que es su única oportunidad –respondí.

–Entonces aprovéchala –dijo abotonándome el abrigo nuevo. Lo tenía en el armario desde mi cumpleaños, a principios de septiembre, pero era la tercera vez que lo usaba–. Aprovéchala.

Y prácticamente me empujó fuera de casa.

4

Ese día, el más raro de toda mi vida, chequé tarjeta a las seis y veinte. Me pareció percibir un vago y persistente olor a carne quemada en el aire. Debía de ser una falsa impresión, pues tanto las puertas del bloque como las del almacén habían permanecido abiertas la mayor parte del día y los guardias de los dos turnos previos se habían pasado horas limpiando, pero eso no cambiaba lo que me decía mi nariz y creo que, aunque no hubiera estado aterrado por lo que me esperaba aquella noche, tampoco habría podido probar la cena.

Bruto llegó al cuarto para las siete y Dean al diez para las siete. Le pedí a Dean que fuera a la enfermería a buscar una almohada térmica, alegando que la madrugada pasada me había lesionado la espalda mientras ayudaba a cargar el cuerpo de Delacroix al túnel. Dean respondió que lo haría. Creí que me guiñaría un ojo, pero se reprimió.

Harry checó tarjeta cuando faltaban tres minutos para las siete.

–¿Y la camioneta? –pregunté.

–Está donde dijimos.

Por el momento todo iba bien. Permanecimos un rato junto a la mesa de entrada, bebiendo café y charlando, aunque todos evitamos mencionar lo que pensábamos y deseábamos: que Percy llegaba tarde y que quizá no apareciera. Teniendo en cuenta los artículos que se habían publicado en los periódicos, criticándolo por el modo en que había llevado a cabo la ejecución, no había que desechar esa posibilidad.

Pero al parecer Percy creía en el antiguo axioma que dice que hay que subir cuanto antes al caballo que te ha arrojado a tierra, porque franqueó la puerta a las siete y seis minutos, radiante en su uniforme azul, con el arma en un lado de la cintura y la macana, enfundada en su ridículo estuche, en el otro. Metió la tarjeta en el reloj checador y nos miró con cautela (a todos, excepto a Dean, que aún no había vuelto de la enfermería).

–Me falló el arranque –explicó–. Tuve que darle a la manivela.

–Ah –dijo Harry–. Pobrecito.

–Deberías haberte quedado en casa y hacerlo reparar –dijo Bruto con suavidad–. No quisiéramos que te hicieras daño en un brazo, ¿verdad, muchachos?

–Sí, qué gusto les habría dado –respondió Percy con una sonrisa burlona, aunque creo que se sentía aliviado por la relativa ligereza del comentario de Bruto.

Eso estaba bien. Durante las próximas horas tendríamos que tratarlo con cuidado; sin demasiada hostilidad, pero tampoco amistosamente. Después de lo ocurrido la noche anterior, sospecharía de cualquier muestra de cordialidad. Todos sabíamos que no conseguiríamos que bajara la guardia, pero yo estaba convencido de que si sabíamos manejar la situación, conseguiríamos engañarlo. Era importante moverse con rapidez, pero también lo era, por lo menos para mí, que nadie saliera herido... ni siquiera Percy Wetmore.

Dean volvió y me hizo una señal.

—Percy —dije—, quiero que vayas al almacén y friegues el suelo. Las escaleras que conducen al túnel también. Luego podrás escribir tu informe sobre lo de anoche.

—Ésa sí que será una tarea creativa —señaló Bruto, metiéndose los pulgares en el cinturón y mirando al techo.

—Son ustedes más divertidos que coger en una iglesia —dijo Percy, pero sus protestas acabaron allí. Ni siquiera se molestó en señalar lo obvio: que aquel día habían fregado el suelo al menos dos veces. Supongo que se alegraba de la oportunidad de escapar de nuestra vista.

Examiné el informe del turno anterior, y al no ver nada relevante en él, me dirigí a la celda de Wharton. Estaba sentado en el camastro con las rodillas flexionadas contra el pecho y las manos cruzadas sobre las espinillas. Me miró con una sonrisa hostil.

—Vaya, el gran jefe —dijo—. Real como la vida misma y el doble de feo. Se vería más contento en una pocilga, con mierda hasta las rodillas, jefe Edgecombe. ¿Su mujer le jaló los huevos antes de salir de casa?

—¿Qué tal te va, Billy the Kid? —pregunté, y eso pareció animarlo. Se soltó las piernas, se levantó y estiró el cuerpo. Su sonrisa se ensanchó y parte de su hostilidad desapareció.

—¡Caramba! –dijo–. ¡Por fin dice bien mi nombre! ¿Qué mosca le ha picado, jefe Edgecombe? ¿Está enfermo?

No. No estaba enfermo. Lo había estado, pero John Coffey me había curado. Sus manos habían olvidado cómo atar unas agujetas de zapato, pero conocían otros trucos. Vaya si los conocían.

—Amigo –dije–, si prefieres ser Billy the Kid en lugar de Bill el Salvaje, a mí me da exactamente igual.

Se hinchó como uno de esos horribles peces que viven en los ríos de Suramérica y pueden matar a una persona con las púas que tienen en la espalda y los costados. Durante mis años de carcelero en el pasillo de la muerte tuve que vérmelas con muchos hombres peligrosos, pero ninguno tan repelente como William Wharton, que se consideraba un gran criminal pero cuya conducta en la cárcel pocas veces iba más allá de mear o escupir a través de los barrotes de la celda. Hasta entonces no le habíamos demostrado el respeto y la admiración que creía merecer, pero aquella noche yo quería que estuviera tratable, y si para ello tenía que halagarlo, lo haría con gusto.

—Tengo muchas cosas en común con Billy the Kid será mejor que se lo metan en la cabeza de una vez por todas –dijo Wharton–. No me han mandado aquí por robar caramelos de una tienducha de mala muerte –orgulloso como un hombre que ha sido enrolado en la Brigada de Héroes de la legión francesa, en lugar de uno a quien habían encerrado en una celda situada a setenta pasos largos de la silla eléctrica–. ¿Y qué hay de mi cena?

—No te hagas, muchacho. El informe dice que cenaste al diez para las seis. Pastel de carne con salsa, puré de papas y chícharos. No me engañarás tan fácilmente.

Soltó una carcajada y se sentó nuevamente en el camastro.

–Entonces enciendan el radio.

Recuerdo que en lugar de «radio» pronunció algo así como «dadio», como si fuera un niño pequeño o estuviese bromeando. Es curioso cuántas cosas puede recordar uno de esos momentos en que los nervios están más tensos que las cuerdas de un violín.

–Tal vez más tarde, grandulón –dije.

Me alejé unos pasos de la celda y miré hacia el fondo del pasillo. Bruto se encontraba allí, comprobando que la celda de seguridad estuviera cerrada con un solo cerrojo en lugar de los dos. Yo sabía que era así, porque ya lo había comprobado. Más tarde, tendríamos que abrir esa puerta con la mayor rapidez posible. No habría necesidad de perder el tiempo sacando los cacharros que se habían acumulado allí en el transcurso de los años. Poco después de que Wharton se uniera a nuestro feliz equipo, los habíamos sacado de allí y los habíamos metido en otros sitios. Sospechábamos que usaríamos mucho esa celda, al menos desde el ingreso de Billy the Kid.

John Coffey, que a esa hora solía estar tendido en la cama, estaba sentado a los pies de ésta, sacudiendo las piernas largas y gruesas y mirando a Bruto con una vehemencia y una atención insólitas en él. Aquel día tampoco lagrimeaba.

Bruto terminó de examinar la puerta de la celda de seguridad y regresó por el pasillo. Al pasar por delante de la celda de Coffey, lo miró, y el negro, como si respondiera a un comentario de Bruto, dijo algo extraño:

–Claro que me gustaría dar un paseo.

Bruto me miró y habría jurado que con esa mirada me decía: «Lo sabe. No sé cómo, pero lo sabe.»

Me encogí de hombros y abrí las manos, como respondiendo: «Claro que lo sabe.»

5

El viejo Tuu Tuu hizo su última ronda por el bloque E como al cuarto para las nueve. Le compramos suficientes porquerías para hacerle sonreír de avaricia.

–Eh, muchachos, ¿han visto al ratón? –preguntó. Negamos con la cabeza–. Tal vez el niño bonito lo haya visto –dijo señalando con la barbilla en dirección al almacén, donde Percy estaba fregando el suelo, escribiendo su informe o tocándose los huevos.

–¿Y a ti qué te importa? No es asunto tuyo –dijo Bruto–. Vete con tu carro, Tuu. Haces que este sitio apeste.

Tuu nos dedicó una de sus desagradables sonrisas, desdentada y torcida, y olfateó el aire con grandes aspavientos.

–El que apesta no soy yo –dijo–. Es Del, que ha venido a despedirse.

Soltó una risita senil y empujó el carro hacia el patio de ejercicios. Y siguió empujándolo durante diez largos años, después de que yo me marchara (incluso después de que la penitenciaría de Cold Mountain desapareciese), vendiendo pan dulce y refrescos a los guardias y prisioneros que podían pagarlos. A veces, todavía se me aparece en sueños, gritando que se está friendo, que se está friendo, que es un pavo asado.

Cuando Tuu se marchó, el tiempo se volvió interminable, como si el reloj avanzara a gatas. El radio estuvo encendido durante una hora y media, durante la cual Wharton se rio a carcajadas de Fred Allen, el de *Allen's Alley*, aunque dudo que entendiera la mitad de sus chistes. John Coffey seguía sentado a los pies de la cama, con las manos entrelazadas y la mirada pendiente de todo el que se acercaba a la mesa de entrada. Yo había visto muchos hombres en idéntica actitud en la estación de autobuses, esperando que anunciaran la salida de su coche.

Percy abandonó el almacén al cuarto para las once y me entregó un informe laboriosamente escrito a lápiz. Estaba cubierto de fragmentos de goma de borrar. Me vio sacudir uno de ellos y se apresuró a decir:

—Es sólo un borrador. Lo pasaré en limpio. ¿Qué le parece?

Me parecía la mayor sarta de mentiras que había leído en mi vida, pero le dije que estaba bien, y se marchó satisfecho. Dean y Harry jugaban a las damas, hablando en voz demasiado alta, discutiendo a menudo sobre los tantos y mirando las lentas manecillas del reloj cada cinco segundos. En uno de los juegos, se pasearon tres veces por el tablero. El aire estaba tan cargado de tensión que pensé que podría modelarlo como si fuera barro. Los únicos que no parecían conscientes de ello eran Percy y el Salvaje Bill.

Al diez para las doce no resistí más e hice una señal a Dean, que entró en mi despacho con un refresco de cola que le había comprado a Tuu y regresó un par de minutos después. Había vertido el refresco en un vaso de latón, de esos que un prisionero no puede romper y utilizar como arma.

Lo tomé y eché un vistazo alrededor. Harry, Dean y Bruto me miraban fijamente. De hecho, también lo hacía John Coffey, pero no Percy, que había vuelto al almacén, donde, al parecer, esa noche se sentía más cómodo. Olí la bebida y no noté ningún olor extraño, aparte del agradable aroma a canela que tenían los refrescos de cola en aquellos tiempos.

Lo llevé a la celda de Wharton. El muchacho estaba tendido en el camastro, y aunque todavía no había empezado a masturbarse, ya tenía la mano dentro de los calzoncillos y tironeaba del pito, como un contrabajista que afina una cuerda particularmente gruesa.

–Billy –dije.

–No me moleste –respondió.

–De acuerdo –asentí–. Te compré un refresco por comportarte como un ser humano en lo que va de día; todo un récord para ti. Pero no te preocupes, me lo beberé yo.

Fingí hacerlo, llevándome a la boca el vaso metálico (abollado a los lados como consecuencia de los golpes recibidos contra los barrotes de infinidad de celdas en otras tantas rabietas). Wharton saltó de la cama en menos de un segundo, cosa que no me sorprendió. No era una treta demasiado arriesgada. Los condenados más peligrosos (asesinos, violadores y demás nominados para la Freidora) son auténticos adictos al dulce, y Wharton no era una excepción.

–Deme eso, estúpido –dijo Wharton, como si él fuera un capataz y yo un simple peón–. Déselo a Billy the Kid.

Acerqué el vaso a los barrotes, dejando que lo tomara él mismo. Como cualquier carcelero sabe, meterlo a la celda habría significado tentar a la suerte. Esas cosas las sabíamos instintivamente, sin necesidad de pensar en ellas… como sabíamos que no debíamos permitir que los condenados nos llamaran por nuestro nombre de pila, que el ruido de llaves significaba que había problemas en el bloque porque indicaba la proximidad de un guardia externo y estos nunca aparecían a menos que hubiera problemas. Naturalmente, Percy Wetmore nunca aprendería nada de todo aquello.

Sin embargo, esa noche William Wharton no tenía el menor interés en agarrar o estrangular a nadie. Me arrebató el vaso de las manos, bebió su contenido en tres grandes sorbos y soltó un ruidoso eructo.

–¡Excelente! –dijo.

Tendí la mano.

–El vaso.

Lo retuvo por un instante, desafiándome con la mirada.

—Suponga que me lo quedo.

Me encogí de hombros.

—Entonces tendremos que entrar a quitártelo. Irás a parar a la celda de seguridad y éste será el último refresco que bebas. A menos que los vendan en el infierno, desde luego.

Su sonrisa se borró.

—No me gustan los chistes sobre el infierno, carcelero —arrojó el vaso a través de los barrotes—. Aquí tiene. Atrápelo.

Lo agarré y oí la voz de Percy a mi espalda.

—¿Por qué demonios le da un refresco a un *torpigante* como ése?

Porque tenía suficiente droga robada de la enfermería para dormirlo durante cuarenta y ocho horas, y él ni siquiera se enteró, pensé.

—La misericordia de Paul es inagotable —dijo Bruto—. Cae como la lluvia del cielo.

—¿Qué? —dijo Percy, ceñudo.

—Quiero decir que tiene el corazón blando. Siempre lo ha tenido y siempre lo tendrá. ¿Quieres jugar al siete y medio, Percy?

—Es el juego de cartas más estúpido que conozco —gruñó Percy.

—Por eso pensé que podrías ganar alguna mano —dijo Bruto con una sonrisa divertida.

—Por lo visto, aquí todos se sienten muy listos —respondió Percy, ofendido, y entró en mi despacho. No me causaba demasiada gracia que aquel idiota se sentara detrás de mi escritorio, pero mantuve la boca cerrada.

El reloj siguió avanzando lentamente. Las doce y veinte, las doce y media... Al veinte para la una John Coffey se levantó de la cama y se acercó a la puerta de la celda, sujetando los barrotes. Bruto y yo fuimos a la celda de Wharton y echamos un vistazo. Estaba tendido en el camastro, sonriendo al techo. Sus ojos estaban abiertos, pero parecían grandes canicas de cristal. Tenía una mano cruzada sobre el pecho y la otra caída a un lado, rozando el suelo con los nudillos.

–Vaya –dijo Bruto–; de Billy the Kid a Willie el Blando en menos de una hora. Me pregunto cuántas pastillas de morfina metió Dean en el refresco.

–Las suficientes –dije. Me temblaba la voz. No sé si Bruto lo notó, pero yo sí–. Vamos. Ya es la hora.

–¿No piensas esperar a que la Bella Durmiente pierda el sentido?

–Ya lo ha perdido, Bruto. Está demasiado drogado para cerrar los ojos.

–Tú eres el jefe –volteó para buscar a Harry, pero Harry ya estaba allí.

Dean estaba sentado ante la mesa de entrada, barajando las cartas con tanta rapidez que me sorprendió que no se incendiaran, y mirando hacia la izquierda, en dirección a la puerta de mi despacho, pendiente de Percy.

–¿Es la hora? –preguntó Harry. Su larga cara equina estaba pálida, pero tenía una expresión resuelta.

–Sí –respondí–. Si vamos a hacerlo, ya es la hora.

Harry hizo la señal de la cruz y se besó el pulgar. Luego se dirigió a la celda de seguridad, abrió la puerta y regresó con la camisa de fuerza. Se la entregó a Bruto y los tres caminamos por el pasillo. Cuando llegamos junto a la mesa de entrada, Bruto escondió la camisa de fuerza a su espalda, que era lo bastante ancha para ocultarla con facilidad.

–Suerte –dijo Dean. Estaba tan pálido como Harry, pero su expresión también era resuelta.

Percy se hallaba sentado en la silla de mi escritorio, leyendo el libro que en los últimos tiempos llevaba a todas partes. No era *Argosy* ni *Stag*, sino un manual ti-

tulado *La atención al paciente en instituciones psiquiá-*
tricas, aunque a juzgar por la mirada de culpabilidad y
preocupación que nos dirigió cuando entramos, cualquiera hubiera dicho que se trataba de *Los últimos días*
de Sodoma y Gomorra.

–¿Qué pasa? –preguntó al tiempo que cerraba el libro–. ¿Qué quieren?

–Hablar contigo, Percy –respondí–. Eso es todo.

Pero Percy vio mucho más que un deseo de hablar
en nuestras caras y, después de levantarse como un rayo,
caminó deprisa, casi corriendo, hacia la puerta abierta
del almacén. Suponía que íbamos a darle una buena re-
gañada por lo de la noche anterior, quizá incluso una
paliza.

Harry se colocó detrás de él y le bloqueó la puerta
con los brazos cruzados en el pecho.

–¡Ehhh! –Percy se volvió hacia mí. Aunque intentaba disimularlo, era evidente que estaba asustado–.
¿Qué es esto?

–No preguntes, Percy –dije. Yo había supuesto que
en cuanto nos embarcáramos en aquella locura, las cosas irían sobre ruedas, pero no fue así. No podía creer
lo que estaba haciendo. Era como una pesadilla. Esperaba que mi mujer me despertara en cualquier momento y me dijese que había estado gritando en sueños–.
Será mejor que no te resistas.

–¿Qué esconde Howell en la espalda? –preguntó
Percy con voz entrecortada, volteando para mirar
mejor a Bruto.

–Nada –respondió Bruto–. Bueno… sólo esto.

Le enseñó la camisa de fuerza y la sacudió contra su
cadera, como un torero que agita la capa para animar al
toro.

Percy abrió desorbitadamente los ojos y dio un salto. Intentó huir, pero Harry lo sujetó de los brazos,
impidiéndoselo.

—¡Suéltame! —gritó Percy, luchando infructuosamente por liberarse. Harry pesaba al menos cincuenta kilos más que él y tenía los músculos de un hombre acostumbrado a arar y cortar leña. Sin embargo, Percy se movió con suficiente fuerza para arrastrarlo hasta el otro extremo de la habitación, levantando el pelo de la alfombra verde que nunca me decidía a cambiar. Por un instante creí que iba a conseguir soltar un brazo... El pánico puede ser un poderoso incentivo.

—Cálmate, Percy —dije—. Todo irá mejor si...

—No me diga que me calme, bestia —gritó Percy mientras levantaba los hombros en un intento por liberar los brazos—. ¡Apártense de mí! Conozco a gente importante, y si no me sueltan de inmediato acabarán en Carolina del Sur, holgazaneando en un albergue.

Dio otro salto hacia adelante y chocó contra el escritorio. El libro que estaba leyendo se abrió, descubriendo otro más pequeño en su interior. Entonces me expliqué su expresión de culpabilidad al vernos entrar. No era *Los últimos días de Sodoma y Gomorra,* pero sí la clase de libro que entregábamos a los presos cuando se sentían especialmente nostálgicos y se habían portado lo bastante bien para merecer un premio. La clase de librito ilustrado donde Olivia se lo hace con todo el mundo, excepto con el pequeño Cocoliso.

Encontré triste que Percy hubiera estado en mi despacho leyendo pornografía, y Harry —por lo que vi por encima de los hombros de aquél— parecía asqueado, pero Bruto soltó una sonora carcajada que quitó a Percy las ganas de seguir luchando, al menos por el momento.

—Vaya, vaya —dijo Bruto—. ¿Qué diría tu madre? ¿Y qué diría el gobernador?

Percy estaba rojo como un tomate.

—Cierra el pico. Y no metas a mi madre en esto.

Bruto me arrojó la camisa de fuerza y acercó su cara a la de Percy.

–Claro. Ahora pórtate bien y tiende los brazos.

A Percy le temblaban los labios y sus ojos brillaban. Supe que estaba a punto de llorar.

–No lo haré –dijo con voz temblorosa, infantil–, y no podrás obligarme.

Luego alzó la voz y empezó a pedir auxilio. Harry y yo nos sobresaltamos. Creo que si en algún momento vacilamos y estuvimos a punto de abandonar el plan, fue entonces. Lo habríamos hecho, de no ser por Bruto: se colocó a la espalda de Percy, hombro con hombro con Harry, que aún le sostenía las manos, y tiró de las orejas del joven.

–Deja de gritar –dijo–. A menos que quieras tener un par de originales bolsitas de té por orejas.

Percy calló y comenzó a temblar, mirando fijamente la portada del vulgar librito de historietas, donde Popeye y Olivia fornicaban en una creativa posición que yo nunca había probado. «Ayyy, Popeye», decía la viñeta encima de Olivia. «Puf, puf, puf», decía la que había encima de Popeye, que ni siquiera se había quitado la pipa de la boca.

–Tiende los brazos –dijo Bruto– y déjate de tonterías. Vamos.

–No lo haré –dijo Percy–, y no podrás obligarme.

–En eso te equivocas, ¿sabes? –dijo Bruto, retorciéndole las orejas como si hiciese girar las perillas de una cocina. Una cocina que no cocinaba como uno quería.

Percy soltó un alarido de dolor y sorpresa que yo habría preferido no oír. Aquel grito no expresaba sólo dolor y sorpresa, ¿saben?, sino también comprensión. Por primera vez en su vida, Percy se daba cuenta de que las cosas horribles no les pasaban únicamente a otros, a aquellos pobres mortales que no estaban emparentados con el gobernador. Le habría ordenado a Bruto que parara, pero no podía. Lo único que podía hacer era recordarme que Percy había sometido a Delacroix a una tortura espantosa sólo porque el francés se había reído de él. Sin embargo, recordar aquello no hizo que me sintiese mucho mejor. Quizá habría servido de algo si yo hubiera estado hecho de la misma madera que Percy.

–Tiende los brazos, cariño –dijo Bruto– o te ganarás otro tirón de orejas.

Harry ya había soltado al joven Mr. Wetmore, que sollozaba como bebé. Las lágrimas que había estado conteniendo se deslizaban ahora por sus mejillas. Percy tendió los brazos, como un sonámbulo en una película cómica, y yo se los pasé por las aberturas de la camisa de fuerza en un santiamén. Antes de que llegara a los hombros, Bruto soltó las orejas de Percy y tomó las correas cosidas a los puños. Dobló los brazos de Percy hacia los lados, de modo que quedaran cruzados sobre el pecho. Entretanto, Harry le abotonó la espalda y ató las correas. Desde el momento en que Percy accedió a tender los brazos, la operación duró menos de diez segundos.

–Muy bien, cariño –dijo Bruto–. Ahora camina.

Pero Percy no lo hizo. Nos miró, primero a Bruto y luego a mí, con el terror pintado en sus ojos llorosos. Esta vez no dijo nada sobre sus relaciones ni nos amenazó con la posibilidad de acabar en Carolina del Sur, holgazaneando en un albergue. Había pasado ese estadio.

–Por favor –murmuró con voz ronca, sollozante–. No me encierre con él, Paul.

Entonces entendí por qué se había asustado tanto, por qué había luchado con tanto empeño. Creía que íbamos a meterlo en la celda del Salvaje Bill, que su castigo por la esponja seca sería un seco encuentro con nuestro preso psicópata. Pero ese descubrimiento, en lugar de inducirme a compadecer a Percy, me provocó asco y reforzó mi resolución. Después de todo, nos juzgaba por la forma en que él se habría comportado si hubiera estado en nuestro lugar.

–No te encerraremos con Wharton –dije–, sino en la celda de seguridad. Pasarás tres o cuatro horas allí, en la más absoluta oscuridad, pensando en lo que le hiciste a Del. Quizá Bruto tenga razón y ya sea demasiado tarde para que aprendas una lección sobre cómo debes comportarte, pero yo soy optimista. Ahora muévete.

Esta vez lo hizo, aunque murmurando entre dientes que nos arrepentiríamos de aquello, que lo sentiríamos mucho. Sin embargo, parecía aliviado y bastante tranquilo.

Cuando lo sacamos al pasillo, Dean nos miró con semejante expresión de sorpresa e inocencia que si no hubiese sido porque aquél era un asunto serio, me habría echado a reír. He visto mejores actuaciones en las funciones de aficionados que se representaban en las granjas.

–¿No creen que la broma ha llegado demasiado lejos? –preguntó Dean.

–Si sabes lo que te conviene, cierra el pico –gruñó Bruto.

Los dos repetían el guion que habíamos escrito durante la comida, y así me sonó a mí, como un guion escrito, pero si Percy estaba lo bastante asustado y confuso, aquellas palabras podrían salvar el puesto de Dean. Yo no lo creía, pero todo era posible. Si alguna vez había tenido alguna duda, ésta se había disipado al ver lo que John Coffey había hecho con el ratón de Delacroix.

Empujamos a Percy por el pasillo de la muerte, mientras suplicaba que aflojáramos el paso porque de lo contrario caería de bruces al suelo.

Wharton yacía en el camastro, pero pasamos demasiado rápido para que pudiera comprobar si dormía. John Coffey estaba ante la puerta de la celda.

–Eres un hombre malo y mereces estar en ese sitio oscuro –dijo, aunque no creo que Percy lo oyera.

Por fin entramos en la celda de seguridad. Percy

tenía las mejillas rojas, los ojos húmedos y desorbitados, y sus cuidados rizos le caían sobre la frente. Percy le sacó la pistola con una mano y la macana de madera con la otra.

—No te preocupes, te las devolveré —dijo. Parecía avergonzado.

—Ojalá pudiera decir lo mismo de sus puestos —respondió Percy—. De todos sus puestos. ¡No pueden hacerme esto! ¡No pueden!

Era obvio que pensaba seguir por un rato en esa línea, pero no teníamos tiempo para sermones. Yo llevaba un rollo de cinta adhesiva en el bolsillo, y Percy retrocedió en cuanto lo vio. Bruto lo tomó por detrás y lo inmovilizó mientras yo le cubría la boca con él, enrollándolo alrededor de la cabeza para mayor seguridad. Cuando le quitáramos la cinta, perdería unos cuantos pelos y tendría los labios agrietados, pero ya no me importaba. Estaba hasta las narices de Percy Wetmore.

Retrocedimos. Percy permaneció en el centro de la celda, bajo la luz, embutido en la camisa de fuerza, respirando con los orificios nasales distendidos y emitiendo sonidos ahogados a través de la cinta adhesiva. Tenía tanta pinta de loco como cualquiera de los prisioneros que habían pasado por aquella celda.

—Cuanto mejor te portes, antes saldrás de aquí —dije—. Intenta recordarlo, Percy.

—Y si te sientes solo, piensa en Olivia —le aconsejó Harry—. ¡Puf, puf, puf!

Entonces salimos. Cerré la puerta y Bruto echó los cerrojos. Dean estaba en el pasillo, junto a la celda de Coffey. Ya había metido la llave maestra en el cerrojo superior. Todos nos miramos, pero nadie dijo nada. No había necesidad de hablar. Habíamos puesto el plan en marcha y todo lo que podíamos esperar era que funcionara sin que surgiesen contratiempos.

–¿Todavía tienes ganas de dar un paseo, John? –preguntó Bruto.

–Sí, señor –respondió Coffey.

–Bien –dijo Dean. Abrió el primer cerrojo, sacó la llave y comenzó a abrir el segundo.

–¿Tendremos que encadenarte, John? –pregunté. Coffey reflexionó por un instante.

–Pueden hacerlo, si quieren –respondió por fin–. Pero no es necesario.

Hice una señal a Bruto, que abrió la puerta de la celda, y luego me volví hacia Harry, que apuntaba tímidamente a Coffey con la 45 de Percy.

–Dale eso a Dean –ordené.

Harry parpadeó, como quien despierta de un sopor momentáneo, vio la pistola y la macana de Percy en sus manos y se las entregó a Dean. Entretanto, Coffey salió al pasillo, rozando con la calva una de las lámparas que colgaban del techo. Allí de pie, con las manos al frente y los hombros caídos a los lados del barril de su pecho, volvió a recordarme a un enorme oso cautivo, como la primera vez que lo había visto.

–Deja los juguetes de Percy en la mesa de entrada hasta que volvamos –dije.

–Si es que volvemos –añadió Harry.

–Lo haré –respondió Dean pasando por alto el comentario de Harry.

–Y si viene alguien, aunque lo más probable es que no ocurra, ¿qué dirás?

–Que alrededor de medianoche Coffey se puso histérico –dijo Dean con el tono de un colegial respondiendo un examen importante–. Que tuvimos que ponerle la camisa de fuerza y encerrarlo en la celda de seguridad. Si oyen algún ruido, pensarán que es él –añadió alzando la barbilla hacia Coffey.

–¿Y qué hay de nosotros? –preguntó Bruto.

–Paul fue a la administración a tomar el expediente de Del y a repasar los nombres de los testigos –respondió Dean–. En este caso es muy importante, puesto que la ejecución fue un desastre. Dijo que quizá tuviera que quedarse allí hasta el final del turno. Tú, Harry y Percy están en la lavandería, lavando la ropa.

Bueno, eso es lo que solíamos decir entonces. Lo cierto es que en la lavandería se organizaban partidas de dados, de veintiuna o de póquer. Los guardias que participaban decían que habían ido a lavar la ropa. En aquellas reuniones solía haber alcohol y de vez en cuando se compartía un churro. Supongo que esas cosas suceden desde que se inventaron las prisiones. Cuando uno se pasa la vida cuidando a tipos roñosos no puede evitar que la mugre lo salpique un poco. En cualquier caso, era poco probable que alguien comprobara nuestra coartada. El tema del «lavado de ropa» se trataba con mucha discreción en Cold Mountain.

–Perfecto –dije al tiempo que daba un empujoncito a Coffey–. Y si algo sale mal, Dean, recuerda que tú no sabes nada.

–Es fácil decirlo, pero…

En ese momento, un brazo esquelético se asomó entre los barrotes de la celda de Wharton y agarró los bíceps de Coffey. Todos nos sobresaltamos. Wharton debería haber estado inconsciente, quizá al borde del coma, pero allí estaba, de pie, agitando las piernas como un boxeador y sonriendo de oreja a oreja.

La reacción de Coffey fue asombrosa. No se apartó, sino que también se sobresaltó, sorbiendo el aire como alguien que acaba de tocar algo frío y desagradable. Abrió mucho los ojos y por un momento fue como si él y su estupidez no se conocieran, como si no se levantaran juntos todas las mañanas y se fueran a dormir juntos cada noche. Había tenido esa misma expresión vital, atenta, cuando me había invitado a su celda para tocarme, para «ayudarme», según sus propias palabras.

Había vuelto a tener ese aspecto cuando había tendido los brazos, pidiéndonos que le entregáramos el ratón. Ahora, por tercera vez, su rostro se iluminaba como si alguien hubiera encendido un foco en su cabeza. Pero en esta ocasión era diferente. Su expresión era más fría y por primera vez me pregunté qué pasaría si John Coffey enloquecía. Teníamos pistolas y podíamos dispararle, pero derribarlo no sería tarea fácil.

Advertí que Bruto pensaba lo mismo, pero Wharton siguió sonriendo con los labios fláccidos, entumecidos.

–¿Adónde creen que van? –preguntó, aunque sus palabras sonaron como algo semejante a «¿aone eén e an?»

Coffey permaneció inmóvil. Miró la cara de Wharton, luego su mano y otra vez la cara. Me sentía incapaz de descifrar aquella expresión. Veía indicios de inteligencia en ella, pero no conseguía descifrarla. Ignoro si la posibilidad de hacerlo habría cambiado las cosas; supongo que no. Lo cierto es que Wharton no me preocupaba, pues estaba seguro de que no recordaría nada de aquello. Era como un borracho caminando en la oscuridad.

–Eres un hombre malo –murmuró Coffey, y no pude definir lo que reflejaba su voz: tal vez dolor, furia o miedo. O quizá las tres cosas a la vez.

Coffey miró la mano otra vez, como quien mira un insecto que puede producirle una dolorosa picadura.

–Tienes razón, negro –dijo Wharton con una sonrisa turbia y maliciosa–. Más malo de lo que crees.

De repente, estuve seguro de que iba a ocurrir algo terrible, algo que podía cambiar el curso de nuestros planes para aquella madrugada tan súbitamente como un terremoto puede cambiar el curso de un río. Algo iba a suceder y no podíamos hacer nada para evitarlo.

Entonces Bruto agarró la mano de Wharton, la apartó del brazo de Coffey, y aquella sensación se desvaneció. Fue como si desactivara un circuito potencialmente peligroso. Ya he dicho que durante mi estancia en el bloque E, el gobernador nunca llamó por teléfono. Es verdad, pero creo que si lo hubiera hecho, yo habría sentido el mismo alivio que me inundó cuando Bruto apartó la mano de Wharton del gigante que estaba a mi lado. Los ojos de Coffey recuperaron su opacidad; como si alguien hubiera apagado el foco en su cabeza.

–Tiéndete, Billy –dijo Bruto–. Descansa un poco –era mi forma de hablarles a los presos, pero en aquellas circunstancias no me importó que Bruto me imitara.

–Quizá lo haga –asintió Wharton. Dio un paso atrás, se tambaleó, pero recuperó el equilibrio y no llegó a caer–. Ehhh, la celda da vueltas, como si estuviera borracho –se dirigió de espaldas al camastro, con los ojos vidriosos fijos en Coffey–. Los negros deberían tener su propia silla eléctrica –opinó. Entonces la parte posterior de sus rodillas chocaron contra el catre y se dejó caer. Antes de que su cabeza tocara la delgada almohada de la prisión, comenzó a roncar, con la lengua fuera y unas sombras azules alrededor de los ojos.

–¡Demonios! ¿Cómo pudo levantarse con toda la morfina que lleva dentro? –murmuró Dean.

–No importa. Ya está inconsciente –dije–. Si ves que empieza a despertar, dale otra pastilla disuelta en un vaso de agua. Pero no más de una. No pretendemos matarlo.

–Habla por ti –gruñó Bruto mirando a Wharton con desprecio–. De todos modos, es imposible matar a un mono como él con droga. En realidad, les ayuda a crecer.

–Es un mal hombre –dijo Coffey, aunque esta vez lo susurró, como si no estuviera seguro de lo que decía o del significado de sus palabras.

–Es cierto –dijo Bruto–. Muy malo. Pero eso ya no es un problema, porque no vamos a seguir bailando con él.

Comenzamos a andar otra vez, los cuatro guardias

rodeando a Coffey como los adoradores de un ídolo que ha vuelto a la vida.

—Dime, John, ¿sabes adónde te llevamos?

—A ayudar —dijo—. Creo que… ¿a ayudar a una mujer? —miró a Bruto con una mezcla de ansiedad y esperanza.

—Es cierto —respondió Bruto—, pero ¿cómo lo sabes? ¿Cómo demonios lo sabes?

John Coffey reflexionó un instante y luego sacudió la cabeza.

—No lo sé —dijo a Bruto—. Si quiere que le sea franco, jefe, nunca he sabido mucho de nada.

Tuvimos que contentarnos con eso.

6

Yo sabía que la pequeña puerta que comunicaba el despacho con el almacén no había sido construida para tipos como Coffey, pero no se me ocurrió pensar en la diferencia de tamaños hasta que vi a John de pie delante de ella, mirándola con aire pensativo.

Harry rio, pero John no pareció encontrarle gracia a la situación: un hombre enorme ante una puerta pequeña. Claro que aunque hubiera sido un poco más listo, tampoco se la habría encontrado. Había sido un gigantón la mayor parte de su vida y la puerta era apenas más pequeña que las demás.

Se sentó, franqueó la puerta prácticamente a gatas, volvió a incorporarse y bajó por la escalera a cuyos pies lo esperaba Bruto. Allí se detuvo y echó un vistazo a la plataforma donde estaba situada la Freidora, silenciosa y misteriosa como el trono de un rey muerto. El casquete, colgado despreocupadamente de uno de los barrotes del respaldo, no parecía una corona sino el gorro de un bufón, como el que agitaría para divertir a su público de noble cuna. La sombra de la silla, larga y delgada como una araña, trepaba amenazadora por la pared. Y sí, percibí otra vez en el aire olor a carne quemada. Sólo un ligero olor, pero no era producto de mi imaginación.

Harry pasó por la puerta y yo lo seguí. No me gustó la expresión atónita con que John miraba la Freidora, como si estuviera paralizado, y lo que vi en sus brazos al acercarme me gustó aún menos: tenía la piel de gallina.

–Vamos, grandulón –dije. Lo tomé de la muñeca y lo jalé en dirección a la puerta del túnel. Al principio se resistió y fue como si intentara levantar una roca enorme valiéndome sólo de las manos.

–Vamos, John, tenemos que irnos, o la carroza volverá a convertirse en una calabaza –dijo Harry con otra risita nerviosa. Tomó el otro brazo de John y jaló, pero el negro no se movió.

Entonces Coffey susurró algo con expresión ausente. No se dirigía a mí; en realidad, no se dirigía a nadie en particular, pero nunca he podido olvidar sus palabras.

–Todavía están allí. Los restos están allí. Los oigo gritar.

Harry dejó de reír y la sonrisa se le congeló en la boca, como una persiana torcida en una casa deshabitada. Bruto me miró con espanto y se apartó de Coffey. Por segunda vez en menos de cinco minutos, temí que nuestro plan se fuera al traste. Esta vez fui yo quien intervino; un poco más tarde, cuando se presentó la tercera amenaza de desastre, lo hizo Harry. Créanme, aquella noche todos tuvimos nuestra oportunidad.

Me coloqué entre John y la silla y me puse de puntillas para asegurarme de taparle la vista por completo. Luego chasqueé dos veces los dedos delante de sus ojos.

–¡Vamos! –ordené–. ¡Camina! Dijiste que no necesitabas cadenas, así que demuéstralo. ¡Camina, grandulón! ¡Vamos, John Coffey! Hacia allí, hacia la puerta.

Su mirada se aclaró.

–Sí, jefe –dijo, y gracias a Dios comenzó a andar.

–Mira la puerta, John Coffey, sólo la puerta.

–Sí, jefe –Coffey fijó obedientemente la vista en la puerta.

–Bruto –dije, e hice una seña.

Bruto nos adelantó rápidamente y agitó el llavero hasta encontrar la llave apropiada. John miraba fijamente la puerta del túnel y yo a él, pero con el rabillo del ojo advertí que Harry miraba la silla como si fuese la primera vez.

«Los restos siguen allí… Los oigo gritar.»

Si eso era verdad, Eduard Delacroix debía de gritar más fuerte que cualquier otro, y me alegré de no poder oír lo mismo que John Coffey.

Bruto abrió la puerta. Bajamos por las escaleras con Coffey al frente. Al llegar abajo, el negro miró el túnel y su abovedado techo de ladrillos con expresión sombría. Era evidente que antes de llegar al otro extremo le iba a dar tortícolis, a menos que…

Empujé la camilla. Habían retirado la sábana con que habíamos cubierto a Del (probablemente para incinerarla), de modo que la colchoneta de cuero negro estaba desnuda.

–Sube –dije a John. Me miró dubitativo y lo animé con un gesto–. Así será más sencillo para todos.

–De acuerdo, jefe Edgecombe.

Se sentó y luego se acostó, mirándonos con preocupación. Sus pies, calzados con las pantuflas baratas de la prisión, casi rozaban el suelo. Bruto se colocó ante ellos y empujó a Coffey por el húmedo pasillo, del mismo modo que había empujado a tantos otros. La única diferencia era que esta vez el hombre tendido en la camilla respiraba. A mitad de trayecto (debíamos de estar debajo de la autopista, y a cualquier otra hora habríamos oído los sonidos amortiguados de los coches), John comenzó a sonreír.

–Eh –dijo–. Esto es divertido.

Se me ocurrió que quizá no pensara lo mismo la próxima vez que hiciera aquel recorrido. De hecho, la próxima vez no pensaría en nada en absoluto. ¿O sí? «Los restos siguen allí», había dicho. Podía oír sus gritos.

Sentí un escalofrío que me hizo temblar, pero los demás no lo advirtieron porque iba hasta atrás.

–Espero que te hayas acordado de traer a Aladino –dijo Bruto cuando llegamos al final del túnel.

–No te preocupes –respondí.

Aladino no era diferente de las demás llaves que llevaba conmigo, y tenía un llavero que debía de pesar dos kilos, pero era la llave maestra por excelencia, la que abría todas las puertas. En aquellos tiempos había un Aladino para cada uno de los cinco bloques de la prisión y siempre estaba en manos del encargado de bloque. Los demás guardias podían tomar la llave prestada, pero sólo el gran jefe estaba autorizado a tomarla sin firmar un papel.

Al final del túnel había una puerta con barrotes de acero. Me recordaba las fotografías que había visto de antiguos castillos; ya saben, castillos de los tiempos de los guerreros audaces, cuando la caballería estaba en pleno apogeo. Aunque Cold Mountain no era Camelot. Al otro lado de la puerta había un cartel que rezaba: PROHIBIDO EL PASO. PROPIEDAD DEL ESTADO. VERJA ELECTRIFICADA.

Abrí la puerta y Harry la cerró. Subimos por las escaleras; Coffey iba nuevamente delante, con los hombros encorvados y la cabeza agachada. Al llegar arriba, Harry lo adelantó (no sin dificultad, aunque era el más pequeño de todos) y abrió el tabique de acero. Era pesado. Harry podía moverlo, pero no levantarlo.

–Déjeme, jefe –dijo John. Volvió a ponerse al frente, aplastando a Harry contra la pared, y levantó el tabique con una sola mano. Cualquiera hubiera dicho que no era de acero sino de cartón pintado.

Una racha de aire fresco, empujada por el viento de las montañas que soplaría la mayor parte del tiempo hasta marzo o abril, nos dio en la cara. El viento arrastró una nube de hojas secas y John Coffey tomó una con la mano libre. Nunca olvidaré la forma en que la miró ni cómo se la acercó a la nariz ancha y armoniosa para olerla.

–Vamos –dijo Bruto–. Adelante.

Una vez al otro lado, John bajó el tabique y Bruto lo cerró. Aladino no era necesaria para esta puerta, aunque sí para la verja electrificada que la protegía.

–Mantén las manos pegadas al cuerpo al pasar, grandulón –murmuró Harry–. No toques los cables o te quemarás.

Por fin salimos a la cuneta de la carretera (supongo que debíamos de parecer tres colinas alrededor de una montaña), y contemplamos los muros, las luces y las torres de vigilancia de la penitenciaría de Cold Mountain. Por un instante divisé la silueta de un guardia dentro de una de las torres, soplándose las manos para darse calor. Las ventanas de la torre que daban a la carretera eran pequeñas y no habría que prestarles mayor atención. Sin embargo, debíamos guardar absoluto silencio. Y si en ese momento aparecía un coche, tendríamos problemas.

–Sigamos –murmuré–. Tú ve delante, Harry.

Caminamos por la carretera en fila india. Harry primero, luego John Coffey, Bruto, y yo al final. Ascendimos por la primera cuesta y bajamos al otro lado, desde donde lo único que se veía de la prisión eran las luces por encima de los árboles. Harry siguió adelante.

–¿Dónde te estacionaste? –murmuró Bruto, exhalando una nube de vapor por la boca–. ¿En Baltimore?

–Está aquí mismo –respondió Harry con tono nervioso e irritable–. No seas impaciente, Brutus.

Pero, por lo que vi, Coffey habría estado encantado de seguir caminando hasta que saliera el sol, quizá incluso hasta que volviera a ponerse. Miraba a todas partes y sólo se sobresaltó (no de miedo sino de alegría, estoy seguro) cuando oyó el ulular de un búho. Tuve la impresión de que aunque dentro de la prisión temía la oscuridad, fuera no lo asustaba en absoluto. Acariciaba la noche, la palpaba con todos sus sentidos como un hombre restriega su cara contra las hondonadas y protuberancias del pecho de una mujer.

–Hay que girar aquí –murmuró Harry.

Un pequeño camino –estrecho, sin pavimentar y cubierto de malezas– salía hacia la derecha. Torcimos por él y caminamos otros trescientos metros. Bruto comenzaba a protestar otra vez cuando Harry se detuvo, giró a la izquierda y comenzó a retirar ramas de pino. John y Bruto lo ayudaron, y antes de que pudiera unirme a ellos dejaron al descubierto el cofre abollado de una vieja camioneta pick-up Farmall, con los faros encendidos mirándonos como un par de ojos saltones.

–He tomado el máximo de precauciones, ¿sabes? –dijo Harry a Bruto en voz baja y regañona–. Es probable que todo esto te resulte divertido, Brutus, pero yo vengo de una familia muy religiosa; tengo primos tan santones que a su lado los cristianos parecen leones, y si me descubren haciendo algo así...

–De acuerdo –dijo Bruto–. Es que estoy nervioso.

–Yo también –replicó Harry con aspereza–. Y ahora vamos a ver si esta maldita camioneta se digna arrancar...

Rodeó el vehículo, todavía murmurando, y Bruto me hizo un guiño. En cuanto a Coffey, era como si hubiera dejado de existir. Tenía la cabeza echada hacia atrás y contemplaba extasiado las estrellas que cubrían el cielo.

–Si quieres, iré atrás con él –ofreció Bruto.

Detrás de nosotros, el motor de arranque del Farmall gimió como un perro viejo que intenta levantarse una mañana de invierno, y enseguida cobró vida con un rugido. Harry hizo girar la llave y esperó a que el ruido se convirtiera en un murmullo continuo.

–No es preciso que lo acompañemos los dos. Tú ve delante –dije–. Podrás viajar con él en el camino de regreso. Eso si no volvemos todos en una camioneta para presidiarios.

–No digas eso –replicó Bruto, auténticamente nervioso, como si hasta entonces no hubiera advertido el riesgo que corríamos–. ¡Por el amor de Dios, Paul!

–Vamos –dije–. Sube al coche.

Bruto obedeció. Yo tomé a Coffey del brazo y lo jaloneé hasta hacerlo volver a la realidad; luego lo conduje hacia la parte trasera de la camioneta. Harry había cubierto los lados con una lona, lo que ayudaría si nos cruzábamos con algún coche, pero no había podido hacer nada para cubrir la abertura posterior.

–Arriba, grandulón –dije.

–¿Vamos a dar un paseo? –preguntó.

–Exactamente.

–Estupendo –dijo y sonrió.

Fue una sonrisa dulce y encantadora, quizá precisamente por su falta de inteligencia. Coffey trepó a la camioneta y yo lo seguí. Me acerqué a la cabina y di un golpe en el techo. Harry metió la primera y la camioneta salió de su escondite con un ruidoso traqueteo. John Coffey permaneció de pie, con las piernas abiertas, mirando nuevamente las estrellas con una amplia sonrisa, sin prestar atención a las ramas que lo rozaban mientras Harry conducía el vehículo hacia la carretera.

–¡Mire, jefe! –exclamó con voz grave, cargada de asombro–. Es la mujer de la mecedora.

Tenía razón; era Casiopea. Podía verla en la hilera de estrellas, entre las ramas de los árboles. Pero cuando John dijo aquello no pensé en Casiopea, sino en Melinda Moores.

–La veo, John –dije, y lo jalé del brazo–. Pero ahora tienes que sentarte, ¿de acuerdo?

Se sentó de espaldas a la cabina, sin desviar la vista del cielo estrellado. Su cara tenía una expresión de dicha tan sublime como estúpida. Con cada vuelta de las gastadas ruedas de la Farmall, el pasillo de la muerte se alejaba un poco más. El flujo de las lágrimas de Coffey, en apariencia incesante, se había interrumpido, al menos por el momento.

7

Había casi cuarenta kilómetros hasta la casa de Hal Moores, en Chimney Ridge, y en la lenta y desvencijada camioneta de Harry Terwilliger, el viaje duró más de una hora. Fue un viaje extraño, y aunque tengo la impresión de que aún recuerdo cada instante de él –cada giro, cada bache, cada momento de miedo (las dos ocasiones en que nos cruzamos con camiones)– soy incapaz de describir lo que sentí allí sentado al lado de John Coffey, ambos envueltos, como un par de indios, en las viejas mantas que Harry había tenido el detalle de llevar.

Creo que ante todo me sentía perdido; era esa dolorosa y terrible sensación que experimenta un niño cuando descubre que se ha equivocado de rumbo, cuando el paisaje le resulta extraño y no consigue encontrar el camino a casa. Era de noche y estaba con un prisionero; no cualquier prisionero, sino uno que había sido condenado a muerte por el asesinato de dos niñas. Si nos atrapaban, mi convicción de que era inocente no serviría de nada. Nos enviarían a la cárcel a los tres; quizá incluso a Dean Stanton. Si no ocurría, habría arrojado por la borda toda una vida de trabajo sólo por una horrible ejecución y porque creía que el gigantón desmañado que viajaba a mi lado *podría* curar el inoperable tumor cerebral de una mujer. Sin embargo, al mirar a John contemplar las estrellas me di cuenta con desolación de que ya no estaba seguro de ello y de que tal vez nunca lo había estado. Mi infección urinaria parecía lejana y poco importante, como suele ocurrir con los acontecimientos dolorosos del pasado (mi abuela decía que si las mujeres pudieran recordar el dolor del parto de su primer hijo, nunca tendrían el segundo). En cuanto a *Cascabel*, era posible, incluso probable, que nos hubiéramos equivocado sobre la gravedad de su estado. O quizá que John (quien obviamente tenía poderes hipnóticos, eso yo no lo dudaba) nos hubiera hecho ver algo distinto de la realidad.

También estaba el problema de Hal Moores. El día en que lo sorprendí en su despacho, me encontré con un hombre débil y lloroso, pero no creía que ésa fuese su auténtica personalidad. Pensé que el verdadero Hal Moores era aquel que en una ocasión había roto la muñeca de un preso que había intentado apuñalarlo; el hombre que me había dicho con frío cinismo que los sesos de Delacroix se freirían independientemente de quien dirigiera la ejecución. ¿Acaso creía que nos dejaría entrar sin más en su casa?, ¿que permitiría que un asesino de niños condenado a muerte tocara a su esposa?

A medida que avanzábamos, mis dudas empeoraban como una enfermedad. No entendía por qué había hecho lo que había hecho ni por qué había convencido a los demás de que me acompañaran en aquel insensato viaje nocturno, y ya no creía que tuviéramos la menor posibilidad de salir impunes… ni una sola oportunidad en la faz de la tierra, como solían decir los viejos en esos tiempos.

Sin embargo, no hice nada para detener la operación, aunque podría haberlo hecho. Las cosas no se volverían irreparables hasta que llegáramos a casa de Hal Moores. Algo –quizá las vibraciones de júbilo del gigantón sentado junto a mí– me impidió dar un golpe en el techo de la camioneta y ordenar a Harry que girase y pusiera rumbo a la penitenciaría cuando todavía estábamos a tiempo.

Ése era mi estado de ánimo cuando pasamos de la autopista a la comarcal 5, y de la comarcal 5 a la carretera de Chimney Ridge. Unos quince minutos después, un tejado nos ocultó la vista de las estrellas, y supe que habíamos llegado.

Harry pasó de la segunda a la primera velocidad (creo que sólo puso la cuarta una vez en todo el trayecto). El motor protestó, haciendo temblar la camioneta, como si también ella temiera lo que nos esperaba.

Harry subió por el sendero de grava de la casa de los Moores y estacionó la ruidosa camioneta detrás del elegante Buick negro del alcaide. Frente a nosotros, ligeramente a la derecha, había una preciosa casa estilo Cape Cod. Cualquiera hubiera dicho que esa clase de construcción estaba fuera de lugar en un terreno montañoso como el nuestro, pero no era así. Había salido la luna (su sonrisa parecía un poco más gruesa aquella madrugada) y a su luz advertí que el jardín, siempre impecable, ahora estaba descuidado. Nadie había retirado las hojas secas. En circunstancias normales, ése era trabajo de Melly, pero aquel otoño Melly no estaba en condiciones de rastrillar las hojas, y lo cierto es que nunca vería otro otoño. Ésa era la realidad, y yo había estado loco al pensar que aquel idiota de mirada ausente podía cambiar las cosas.

Quizá aún no fuera tarde para salvarnos. Me incorporé y la manta cayó de mis hombros. Me inclinaría, daría un golpe en la ventanilla del conductor y diría a Harry que debíamos marcharnos de allí antes de que...

John Coffey me tomó del antebrazo con una de sus enormes manos y me hizo sentar con la misma facilidad con que yo lo habría hecho con un niño de dos años.

–Mire, jefe –dijo, señalando–. Hay alguien levantado.

Seguí la dirección de su dedo y sentí un vuelco... aunque no en el corazón, sino en el estómago. Había una luz en una de las ventanas traseras. Seguramente correspondería a la habitación donde Melinda pasaba la mayor parte del día y de la noche. Ya no podía subir escaleras, como tampoco podía retirar las hojas secas caídas durante la última tormenta.

Habían oído la camioneta, por supuesto, la maldita camioneta de Harry Terwilliger, cuyo motor rugía a través de un tubo de escape desprovisto de algo tan elemental como un silenciador. Aunque, por otra parte, era probable que los Moores no durmieran muy bien últimamente.

Se encendió una luz más cercana en la parte delantera de la casa (la de la cocina), luego la de la sala y por fin la del vestíbulo. Observé la marcha de aquellas luces como un hombre reclinado contra un muro de cemento, fumando su último cigarro, habría observado el avance de un pelotón de fusilamiento. Sin embargo, no admití que ya era demasiado tarde hasta que el motor de la Farmall exhaló su último suspiro, se abrieron las puertas y la grava crujió bajo las pisadas de Bruto y Harry.

John se había puesto de pie y me jaloneaba. En la penumbra, su cara parecía llena de vida y entusiasmo. ¿Por qué no?, me pregunté. ¿Por qué no iba a estar entusiasmado? Después de todo es un idiota.

Bruto y Harry estaban de pie hombro con hombro al lado de la camioneta, como un par de niños en medio de una tormenta eléctrica, y advertí que parecían tan asustados, confusos y nerviosos como yo. Eso hizo que me sintiera peor.

John bajó. Él no necesitaba saltar para hacerlo, le bastaba con dar un paso. Lo seguí, con las piernas entumecidas y el corazón oprimido por una sensación de angustia. Habría caído de bruces al suelo si Coffey no me hubiese sujetado del brazo.

—Esto es un error —murmuró Bruto—. ¡Dios mío, Paul! ¿Cómo pudo ocurrírsenos algo así?

—Ya es demasiado tarde —dije. Empujé una de las caderas de Coffey y el negro se movió obedientemente, hasta ponerse al lado de Harry. Entonces tomé a Bruto del codo, como si fuese mi pareja de baile, y lo conduje hacia las luces de la casa—. Déjame hablar a mí, ¿entendido? —volví la cabeza—. Harry, quédate con él junto a la camioneta hasta que los llame. No quiero que Moores lo vea hasta que yo esté preparado.

Aunque dije eso, sabía que nunca iba a estar preparado.

Cuando Bruto y yo llegamos al pie de la escalera de entrada, la puerta se abrió con suficiente fuerza para golpear la aldaba de cobre contra la placa, y apareció Hal Moores, vestido con un pantalón de piyama azul y una camiseta de tirantes. Su pelo gris estaba enmarañado, con algunos mechones de punta. Era un hombre que se había ganado muchos enemigos durante su carrera, y lo sabía. En la mano derecha tenía la escopeta que solía estar colgada encima de la chimenea con el caño inusualmente largo apuntando al suelo. Era la clase de arma conocida como Ned Buntline Special, había pertenecido a su abuelo y ahora (según comprobé con un nuevo vuelco del estómago) estaba amartillada.

—¿Quién demonios viene a las dos y media de la

madrugada? –preguntó y no noté el menor indicio de miedo en su voz. Al menos por el momento, sus temblores habían desaparecido. La mano que sostenía el arma estaba firme como una roca–. Respondan o... –levantó la escopeta.

–¡Deténgase, alcaide! –Bruto alzó las manos con las palmas abiertas hacia Moores. Nunca le había oído una voz semejante. Fue como si los temblores de las manos del alcaide hubieran ido a parar a la garganta de Howell–. Somos nosotros... Paul y yo. ¡Somos nosotros!

Subió el primer peldaño para que la luz del portal le iluminara la cara y yo lo seguí. Hal Moores miró primero a uno y luego a otro, y su expresión de furiosa determinación se trocó en asombro.

–¿Qué hacen aquí? No sólo es noche cerrada, sino que ambos están de guardia. Lo sé porque tengo la lista de turnos colgada en mi estudio. Así que ¿qué diablos...? No habrá un motín, ¿verdad? –miró más allá de nosotros y aguzó la vista–. ¿Quién está en esa camioneta?

«Déjame hablar a mí», le había dicho a Bruto, pero ahora que había llegado el momento de hablar, era incapaz de abrir la boca. Aquella tarde, de camino al trabajo, había ensayado cuidadosamente lo que iba a decir cuando llegara aquel momento y me había parecido que no sonaba demasiado descabellado. No era normal (nada de lo que sucedía era normal), pero sí lo bastante lógico para darnos la oportunidad de entrar y explicarnos. Para darle a John la oportunidad de actuar. Sin embargo, las palabras ensayadas se habían perdido en un mar de confusión. Ideas e imágenes –Del quemándose, el ratón moribundo, Tuu agitándose en la Freidora y gritando que era un pavo asado– daban vueltas en mi cabeza como arena en un remolino.

Creo que existe el bien en el mundo, y que de un modo u otro llega a nosotros procedente de un Dios bondadoso. Pero también creo que existe otra fuerza, tan real como el Dios a quien he rezado toda mi vida, y que esa fuerza se empeña en desbaratar nuestros impulsos positivos. No me refiero a Satanás (aunque también creo en su existencia), sino a una especie de demonio de la discordia, una criatura traviesa y estúpida que ríe alegremente cuando un viejo se prende fuego intentando encender su pipa o cuando un niño amado se lleva a la boca un juguete que le han regalado por su primera Navidad y se ahoga con él. He tenido muchos años para pensar en esto, desde Cold Mountain a Georgia Pines, y creo que aquella madrugada esa fuerza estaba presente, envolviéndonos como una nube de niebla, intentando separar a John Coffey de Melinda Moores.

—Alcaide... Hal... Yo... —nada de lo que decía tenía sentido.

Volvió a levantar el arma, apuntando entre Bruto y yo, sin escucharme. Sus ojos inyectados en sangre estaban muy abiertos. Y entonces apareció Harry Terwilliger, prácticamente empujado por el gigantón, que lucía su amplia y encantadora sonrisa.

—Coffey —dijo Moores con un suspiro—. John Coffey —respiró hondo y gritó con voz chillona, pero firme—: ¡Alto! ¡Alto o disparo!

De repente, se oyó una débil voz femenina detrás de él.

—¿Hal? ¿Qué haces ahí fuera? ¿Con quién demonios hablas, maldito pendejo?

Hal volteó por un instante, con expresión de aturdimiento y desesperación. Como he dicho, fue sólo un instante, pero me habría bastado para arrebatarle el arma, si hubiera podido mover las manos. Era como si alguien hubiera atado un par de pesos a ellas. Mi cabeza parecía llena de interferencias, como un radio que intenta transmitir en medio de una tormenta eléctrica. Las únicas emociones que recuerdo haber sentido fueron miedo y una especie de vergüenza ajena por Hal.

Harry y Coffey llegaron al pie de la escalera. Moores dejó de mirar a su esposa y volvió a levantar la escopeta. Más tarde nos confesaría que estaba resuelto a disparar sobre Coffey. Sospechaba que todos éramos rehenes y que el cerebro que había organizado aquella operación estaba en la camioneta, acechando entre las sombras. No entendía por qué nos habían llevado a su casa, pero suponía que se trataba de una venganza.

Antes de que pudiera disparar, Harry Terwilliger se interpuso entre él y Coffey, protegiendo la mayor parte de su cuerpo. Coffey no lo obligó a hacerlo; Harry lo hizo por propia voluntad.

–¡No, alcaide Moores! –exclamó–. ¡Todo está bien! No hay nadie armado y nadie resultará herido. Hemos venido a ayudar.

–¿Ayudar? –Moores frunció las cejas gruesas y despeinadas. Sus ojos sacaban chispas y yo no podía desviar la vista del cañón de la escopeta–. ¿Ayudar a qué? ¿Ayudar a quién?

A modo de respuesta, la voz temblorosa de la mujer volvió a levantar el tono. Sonaba hostil, furiosa y completamente ida:

–¡Ven aquí y métemela en la panocha, hijo de puta! Trae a los cabrones de tus amigos. ¡Deja que todos tengan su oportunidad!

Miré a Bruto con el alma en vilo. Sabía que Melinda maldecía, que por alguna misteriosa razón el tumor la hacía maldecir, pero aquello era demasiado.

–¿Qué hacen aquí? –volvió a preguntar Moores, aunque los gritos de su mujer habían hecho desaparecer gran parte de la determinación de su voz–. No lo entiendo. Es una fuga o...

John apartó a Harry, sencillamente lo levantó y lo movió, y subió al portal. Se colocó entre Bruto y yo, y con su corpulencia estuvo a punto de arrojarnos hacia los lados, sobre los arbustos de Melly. Moores alzó la vista para seguirlo, como alguien que intenta ver la copa de un árbol alto. Y de repente el mundo volvió a su sitio. Aquel espíritu de la discordia, que había confundido mis ideas como unos dedos poderosos mezclando granos de arena o arroz, había desaparecido. También comprendí por qué Harry había sido capaz de actuar cuando Bruto y yo nos habíamos quedado paralizados, desesperados e indecisos, ante nuestro jefe. Harry estaba con John… y quien quiera que sea el espíritu que se opone al otro, al demoníaco, era obvio que esa noche estaba dentro de John Coffey. Cuando John se acercó al alcaide Moores, fue ese otro espíritu –al que imagino como una criatura blanca– quien se hizo con el control de la situación. La otra criatura no se retiró, pero sentí cómo retrocedía hacia las sombras, asustado por una luz súbita y poderosa.

–Quiero ayudar –dijo John Coffey. Moores lo miró boquiabierto y fascinado. Creo que ni siquiera se enteró de lo que ocurría cuando Coffey tomó la escopeta Buntline de sus manos y me la pasó. Yo bajé el percusor con cuidado. Más tarde, cuando inspeccioné el cargador, vi que había estado vacío todo el tiempo. A veces me pregunto si Hal lo sabía. Entretanto, Coffey seguía murmurando–: He venido a ayudar a la señora. Sólo a ayudar. Es lo único que quiero.

–¡Hal! –gritó Melly en el dormitorio. Su voz sonaba más firme, pero también alarmada, como si la criatura que nos había asustado hacía unos instantes se hubiera apoderado de ella–. Diles que se vayan, quienes quiera que sean. ¡No queremos vendedores en plena noche! Nada de Electrolux, de aspiradoras ni de tangas francesas que se meten en la raja. ¡Échalos! Diles que se vayan a jalársela y que se… –algo se rompió (quizá un vaso) y Melinda se echó a llorar.

–Sólo quiero ayudar –susurró Coffey. No hizo el menor caso de los sollozos de la mujer ni de sus comentarios obscenos–. Sólo ayudar, jefe. Eso es todo.

—No puedes —dijo Moores—. Nadie puede ayudarla.

Había oído ese tono antes, y después de un instante de reflexión, recordé que de ese mismo modo había hablado yo la noche en que entré en la celda de Coffey y él me curó la infección urinaria. Estaba hipnotizado. «Tú ocúpate de tus asuntos, que yo me ocuparé de los míos», le había dicho a Delacroix... pero fue John Coffey quien se ocupó de mis asuntos, igual que en aquel momento se ocupaba de los de Hal Moores.

—Creemos que puede hacerlo —dijo Bruto—. Y no nos hemos arriesgado a perder nuestros puestos, y quizá incluso a ir a la cárcel, para regresar sin darle una oportunidad.

Aunque lo cierto era que un par de minutos antes yo había estado dispuesto a hacerlo. Y Bruto también.

John Coffey se hizo cargo de la situación. Se dirigió a la entrada y pasó junto a Moores, que sólo hizo un débil ademán con la mano para atajarlo (rozó la cadera de Coffey, pero estoy seguro de que el gigantón ni se enteró). John cruzó el vestíbulo en dirección a la sala, entró en la cocina y luego en el dormitorio, donde la voz aguda de Melinda volvió a subir de tono.

—¡Fuera de aquí! ¡Vete, quienquiera que seas! No estoy vestida. Estoy mostrando las tetas y ventilando la panocha.

John no le hizo caso, siguió andando con resolución, agachando la cabeza para no chocar con las lámparas. Su calva café brillaba y sus manos se sacudían a los lados del cuerpo. Al cabo de un instante todos lo seguimos; yo en primer lugar, Bruto y Hal codo con codo, y Harry detrás. Entonces comprendí algo con claridad: el asunto había escapado de nuestras manos y estaba sólo en las de John.

8

La mujer que ocupaba el dormitorio, reclinada contra la cabecera de la cama y mirando con los ojos en blanco al gigante que había entrado en su nublado campo de visión, no se parecía en absoluto a la Melly Moores que yo conocía desde hacía veinte años; ni siquiera se parecía a la Melly Moores que Janice y yo habíamos visitado poco antes de la ejecución de Delacroix. La mujer de la cama era como una niña enferma disfrazada de bruja para la fiesta de Halloween. Su piel pálida era una masa arrugada, fruncida encima del ojo derecho, como si intentara hacer un guiño. De ese mismo lado, la boca estaba torcida hacia abajo y un diente amarillento sobresalía por encima del macilento labio inferior. El pelo le rodeaba el cráneo como una nube fina e irregular. La habitación apestaba a los desechos que en circunstancias normales nuestros cuerpos eliminan con decoro. El orinal que había junto a la cama estaba casi lleno de una sustancia biliosa y amarillenta. Horrorizado, pensé que habíamos llegado demasiado tarde. Apenas unos días antes, Melinda era un ser reconocible: a pesar de su enfermedad, seguía siendo la misma. Desde entonces, el tumor que tenía en la cabeza debía de haber ganado terreno con escalofriante rapidez. Ya no creía que John Coffey pudiese ayudarla.

Cuando John entró, lo miró con miedo, con auténtico horror, como si hubiera reconocido a un médico capaz de tomar el tumor y extirparlo, como cuando uno echa sal a una sanguijuela para que se suelte. Entiéndanme, no puedo afirmar que Melly Moores estuviera poseída, y soy consciente de que, teniendo en cuenta mi estado, es lógico desconfiar de todas mis observaciones sobre aquella noche. Sin embargo, nunca he descartado del todo la posibilidad de una posesión demoníaca. Les aseguro que en sus ojos había una expresión cercana al pánico. Creo que en ese punto pueden confiar en mi criterio; el miedo es una emoción que he visto demasiadas veces para confundirla.

Pero fuera lo que fuese, desapareció rápidamente para ser reemplazado por un interés intenso, irracional. Aquella boca indescriptible tembló y esbozó algo parecido a una sonrisa.

—¡Qué grande! —dijo con la voz de una niña que acababa de recuperarse de una infección de garganta. Sacó las manos, tan blancas como su cara, de debajo de la colcha y aplaudió—. ¡Bájate los pantalones! Toda mi vida he oído hablar del pene de los negros, pero nunca he visto uno.

Detrás de mí, Moores dejó escapar un gemido de desesperación.

John Coffey no prestó la menor atención a lo que decía. Por unos segundos permaneció inmóvil, como para observarla a distancia, y luego se acercó a la cama iluminada sólo por la lámpara del buró. La luz formaba un círculo sobre la colcha blanca, subida hasta el cuello de encaje del camisón de Melinda. Junto a la cama, en las sombras, reconocí un sofá que solía estar en la sala. A medias sobre el sofá y el suelo, había una manta que Melly había tejido en sus buenos tiempos. Era evidente que allí dormía o dormitaba Hal antes de que lo despertáramos.

Cuando John se acercó, la expresión de Melinda experimentó el tercer cambio. De repente vi a la Melly de siempre, cuya bondad había significado tanto para mí durante muchos años y mucho más para Janice, cuando quedó sola y deprimida después de que los niños abandonaran el nido. Melly seguía atenta, pero ahora su interés parecía lúcido, consciente.

—¿Quién eres? —preguntó con voz clara, sensata—. ¿Y por qué tienes tantas cicatrices en los brazos y las manos? ¿Quién te ha hecho tanto daño?

–No lo recuerdo, señora –dijo John Coffey con voz humilde mientras se sentaba en la cama.

Melinda sonrió lo mejor que pudo. La parte derecha de su boca tembló, aunque no se enderezó. Tocó una cicatriz blanca, curva como una cimitarra, en el dorso de la mano izquierda de John.

–Eso es una bendición. ¿Sabes?

–Sí. Creo que si uno no recuerda quién le ha hecho daño, puede dormir mejor por las noches –dijo John Coffey con acento sureño.

Melinda rio, y en aquella habitación hedionda su voz sonó tan pura como la plata. Hal, que ahora estaba a mi lado, respiraba agitadamente, pero no intentó interferir. Cuando Melly rio, contuvo el aliento por un instante y me tomó del hombro. Apretó lo suficiente para hacerme un moretón (al día siguiente lo comprobé), pero en ese momento ni siquiera lo sentí.

–¿Cómo te llamas? –preguntó.

–John Coffey, señora.

–Suena parecido a café.

–Sí, pero se escribe diferente.

Melinda, tendida sobre las almohadas, reclinada sin llegar a estar sentada, lo miró con atención y John le devolvió la mirada. La luz de la lámpara formaba un círculo alrededor de ellos como si fueran una pareja de actores en un escenario: el enorme negro con uniforme de presidiario y la moribunda mujer blanca. Melinda lo miraba a los ojos, fascinada.

–¿Señora?

–¿Sí, John Coffey? –las palabras salían como suspiros y nos llegaban como si se deslizaran en el aire maloliente. Sentí una contracción en los músculos de los brazos, la espalda y las piernas. Noté la presión de la mano del alcaide en mi brazo como si todo sucediera en algún lugar lejano, y con el rabillo del ojo vi a Harry y a Bruto abrazados, como niños perdidos en la noche.

Algo iba a suceder. Algo importante. Cada uno de nosotros lo presentía a su manera.

John Coffey se inclinó sobre Melinda. Los resortes de la cama protestaron, las ropas de cama crujieron, y la luz fría de la luna se filtró por el paño superior de la ventana. Los ojos inyectados en sangre de Coffey examinaron la cara de la mujer.

–Lo veo –dijo, aunque no hablaba con ella (al menos eso me pareció) sino consigo mismo–. Lo veo y puedo ayudar. Quédese quieta... Quédese muy quieta.

Se inclinó más y más. Por un instante, su cara enorme se detuvo a pocos centímetros de la de Melly. Levantó vantó una mano con los dedos abiertos, como si indicase que había que esperar... esperar... y luego siguió bajando la cara. Sus labios anchos y suaves se apretaron contra los de ella, obligándola a abrirlos. Por un instante alcancé a ver uno de los ojos de Melly, mirando más allá de Coffey con una expresión similar a la sorpresa. Luego John movió la brillante calva y no vi nada más.

Se oyó un silbido agudo mientras Coffey inhalaba el aire desde lo más profundo de los pulmones de Melinda. Aquello sólo duró un par de segundos; luego el suelo se movió bajo nuestros pies, la casa entera se sacudió alrededor de nosotros. No fueron imaginaciones mías, pues todos lo sintieron y lo comentaron más tarde. Fue como una onda expansiva. En la sala, algo cayó al suelo con estrépito. Más tarde comprobaríamos que se trataba del reloj de péndulo. Hal Moores lo llevó a reparar, pero nunca volvió a funcionar más de quince minutos seguidos.

Cerca de nosotros, se oyó un crujido seguido de un tintineo: el paño de la ventana por donde se filtraba la luz de la luna se rompió. Un cuadro de un barco cruzando uno de los siete mares se soltó y cayó al suelo, donde el cristal se hizo añicos.

Percibí un olor extraño y vi que salía humo de los pies de la colcha blanca que cubría a Melinda. Junto al bulto que formaba su pie derecho, un trozo de tela se ennegrecía. Como si de un sueño se tratase, me solté de la mano de Moores y me acerqué a la mesita de noche. Allí había un vaso de agua, rodeado de tres o cuatro frascos de pastillas que habían caído durante el temblor. Tomé el vaso y derramé el agua en el sitio donde salía humo. Se oyó el silbido del vapor.

John Coffey siguió besando a Melinda de forma íntima, vehemente, inhalando y exhalando, con una mano todavía tendida y la otra apoyada en la cama, sosteniendo su enorme peso. Con los dedos abiertos, aquella mano parecía una estrella de mar café.

De repente, Melly arqueó la espalda. Agitó una mano en el aire, abriendo y cerrando espasmódicamente los dedos. Comenzó a patalear en la cama. Entonces se oyó un grito. Tampoco esta vez fueron imaginaciones mías; todos lo oyeron. A Bruto le sonó como un lobo o un coyote cuya pata acaba de caer en un cepo. A mí me pareció un águila, tal como se las oía entonces, cuando cruzaban las rías brumosas, con las alas abiertas.

Fuera, el viento sopló con suficiente fuerza para sacudir la casa por segunda vez, y eso sí que fue extraño, porque hasta entonces no había mucho viento.

John Coffey se apartó de Melinda y advertí que la cara de la mujer se había alisado. La parte derecha de su boca ya no estaba torcida hacia abajo. Sus ojos habían recuperado el tamaño normal y parecía diez años más joven. John la miró con arrobación por un par de segundos y luego empezó a toser.

Volvió la cabeza para no toserle en la cara, perdió el equilibrio (lo que no era de extrañar, teniendo en cuenta su tamaño y que estaba sentado con medio trasero fuera de la cama) y se desplomó, lo que hizo que la casa temblara por tercera vez. John cayó de rodillas, agachó la cabeza y comenzó a toser como un tuberculoso.

Ahora saldrán los bichos, pensé. Los toserá y esta vez serán muchos.

Pero no fue así. Siguió tosiendo con profundas arcadas, y sólo se detenía el tiempo suficiente para volver a tomar aire. Su cara oscura como el chocolate se volvió gris. Bruto se acercó, alarmado, se arrodilló a su lado y rodeó con un brazo su corpulenta espalda.

Como si aquel movimiento de Bruto hubiera roto un hechizo, Moores se acercó a la cama y se sentó en el mismo sitio donde lo había hecho Coffey. Parecía totalmente indiferente a la presencia del gigante negro que no paraba de toser. Aunque Coffey estaba de rodillas junto a sus pies, Moores sólo tenía ojos para su esposa, que lo miraba con expresión de asombro. Mirarla era como mirarse en un espejo sucio que alguien acababa de limpiar.

–¡John! –gritó Bruto–. ¡Escúpelo! ¡Escúpelo como haces siempre!

John siguió tosiendo. Tenía los ojos húmedos, aunque sus lágrimas no eran de dolor sino de esfuerzo. Al toser, despedía una fina lluvia de saliva, pero eso era todo.

Bruto le dio un par de golpes en la espalda y luego me miró.

–¡Se está ahogando! Lo que quiera que le haya sacado a ella está ahogándolo.

Di un paso al frente, pero antes de que pudiera acercarme, John se apartó a gatas hacia un rincón de la habitación, siempre tosiendo y aspirando con fuerza. Apoyó la frente contra el papel pintado de la pared e hizo una horrorosa arcada, como si quisiera vomitar la membrana que recubría su garganta. Pensé que eso bastaría para sacar los bichos, pero no había señales de ellos. De cualquier modo, su tos pareció calmarse un poco.

–Estoy bien, jefe –dijo con la frente apoyada sobre

las rosas silvestres del papel. Todavía tenía los ojos cerrados y no entiendo cómo supo que estaba allí, pero lo sabía–. Estoy bien. De verdad. Atienda a la señora.

Lo miré dubitativo y me volví hacia la cama. Hal acariciaba la frente de Melly, y yo descubrí algo extraordinario encima de ella: algunos mechones de su cabello habían recuperado el color negro.

–¿Qué ha pasado? –preguntó. Mientras la miraba, el color volvió a sus mejillas, como si hubiera tomado prestadas un par de rosas del papel pintado–. ¿Cómo he llegado aquí? Estábamos en el hospital de Indianola, ¿no es cierto? El médico iba a hacerme radiografías para examinar mi cerebro.

–Calla –dijo Hal–. Calla, cariño. Eso ya no importa.

–¡Pero no lo entiendo! –dijo casi en un gemido–. Nos detuvimos en un puesto de la carretera, me compraste un ramillete de flores y ahora... ahora estoy aquí. ¡Está oscuro! ¿Cenaste, Hal? ¿Por qué estoy en la habitación de huéspedes? –sus ojos se posaron en Harry, como si no lo vieran (supongo que debido a que estaba impresionada) y luego en mí–. ¿Paul? ¿Me hicieron las radiografías?

–Sí –dije–. Todo estaba bien.

–¿No encontraron ningún tumor?

–No –respondí–. Dijeron que los dolores de cabeza desaparecerían pronto.

A su lado, Hal rompió a llorar. Melinda se incorporó y lo besó en la sien. Luego dirigió la mirada al rincón.

–¿Quién es ese negro? ¿Qué hace en el rincón?

Volteé y vi que John intentaba levantarse. Bruto lo ayudó y John lo consiguió con un último impulso. Sin embargo, permaneció de cara a la pared, como un niño castigado. Seguía tosiendo, pero los espasmos eran cada vez más débiles.

–John –dije–. Voltea, grandulón, y mira a la señora.

Volteó lentamente. Su cara seguía cenicienta y él parecía diez años mayor, como un hombre poderoso que, exhausto, acaba de perder una batalla. Mantenía la mirada fija en las pantuflas de la prisión y cualquiera hubiera dicho que deseaba tener un sombrero en las manos, para estrujarlo.

–¿Quién eres? –preguntó Melinda otra vez–. ¿Cómo te llamas?

–John Coffey, señora –dijo.

–Suena parecido a café, pero se escribe diferente –respondió ella de inmediato.

Hal se sobresaltó. Melinda lo advirtió y le dio una palmada en la mano, sin desviar la mirada del negro.

–He soñado contigo –dijo con tono pensativo–. Soñé que tú y yo caminábamos en la oscuridad. Nos encontrábamos –John Coffey no respondió–. Nos encontrábamos en la oscuridad –repitió–. Levántate, Hal. Me tienes acorralada.

Hal se levantó y vio con incredulidad que su mujer levantaba la colcha.

–Melly, no puedes…

–No seas tonto –repuso ella bajando las piernas de la cama–. Claro que puedo –se alisó el camisón, se desperezó y se levantó.

–¡Dios mío! –murmuró Hal–. ¡Dios santísimo! ¡Mírala!

Melinda se acercó a John Coffey. Bruto se apartó con expresión atónita. La mujer cojeó al dar el primer paso, apoyó el peso en la pierna derecha en el segundo, pero al tercero caminó perfectamente. Recordé a Bruto entregándole el carrete de colores a Delacroix y diciendo: «Arrójalo. Quiero ver cómo corre.» *Cascabel* había cojeado entonces, pero la noche siguiente, la de la ejecución de Del, estaba como nuevo.

Melly estrechó a John entre sus brazos. Coffey permaneció inmóvil por un instante, dejándose abrazar, y luego alzó una mano y le acarició la cabeza. Lo hizo con infinita ternura. Su cara seguía gris y parecía gravemente enfermo.

Melinda se apartó y lo miró a la cara.

–Gracias –dijo.

–De nada, señora.

La mujer volteó y caminó hacia Hal, que la rodeó con los brazos.

–Paul... –era Harry. Tendió la muñeca izquierda y señaló el reloj. Eran casi las tres. A las cuatro y media amanecería, y si queríamos devolver a Coffey a Cold Mountain antes de que eso ocurriera, teníamos que marcharnos pronto. Yo quería hacerlo. En parte, porque cuanto más se prolongaba aquella locura menos posibilidades teníamos de salir impunes, por supuesto. Pero también quería tener a John en un sitio donde pudiera llamar a un médico sin violar la ley. Volví a mirarlo, y pensé que podría necesitarlo.

Los Moores estaban sentados en el borde de la cama, abrazados. Se me ocurrió pedir a Hal que me acompañara a la sala para intercambiar unas palabras en privado, pero me di cuenta de que, por mucho que suplicara, no conseguiría moverlo de donde estaba. Quizá consiguiera apartar los ojos de ella cuando amaneciese, pero no antes.

–Hal –dije–. Tenemos que irnos.

Asintió sin mirarme. Estudiaba el color de las mejillas de su esposa, la curva natural de sus labios, el nuevo color negro de su cabello.

Le di una palmada en el hombro, lo bastante fuerte para atraer su atención por un momento.

–Hal, nunca estuvimos aquí.

–¿Qué?

–Que nunca estuvimos aquí –repetí–. Hablaremos más tarde, pero por el momento, eso es todo lo que necesitas saber: no hemos estado aquí.

–Sí; de acuerdo… –hizo un esfuerzo visible por prestar atención a lo que le decía–. Lo han sacado de la prisión. ¿Conseguirán devolverlo allí?

–Quizá. Eso creo. Ahora debemos marcharnos.

–¿Cómo supiste que podía hacer esto? –preguntó, pero a continuación sacudió la cabeza, como si comprendiese que no era el momento de hablar de ello–. Paul… gracias.

–No me las des a mí –dije–, sino a John.

Miró a John Coffey y tendió una mano, como había hecho yo el día en que Harry y Percy lo acompañaron al bloque.

–Gracias, muchísimas gracias.

John se limitó a mirar la mano. Entonces Bruto le dio un codazo, no precisamente sutil, y el negro estrechó la mano que le tendían. Arriba, abajo, de nuevo al centro.

–De nada –dijo con una voz ronca que me recordó la de Melly cuando había aplaudido y le había pedido que se bajara los pantalones–. De nada –repitió estrechando la misma mano que, si las cosas seguían el curso previsto, tomaría la pluma para firmar su orden de ejecución.

Harry volvió a señalar su reloj, esta vez con impaciencia.

–¿Preparado, Bruto? –pregunté.

–Hola, Bruto –dijo Melinda con voz alegre, como si acabase de reparar en su presencia–. Me alegro de verte. ¿Les gustaría tomar una taza de té? ¿Y a ti, Hal? Puedo hacerlo –volvió a levantarse–. He estado enferma, pero ya me encuentro bien. Hacía años que no me sentía tan bien.

–Gracias, señora Moores, pero tenemos que irnos –respondió Bruto–. Hace rato que John debería haberse acostado –sonrió como para indicar que era una broma, pero la expresión con que miró a John estaba tan llena de ansiedad como mi corazón.

–Bueno... si están seguros...

–Sí, señora. Vamos, John Coffey –dijo jalando a Coffey del brazo, y éste lo siguió.

–¡Un minuto! –Melinda se soltó de las manos de Hal y corrió como una niña hacia donde estaba John. Volvió a abrazarlo. Luego se llevó las manos al cuello y se quitó una fina cadena de la que colgaba una medalla de plata. Se la ofreció a John, que lo miraba sin comprender–. Es san Cristóbal –dijo–. Quiero que la aceptes y que siempre la lleves contigo. Te protegerá. Por favor, póntela.

John me miró, preocupado, y yo miré a Hal, que primero abrió las manos y luego asintió.

–Acéptala, John –dije–. Es un regalo.

John la tomó, se pasó la cadena por el grueso cuello y la medalla de san Cristóbal cayó sobre la pechera de su camisa. Había dejado de toser, pero su cara se veía más gris y enferma que nunca.

–Gracias, señora –dijo.

–No –respondió Melinda–. Gracias a ti. Gracias a ti, John Coffey.

9

En el camino de regreso, subí a la cabina con Harry y me alegré de poder hacerlo. La calefacción estaba averiada, pero al menos me encontraba a salvo del aire frío. Cuando habíamos recorrido unos quince kilómetros, Harry torció en un camino lateral y paró la camioneta.

–¿Qué pasa? –pregunté–. ¿Un cojinete?

Para mí, el problema podía ser ése o cualquier otro. Todos los componentes del motor y de la caja de velocidades de la Farmall sonaban como si estuvieran al borde de un cataclismo.

–No –respondió Harry con tono de culpabilidad–. Tengo que orinar. Estoy a punto de reventar.

Al parecer, todos, excepto John, estábamos igual. Cuando Bruto le preguntó a Coffey si quería bajar y ayudarnos a regar los arbustos, éste se limitó a sacudir la cabeza sin levantar la mirada. Estaba apoyado contra la parte posterior de la cabina, envuelto en una manta del ejército. No vi su cara, pero oí su respiración, ronca y entrecortada, como el viento cuando sopla a través de una caña. No me gustó.

Me interné en una arboleda de sauces y me desabroché la bragueta. La infección urinaria aún estaba lo bastante cercana para que mi cuerpo no la hubiera olvidado por completo, y no podía evitar agradecer el simple hecho de mear sin necesidad de gritar. Mientras orinaba y miraba la luna, no me di cuenta de que Bruto estaba a mi lado, haciendo lo mismo, hasta que susurró:

–No llegará a sentarse en la Freidora.

Volví la mirada hacia él, sorprendido y un poco alarmado por el tono de seguridad de su voz.

–¿Qué quieres decir?

–Que por alguna razón se tragó esa mierda en lugar de escupirla como hizo en otras ocasiones. Quizá tarde una semana, porque es grande y fuerte, pero creo que será antes. Uno de nosotros estará haciendo la ronda y lo encontrará muerto en el camastro.

Creía que había terminado de orinar, pero al oír aquello sentí un escalofrío en la espalda y salieron unas gotas más. Mientras me abotonaba la bragueta, pensé que lo que decía Bruto era perfectamente razonable, y deseé que tuviera razón. Si yo estaba en lo cierto con respecto al crimen de las gemelas Detterick, John Coffey no merecía morir, pero si iba a hacerlo, yo no quería tener nada que ver con su muerte. De hecho, no estaba seguro de poder levantar la mano para ordenar su ejecución.

–Vamos –murmuró Harry en la oscuridad–. Se hace tarde. Acabemos con esto.

Mientras regresábamos a la camioneta, me di cuenta de que habíamos dejado a John completamente solo; una estupidez digna de Percy Wetmore. Pensé que quizá hubiese huido, que al comprobar que estaba solo habría escupido los bichos y se habría largado hacia la libertad. Lo único que encontraríamos sería la manta que lo envolvía.

Pero John seguía allí, sentado con la espalda apoyada contra la cabina, abrazado a sus rodillas. Al oírnos llegar levantó la vista e intentó sonreír. La sonrisa permaneció suspendida por un instante de su cara macilenta, y luego desapareció.

–¿Cómo te encuentras, John? –preguntó Bruto mientras trepaba a la parte trasera de la camioneta y tomaba su manta.

–Bien, jefe –respondió John con voz lánguida–. Bien.

Bruto le dio una palmada en la rodilla.

–Pronto estaremos de vuelta. ¿Y sabes qué haré entonces? Te daré una taza grande de café con leche y azúcar.

Seguro, pensé mientras subía a la cabina. Eso si no nos arrestan y nos envían a todos a la cárcel. Pero me había hecho a esa idea desde el momento en que habíamos encerrado a Percy en la celda de seguridad, y no me quitaría el sueño.

Dormité y soñé con el Vía Crucis. Truenos en el oeste y un olor a bayas de enebro. Bruto, Harry, Dean y yo estábamos vestidos con túnicas y cascos metálicos, como en una película de Cecil B. de Mille. Supongo que éramos centuriones. Había tres cruces: las de Percy Wetmore y Edward Delacroix flanqueaban la de John Coffey. Me miraba la mano y comprobaba que tenía un martillo ensangrentado.

«¡Tenemos que bajarlo, Paul! –gritaba Bruto–. ¡Tenemos que bajarlo!»

Pero no podíamos, porque se habían llevado la escalera. Cuando intentaba explicárselo a Bruto, me despertó una sacudida. Estábamos estacionándonos en el lugar donde Harry había ocultado antes la camioneta, un día que parecía remontarse a los albores de la humanidad.

Harry y yo nos dirigimos a la parte trasera. Bruto bajó sin dificultad, pero a John se le aflojaron las piernas y estuvo a punto de caer. Tuvimos que sostenerlo entre los tres para evitarlo, y cuando aún no había recuperado el equilibrio, le dio otro ataque de tos, esta vez más fuerte que nunca. Se inclinó, amortiguando los ruidos con las palmas de las manos, que apretaba contra la boca. Como si intentara contener algo. Pensé que eso era exactamente lo que hacía. Ahora, cuando después de tantos años evoco aquella noche, no puedo dejar de asombrarme por lo acertados y equivocados que estábamos al mismo tiempo.

Cuando el acceso de tos remitió, volvimos a cubrir el cofre de la camioneta con ramas de pino y regresamos por donde habíamos llegado. Lo peor de aquel trayecto surrealista fueron –al menos para mí– los últimos doscientos metros, mientras caminábamos a toda prisa por la zanja del camino. Vi, o me pareció ver, las primeras luces en el cielo, y estuve seguro de que algún granjero madrugador nos vería cuando saliera a recoger calabazas o plantar camotes. Pero aunque eso no ocurriese, oiríamos a alguien (en mi imaginación ese alguien era Curtis Anderson) gritar: «¡Alto! ¡Deténganse!», mientras yo abría con mi Aladino la puerta que conducía al túnel. Entonces una docena de guardias armados con carabinas saldrían del bosque y nuestra aventura habría terminado.

Cuando por fin llegamos a la puerta, mi corazón latía tan fuertemente que con cada latido veía pequeños puntos blancos estallar frente a mis ojos. Sentía las manos frías, entumecidas, lejanas, y durante un buen rato fui incapaz de meter la llave en la cerradura.

—¡Demonios! ¡Luces! —gimió Harry.

Alcé la vista y vi un abanico de luces en la carretera. El llavero estuvo a punto de caer de mis manos, pero lo atajé en el último segundo.

—Dámela —intervino Bruto—. Yo lo haré.

—No, ya la tengo —dije. La llave entró en la cerradura y giró. Un instante después, estábamos dentro. Nos agachamos debajo del tabique y vimos pasar un camión por delante de la prisión. Oía la respiración entrecortada de John Coffey, que sonaba como un motor que se ha quedado sin aceite. En el camino de ida había levantado el tabique de acero sin esfuerzo, pero esta vez ni siquiera se lo pedimos. Habría sido inútil. Bruto y yo levantamos la puerta y Harry condujo a John hacia la escalera. El gigantón se tambaleaba, pero consiguió llegar abajo. Bruto y yo los seguimos rápidamente, bajamos la puerta de acero y la cerramos con llave.

—Dios mío, creo que vamos a... —empezó Bruto, pero lo interrumpí con un fuerte codazo en las costillas.

—No lo digas —dije—. Ni siquiera lo pienses hasta que John esté sano y salvo en su celda.

—También tenemos que pensar en Percy —dijo Harry. Nuestras voces sonaban apagadas y retumbaban contra las paredes de ladrillo del túnel—. La aventura no habrá acabado hasta que nos hayamos enfrentado a él.

Lo cierto es que aún faltaba mucho para que aquella aventura acabase... y el enfrentamiento con Percy Wetmore fue al mismo tiempo más difícil y más fácil de lo que esperábamos.

SEXTA PARTE

LA HORA FINAL DE COFFEY

1

Sentado en la galería de Georgia Pines, con la pluma fuente de mi padre en la mano, perdí la noción del tiempo evocando la noche en que Harry, Bruto y yo sacamos a Coffey del bloque y lo llevamos a casa de Melinda Moores, en un desesperado intento por salvarle la vida. Ya he contado que drogamos a William Wharton, quien se consideraba una especie de segunda versión de Billy the Kid; he escrito que inmovilizamos a Percy con la camisa de fuerza y lo encerramos en la celda de seguridad que había al fondo del pasillo. También he hablado de nuestro extraño viaje nocturno, aterrador y emocionante a un tiempo, y del milagro que ocurrió al final. Fuimos testigos del modo en que John Coffey rescataba a una mujer que, más que a un paso de la tumba, parecía enterrada en ella.

Mientras escribía apenas tenía conciencia de la vida en Georgia Pines. Los viejos se fueron a cenar y después marcharon en tropel hacia el «centro de esparcimiento» (sí, pueden reírse) para recibir la dosis nocturna de televisión por cable. Creo recordar que mi amiga Elaine me ofreció un sándwich, que agradecí y comí, aunque no podría decir de qué era ni cuándo me lo llevó.

Estaba en 1932, los tiempos en que los sándwiches los llevaba el viejo Tuu-Tuu en su carrito; a cinco centavos los de mortadela y a diez los de carne enlatada.

Percibí un silencio creciente alrededor de mí mientras las reliquias que aquí viven se preparaban para otra noche de sueño ligero e inquieto, y oí a Mickey –que quizá no sea el mejor celador, pero sí el más amable– cantar *Red River Valley* con su voz de barítono mientras distribuía las medicinas de la noche: *Dicen que te marchas del valle... Echaremos de menos tus deslumbrantes ojos y tu dulce sonrisa...* Una vez más la canción me hizo pensar en Melinda y en lo que le dijo a John después del milagro: «Soñé contigo. Soñé que los dos vagábamos en la oscuridad y finalmente nos encontrábamos.»

Georgia Pines se sumió en el silencio, la medianoche llegó y pasó, y yo seguí escribiendo. Llegué al punto en que Harry nos recordó que, si bien habíamos conseguido devolver a John a la prisión sin que nos descubrieran, aún quedaba por resolver el problema de Percy.

–La noche no habrá acabado hasta que nos hayamos ocupado de él –dijo.

Entonces el cansancio de un largo día de escribir con la pluma de mi padre pudo más que yo. La dejé –sólo por un instante, me dije, lo suficiente para flexionar los dedos y devolverles la vida–, apoyé la frente sobre el antebrazo y cerré los ojos para descansar. Cuando volví a abrirlos y levanté la cabeza, el sol de la mañana resplandecía al otro lado de las ventanas. Consulté el reloj y vi que eran más de las ocho. Durante al menos seis horas había dormido como un borracho, con la cabeza sobre los brazos. Pensé en bajar a la cocina, agarrar un pan tostado y dar mi caminata matutina, pero entonces miré las páginas desperdigadas sobre la mesa y decidí posponer un poco el paseo. Lo que tenía que hacer podía esperar, y en aquel momento no me sentía con ánimos de jugar al escondite con Brad Dolan.

En lugar de salir a andar, acabaría la historia. A veces es mejor seguir adelante, por mucho que el cuerpo y la mente protesten. En ocasiones es la única forma de avanzar. Y lo que más recuerdo de esa mañana es mi desesperación por librarme del acuciante fantasma de John Coffey.

De acuerdo, me dije, un poco más. Pero antes...

Bajé al baño situado al fondo del pasillo de la segunda planta y, mientras orinaba, miré por casualidad el detector de humos del techo. Eso me recordó a Elaine, que el día anterior había distraído a Dolan para que yo pudiera dar mi paseo y cumplir con mi pequeña tarea. Sonreí y terminé de orinar.

Cuando regresé a la galería me sentía mejor (mucho más cómodo en las zonas bajas). Alguien, sin duda Elaine, había dejado una tetera al lado de las páginas escritas. Bebí con avidez una taza y luego otra antes incluso de sentarme. Luego volví a ocupar mi lugar, le quité la tapa a la pluma fuente y reanudé mi trabajo.

Cuando empezaba a meterme en la historia, noté una sombra sobre mí. Alcé la cabeza, con un nudo en el estómago. Era Dolan, que se interponía entre las ventanas y mi persona.

—Me extrañó que no salieras a caminar esta mañana, Paulie —dijo con una sonrisa—, de modo que decidí venir a ver qué ocurría. Ya sabes, para asegurarme de que no estuvieras enfermo.

—Tienes un corazón de oro —dije. Mi voz sonaba natural (al menos por el momento), pero mi corazón latía desbocado. Sentí miedo, y no era una sensación nueva. Dolan me recordaba a Percy Wetmore, a quien nunca había temido, pero cuando conocí a Percy, él era muy joven.

—Me han dicho que te has pasado la noche aquí, escribiendo, Paulie. Eso no está bien. Los viejos chochos como tú necesitan un buen descanso para mantenerse en forma.

—Percy... —empecé, pero advertí que su sonrisa desaparecía para dar paso a una mueca de asombro y me corregí–: Brad, ¿qué tienes contra mí?

Por un instante me miró con expresión de perplejidad, quizá incluso con inquietud, pero luego volvió a sonreír.

–Es probable que no me guste tu cara, vejete. ¿Qué escribes? ¿Tu testamento?

Dio un paso al frente, estirando el cuello, pero yo cubrí con una mano la página que estaba escribiendo mientras con la otra intentaba juntar las demás, arrugándolas en las prisas por ocultarlas de su vista.

–No, no, no –dijo, como si hablara con un niño–. Eso no te servirá de nada, cariño. Si Brad quiere mirar, lo hará. No lo dudes ni por un instante.

Cerró sobre mi muñeca su mano joven y espantosamente fuerte y apretó. Parecía una dentadura que se hundiese en mi mano, y gemí.

–Suelta –conseguí decir.

–Cuando me dejes ver –replicó. Aunque ya no sonreía, su cara tenía una expresión divertida, la que suele reflejarse en los rostros de quienes disfrutan haciendo daño–. Déjame ver, Paulie. Quiero saber qué escribes –mi mano dejó a la vista parte de la página superior, donde contaba el viaje de regreso por el túnel con John–. Quiero ver si tiene algo que ver con el sitio donde...

–Déjelo en paz.

La voz sonó como un latigazo en un día seco y caluroso... y por la forma en que Brad Dolan se sobresaltó cualquiera hubiera dicho que su trasero era el destino de aquel latigazo. Me soltó la mano, que cayó de nuevo sobre la página, y ambos volvimos la mirada hacia la puerta.

Allí estaba Elaine Connelly, con un aspecto más fresco y vigoroso de lo habitual. Llevaba un pantalón de mezclilla que destacaba sus caderas delgadas y sus largas piernas, y tenía un lazo azul en el pelo. En sus manos artríticas cargaba una bandeja con jugo de naranja, huevos revueltos, un pan tostado y más té. Sus ojos destellaban.

—¿Qué hace? —dijo Brad—. Paul no puede comer aquí arriba.

—Puede y va a hacerlo —replicó ella con el mismo tono autoritario y áspero. Nunca la había oído hablar así, pero en ese momento, me alegré de hacerlo. Busqué indicios de miedo en su mirada; lo que encontré, en cambio, fue furia—. Y usted va a marcharse de aquí y va a dejar de molestar como si fuese una cucaracha; qué digo una cucaracha, una rata.

Dolan dio un paso hacia ella, con una mezcla de ira e inquietud. Me pareció una combinación peligrosa, pero Elaine no se inmutó.

—Creo que sé quién hizo saltar la alarma contra incendios —dijo Brad—. Una vieja zorra con garras en lugar de manos. Ahora lárguese de aquí. Paulie y yo no hemos acabado nuestra charla.

—Su nombre es Paul Edgecombe —repuso ella—, y si vuelve a llamarlo Paulie, le prometo que sus días en Georgia Pines estarán contados, señor Dolan.

—¿Quién se ha creído que es? —preguntó Brad, que intentaba reír, sin conseguirlo.

—Creo —respondió Elaine con calma—, que soy la abuela del actual presidente de la cámara de representantes de Georgia. Un hombre que adora a sus parientes, señor Dolan. Sobre todo a sus parientes mayores.

La sonrisa desapareció de la cara de Dolan con la misma rapidez con que borran las letras de un pizarrón cuando se limpia con una esponja húmeda. Creí advertir una expresión de incredulidad en su rostro, como si pensara que Elaine estaba engañándolo, pero también de temor ante la posibilidad de que aquello fuera cierto; la conclusión lógica era que se trataba de un hecho fácil de verificar, de modo que lo que ella decía debía de ser verdad.

De repente me eché a reír, y aunque fue una risa apagada, me sonó bien. Recordé la cantidad de veces que en los viejos tiempos Percy Wetmore nos había amenazado con sus parientes. Ahora, por primera vez en mi larga vida, la amenaza se repetía... aunque en esta ocasión en mi favor.

Brad Dolan me dirigió una mirada cargada de furia y volvió a concentrarse en Elaine.

—No bromeo —dijo ella—. Al principio me pareció mejor dejarlo en paz. Era lo más sencillo, teniendo en cuenta mi edad. Pero no pienso quedarme de brazos cruzados mientras alguien amenaza y acosa a un amigo. Ahora márchese de aquí sin rechistar.

Los labios de Dolan se movieron como los de un pez. Era evidente que se moría por decir algo (quizá esa palabra que rima con «ruta», o esa otra que rima con «gorra»). Sin embargo, no lo hizo. Me echó una última mirada y se encaminó hacia el pasillo.

Dejé escapar un suspiro largo y tembloroso, mientras Elaine se sentaba delante de mí.

—¿Es verdad que tu nieto es presidente de la cámara de representantes de Georgia? —pregunté.

—Sí.

—Y entonces ¿qué haces aquí?

—Tiene un cargo lo bastante importante para lidiar con una rata como Dolan —dijo con una sonrisa—, pero no es rico. Además, me gusta estar aquí. Disfruto con la compañía.

—Lo tomo como un cumplido —dije, y era cierto.

—¿Te encuentras bien, Paul? Pareces muy cansado —tendió la mano por encima de la mesa y me apartó el pelo de la frente y los ojos. Sus dedos estaban retorcidos, pero el contacto con su piel era fresco y maravilloso. Cerré los ojos por un instante y cuando volví a abrirlos, había tomado una decisión.

—Estoy bien —dije—. Casi he terminado. ¿Quieres

leerlo, Elaine? –le ofrecí las páginas que había juntado con torpeza. Quizá no estuvieran en orden, pues Dolan me había asustado de verdad, pero estaban numeradas y ella podría ordenarlas con rapidez.

Me miró con aire pensativo, sin tomar las páginas que le ofrecía. Sin embargo, preguntó:

–¿Ya está todo?

–No acabarás con esto hasta la tarde –dije–. Y eso si lo soportas.

Esta vez sí tomó las páginas y las miró.

–Tienes muy buena letra –observó–, aunque es evidente que estás cansado. No tendré problemas para leerlo.

–Cuando hayas terminado de leer estas páginas, habré acabado de escribir –dije–. El resto podrás leerlo en media hora. Y entonces… si quieres, te enseñaré algo.

–¿Algo que tiene que ver con tus paseos matutinos?

Asentí con la cabeza.

Permaneció pensativa durante un rato que me pareció muy largo, y por fin recogió las páginas.

–Saldré al jardín trasero –dijo–. Hay mucho sol.

–Y el dragón ha sido vencido –añadí–. Esta vez por la princesa.

Elaine sonrió, se inclinó y me besó en la ceja, en ese sitio sensible que siempre me hace estremecer.

–Eso espero –respondió–, pero sé por experiencia que los dragones como Brad Dolan son difíciles de vencer –vaciló por un instante–. Buena suerte, Paul. Espero que puedas superar lo que sea que te atormenta.

–Yo también lo espero –dije, y pensé en John Coffey. «No pude evitarlo», había dicho aquel grandulón. «Lo intenté, pero era demasiado tarde.»

Comí los huevos que Elaine me había traído, bebí el jugo y dejé el pan tostado para después. Luego tomé la pluma fuente y comencé a escribir, confiado en que fuera la última vez.

Sólo un poco más.

2

Esa noche, cuando llevamos de regreso a John al bloque E, la camilla no fue un lujo sino una necesidad. Dudo mucho que hubiera podido recorrer el túnel por sus propios medios. Se precisa más energía para andar encorvado que para andar recto, y aquel techo era demasiado bajo para un tipo como John Dolan. Temía que se desplomara en el camino. ¿Qué explicación daríamos? Sobre todo teniendo en cuenta que también deberíamos explicar por qué habíamos puesto a Percy la camisa de fuerza y luego lo habíamos encerrado en la celda de seguridad.

Pero gracias a Dios teníamos la camilla. John se tendió en ella como una ballena en la playa y lo empujamos hacia las escaleras que conducían al almacén. Cuando bajó se tambaleó por un instante, pero enseguida se incorporó cuanto le fue posible, respirando ruidosamente. Su cara estaba tan gris que parecía que la hubieran rebozado en harina. Pensé que al mediodía estaría en la enfermería… y eso si no moría antes.

Bruto me miró con expresión sombría, de desesperación, y yo le devolví una mirada idéntica.

—No podemos cargar con él –dije–, pero sí ayudarlo. Tú sostenlo del brazo derecho, que yo lo sostendré del izquierdo.

—¿Y yo? –preguntó Harry.

—Tú camina detrás. Si ves que va a caer hacia atrás, empújalo hacia adelante.

—Y si no lo consigues, agáchate donde crees que va a caer y amortigua el golpe –terció Bruto.

—Vaya –dijo Harry–, deberías haber sido cómico, Bruto. Eres *muy* gracioso.

—Tengo sentido del humor –reconoció Bruto.

Finalmente conseguimos que John subiera por las escaleras. Mi mayor temor era que se desmayara, pero no lo hizo.

–Ve a comprobar que el almacén esté vacío –le dije a Harry, jadeando.

–¿Y qué digo si no lo está? –preguntó Harry, apretándose contra mi brazo–. ¿Finjo ser un vendedor callejero y vuelvo aquí corriendo?

–No seas idiota –respondió Bruto.

Harry entreabrió la puerta y espió. Me pareció que tardaba horas. Por fin volteó con expresión casi alegre.

–No hay moros en la costa –dijo–. Todo tranquilo.

–Esperemos que siga así –observó Bruto–. Vamos, Coffey. Ya casi llegamos.

John consiguió cruzar el almacén prácticamente solo, pero tuvimos que ayudarlo a bajar los tres peldaños que lo separaban de mi despacho y empujarlo para que franquease la pequeña puerta. Cuando volvió a incorporarse, respiraba con dificultad y tenía los ojos vidriosos. Entonces advertí con horror que la comisura derecha de su boca se curvaba hacia abajo, confiriéndole el mismo aspecto que tenía Melinda cuando entramos en su habitación.

Dean nos oyó llegar desde la mesa de entrada.

–¡Gracias a Dios! –exclamó–. Creí que nunca regresarían. Pensé que los habían descubierto, o que el alcaide les había disparado o que... –se detuvo a mitad de la frase, como si viera a John por primera vez–. ¡Demonios! ¿Qué le pasa? Parece a punto de morir.

–No va a morirse, ¿verdad, John? –dijo Bruto al tiempo que dirigía a Dean una mirada airada.

–Claro que no. No quise decir eso –se defendió Dean con una risita nerviosa–. Sólo parece... cansado.

–No importa –dije–. Ayúdanos a llevarlo de vuelta a la celda.

Una vez más, parecíamos colinas alrededor de una montaña, pero en esta ocasión era una montaña que había sufrido la erosión de un millón de años, una montaña triste, a punto de desmoronarse. John Coffey se movía con lentitud y respiraba por la boca como un viejo fumador, pero al menos se movía.

–¿Qué hay de Percy? –pregunté–. ¿Armó algún alboroto?

–Un poco al principio –respondió Dean–. Intentaba gritar a través de la cinta adhesiva. Supongo que decía palabrotas.

–Vaya –dijo Bruto–. Suerte que nuestros oídos de niños estaban en otra parte.

–Desde entonces, sólo da patadas a la puerta de vez en cuando –dijo Dean, que parecía tan contento de vernos que más que hablar balbuceaba. Los anteojos se le habían deslizado hasta la punta de la nariz, y los empujó hacia atrás. Pasamos junto a la celda de Wharton. El joven delincuente estaba tendido boca arriba, roncando como una tuba. Esta vez tenía los ojos cerrados.

Dean siguió mi mirada y rio.

–Ése no ha causado ningún problema. Desde que cayó en el camastro no se ha movido, como si estuviera muerto. Y el que Percy pateara la puerta de vez en cuando no me molestó en absoluto. Para ser sincero, me alegró. Si no hubiera hecho ningún ruido, me habría preguntado si se había ahogado con la mordaza que le pusiste. Pero ¿saben qué es lo mejor? Este sitio ha estado más tranquilo que un miércoles de ceniza en Nueva Orleans. ¡No ha venido nadie en toda la noche! –dijo con voz triunfal, como si se sintiese orgulloso de ello–. ¡Lo hemos conseguido, muchachos!

Eso le recordó el motivo de nuestro plan, y preguntó por Melinda.

–Está bien –respondí. Habíamos llegado a la celda de John, y comenzaba a creer en las palabras de Dean: «¡Lo hemos conseguido, muchachos!»

–¿Fue como... ya saben... como con el ratón? –preguntó Dean echando un rápido vistazo a la celda que habían ocupado Delacroix y *Cascabel*. Luego bajó el tono de voz, como la gente que entra en un iglesia, donde hasta el silencio parece un murmullo–. ¿Fue un...? –tragó saliva–. Vamos, ya me entienden, ¿fue un milagro?

Los tres nos miramos, confirmando lo que ya sabíamos.

–La sacó de la tumba –dijo Harry–. Sí; no cabe duda de que fue un milagro.

Bruto abrió los dos cerrojos de la puerta y empujó con suavidad a John.

–Vamos, grandulón. Descansa un poco. Te lo has ganado. Ahora debemos ocuparnos de Percy...

–Es un hombre malo –dijo John con voz grave, maquinal.

–Tienes toda la razón, grandulón; es más malo que un brujo –dijo Bruto con voz tranquilizadora–. Pero no te preocupes por él, no dejaremos que se te acerque. Recuéstate y te traeré el café que te prometí. Caliente y cargado. Cuando lo tomes, te sentirás como nuevo.

John se dejó caer pesadamente en el camastro. Supuse que se tendería y se volvería hacia la pared, como de costumbre, pero permaneció sentado, con las grandes manos entrelazadas entre las rodillas y la cabeza inclinada, respirando por la boca. La medalla de san Cristóbal que Melinda le había dado se había salido fuera de la camisa y se balanceaba en el aire. La mujer le había dicho que lo protegería, pero en aquel momento no parecía que nada ni nadie estuviera protegiendo a John Coffey. Cualquiera hubiese dicho que había ocupado el sitio de Melinda en la tumba que Harry había mencionado.

Pero por el momento no podía seguir pensando en John Coffey. Me volví hacia los demás.

–Dean, toma la pistola y la macana de Percy.

–De acuerdo –se encaminó hacia la mesa de entrada, abrió un cajón y sacó la pistola y la macana.

–¿Preparados? –pregunté. Mis hombres (todos buenos hombres; nunca me había sentido tan orgulloso de ellos como aquella noche) asintieron. Harry y Dean parecían nerviosos, pero Bruto seguía tan imperturbable como siempre–. Muy bien. Yo seré quien hable. Cuanto menos digan ustedes, mejor. Pronto todo habrá acabado… para bien o para mal.

Asintieron de nuevo. Respiré hondo y caminé hacia la celda de seguridad.

Percy levantó la cabeza y entornó los ojos al ver la luz. Estaba sentado en el suelo, lamiendo la cinta adhesiva con que le había tapado la boca. Se le había despegado en la nuca (quizá a causa del sudor y la brillantina del pelo) y estaba a punto de librarse del resto. En una hora más, habría empezado a gritar pidiendo auxilio.

Cuando entramos, tomó impulso con los pies para retroceder, pero enseguida se detuvo, quizá al comprobar que sólo conseguiría empotrarse en un rincón. Era un malvado incapaz de entender nuestro trabajo en el bloque E, pero no era estúpido del todo.

Tomé la pistola y la macana de manos de Dean y las tendí en dirección a Percy.

–¿Quieres que te las devuelva? –pregunté.

Me miró con recelo, pero al instante asintió con la cabeza.

–Bruto, Harry –dije–, ayúdenlo a levantarse.

Mis hombres se inclinaron, lo agarraron por debajo de los brazos y lo levantaron. Me acerqué hasta que quedamos prácticamente nariz con nariz. Olí el sudor acre que lo empapaba, fruto en parte de sus esfuerzos por liberarse de la camisa de fuerza o propinar a la puerta los puntapiés que Dean había oído, y en parte sencillamente por miedo a lo que le haríamos si regresábamos.

No pasará nada. No son asesinos, debió de pensar Percy. Pero luego, al recordar la Freidora, debió de saber que sí, que en cierto modo éramos asesinos. Yo solo había ejecutado a setenta y siete hombres; más de los que había inmovilizado con la camisa de fuerza, más de los que había matado el sargento York en la Segunda Guerra Mundial. Matar a Percy no habría sido lógico, pero allí sentado, con los brazos a la espalda, intentando quitarse la cinta adhesiva de la boca, seguramente se dijo que habíamos dejado de actuar con lógica. Además, una persona no suele pensar con lógica cuando está sentada en el suelo de una celda con las paredes acolchadas, más atrapada que una mosca en una telaraña. Lo que significaba que si en aquel momento no conseguía lo que quería de Percy, nunca lo conseguiría.

–Si prometes no ponerte a chillar, te quitaré la cinta –dije–. Quiero hablar contigo, no organizar un concurso de gritos. ¿Qué dices? ¿Te quedarás callado?

Advertí una expresión de alivio en sus ojos. Seguramente debió de pensar que si quería hablar con él, tenía muchas posibilidades de salir de ésa sin un rasguño. Asintió con un gesto.

–Si montas un escándalo, volveré a ponerte la cinta –dije–. ¿Lo has entendido?

Respondió con otro gesto de asentimiento, esta vez con evidente impaciencia.

Tendí el brazo, tomé el extremo suelto de la cinta y tiré con fuerza. La cinta se desprendió con un sonido a piel arrancada y Bruto se sobresaltó. Percy gimió de dolor y sus ojos se llenaron de lágrimas.

–Quítenme esta camisa –dijo con furia.

–Dentro de un minuto –respondí.

–¡Ahora! ¡Ahora mismo o…!

Le di una bofetada en la cara. Lo hice sin pensarlo, aunque en el fondo sabía que podía llegar a ese punto. Incluso la primera vez que hablé acerca de Percy con el alcaide Moores, aquella en que Hal me recomendó que lo pusiera a cargo de la ejecución de Delacroix, sabía que podía llegar a eso. La mano es como un animal que no se ha domesticado del todo; casi siempre se porta bien, pero de vez en cuando se escapa y muerde al primero que se cruza en su camino.

La bofetada sonó como una rama al partirse. Dean soltó una breve exclamación de asombro y Percy me miró escandalizado, con los ojos tan abiertos que parecían a punto de salírsele de las cuencas. Dos veces abrió la boca y volvió a cerrarla, como si fuese un pez en un acuario.

–Calla y escúchame –dije–. Merecías un castigo por lo que le hiciste a Del y nosotros te lo dimos. Era la única forma de hacerlo. Todos estuvimos de acuerdo, excepto Dean, pero él nos respaldará, porque si no lo hace lo sentirá. ¿No es cierto, Dean?

–Sí –murmuró Dean, más blanco que un papel–. Supongo que sí.

–Y tú sentirás haber nacido –continué–. Nos ocuparemos de que todo el mundo se entere del modo en que saboteaste la ejecución de Delacroix…

–¿Sabotear?

–Y de cómo estuviste a punto de dejar morir a Dean. Diremos más que suficiente para que te despidan de cualquier trabajo que tu tío te consiga.

Percy sacudía la cabeza con furia. No nos creía, no podía creernos. La marca de mi mano resaltaba roja en su pálida mejilla.

–Y si haces algo –proseguí–, haremos que te azoten hasta dejarte medio muerto. No tendremos que hacerlo personalmente. Nosotros también tenemos contactos, Percy, ¿o eres tan tonto que no lo sabes? No están en la capital del estado, pero saben cómo… legislar ciertos asuntos. Son personas que tienen a su hermano, a su padre o a un amigo aquí, y se alegrarán de poder cortarle la nariz o el pito a un comemierda como tú. Lo harán sólo para que una persona a la que aprecian disfrute de tres horas más de patio a la semana.

Percy había dejado de sacudir la cabeza y me miraba fijamente. Tenía los ojos llenos de lágrimas, que no acababan de caer. Creo que eran lágrimas de rabia e impotencia, aunque quizá fuesen imaginaciones mías.

–Muy bien. Ahora mira la parte positiva de la cuestión, Percy. Los labios te dolerán durante unos días, pero aparte de eso no has sufrido ninguna herida excepto en tu orgullo... y nadie tiene por qué enterarse de esto. No se lo contaremos a nadie, ¿verdad, muchachos?

Todos asintieron con la cabeza.

–Claro que no –dijo Bruto–. Los asuntos del pasillo de la muerte quedan en el pasillo de la muerte. Siempre ha sido así.

–Tú te marcharás a Briar Ridge y hasta entonces te dejaremos en paz –afirmé–. ¿Quieres dejar las cosas así, Percy, o prefieres enfrentarte a nosotros?

Siguió un silencio interminable, durante el cual Percy reflexionó. Casi podía ver las ruedecillas girar en su cabeza mientras ensayaba y desechaba las respuestas posibles. Supongo que al final un hecho fundamental cobró magnitud frente a sus especulaciones: le habíamos quitado la cinta de la boca, pero seguía con la camisa de fuerza puesta y seguramente debía de estar muerto de ganas de mear.

–Bien. El asunto está zanjado, pero ahora quítenme esta camisa. Casi no siento los hombros.

Bruto dio un paso al frente, me apartó y tomó la cara de Percy con una de sus manos, clavando los dedos en la mejilla derecha y haciendo un holluelo en la izquierda con el pulgar.

–Un momento –dijo–, primero me oirás. Paul es el gran jefe, y por eso tiene que cuidar los modales –intenté recordar si había cuidado los modales con Percy, y no me pareció que fuera así. Sin embargo, supuse que era mejor mantener la boca cerrada. Percy parecía aterrorizado, y no quería estropear el efecto–. La gente no siempre entiende que cuidar los modales no equivale a ser estúpido, y por eso quiero aclararte algo. A mí no me preocupan los modales; sencillamente digo lo que pienso. De modo que escúchame: si rompes tu palabra, seguramente tendremos que salir pitando. Pero más tarde o más temprano te encontraremos, aunque tengamos que irnos hasta Rusia. Te encontraremos y te joderemos, no sólo por el culo, sino por todos los agujeros de tu cuerpo. Te golpearemos hasta que desees estar muerto y luego te echaremos vinagre sobre las heridas. ¿Has entendido?

Percy asintió. Con los dedos de Bruto clavados en las mejillas, su rostro parecía tan chupado como el del viejo Tuu Tuu.

Bruto lo soltó y retrocedió. Le hice una seña a Harry, que se colocó detrás de Percy y comenzó a desabrocharle la camisa.

—Recuérdalo, Percy —dijo Harry—. Recuérdalo y no remuevas la mierda del pasado.

La escena —tres matones vestidos de uniforme azul— debía de ser aterradora para Percy, pero aun así me sentía inquieto. Guardaría silencio durante unos días o una semana, mientras sopesaba los pros y los contras de distintas acciones, pero más tarde o más temprano dos factores se aliarían en nuestra contra: su confianza en sus contactos y su incapacidad para olvidar una situación en que se había visto como perdedor. Entonces hablaría. Quizá hubiéramos ayudado a salvar la vida de Melly Moores, y no habría cambiado eso por todo el oro del mundo, pero al final se descubriría el pastel y nos echarían. Aparte de matarlo, no podíamos hacer nada para garantizar que Percy respetara su parte del trato, sobre todo una vez que estuviera lejos de nosotros y empezase a rumiar sobre lo sucedido.

Miré a Bruto con el rabillo del ojo y supe que él también lo sabía. El hijo de la señora Howell no tenía un pelo de tonto; nunca lo había tenido. Se encogió de hombros; un gesto breve y fugaz, pero expresivo. Fue como si dijera: «¿Qué más da, Paul? Hicimos lo que debíamos, y lo hicimos lo mejor posible.»

Sí; los resultados no eran malos.

Harry soltó el último corchete de la camisa de fuerza y Percy la arrojó a sus pies con una mueca de disgusto y rabia, aunque no se atrevió a mirarnos a los ojos.

–Devuélvanme la macana y la pistola –dijo, y esta vez se las di. Enfundó la pistola y metió la macana en su estuche.

–Percy, si piensas un poco…

–Claro, es lo que voy a hacer. Voy a pensar en esto a conciencia, y empezaré ahora, de camino a casa. Uno de ustedes puede checar la tarjeta por mí cuando sea la hora –al llegar a la puerta de la celda de seguridad, volteó para mirarnos con una mezcla de furia, vergüenza y desprecio; una combinación peligrosa para el secreto que estúpidamente esperábamos guardar–. Al menos que prefieran explicar por qué me he marchado antes de la hora.

Abandonó la celda y caminó a grandes zancadas por el pasillo, olvidando por qué aquel corredor era tan ancho. Ya había cometido ese error antes y se había salvado, pero esta vez no lo conseguiría.

Salí detrás de él, pensando en la forma de calmarlo. No quería que se marchara en aquel estado; sudoroso, desaliñado, con la marca roja de mi mano todavía en la mejilla. Los demás me siguieron.

Todo ocurrió deprisa, en menos de un minuto. Sin embargo lo recuerdo muy bien porque se lo conté a Janice al llegar a casa, y eso hizo que se fijase en mi mente. Lo demás –el encuentro al amanecer con Curtis Anderson, la encuesta, la conferencia de prensa que organizó Hal Moores (que para entonces estaba de regreso) y el comité de investigación de la capital del estado– se ha vuelto borroso con los años, como tantas otras cosas. Pero recuerdo perfectamente lo que sucedió en el pasillo.

Percy caminaba por la derecha del pasillo con la cabeza inclinada, y debo decir en su favor que un prisionero normal nunca habría podido alcanzarlo. Pero Coffey no era un prisionero normal, sino un gigante con brazos de gigante.

Vi salir sus largos brazos negros entre los barrotes y grité:

–¡Cuidado, Percy! ¡Cuidado!

Percy hizo un amago de voltear mientras tomaba la macana con la mano izquierda. Pero las enormes manos negras lo sujetaron y lo atrajeron hacia la puerta de la celda de Coffey, aplastándole la cara contra los barrotes.

Gimió y se volvió hacia el negro, con la macana en alto. John se encontraba en una posición vulnerable; con la cara apretada entre dos barrotes como si quisiera asomar la cabeza. Habría sido imposible, desde luego, pero esa era la impresión que daba. Movió la mano derecha, encontró la cerviz de Percy y jaló su cabeza con mayor fuerza. Percy dejó caer la macana contra la sien de John, que comenzó a sangrar, pero el negro no hizo el menor caso. Apretó la boca contra la de Percy y oí una especie de suspiro, como si exhalara el aire largamente contenido. Percy se retorcía como un pez, intentando soltarse, pero no lo consiguió. La mano de John le sostenía el cuello con firmeza, inmovilizándolo. Sus caras parecieron fundirse, como las de unos amantes que se besaran apasionadamente entre los barrotes.

Percy soltó un grito –fue un sonido amortiguado, como si aún llevara la cinta en la boca– e hizo otro esfuerzo por apartarse. Por un instante sus labios se separaron un poco y vi la marea negra que salía de la boca de John Coffey y entraba en la de Percy Wetmore. Lo que no penetraba por los labios lo hacía por las fosas nasales. Entonces la enorme mano negra dio un tirón y volvió a apretar la boca de Percy contra la de John.

La mano izquierda de Percy se abrió y su adorada macana cayó al suelo de linóleo verde. Nunca volvería a recogerla.

Corrí en su ayuda, o al menos creo haberlo hecho, porque mis movimientos parecían lentos y cansados. Tomé la pistola, pero la correa seguía cruzada sobre la nudosa empuñadura de nogal y no conseguí desenfundar al primer intento. El suelo pareció sacudirse, como había sucedido en la bonita casa estilo Cape Cod del alcaide. No puedo asegurar que el suelo temblara, pero sé a ciencia cierta que el foco que había sobre nuestras cabezas explotó. La lluvia de cristales sobresaltó a Harry, que gritó asustado.

Por fin conseguí soltar la correa de seguridad de la cartuchera de la 38, pero antes de que pudiera desenfundar, John arrojó a Percy al suelo y regresó al interior de la celda con una mueca de asco en la cara, como si hubiera comido algo desagradable.

–¿Qué ha hecho? –gritó Bruto–. ¿Qué ha hecho, Paul?

–Creo que le ha pasado lo que le sacó a Melly –respondí.

Percy se puso de pie y se apoyó contra los barrotes de la antigua celda de Delacroix. Tenía los ojos muy abiertos y en blanco, como un par de ceros. Me acerqué con cautela, esperando que empezara a toser y a ahogarse como John cuando había acabado con Melinda, pero no lo hizo. Permaneció inmóvil.

Chasqueé los dedos frente a sus ojos.

–¡Percy! ¡Eh, Percy! ¡Despierta!

Nada. Bruto se unió a mí y tendió las manos frente a la cara de Percy.

–No creo que dé resultado –dije.

Bruto no me hizo caso y aplaudió con fuerza por dos veces delante de la nariz de Percy. Y dio resultado...

o al menos eso pareció. Movió los párpados y recuperó el sentido, aunque se veía aturdido, como alguien que acaba de sufrir un golpe en la cabeza y lucha por volver en sí. Ahora, después de tantos años, creo que ni siquiera nos vio, pero entonces me pareció que sí, que se recuperaba.

Percy se separó de los barrotes y se tambaleó. Bruto lo sostuvo.

–Tranquilo, muchacho. ¿Te encuentras bien?

Percy no respondió. Pasó junto a Bruto y siguió en dirección a la mesa de entrada. Más que tambalearse, parecía un barco que escora hacia el puerto.

Bruto tendió un brazo y yo se lo bajé.

–Déjalo –dije. ¿Habría dicho lo mismo si hubiera sabido lo que iba a ocurrir? Desde aquel otoño de 1932 me he hecho esa pregunta miles de veces, y nunca he encontrado respuesta.

Percy dio una docena de pasos, se detuvo y agachó la cabeza. Estaba al lado de la celda de Wharton, que seguía roncando como una tuba. De hecho, durmió todo el rato. Ahora que lo pienso, también la muerte lo sorprendió mientras dormía, lo que significa que fue mucho más afortunado que la mayoría de los presos que acabaron en el bloque. Más afortunado de lo que merecía, sin duda.

Antes de que nos diéramos cuenta de lo que iba a suceder, Percy desenfundó la pistola, se acercó a los barrotes de la celda de Wharton, y disparó seis tiros al muchacho dormido. Apretó el gatillo una y otra vez, con toda la rapidez posible. ¡Bang, bang, bang, bang, bang, bang! El ruido fue ensordecedor. A la mañana siguiente, cuando le conté la historia a Janice, el zumbido que sentía en los oídos apenas me permitía oír mi propia voz.

Los cuatro corrimos hacia él. El primero en llegar fue Dean. No sé cómo, porque estaba detrás de mí y de

Bruto cuando Coffey agarró a Percy, pero lo hizo. Tomó a Percy de la muñeca, dispuesto a luchar para quitarle el arma, pero no tuvo necesidad de hacerlo. Percy soltó la pistola, que cayó al suelo. Sus ojos se deslizaron sobre nosotros como si fueran patines y nosotros hielo. Se oyó una especie de silbido y percibimos el olor a amoníaco de la meada de Percy. Siguió un sonido más fuerte y un olor aún peor, mientras se cagaba en los pantalones. Miraba fijamente el fondo del pasillo. Tuve la impresión de que esos ojos no volverían a ver nada en el mundo real. Al comienzo de esta historia, escribí que Percy Wetmore estaba en Briar Ridge cuando un par de meses más tarde Bruto encontró el carrete de *Cascabel*. No mentí, pero lo cierto es que nunca ocupó una oficina con ventilador ni tuvo ocasión de dar órdenes a los locos. Sin embargo, supongo que habrá conseguido una habitación individual. Al fin y al cabo, tenía contactos.

Wharton estaba tendido de lado con la espalda contra la pared de la celda. En aquel momento no vi más que la sangre en las sábanas y el suelo de cemento, pero el forense dijo que Percy había disparado con la puntería de un tirador de circo. Recordé la historia de Dean sobre el día en que Percy había arrojado la macana al ratón, fallando por poco, y no me sorprendió. Esta vez el blanco estaba mucho más cerca y no se movía. Un tiro en la ingle, otro en el vientre, uno en el pecho y tres en la cabeza.

Bruto tosía y agitaba los brazos en medio de la nube de pólvora. Yo también tosía, aunque ni siquiera era consciente de ello.

–Fin de trayecto –dijo Bruto con voz tranquila, aunque el brillo de pánico en sus ojos era inconfundible.

Miré a John Coffey y lo vi sentado en el extremo del camastro. Otra vez estaba con las manos entrelazadas entre las rodillas, pero tenía la cabeza erguida y ya no parecía enfermo. Me miró, inclinó brevemente la cabeza y, tal como había ocurrido el día en que le tendí la mano, me sorprendí devolviendo el gesto.

–¿Qué vamos a hacer? –balbuceó Harry–. ¡Por todos los santos, Paul! ¿Qué vamos a hacer?

–No podemos hacer nada –intervino Bruto con el mismo tono sereno de voz–. Estamos perdidos, ¿verdad, Paul?

Mi mente había comenzado a trabajar deprisa. Miré a Harry y a Dean, que tenían los ojos clavados en mí, como un par de niños asustados. Miré a Percy, que permanecía inmóvil con las manos y la mandíbula laxas, y por fin miré a mi querido amigo, Brutus Howell.

–Todo saldrá bien –dije.

Percy empezó a toser. Se agachó, con las manos sobre las rodillas, y la tos se convirtió en arcadas. Su cara enrojeció. Abrí la boca, dispuesto a decir a los demás que se apartaran, pero no tuve ocasión. Percy emitió un sonido que era una mezcla de resuello y el croar de una rana, abrió la boca y escupió una nube negra, tan densa que por un instante no pudimos ver su cara.

–Dios nos proteja –dijo Harry con voz temblorosa.

Entonces la nube se volvió blanca, como el sol de enero sobre la nieve, y un segundo después se desvaneció. Percy se incorporó despacio y miró el pasillo con expresión ausente.

–No hemos visto nada, ¿verdad, Paul?

–Yo no. ¿Y tú, Harry?

–Yo tampoco.

–¿Dean?

–¿Si he visto qué? –Se quitó los anteojos y comenzó a limpiarlos. Le temblaban tanto las manos que creí que las dejaría caer a los costados del cuerpo, pero no lo hizo.

–Eso está bien –dije–. Muy bien. Ahora escuchen a su jefe, muchachos, y entiéndanme a la primera. Es una historia muy sencilla, así que no la compliquemos.

3

Alrededor de las once de la mañana le conté todo a Jan. He estado a punto de escribir «a la mañana siguiente», pero fue el mismo día, sin duda el más largo de mi vida. Le conté todo con las mismas palabras que he usado aquí, acabando con la descripción de la muerte de William Wharton, cosido a tiros por Percy.

No. Lo cierto es que acabé hablando de la nube que había salido de la boca de Percy; de los bichos, o lo que quiera que aquello fuese. Era una historia difícil de contar, aun a mi esposa, pero lo hice.

Mientras hablaba ella me sirvió varias tazas de café cargado; las llenaba hasta la mitad, pues al principio me temblaban tanto las manos que de estar llenas no habría podido sostenerlas. Cuando terminé, los temblores habían pasado y me sentía en condiciones de comer... quizá huevo o un poco de sopa.

–Lo que nos salvó es que no necesitamos mentir.

–Sólo omitir algunos pequeños detalles –dijo ella con un gesto de asentimiento–. Como que sacaron de la cárcel a un recluso condenado por asesinato para que curase a una mujer enferma y que luego éste hizo enloquecer a Percy Wetmore... ¿Cómo? ¿Escupiendo en su boca un puré de tumor cerebral?

–No lo sé, Jan –dije–. Sólo sé que si sigues hablando así tendrás que tomarte la sopa tú o dársela al perro.

–Lo siento, pero tengo razón, ¿verdad?

–Sí –respondí–. Pero lo cierto es que no nos castigarán por... –¿por qué? Llamarlo fuga no habría sido correcto–. Por nuestra excursión. Ni siquiera Percy puede hablar de ello. Y eso si regresa algún día.

–Si regresa –repitió Jan–. ¿Es probable que lo haga?

Sacudí la cabeza para indicar que no tenía idea, pero la tenía. No creía que fuera a regresar ni en 1932, ni en el 42, ni siquiera en el 52. En eso no me equivocaba.

Percy Wetmore permaneció en Briar Ridge hasta que el edificio se quemó en 1944. Diecisiete internos murieron en el incendio, pero Percy no fue uno de ellos. Todavía mudo y ausente –la palabra que mejor lo describe es «catatónico»– fue rescatado por uno de los guardias mucho antes de que el fuego alcanzase al ala donde se alojaba. Lo trasladaron a otra institución, cuyo nombre no recuerdo (tampoco creo que importe), donde murió en 1965. Por lo que sé, la última vez que habló fue para decirnos que checáramos tarjeta por él a la salida... a menos que quisiéramos explicar por qué se había marchado antes de la hora.

Lo curioso fue que no tuvimos que dar mayores explicaciones. Percy había enloquecido y había matado a William Wharton. Eso fue lo que dijimos, y no faltamos a la verdad. Cuando Anderson le preguntó a Bruto cómo estaba Percy antes de cometer el asesinato y Bruto respondió con la palabra «silencioso», tuve la terrible tentación de echarme a reír, porque aquello también era verdad. Durante la mayor parte del turno de noche Percy había permanecido, en efecto, silencioso, pues tenía la boca cubierta con cinta adhesiva y sólo había conseguido articular murmullos.

Curtis retuvo a Percy hasta las ocho. Wetmore permaneció tan callado como un estanquero indio, aunque mucho más misterioso. Para entonces regresó Hal Moores, con aspecto de estar exhausto pero nuevamente dispuesto a tomar las riendas. Curtis Anderson dejó escapar un suspiro de alivio. El anciano asustado había desaparecido, y fue el alcaide de siempre quien se acercó a Percy, lo tomó de los hombros con sus enormes manos y los sacudió con fuerza.

–¡Hijo! –le gritó a la cara, una cara que comenzaba a ablandarse como la cera–. ¡Hijo! ¿Me oyes? ¡Si me oyes, contesta! Quiero saber qué ha pasado.

Percy no respondió, desde luego. Anderson quería

llevarse al alcaide aparte y discutir acerca de cómo iban a manejar el asunto (que desde el punto de vista político, era una papa caliente), pero Moores lo apartó y me llevó hacia el fondo del pasillo. John Coffey estaba tendido en el camastro de cara a la pared, con las piernas colgando cómicamente. Parecía dormido y quizá lo estuviese, aunque, como habíamos tenido ocasión de comprobar, no siempre hacía lo que aparentaba hacer.

–¿Lo que sucedió en mi casa tuvo algo que ver con lo que ocurrió aquí cuando volvieron? –preguntó el alcaide en voz baja–. Los cubriré, incluso si pierdo el empleo por ello, pero tengo que saberlo.

Sacudí la cabeza, y cuando hablé, también lo hice en voz baja. En el bloque había aproximadamente una docena de carceleros. Uno de ellos estaba en la celda de Wharton, tomando fotografías del cadáver. Curtis Anderson había vuelto la mirada hacia él y, por el momento, sólo Bruto parecía pendiente de nosotros.

–No, señor. Metimos a John en su celda, como ve, y sacamos a Percy de la celda de seguridad, donde lo habíamos encerrado para evitar problemas. Creí que estaría furioso, pero no fue así. Sólo preguntó por el arma y la macana, y caminó hacia el extremo del pasillo sin pronunciar palabra. Entonces, al llegar a la celda de Wharton, desenfundó el arma y empezó a disparar.

–¿Crees que estar en la celda de seguridad le afectó la cabeza?

–No, señor.

–¿Le pusieron la camisa de fuerza?

–No, señor. No hubo necesidad.

–¿Se quedó tranquilo? ¿No se resistió?

–No se resistió.

–¿Ni siquiera cuando vio que iban a encerrarlo allí?

–Así es –sentí la tentación de explayarme sobre ese punto, de atribuirle a Percy una o dos frases de protesta, pero me contuve. Sabía que cuanto más sencilla fuese la historia, más creíble sonaría–. No armó alboroto. Todo lo que hizo fue sentarse en un rincón.

–¿Dijo algo sobre Wharton?

–No, señor.

–¿Y sobre Coffey?

Negué con la cabeza.

–¿Percy tenía problemas con Wharton? –preguntó–. ¿Tenía algo contra él?

–Es probable –dije, bajando aún más la voz–. Percy no miraba por dónde iba, Hal. En una ocasión, Wharton lo alcanzó, lo atrajo hacia los barrotes de su celda y lo humilló –hice una pausa–. Digamos que lo manoseó.

–¿Nada más? ¿Eso fue todo?

–Sí, pero a Percy no le sentó nada bien. Wharton dijo que preferiría fornicar con Percy a hacerlo con su hermana.

–Mmm… –Moores no dejaba de mirar de soslayo a John Coffey, como si quisiera asegurarse de que era un ser real, de este mundo–. Eso no explica lo que ocurrió, aunque sí por qué escogió a Wharton en lugar de a Coffey o a cualquiera de tus hombres. Hablando de tus hombres, Paul, ¿todos contarán la misma historia?

–Sí, señor –respondí.

Más tarde, mientras tomaba la sopa, dije a Jan:

–Y lo harán. Yo me ocuparé de ello.

–Pero mentiste –dijo ella–. Le mentiste a Hal.

Bueno; para eso están las esposas, ¿no es cierto? Siempre buscando pequeñas incongruencias… y las encuentran.

–Si quieres verlo de ese modo. Sin embargo, no le dije nada de lo que vaya a arrepentirme. Hal está a salvo. Después de todo, ni siquiera se encontraba allí. Estaba en su casa, atendiendo a su esposa, hasta que Curtis lo llamó.

–¿Les dijo cómo se sentía Melinda?

–En ese momento no tuvo ocasión, pero volvimos

a hablar cuando Bruto y yo nos marchábamos. Melly no recuerda gran cosa de lo ocurrido, pero está bien. Levantada y activa, hablando de las matas de flores que plantará el año que viene.

Jan me miró comer por unos instantes y luego preguntó:

—¿Crees que Hal es consciente de que ha sido un milagro, Paul? ¿Lo sabe?

—Sí. Todos los que estuvimos allí lo sabemos.

—En parte, me habría gustado presenciarlo —dijo—. Pero por otro lado me alegro de no haberlo hecho. Si hubiera sido testigo de la visión de san Pablo en el camino a Damasco, seguramente habría muerto de un ataque al corazón.

—No —repliqué al tiempo que inclinaba el plato para tomar la última cucharada—, seguramente le habrías preparado una sopa. Está deliciosa, cariño.

—Me alegro —dijo, aunque en realidad no estaba pensando en la sopa ni en la conversión de san Pablo en el camino a Damasco. Miraba por la ventana en dirección a las colinas, con la barbilla apoyada en una mano y los ojos tan brumosos como esas mismas colinas en una mañana que presagia calor. Mañanas de verano como aquella en que encontraron a las gemelas Detterick, pensé sin venir a cuento. Me pregunté por qué las niñas no habían gritado. El asesino les había hecho daño, puesto que había sangre en el pórtico y en los escalones; de modo que ¿por qué no gritaron?

—Crees que quien verdaderamente mató a ese hombre fue John Coffey, ¿no es cierto, Paul? —preguntó Janice, volviéndose por fin hacia mí—. No crees que haya sido un accidente ni nada por el estilo. Piensas que usó a Percy Wetmore como si fuese un arma.

—Sí.

—¿Por qué?

—No lo sé.

—Cuéntame otra vez qué pasó cuando sacaron a John Coffey del bloque, ¿quieres? Sólo esa parte.

Lo hice. Le conté que el brazo esquelético que salió entre los barrotes y tomó el bíceps de John me recordó a una serpiente —a una de esas víboras de agua que tanto nos asustaban cuando éramos pequeños y nadábamos en el río— y que Coffey había dicho, casi en un murmullo, que Wharton era malo.

—¿Y qué contestó Wharton? —mi mujer volvía a mirar por la ventana, pero me escuchaba con atención.

—«Tienes razón, negro, más malo de lo que crees.»

—¿Eso es todo?

—Sí. Entonces tuve la sensación de que iba a pasar algo, pero no fue así. Bruto apartó la mano de Wharton y le dijo que se acostara. El muchacho obedeció. Al principio estaba de pie y dijo algo así como que los negros debían tener su propia silla eléctrica. Eso fue todo. Luego seguimos con nuestros asuntos.

—John Coffey dijo que era malo.

—Sí. Y dijo lo mismo acerca de Percy. No recuerdo exactamente cuándo, pero lo dijo.

—Sin embargo, Wharton no le hizo nada a John Coffey, ¿verdad? Nada comparable a lo que le hizo a Percy.

—No. Tal como estaban las celdas, la de Wharton cerca de la mesa de entrada y la de Coffey en el otro extremo, apenas si se veían.

—Cuéntame otra vez cómo reaccionó Coffey cuando Wharton lo tocó.

—Janice, esto no nos lleva a ninguna parte.

—Puede que no y puede que sí. Cuéntamelo otra vez.

Suspiré.

—Supongo que podría decirse que parecía horrorizado. Dio un respingo, como harías tú si estuvieses en la playa y yo te arrojase agua helada en la espalda. O como si le hubieran dado una bofetada.

–Claro –dijo Jan–. El hecho de que lo tomaran por sorpresa lo asustó, hizo que despertase por un instante.

–Sí –dije, pero enseguida me corregí–: No.

–¿En qué quedamos? ¿Sí o no?

–No, no parecía asustado. Se comportaba como el día en que me pidió que entrara en su celda para curarme la infección o cuando quiso que le entregara el ratón. Era como si estuviese sorprendido, pero no porque lo hubieran tocado... al menos, no exactamente. ¡Cielos, Jan! No lo sé.

–De acuerdo, dejémoslo –dijo ella–. No puedo entender por qué lo hizo; eso es todo. No se trata de un hombre violento por naturaleza, lo que nos conduce a otra cuestión: Paul, ¿cómo vas a ejecutarlo si estás en lo cierto con respecto a las niñas? ¿Cómo vas a llevarlo a la silla eléctrica si lo hizo otra persona?

Di un salto en la silla, golpeé el plato con el codo y lo arrojé al suelo, donde se rompió. Acababa de tener una idea. En ese momento, era más una intuición que una conclusión lógica, pero no parecía descabellada.

–¿Paul? –preguntó Janice, alarmada–. ¿Qué ocurre?

–No lo sé –respondí–. No lo sé con seguridad, pero si puedo voy a averiguarlo.

4

La consecuencia del tiroteo fue como un circo de tres pistas, con el gobernador en una pista, la prisión en otra y el pobre y descerebrado Percy Wetmore en la tercera. ¿Y el maestro de ceremonias? Bueno, los caballeros de la prensa ocuparon ese puesto. En aquel entonces no eran tan maliciosos como ahora –no se lo permitían–, pero incluso en esos tiempos, antes de Geraldo y Mike Wallace, se lucían a gusto cuando encontraban en qué hincar el diente. Eso fue lo que sucedió esa vez, y mientras duró, fue un buen espectáculo.

Pero hasta el mejor de los circos –el que tiene los monstruos más aterradores, los payasos más graciosos y los animales más salvajes– se marcha de la ciudad tarde o temprano. Éste se marchó después de que lo hiciese el comité de investigación, que a pesar de su nombre pomposo y aterrador, resultó ser bastante inofensivo; simple rutina. En otras circunstancias el gobernador habría pedido la cabeza de alguien, pero en esta ocasión no lo hizo. Su sobrino político, pariente directo de su esposa, había enloquecido y matado a un hombre. Gracias a Dios, la víctima era un asesino, pero el hecho de que estuviera durmiendo en el momento de su muerte no parecía muy justo. Si a eso se le sumaba el detalle de que Percy Wetmore seguía tan loco como una cabra, uno podía entender por qué el gobernador quería resolver el asunto lo antes posible.

Nuestro viaje a la casa del alcaide Moores en la camioneta de Harry Terwilliger nunca salió a la luz. Nunca se supo que habíamos puesto a Percy la camisa de fuerza y luego lo habíamos encerrado en la celda de seguridad, ni que William Wharton estaba completamente drogado cuando Percy le disparó. ¿Por qué iba a saberse? Las autoridades no tenían motivo alguno para pensar que en su cuerpo había algo más que media docena de balas. El forense las retiró, el empresario de pompas fúnebres lo metió en una caja de madera de pino, y aquel fue el final del hombre con el nombre «Billy the Kid» tatuado en el antebrazo izquierdo. Podríamos decir que fue una buena forma de deshacerse de la basura.

El escándalo duró unas dos semanas, durante las cuales no me atreví a dar un solo paso en falso y mucho menos tomarme un día libre para investigar la idea que me había asaltado en la cocina la mañana siguiente a los hechos. Supe con seguridad que el circo se había marchado de la ciudad al llegar a la penitenciaría un día de mediados de noviembre; creo que fue el 12 de ese mes, aunque no podría jurarlo. Ese día encontré sobre mi mesa el papel que tanto temía recibir: la orden de ejecución de John Coffey. No la había firmado Hal Moores sino Curtis Anderson, pero era igualmente legal y, desde luego, tenía que haber pasado por Hal para llegar a mí. Lo imaginé sentado ante su escritorio con el papel en la mano, pensando en su esposa, que para los médicos de Indianola se había convertido en una especie de milagro andante. Ella había recibido una orden de ejecución de manos de esos mismos médicos, pero John Coffey la había destruido. Sin embargo, ahora le llegaba el turno a Coffey de recorrer el pasillo de la muerte, y ¿quién podía evitarlo? ¿Quién de nosotros podía evitarlo?

La ejecución estaba fijada para el 20 de noviembre. Tres días después de recibirla, hice que Jan llamara a la prisión diciendo que estaba enfermo. Después de tomar una taza de café, subí a mi viejo pero fiable Ford y conduje hacia el norte. Janice me había despedido con un beso, deseándome buena suerte, y aunque le di las gracias, aún no sabía en qué consistiría esa suerte, si en encontrar lo que buscaba o en no encontrarlo. Lo único que sabía era que no tenía ganas de cantar mientras conducía. Ese día no.

A las tres de la tarde estaba en la tierra de las colinas. Llegué a los juzgados del condado de Purdom poco antes de que cerraran, eché un vistazo a los archivos y fui a ver al sheriff, que ya había sido informado de que un extraño estaba husmeando por allí. El sheriff Catlett quería saber qué hacía. Cuando se lo expliqué, reflexionó por un instante y me contó algo interesante. Dijo que negaría todo si difundía sus palabras, que por otra parte no eran decisivas, pero algo era algo. Claro que sí.

Pensé en ello en el camino a casa y durante la mayor parte de la noche. Les aseguro que esa noche rumié mucho más de lo que dormí.

Al día siguiente me levanté cuando el sol apenas se vislumbraba en el este y me dirigí al condado de Trapingus. Evité a Homer Cribus, esa gran mole de mierda, y en su lugar hablé con el agente Rob McGee. McGee no quería oír lo que le decía; de hecho, se negó tan rotundamente a escucharme que pensé que me daría un puñetazo en la boca para hacerme callar. Pero finalmente accedió a hacerle un par de preguntas a Klaus Detterick. Creo que lo hizo sobre todo para asegurarse de que no lo hiciera yo.

—Sólo tiene treinta y nueve años, pero parece un viejo —dijo McGee—, y lo último que necesita es que un carcelero listillo se ponga a hurgar en sus heridas justo cuando empiezan a cicatrizar. Quédese en el pueblo. No se le ocurra acercarse a la granja de los Detterick, pero quiero que esté localizable cuando termine de hablar con Klaus. Si se pone nervioso, cómase un trozo de pay en la cantina; así se quedará pegado al asiento.

Comí dos trozos en lugar de uno, y McGee tenía razón. Era lo bastante pesado para dejarme pegado al asiento.

Cuando el agente entró en la cantina y se sentó a mi lado en la barra, intenté leer sus pensamientos, pero no lo conseguí.

—¿Y bien? —pregunté.

—Acompáñeme a mi casa, hablaremos allí —dijo—. Este lugar está demasiado concurrido para mi gusto.

Mantuvimos nuestra conversación en el pórtico de la casa de Rob McGee. Los dos estábamos muertos de frío, pero la señora McGee no permitía fumar dentro de la casa. En ese sentido, se había adelantado a su tiempo. McGee hablaba con el tono de alguien a quien no le gusta en absoluto lo que tiene que decir.

–Eso no prueba nada y usted lo sabe, ¿verdad? –dijo poco antes de que concluyera nuestra conversación. Hablaba con tono beligerante y movía con agresividad el cigarro que él mismo había forjado, pero tenía el rostro descompuesto. Ambos sabíamos que las pruebas que se presentan en un juicio no son las únicas válidas. Pensé que por primera vez en su vida el agente McGee habría preferido ser tan imbécil como su jefe.

–Lo sé –respondí.

–Y si cree que podrá conseguir una apelación basándose en este detalle, no se haga ilusiones. John Coffey es negro, y en el condado de Trapingus no solemos dar una segunda oportunidad a los negros.

–También lo sé.

–¿Qué va a hacer entonces?

Arrojé la colilla a la calle, por encima de la verja, y me puse de pie. Me esperaba un largo y frío viaje de regreso a casa, y cuanto antes me largase, antes llegaría.

–Ojalá lo supiera, agente McGee –respondí–, pero no lo sé. Lo único que sé es que comerme la segunda ración de pay ha sido un error.

–Le diré una cosa, listillo –dijo, siempre con tono beligerante–. Creo que no debería haber abierto la caja de Pandora.

–No fui yo quien la abrió –repuse, y me marché.

Llegué a casa muy tarde –después de medianoche–, pero mi esposa me aguardaba levantada. Aunque esperaba que lo hiciera, me alegró verla, sentir sus brazos en mi cuello y su cuerpo firme y hermoso contra el mío.

–Hola, forastero –dijo, y me acarició la entrepierna–. Por lo visto, todo sigue bien aquí abajo. Nuestro amigo está en plena forma.

–Sí, señora –respondí y la cargué en brazos.

La llevé al dormitorio e hicimos el amor. Fue un encuentro dulce como el azúcar, o como la miel de un panal, y cuando llegué al clímax, a esa maravillosa sensación de entrega y abandono, pensé en los ojos eternamente húmedos de John Coffey y en las palabras de Melinda Moores: «Pensé que los dos vagábamos en la oscuridad.»

Todavía encima de mi esposa, con las piernas entrelazadas a las de ella y sus brazos alrededor de mi cuello, me eché a llorar.

—¡Paul! —exclamó, alarmada. Creo que en los años que llevábamos de casados no me había visto llorar más de dos o tres veces. Nunca había sido un hombre de lágrima fácil–. ¿Qué pasa, Paul?

—Sé todo lo que hay que saber —dije entre sollozos–. Si quieres que sea sincero contigo, creo que sé demasiado. Se supone que debo electrocutar a John Coffey en menos de una semana, pero fue William Wharton quien mató a las gemelas Detterick. Fue el Salvaje Bill.

5

Al día siguiente, recibí para almorzar al mismo grupo de carceleros que habían comido en casa después de la espantosa ejecución de Delacroix. Sin embargo, esta vez nuestro consejo de guerra tenía un nuevo miembro: mi esposa. Jan me había convencido de que los convocara, pues al principio me sentía reacio a hacerlo. ¿No era suficiente con que lo supiéramos nosotros?

—No piensas con claridad —respondió–, quizá porque todavía estás muy alterado. Los muchachos saben lo peor: que John va a morir por un crimen que no cometió. Se alegrarán de enterarse de la verdad.

Yo no estaba tan seguro, pero confié en su buen juicio. Aunque esperaba un gran alboroto cuando le conté a Bruto, Dean y Harry lo que había averiguado (no podía probarlo, pero estaba seguro), su primera reacción fue un silencio absoluto. Luego, mientras tomaba una de las galletas de Janice y comenzaba a untarla con una desproporcionada cantidad de mantequilla, Dean dijo:

–¿Crees que John lo vio? ¿Que vio a Wharton dejar a las niñas en el bosque o incluso violarlas?

–Creo que si lo hubiera visto violarlas habría hecho algo para evitarlo –respondí–. Supongo que tal vez lo vio huir, aunque es probable que luego lo haya olvidado.

–Seguro –dijo Dean–. Es un tipo especial, pero le falta inteligencia. Supo que era Wharton cuando el chico sacó el brazo entre los barrotes y lo tocó.

Bruto hizo un gesto de asentimiento.

–Por eso parecía tan sorprendido y… horrorizado. ¿Recuerdan cómo abrió los ojos?

Asentí.

–Usó a Percy para matar a Wharton como si fuese una pistola. Lo dijo Janice y no puedo dejar de pensar en ello. ¿Por qué iba a querer matar al Salvaje Bill? A Percy, quizá. Después de todo, Percy había aplastado el ratón de Delacroix ante sus propios ojos y luego había quemado al propio Delacroix, y John lo sabía; pero ¿por qué a Wharton? El muchacho nos había tomado el pelo a todos, pero por lo que sé, no le había hecho ningún daño a John. Apenas si había cruzado unas palabras con él durante el tiempo que pasaron en el bloque, y la mayor parte la última noche. ¿Por qué iba a querer matarlo? Procedía del condado de Purdom, y allí los blancos no ven un negro a menos que se lo crucen en la carretera. Entonces ¿por qué lo hizo? Tiene que haber visto o sentido algo horrible cuando Wharton lo tocó, para que guardara el veneno que había sacado del cuerpo de Melly hasta su regreso al bloque.

–Y estuvo a punto de morir por ello –añadió Bruto.

–Exacto. El caso de las gemelas Detterick era la única explicación posible para lo que hizo. Me dije que era una idea absurda, demasiada coincidencia; no podía ser cierta. Entonces recordé lo que Curtis Anderson escribió en el informe de entrada de Wharton: que el muchacho era un salvaje y que había vagado por todo el estado antes de que lo detuvieran por asesinato. «Había vagado por todo el estado.» Esas palabras me perseguían. Luego recordé cómo intentó estrangular a Dean el día en que llegó al bloque. Eso me hizo pensar en...

–El perro –dijo Dean mientras se acariciaba el cuello, en el sitio donde Wharton había enrollado la cadena. Creo que lo hizo inconscientemente–. En el modo en que le rompió el pescuezo al perro.

–Fui al condado de Purdom a investigar los archivos del caso Wharton, puesto que aquí sólo tenemos un informe de los crímenes que lo llevaron al pasillo de la muerte. En otras palabras, el final de su carrera, y yo quería saber algo sobre el principio.

–¿Estuvo metido en muchos líos? –preguntó Bruto.

–Sí; vandalismo, pequeños hurtos, incendios en granjas e incluso robo de explosivos. Él y un amigo echaron dinamita a un barranco. Empezó pronto, a los diez años, pero lo que yo buscaba no estaba allí. Luego el sheriff se enteró de quién era y qué buscaba, y eso fue una suerte. Le mentí. Le dije que durante un registro en el bloque habíamos encontrado debajo del colchón de Wharton unas fotos de niñas desnudas, y que quería saber si el muchacho tenía antecedentes como pederasta, puesto que había un par de casos sin resolver en Tennessee. Me cuidé muy bien de no mencionar el asesinato de las gemelas Detterick, y creo que ni siquiera se le cruzó por la cabeza.

–Claro que no –intervino Harry–. ¿Por qué iba a pensar en eso? Después de todo, el caso está cerrado.

–Dije que seguramente me habría equivocado, pues no había ningún crimen de esa clase en el expediente de Wharton. Había muchos delitos, pero ninguno por el estilo. Entonces el sheriff Catlett rio y dijo que no todo lo que había hecho una manzana podrida como Wharton estaba en los archivos, y que de todos modos no importaba, puesto que estaba muerto.

»Respondí que investigaba el asunto sólo por curiosidad, y eso lo tranquilizó. Me llevó a su oficina, me ofreció una taza de café y un pan y me contó que dieciséis meses antes, cuando Wharton acababa de cumplir los dieciocho, un granjero del oeste lo había sorprendido con su hija en el granero. No había sido exactamente una violación; el tipo le dijo a Catlett que «la cogió con un dedo». Lo siento, cariño.

–Tranquilo –dijo Janice, aunque estaba pálida.

–¿Cuántos años tenía la chica? –preguntó Bruto.

–Nueve –respondí, y Bruto se sobresaltó–. El hombre habría perseguido a Wharton personalmente, si hubiera tenido hermanos o primos que lo acompañasen, pero no los tenía. De modo que fue a ver a Catlett y dejó claro que sólo quería que le hiciera una advertencia a Wharton. Nadie quiere que una noticia así se haga pública. Bueno; la cuestión es que el sheriff llevaba tiempo ocupándose de las fechorías de Wharton (lo había metido en el reformatorio cuando el chico tenía quince años) y pensó que ya era suficiente. Reunió a tres agentes y fueron a casa de Wharton. Echaron a la madre, que empezó a gritar y a llorar, y advirtieron a Billy the Kid lo que podía pasarle a un degenerado que se mete con una cría que no sólo no ha tenido su primera menstruación, sino que ni siquiera ha oído hablar de ella. «Fue un buen aviso», me dijo Catlett. «Lo dejamos con la cabeza sangrante, un hombro dislocado y el culo morado».

Bruto no pudo evitar reír.

–Una historia típica del condado de Purdom –dijo.

–Tres meses más tarde, Wharton se largó de su casa y empezó la aventura que concluyó con su detención

–continué–. Eso fue después de los crímenes que lo trajeron aquí.

–De modo que en una ocasión tuvo algo que ver con una menor –dijo Harry. Se quitó los anteojos, les echó el aliento y comenzó a limpiarlos–. Pero una golondrina no hace verano, ¿no es cierto?

–Un hombre no hace algo así sólo una vez –dijo mi esposa, y luego apretó los labios con tanta fuerza que casi desaparecieron de su cara.

A continuación les hablé de mi visita al condado de Trapingus. No había tenido más remedio que ser sincero con Rob McGee. Nunca supe qué le contó a Detterick, pero lo cierto es que cuando el agente se sentó junto a mí en la cantina, parecía diez años más viejo.

–A mediados de mayo, aproximadamente un mes antes de los asesinatos que habían puesto punto final a la corta carrera delictiva de Wharton, Klaus Detterick había pintado el granero y la casa del perro. Como temía que su hijo pudiese subir al andamio (y además el pequeño tenía que ir al colegio) había contratado a un ayudante. Un muchacho agradable y tranquilo. Había trabajado con él tres días, pero no había dormido en la casa. Detterick no era tan tonto como para pensar que porque fuera agradable y tranquilo, era trigo limpio, sobre todo en aquellos tiempos en que había tanto delincuente suelto por las carreteras. De todos modos, el muchacho no necesitaba alojamiento, pues había alquilado una habitación en el pueblo; en casa de Eva Price. Era cierto que había una tal Eva Price en el pueblo y que alquilaba habitaciones, pero la mujer no había tenido ningún inquilino que encajara con la descripción del ayudante de Detterick; sólo los tipos de costumbre, con traje a cuadros y sombrero, los típicos viajantes. McGee lo sabía porque se había detenido en casa de la señora Price en el camino de regreso de la granja de Detterick. Por eso estaba tan alterado.

»"Sin embargo, señor Edgecombe –había dicho–, no hay ninguna ley que prohíba dormir en el bosque. Yo mismo lo he hecho en varias ocasiones."

»Aunque el ayudante de Detterick no había dormido en la casa, había comido con la familia un par de veces. Conocía a Howie y a las niñas, Cora y Kate. Tuvo ocasión de oír sus conversaciones, quizá incluso que esperaban con impaciencia la llegada del verano, porque si el tiempo era bueno su madre les permitiría dormir en la galería, donde jugarían a ser esposas de los pioneros que habían cruzado las llanuras en caravanas.

»Me lo imagino sentado a la mesa, comiendo pollo asado y pan de centeno casero, escuchando, disimulando su mirada de lobo, asintiendo y sonriendo mientras hacía planes.

–Esas características no encajan con el salvaje que me describiste cuando ingresó en el bloque –dijo Janice con tono dubitativo–. No coinciden en absoluto.

–Usted no lo vio en el hospital de Indianola, señora –dijo Harry–. Tenía la boca abierta y el culo al aire, dejándose vestir como si fuera un crío. Creímos que estaba dopado o que era idiota, ¿verdad, Dean?

Dean asintió con la cabeza.

–El día que terminó con el granero, un tipo que llevaba la cara cubierta con un pañuelo robó en la estación de mercancías –dije–. Se llevó setenta dólares y un dólar de plata que el agente de carga llevaba como amuleto de la suerte. Cuando capturaron a Wharton, encontraron la moneda en su cuerpo, y Jarvis sólo está a cuarenta y cinco kilómetros de Tefton.

–¿Y crees que ese ladrón… ese salvaje… se detuvo tres días para ayudar a Klaus Detterick a pintar el granero? –dijo mi esposa–. ¿Que comió con ellos y se comportó como un ciudadano normal?

–Lo más aterrador de los tipos como Wharton es que son impredecibles –terció Bruto–. Puede que pensara matar a los Detterick y saquear la casa y luego por cualquier motivo cambiase de opinión. Quizá quisiera aclararse, pero lo más probable es que hubiera puesto el ojo en las niñas y planeara volver en cualquier momento. ¿No lo crees, Paul?

Asentí. Claro que lo creía.

—También está el nombre que el muchacho le dio a Detterick.

—¿Qué nombre? —preguntó Jan.

—Will Bonney.

—¿Bonney? No...

—Era el nombre verdadero de Billy the Kid.

—¡Ah! —sus ojos se abrieron como platos—. ¡Gracias a Dios! Entonces puedes salvar a John Coffey. Lo único que tienes que hacer es enseñarle una foto a Detterick... La foto de su archivo...

Bruto y yo cambiamos una mirada incómoda. Dean parecía animado, pero Harry se miraba fijamente las manos, como si de repente estuviera fascinado por sus uñas.

—¿Qué pasa? —preguntó Janice—. ¿Por qué tienen esas caras? Sin duda el tal McGee...

—Rob McGee me pareció buena persona y estoy seguro de que es un excelente policía —dije—, pero no tiene ningún poder en el condado de Trapingus. El que tiene poder es el sheriff Cribus, y el día en que reabra el caso Detterick sobre la base de mis hallazgos, nevará en el infierno.

—Pero si Wharton estuvo allí... Si Detterick puede identificarlo y *saben* que estuvo allí...

—El hecho de que estuviera allí en mayo no significa que volviese en junio para matar a las niñas —dijo Bruto con el suave y tranquilo tono que uno usa para comunicarle a alguien la muerte de un familiar—. Por un lado tenemos a un muchacho que ayudó a Detterick a pintar el granero y se marchó. Se sabe que cometió varios crímenes, pero no hay nada contra él durante los tres días que pasó en Tefton. Por otro lado tenemos a un negro, un negro *enorme*, a quien encontraron sentado a la orilla del río con los cadáveres desnudos de las niñas en los brazos –sacudió la cabeza–. Paul tiene razón, Janice. Puede que a McGee lo haya asaltado la duda, pero él no cuenta. Cribus es el único que podría reabrir el caso, y no querrá estropear lo que considera un final feliz. Pensará que no fue uno de los suyos sino un negro. Estupendo. Vendrá a Cold Mountain, se comerá un bistec con una cerveza, y luego irá a ver cómo fríen a su asesino.

Janice lo escuchó con expresión de horror y volteó hacia mí.

–Pero McGee está de acuerdo contigo, ¿verdad, Paul? Lo noté en tu cara. El agente McGee sabe que ha arrestado al hombre equivocado. ¿No se enfrentará con el sheriff?

–Lo único que puede conseguir enfrentándose con él es que lo despidan –respondí–. Creo que en el fondo sabe que el culpable fue Wharton, pero se dirá a sí mismo que si mantiene la boca cerrada y sigue el juego hasta que Cribus se retire o se muera, podrá ocupar su puesto. Entonces las cosas serán diferentes. Supongo que eso es lo que se dirá para poder dormir. Y en algo no se diferencia mucho de Cribus; pensará: «Al fin y al cabo, sólo es un negro. No es como si fueran a electrocutar a un blanco.»

–Entonces tendrás que actuar tú –dijo Janice, y el corazón me dio un vuelco al oír su tono decidido y seguro–. Ve y diles lo que has descubierto.

–¿Y cómo explicaremos que lo hemos descubierto, Jan? –preguntó Bruto con la misma voz serena–. ¿Les contaremos que mientras sacábamos a John de la prisión para que hiciera un milagro con la esposa del alcaide, Wharton le tocó un brazo?

–No, claro que no, pero… –advirtió que pisaba terreno inseguro y cambió de rumbo–. Mientan –dijo. Miró a Bruto con expresión desafiante y luego se volvió hacia mí. Su mirada era tan ardiente que podría haber hecho un agujero en un periódico.

–Mentir –repetí–. ¿Mentir sobre qué?

–Sobre lo que te llevó primero al condado de Purdom y luego al de Trapingus. Ve a ver al viejo gordinflón del sheriff Cribus y dile que Wharton te dijo que había matado a las gemelas Detterick. Que lo confesó todo –dirigió su mirada ardiente a Bruto–. Tú podrías respaldar su versión, Bruto. Dirás que estabas presente en el momento de la confesión. Es más, pueden decir que Percy también lo oyó y que por eso lo mató. Le disparó porque no podía dejar de pensar en lo que Wharton les había hecho a esas niñas. Eso lo trastornó. ¿Qué pasa?, ¿qué pasa, por el amor de Dios?

No éramos sólo Bruto y yo; Harry y Dean también la miraban con horror.

–No informamos de eso en ningún momento, señora –dijo Harry, como si le hablara a un niño–. Lo primero que nos preguntarán es por qué no lo hicimos. Se supone que debemos informar de todo lo que digan los presos sobre sus crímenes. Los suyos o los de cualquier otro.

–De todos modos no le habríamos creído, Jan –terció Bruto–. Un hombre como Wharton es capaz de mentir sobre cualquier cosa. Los crímenes que cometió, los delincuentes que conocía, las mujeres con quienes se había acostado, los tantos que marcó en los partidos de futbol del colegio, incluso el estado del tiempo.

–Pero… pero… –Jan parecía angustiada. Le pasé un brazo por los hombros, pero se apartó–. ¡Pero estuvo allí! ¡Pintó ese maldito granero! ¡Comió con ellos!

–Razón de más para que se enorgulleciera del crimen –dijo Bruto–. Después de todo, ¿qué mal podía hacerle? Sólo se puede freír a un tipo una vez.

–A ver si les he entendido: todos los que estamos sentados alrededor de esta mesa sabemos que John Coffey no sólo no cometió el crimen sino que intentaba salvar a las niñas. El agente McGee no está al corriente de todo, por supuesto, pero aun así está bastante seguro de que el hombre condenado a morir por esos asesinatos no los cometió. Y sin embargo... sin embargo... no pueden conseguir una apelación. Ni siquiera pueden conseguir que se reabra el caso.

–Exactamente –dijo Dean mientras limpiaba los anteojos con furia–. Así son las cosas.

Janice agachó la cabeza con aire pensativo. Bruto empezó a decir algo, pero lo atajé levantando una mano. No creía que Janice pudiera pensar en una forma de librar a John de la muerte, pero tampoco era imposible. Mi mujer era una mujer muy lista y decidida, una combinación que puede transformar montañas en valles.

–Muy bien –dijo por fin–. Entonces tendrán que liberarlo ustedes.

–¿Cómo? –Harry la miró atónito... y también asustado.

–Pueden hacerlo. Ya lo hicieron una vez, ¿no es cierto? Eso quiere decir que pueden volver a hacerlo, sólo que en esta ocasión no lo llevarán de regreso a la cárcel.

–¿Y usted les explicará a mis hijos por qué han enviado a prisión a su padre, señora Edgecombe? –preguntó Dean–. Acusado de ayudar a escapar a un asesino.

–No habrá nada de eso, Dean. Urdiremos un plan para que parezca una fuga auténtica.

–Asegúrese de que sea un plan que pueda llevar a cabo un tipo que ni siquiera sabe atarse las agujetas —intervino Harry–. Tendrán que creérselo.

Janice lo miró con expresión dubitativa.

–No funcionaría –dijo Bruto–. Aunque se nos ocurriera un plan, no funcionaría.

–¿Por qué no? –Jan parecía a punto de llorar–. ¿Por qué demonios no funcionaría?

–Porque es un gigante de dos metros que apenas tiene cerebro para comer solo –dije–. ¿Cuánto tiempo tardarían en volver a capturarlo? ¿Dos horas?, ¿seis?

–Antes de esto había pasado inadvertido –dijo Jan, mientras se limpiaba una lágrima con el dorso de la mano.

En eso tenía razón. Yo había escrito a algunos amigos y parientes del Sur preguntándoles si habían leído algo en los periódicos sobre un hombre de las características de John Coffey. Nada en absoluto. Janice había hecho lo mismo. Sólo creían haberlo visto en la ciudad de Muscle Shoals, en Alabama. En 1929 un tornado había derribado una iglesia durante un ensayo del coro, y un gigante negro había rescatado a dos hombres de los escombros. Los dos parecían muertos para los testigos, pero al final nadie había resultado herido de gravedad. Uno de los presentes dijo que había sido un milagro. El negro, un trabajador temporal a quien el pastor había contratado por un día, desapareció en el alboroto.

–Es verdad –dijo Bruto–, pero debemos recordar que eso fue antes de que lo condenaran por la violación y el asesinato de las niñas.

Janice no respondió. Guardó silencio durante al menos un minuto y luego hizo algo que me sorprendió tanto como mi súbito ataque de llanto la había sorprendido a ella. Tendió el brazo y tiró todo lo que había sobre la mesa: platos, vasos, tazas, cubiertos, la fuente de la col, la jarra de naranjada, el plato con el jamón, la leche, la botella de té helado. Todo fue a parar al suelo.

–¡Diablos! –exclamó Dean, apartándose de la mesa con tanto ímpetu que estuvo a punto de caer de espaldas.

Janice no le hizo el menor caso. Nos miraba a Bruto y a mí; sobre todo a mí.

–¿Piensan matarlo, cobardes? –preguntó–. ¿Van a matar al hombre que salvó la vida de Melinda Moores e intentó salvar la de las niñas? Bueno; al fin y al cabo, sólo habrá un negro menos en el mundo, ¿no es cierto? Podrán consolarse con esa idea. Un negro menos –se puso de pie, miró la silla y le dio una patada. La silla rebotó contra la pared y cayó encima de la naranjada. La agarré de la muñeca, pero se soltó–. No me toques –dijo–. Dentro de una semana serás un asesino igual que Wharton, así que no me toques.

Salió al patio trasero, se cubrió la cara con el delantal y se echó a llorar. Los cuatro hombres nos miramos. Al cabo de unos instantes, me levanté y empecé a limpiar. Bruto me echó una mano; luego se unieron Harry y Dean. Cuando la cocina recuperó su aspecto normal, los muchachos se marcharon. Ninguno dijo una sola palabra. En realidad, no había nada que decir.

6

Era mi noche libre. Me senté en la sala de nuestra pequeña casa, fumando, escuchando el radio y contemplando cómo la oscuridad ascendía gradualmente hasta devorar el cielo. La televisión está bien, no tengo nada contra ella, pero no me gusta la forma en que nos separa del mundo, atrapándonos en su pantalla de cristal. En ese sentido, el radio era mucho mejor.

Janice entró, se arrodilló al lado del sillón y tomó mi mano. Durante un rato, ninguno de los dos dijo nada; permanecimos así, escuchando el *Kollege of Musical Knowledge* de Kay Kaiser y mirando salir las estrellas.

–Lamento haberte llamado cobarde –dijo–. Es lo peor que te he dicho en todos nuestros años de casados.

–¿Peor que cuando me llamaste viejo avaro? –pregunté. Ambos reímos, y un par de besos después, habíamos hecho las paces.

Mi Janice era tan hermosa. Todavía sueño con ella. A pesar de lo viejo y cansado que me siento, aún sueño que entra en mi habitación de este lugar solitario y olvidado, donde los pasillos huelen a orines y a col hervida. Sueño que es joven y hermosa, con aquellos pechos firmes que no podía dejar de tocar, y me dice: «Cariño, yo no estaba en el autobús que chocó. Todo fue un error.» Cuando despierto y comprendo que ha sido un sueño, me echo a llorar. Yo, que cuando era joven casi nunca lloraba.

–¿Lo sabe Hal? –preguntó por fin.

–¿Que John es inocente? Lo dudo.

–¿Crees que podría hacer algo? ¿Tiene alguna influencia sobre Cribus?

–Ninguna, cariño.

Asintió, como si esperara esa respuesta.

–Entonces no se lo digas. Si no puede hacer nada, no se lo digas.

–No.

Me miró fijamente.

–Y esa noche no podrás fingir que estás enfermo. Ninguno de ustedes puede hacerlo.

–No. Si estamos allí, al menos nos ocuparemos de que todo acabe cuanto antes. Es lo único que podemos hacer. No será como la ejecución de Delacroix.

Por un momento, gracias a Dios muy breve, vi la capucha negra de seda quemada separarse de la cara de Del para dejar al descubierto los globos de gelatina en que se habían convertido sus ojos.

–No tienes otro remedio, ¿verdad? –llevó mi mano a una de sus suaves mejillas–. Pobre Paul; pobrecillo mío.

No respondí. Nunca en mi vida había tenido tantas ganas de huir. Sentí deseos de agarrar a Janice, meter cuatro cosas en un bolso y escapar hacia cualquier lugar.

–Pobrecito mío –repitió y luego añadió–: Habla con él.

–¿Con quién? ¿Con John?

–Sí. Habla con él. Averigua qué quiere.

Reflexioné por un instante y asentí. Jan tenía razón. Siempre la tenía.

7

Dos días después, el 18, Bill Dodge, Hank Bitterman y otro guardia –no recuerdo quién, seguramente uno de los guardias temporales– llevaron a John Coffey a las regaderas del bloque D, mientras nosotros ensayábamos la ejecución. No permitimos que Tuu Tuu ocupara su lugar; aunque nadie habló del asunto, todos sabíamos que habría sido una obscenidad.

Lo hice yo.

–John Coffey –dijo Bruto con voz temblorosa mientras yo estaba sentado en la Freidora–, ha sido condenado a morir en la silla eléctrica, según la sentencia dictada por sus conciudadanos...

¿Conciudadanos de Coffey? Parecía un chiste. Por lo que yo sabía, parecía de otro planeta. Luego recordé lo que John había dicho al ver la silla desde los peldaños que conducían a mi oficina: «Siguen ahí. Los oigo gritar.»

–Sáquenme de aquí –dije con voz ronca–. Quítenme las correas y déjenme salir.

Lo hicieron, pero por un momento quedé paralizado, como si la Freidora no quisiera dejarme marchar.

Cuando regresábamos al bloque, Bruto me habló en voz baja, para que no pudieran oírlo Dean y Harry, que estaban detrás de nosotros, guardando las últimas sillas.

–He hecho muchas cosas en la vida de las que no me siento orgulloso, pero por primera vez creo que corro el riesgo de ir al infierno.

Lo miré para asegurarme de que no bromeaba, y me pareció que no lo hacía.

–¿Qué quieres decir?

–Que vamos a matar a un elegido de Dios –respondió–. A alguien que nunca hizo daño a nadie. ¿Qué podré decir en mi favor cuando me encuentre con el Creador y me pida explicación, qué le diré? ¿Que era mi trabajo, mi obligación?

8

Cuando John regresó de las regaderas y los guardias temporales se marcharon, abrí la puerta de su celda, entré y me senté a su lado. Bruto, que se encontraba en la mesa de entrada, alzó la vista y vio que estaba solo con John en la celda, pero no dijo nada. Volvió a concentrarse en los papeles que tenía delante, chupando el extremo del lápiz una y otra vez.

Coffey me miró con sus extraños ojos inyectados en sangre, ausentes, llorosos y sin embargo serenos, como si llorar constantemente no tuviera nada de malo, sobre todo cuando uno estaba acostumbrado a hacerlo. Hasta me dedicó una breve sonrisa. Recuerdo que olía a jabón y que parecía tan limpio y fresco como un bebé después del baño.

–Hola, jefe –dijo, y luego tomó mis manos entre las suyas. Lo hizo con absoluta naturalidad.

–Hola, John –yo tenía un nudo en la garganta e intenté tragarlo–. Supongo que sabes que se acerca la hora. Sólo falta un par de días.

Permaneció en silencio, sin soltarme las manos. Cuando miro hacia atrás, creo que ya había empezado a pasarme algo, pero estaba demasiado pendiente –mental y emocionalmente– de mi trabajo para notarlo.

–¿Querrás algo especial para cenar esa noche, John?

Podemos conseguirte cualquier cosa, incluso una cerveza. Sólo tendremos que ponerla en una taza de café.

–Nunca me ha gustado la cerveza.

–Entonces ¿algo especial para comer?

Su frente se arrugó debajo de la enorme calva café. Luego las líneas se borraron, y sonrió.

–Pastel de carne –dijo.

–Muy bien, pastel de carne con salsa y puré de papas –sentí un hormigueo, como cuando a uno se le adormece un brazo, sólo que la sensación se extendió por todo mi cuerpo–. ¿Qué más?

–No lo sé, jefe. Cualquier cosa. Tal vez, quingombó, pero me da igual.

–De acuerdo –dije, y pensé que también tomaría pay de durazno hecho por la señora Edgecombe–. ¿Y qué me dices de un sacerdote? Alguien que rece contigo. Sirve de consuelo; lo he visto muchas veces. Podría llamar al reverendo Schuster, el hombre que vino a ver a Del...

–No quiero un sacerdote –dijo John–. Usted ha sido bueno conmigo, jefe. Si quiere, puede rezar una plegaria. Me arrodillaré con usted.

–¿Yo? Pero, John, yo no puedo...

Me apretó las manos y el hormigueo aumentó.

–Claro que puede; ¿verdad que sí, jefe?

–Supongo que sí –me oí decir. Mi voz sonaba como un eco–. Supongo que sí.

La sensación era muy intensa, en parte similar a la que había experimentado cuando me curó la infección urinaria, y en parte diferente. Diferente porque esta vez él no sabía lo que hacía. De repente me sentí aterrorizado, ansioso por salir de allí. Veía luces en mi interior, no sólo en la cabeza, sino en todo el cuerpo.

–Usted, el señor Howell y los demás jefes han sido buenos conmigo –dijo John Coffey–. Sé que se preocupan por mí, pero tienen que dejar de hacerlo, porque yo me quiero ir, jefe –intenté hablar, pero no pude. Sin embargo él sí que podía. Lo que dijo a continuación fue la parrafada más larga que le oí desde que lo conocía–: Estoy cansado del dolor que siento y oigo, jefe. Estoy cansado de vagar por las calles, solo como un tordo bajo la lluvia, sin nadie que me acompañe o me diga adónde vamos y por qué. Estoy cansado de ver que las personas son malas unas con otras. Es como si tuviera trozos de vidrio en la cabeza. Estoy cansado de las veces que intenté ayudar y no lo conseguí. Estoy cansado de la oscuridad y, sobre todo, del dolor. Es demasiado. Si pudiera, acabaría con él, pero no puedo.

Para, quise decir. Para y suéltame las manos. Si no lo haces, me ahogaré. O estallaré.

Me incliné, jadeando. Entre mis rodillas, vi cada grieta del suelo de cemento, cada hendidura, cada grano de mica. Alcé la mirada y vi en las paredes nombres escritos en 1924, 1926, 1931. Aquellos nombres habían sido borrados, y en cierto modo también sus propietarios, pero imagino que es imposible borrarlo todo, al menos en esta copa oscura que es el mundo. Veía una maraña de nombres superpuestos, y era como escuchar a los muertos hablar, cantar y pedir clemencia. Sentí que mis ojos palpitaban en sus órbitas, oí los latidos de mi corazón, el zumbido de mi sangre recorriendo los pasajes de mi cuerpo como una multitud de cartas enviadas a distintos lugares.

Oí el pitido de un tren a los lejos; el de las 3:50 a Pieceford, supongo, aunque no puedo estar seguro porque antes lo había oído. No desde Cold Mountain, porque pasaba a quince kilómetros de la prisión. Era *imposible* que lo oyera; eso diría cualquiera y eso era lo que yo mismo creía antes del mes de noviembre de 1932. Pero lo cierto es que lo oí.

En algún sitio explotó un foco de luz con el estruendo de una bomba.

–¿Qué me has hecho? –murmuré–. ¿Qué me has hecho, John?

–Lo siento, jefe –respondió con su habitual serenidad–. No me di cuenta. Pero no es nada; se sentirá mejor dentro de poco –me levanté y me dirigí a la puerta de la celda con la sensación de que caminaba en sueños. Cuando llegué allí, Coffey añadió–: Se pregunta por qué las niñas no gritaron cuando estaban en la galería. Es lo único que lo atormenta, ¿verdad?

Volví la mirada hacia él. Veía cada venita roja de sus ojos, cada poro de su cara… y sentía su dolor, el dolor que absorbía de los demás como una esponja absorbe el agua. También podía ver la oscuridad que había mencionado. Se extendía por los confines del mundo, y en ese momento sentí por él una mezcla de pena y enorme alivio. Sí, no cabía duda de que íbamos a cometer una injusticia… y sin embargo, le haríamos un favor.

–Lo vi cuando aquel muchacho me tocó –dijo John–. Entonces supe que era él quien lo había hecho. Aquel día lo vi; lo vi arrojar a las niñas al suelo y huir, pero…

–Pero lo olvidaste –dije.

–Sí, jefe. Lo olvidé hasta que él me tocó.

–¿Por qué no gritaron, John? Les hizo suficiente daño para hacerlas sangrar, y sus padres estaban dentro de la casa, así que ¿por qué no gritaron?

John me miró con expresión atormentada.

–Le dijo a una: «Si haces ruido, mataré a tu hermana», y luego le dijo lo mismo a la otra. ¿Lo ve?

–Sí –murmuré. Lo *veía*. Veía la galería de los Detterick en la oscuridad y a Wharton inclinado sobre las gemelas como un demonio. Una de ellas comenzó a gritar, Wharton la golpeó y a la niña empezó a sangrarle la nariz. Ése era el origen de la mayor parte de la sangre que encontraron.

–Se valió de su amor para matarlas –dijo John–. El amor que cada niña sentía por la otra. ¿Lo entiende?

Incapaz de hablar, asentí con un gesto.

Coffey sonrió. Las lágrimas volvían a correr por sus mejillas, pero sonrió.

—Lo mismo todos los días —dijo—, en todas partes del mundo —se tendió en el camastro y se volteó hacia la pared.

Salí al pasillo, cerré la puerta de la celda y me dirigí hacia la mesa de entrada. Aún me sentía como si estuviera soñando. Advertí que podía oír los pensamientos de Bruto, quien se preguntaba cómo se escribía la palabra «recibir». Pensaba: «¿Con be o con uve?» Luego alzó la vista y sonrió, pero al instante la sonrisa se le borró de los labios.

—¿Te encuentras bien, Paul?

—Sí —respondí, y a continuación le conté lo que me había dicho John. No todo, desde luego, y mucho menos lo que me había hecho al tocarme (eso nunca se lo he contado a nadie, ni siquiera a Janice; Elaine Connelly será la primera en saberlo, si decide leer hasta la última página de lo que he escrito). Me limité a repetir lo que me había dicho John sobre su deseo de marcharse. Bruto pareció aliviado, pero intuí (¿oí?) que se preguntaba si no me lo habría inventado para tranquilizarlo. Luego sentí que decidía creerme, sencillamente porque eso le facilitaría las cosas cuando llegara el momento de la ejecución.

—¿Sufres una recaída de la infección, Paul? —preguntó—. Estás rojo.

—No, me encuentro bien —respondí. Era mentira, pero estaba seguro de que John tenía razón y me recuperaría muy pronto. El hormigueo comenzaba a disiparse.

—De todos modos, creo que no te vendría mal entrar en el despacho y tenderte a descansar un poco.

Tenderme era lo último que deseaba en aquel momento; la idea me pareció tan ridícula que estuve a punto de echarme a reír. Me sentía con fuerza suficiente para construir una casa, colocarle el tejado, excavar un pequeño jardín en la parte trasera y cultivarlo. Todo antes de la cena.

Lo mismo todos los días, pensé. Todos los días, en todas partes del mundo. La misma oscuridad en todo el mundo.

–Voy a pasar por la administración –dije–. A comprobar algunos datos.

–De acuerdo.

Abrí la puerta y volteé.

–Lo has escrito bien –dije–. «Recibir» va con be.

Salí y no necesité mirar atrás para saber que Bruto me observaba boquiabierto.

Me mantuve activo el resto del turno; incapaz de permanecer sentado más de cinco minutos seguidos. Cuando regresé de la administración, me paseé de un extremo al otro del patio de ejercicios; supongo que los guardias de las torres de vigilancia debieron pensar que me había vuelto loco. Poco antes de acabar la jornada, comencé a tranquilizarme y el rumor de los pensamientos en mi cabeza –algo similar al ruido del viento entre las hojas– se acalló considerablemente.

Sin embargo, mientras volvía a casa, aquella extraña sensación me asaltó de nuevo con toda su fuerza. Estacioné el Ford a un lado de la carretera y corrí unos setecientos metros, con la cabeza inclinada, agitando los brazos. El aire que entraba y salía por mi boca estaba tan caliente como un objeto que se lleva mucho tiempo debajo del sobaco. Por fin volví a la normalidad. Corrí la mitad del trayecto hasta el coche y caminé la otra mitad; mi aliento formaba nubecillas de vapor en el aire helado. Ya en casa, le conté a Janice que John Coffey me había dicho que estaba preparado y que quería morir. Ella asintió con expresión de alivio, pero ¿de verdad se sentía aliviada? No podía asegurarlo. Seis horas antes, o tal vez tres, lo habría sabido, pero para entonces me resultaba imposible. Y era una suerte. John no dejaba de decir que estaba cansado, y ahora entendía por qué. Su don habría agotado a cualquiera, habría hecho que deseara desesperadamente paz y silencio.

Cuando Janice me preguntó por qué estaba tan agitado y sudoroso, le respondí que había detenido el coche en el camino a casa y había corrido durante un rato. Como creo haber dicho (he escrito demasiadas páginas para cerciorarme), no acostumbraba a mentirle, pero no le expliqué el motivo. Y lo cierto es que ella tampoco me lo preguntó.

9

La noche de la ejecución de John Coffey no hubo tormenta. Hacía frío, como correspondía a aquellas latitudes en esa época del año, y un millón de estrellas derramaban luz sobre los campos arados, donde la escarcha brillaba en los postes de las vallas y destellaba como diamantes sobre los esqueletos secos de las mazorcas de julio.

Brutus Howell estaría al frente: le pondría el casquete a John y cuando llegase la hora ordenaría a Van Hay que le diera al interruptor.

A las 11:20 horas de la noche del 20 de noviembre, Dean, Harry y yo nos dirigimos a la única celda ocupada, donde John Coffey estaba sentado en el camastro, con las manos entrelazadas entre las rodillas y una pequeña mancha de salsa en el cuello de la camisa azul. Nos miró a través de los barrotes, al parecer mucho más sereno que nosotros. Yo tenía las manos heladas y me latían las sienes. Una cosa era saber que deseaba irse, lo cual nos facilitaba el trabajo, y otra que íbamos a electrocutarlo por un crimen que no había cometido.

Había visto por última vez a Hal Moores aquella tarde a las siete. Estaba en su despacho, abotonándose el abrigo. Tenía la cara pálida y las manos le temblaban tanto que apenas podía con los botones. Le habría apartado la mano para terminar con la tarea, como suele hacerse con los niños pequeños. Curiosamente, el fin de semana anterior, cuando Janice y yo fuimos de visita a su casa, Melinda tenía mejor aspecto que su marido la noche de la ejecución.

–No me quedaré a presenciar la ejecución –dijo–. Curtis lo hará en mi lugar y sé que Coffey estará en buenas manos contigo y con Brutus.

–Sí, señor. Lo haremos lo mejor posible –respondí–. ¿Se sabe algo de Percy?

Lo que en realidad quería saber era si había recuperado la cordura. ¿Y si le contaba a alguien, probablemente a un médico, que le habíamos puesto la camisa de fuerza y lo habíamos encerrado en la celda de seguridad como a un vulgar preso (un *torpigante*, en sus propios términos)? ¿Le creerían?

Pero según Hal, Percy seguía igual. No hablaba ni parecía estar en este mundo. Seguía en Indianola –«esperando un diagnóstico», dijo Hal aparentemente extrañado por la expresión–, pero si no mejoraba, pronto lo trasladarían.

–¿Cómo está Coffey? –preguntó cuando por fin consiguió abrocharse el último botón.

–Estará bien, alcaide Moores.

Hizo un gesto de asentimiento y se dirigió hacia la puerta con aspecto cansado y enfermizo.

–¿Cómo es posible que tanto mal y tanto bien convivan en el mismo hombre? ¿Cómo es posible que el mismo hombre que salvó a mi esposa haya matado a esas niñas? ¿Lo entiendes?

Respondí que no, que los caminos del Señor eran inescrutables, que había bondad y maldad en todos nosotros, sin que supiéramos por qué, etcétera, etcétera. Casi todo lo que dije lo había aprendido en la iglesia. Hal asentía todo el tiempo, pero parecía alterado. Podía permitirse el lujo de asentir, ¿no es cierto? Sí; y también de parecer alterado. Su cara reflejaba una profunda tristeza, pero en esta ocasión no lloraba. Tenía una esposa esperándolo en casa, una compañera que ahora se encontraba bien. Estaba viva gracias a John Coffey, y el hombre que había firmado su orden de ejecución podía marcharse para volver a su lado. No tenía que presenciar la escena que tendría lugar a continuación. Aquella noche podría dormir en los cálidos brazos de su esposa, mientras John Coffey descansaba en el sótano del hospital del condado, enfriándose a medida que las horas, mudas y solitarias, avanzaban hacia el amanecer. Se me pasaría pronto, pero lo cierto es que en aquel momento sentí odio. Auténtico odio hacia Hal.

Más tarde entraba en la celda, seguido de Dean y Harry, ambos pálidos y alicaídos.

—¿Estás listo, John?

El grandulón asintió.

—Supongo que sí, jefe.

—Muy bien, entonces. Pero antes de que salgamos tengo que decirte algo.

—Diga lo que quiera, jefe.

—John Coffey, como representante de la ley...

Lo dije todo de un tirón, y cuando acabé, Harry Terwilliger dio un paso al frente y tendió la mano. Por un instante, John pareció sorprendido, luego sonrió y se la estrechó. A continuación, Dean, más pálido que nunca, le ofreció la suya.

—Merecías algo mejor, Johnny —dijo con voz ronca—. Lo siento.

—Estaré bien —respondió John—. Ésta es la parte más difícil; pero dentro de poco estaré bien —se puso de pie, y la cruz de san Cristóbal que le había regalado Melly se le salió de la camisa.

—John, tengo que quitarte eso —dije—. Si quieres puedo ponértela después de… pero ahora tengo que quitártela.

La medalla era de plata, y si estaba en contacto con su cuerpo cuando Van Day le diera al interruptor, podía fundirse con su piel o quizá galvanizarse, dejándole en el pecho una especie de fotografía chamuscada. Lo había visto antes. De hecho, lo había visto casi todo en mis años de carcelero en el pasillo de la muerte. Más de lo que me convenía; lo supe en ese momento.

John se quitó la cadena y me la entregó. Me la metí en el bolsillo y le pedí que saliera de la celda. No había necesidad de revisarle la cabeza para asegurarnos de que el contacto quedaría firme y la inducción sería buena; su calva era tan lisa como la palma de mi mano.

—¿Sabe, jefe? —dijo—. Esta tarde me quedé dormido y tuve un sueño. Soñé con el ratón de Del.

—¿De veras, John? —me coloqué a su izquierda y Harry a su derecha. Dean nos siguió y los cuatro comenzamos a recorrer el pasillo de la muerte. Fue la última vez que lo recorrí con un prisionero.

—Sí —dijo—. Soñé que iba a aquel sitio del que habló el jefe Howell, a Ratilandia. Había muchos niños, ¡y cómo se reían de sus trucos! —él mismo rio al recordarlo, pero enseguida volvió a ponerse serio—. Soñé que las dos niñas rubias estaban allí y también reían. Las abracé y no había sangre en su pelo; estaban bien. Todos miramos a *Cascabel* perseguir el carrete… ¡Cómo reíamos! Nos doblábamos de risa.

—Vaya —dije mientras pensaba que no podía continuar con aquello, que era incapaz de hacerlo. Temí que en cualquier momento me pondría a gritar o a llorar o mi corazón estallaría de pena y sería el final.

Entramos en mi despacho. John miró alrededor y

417

luego se arrodilló sin que nadie se lo pidiera. Detrás de él, Harry me miró con expresión de angustia. Dean estaba blanco como el papel.

Me arrodillé al lado de John y pensé en lo irónica que era la situación: después de ayudar a tantos prisioneros en su último viaje, ahora era yo quien necesitaba ayuda. Al menos eso me parecía.

—¿Qué le pediremos a Dios, jefe? –preguntó.

—Valor –respondí sin detenerme a pensarlo. Cerré los ojos y dije–: Dios Todopoderoso, ayúdanos a terminar lo que hemos empezado. Por favor, da la bienvenida en el cielo a este hombre, John Coffey (suena parecido a café, pero no se escribe igual) y concédele la paz. Ayúdanos a despedirlo como merece y no permitas que nada salga mal. Amén –abrí los ojos y miré a Dean y a Harry. Ambos tenían mejor aspecto, aunque dudo que fuera por mi oración. Quizá les hubiera hecho bien tener unos instantes para recuperar el aliento.

Empecé a incorporarme y John me tomó del brazo. Me dirigió una mirada tímida y esperanzada a la vez.

—Recuerdo una plegaria que alguien me enseñó cuando era pequeño –dijo–. O eso creo. ¿Puedo decirla?

—Adelante –respondió Dean–. Tenemos mucho tiempo.

John cerró los ojos y frunció el entrecejo en una mueca de concentración. Esperaba oír una versión confusa del padrenuestro o quizá «Ángel de la Guardia, dulce compañía…», pero no; lo que escuché a continuación fue algo que nunca había oído antes y que nunca volvería a oír. Con las manos juntas delante de los ojos cerrados, John Coffey dijo:

—Niño Jesús, tierno y bondadoso, ruega por este niño huérfano. Sé mi fuerza, sé mi amigo hasta la hora de mi muerte, Amén –abrió los ojos, comenzó a levantarse y luego me miró atentamente.

Me enjugué los ojos con el antebrazo. Mientras lo

escuchaba, había pensado en Del, que al final también había querido rezar otra oración: «Dios te salve María, llena eres de gracia... Ruega por nosotros pecadores, ahora y en la hora de nuestra muerte, Amén.»

–Lo siento, John.

–No lo sienta, jefe –dijo. Me dio un pequeño apretón en el brazo y sonrió. Y luego, tal como temía, tuvo que ayudarme a ponerme de pie.

10

No había muchos testigos; quizá catorce en total, la mitad de los que habían asistido a la ejecución de Delacroix. Homer Cribus estaba allí, con el culo desbordando la silla, como de costumbre; pero no vi al agente McGee. Al igual que el alcaide Moores, había decidido no asistir a aquella ejecución.

En la primera fila había una pareja de ancianos que al principio no reconocí, aunque había visto su fotografía en todos los periódicos. Cuando nos acercábamos a la plataforma donde se alzaba la Freidora, la mujer exclamó con furia:

–¡Espero que mueras lentamente, hijo de puta!

Entonces supe que se trataba de los Detterick, Klaus y Marjorie. No los había reconocido porque no estaba acostumbrado a ver a viejos que apenas superaban la treintena.

John dio un respingo al oír la voz de la mujer y el gruñido de aprobación del sheriff Cribus. Hank Bitterman, que estaba frente al pequeño grupo de testigos, no le quitaba los ojos de encima a Klaus Detterick. Cumplía mis órdenes, pero lo cierto es que Detterick no hizo el menor movimiento hacia John. De hecho, parecía encontrarse en otro planeta.

Bruto, de pie al lado de la Freidora, me hizo una

seña. Enfundó la pistola, y tomó a John de la muñeca y lo escoltó hacia la silla con la misma suavidad con que un muchacho acompaña a su chica a la pista de baile en la primera cita.

—¿Todo bien, John? —preguntó en voz baja.

—Sí, jefe, pero... —sus ojos se movían de un lado a otro, y por primera vez parecía asustado—. Aquí hay mucha gente que me odia. Mucha. Puedo sentir su odio y me duele. Me pica como si fueran avispas, y *duele*.

—Entonces siente lo que sentimos nosotros —respondió Bruto, siempre en voz baja—. Nosotros no te odiamos. ¿Puedes sentirlo?

—Sí, jefe —dijo, pero le temblaba la voz y sus ojos habían comenzado a derramar nuevas lágrimas de tristeza.

—¡Mátenlo dos veces, muchachos! —gritó Marjorie Detterick. Su voz desgarrada y estridente fue como una bofetada. John se acercó a mí y gimió—. ¡Maten a ese violador de niños dos veces! ¡Se lo merece!

Klaus, siempre con el aspecto de un hombre que sueña despierto, pasó un brazo por sus hombros, y la mujer se echó a llorar.

Comprobé con horror que Harry Terwilliger también lloraba. Por el momento ninguno de los testigos lo había advertido, puesto que estaba de espaldas, pero lloraba. Pero ¿qué podíamos hacer, aparte de seguir adelante?

Bruto y yo ayudamos a John a voltear. Bruto empujó uno de los hombros del grandulón y éste se sentó. Se agarró de los anchos brazos de roble de la Freidora mientras movía los ojos de un lado a otro y se humedecía los labios con la lengua.

Harry y yo nos arrodillamos. El día anterior habíamos encargado a uno de los presos de confianza que soldara extensiones a las correas de los pies, puesto que los tobillos de John Coffey eran más gruesos que las pantorrillas de los demás condenados. Sin embargo, pasé un momento de ansiedad al pensar que aún así serían pequeñas y que tendríamos que llevar a John de regreso a la celda mientras buscaban a Sam Broderick –el jefe de mantenimiento en aquellos tiempos– para que añadiera un trozo adicional a las correas. Pero después de un último tirón, la abrazadera de mi lado se cerró. John sacudió la pierna y gimió. Le había pellizcado la piel.

–Lo siento, John –murmuré, y miré a Harry. Él había conseguido cerrar la correa con mayor facilidad (la extensión de su lado debía de ser más larga, o bien el tobillo derecho de John era más pequeño), pero miraba el resultado con expresión dubitativa. Enseguida entendí por qué; las abrazaderas nuevas tenían un aspecto grotesco, como si fueran los dientes de un caimán.

–Todo irá bien –dije, en la esperanza de sonar convincente... y de que fuera verdad–. Sécate la cara, Harry.

Me obedeció, y con la manga de la camisa se enjugó las lágrimas de las mejillas y las gotas de sudor que le perlaban la frente. Nos volteamos. Homer Cribus, que había estado hablando en voz alta con el hombre que estaba a su lado (el fiscal, a juzgar por su corbata y su desgastado traje negro) se calló la boca. Ya casi era la hora.

Bruto había amarrado una de las muñecas de John y Dean la otra. Por encima del hombro de este último vi al médico, discreto como siempre, de pie al lado de la pared y con el maletín negro entre los pies. Supongo que en la actualidad los médicos están prácticamente a cargo de las ejecuciones, sobre todo las que se hacen con inyecciones letales, pero en aquel entonces si uno los necesitaba tenía que forzarlos a acercarse. Quizá en aquellos tiempos tuvieran una idea más clara de cuál era la verdadera misión de un médico y de que participar en una ejecución era una forma de romper la promesa que había hecho al recibir su diploma; la promesa de no hacer daño a nadie.

Dean hizo una señal a Bruto, que volvió la cabeza, echó un vistazo al teléfono que nunca sonaría para salvar a alguien como John Coffey, y gritó:

—¡Descarga uno!

Se oyó el típico zumbido, como cuando se enciende una nevera, y las luces se volvieron más brillantes. Nuestras sombras se hicieron más evidentes, unas figuras negras que ascendían por las paredes y parecían revolotear como buitres sobre la silla. John respiró hondo. Sus nudillos estaban blancos.

—¿Ya le duele? —preguntó Marjorie Detterick por encima del hombro de su marido—. ¡Espero que sí! ¡Espero que le hagan mucho daño! —su esposo la abrazó. Al hombre le sangraba la nariz, pues vi un hilo rojo caer sobre su estrecho bigote. Cuando el mes de marzo siguiente leí en un periódico que había muerto de un ataque de apoplejía, no me asombró en absoluto.

Bruto se interpuso en el campo de visión de John y le tocó un hombro mientras hablaba. Eso estaba en contra de las reglas, pero el único que lo sabía era Curtis Anderson, a quien no pareció preocuparle. Era evidente que sólo deseaba terminar cuanto antes con su trabajo y lo deseaba desesperadamente. Después de lo de Pearl Harbor se alistó en el ejército, pero nunca llegó a cruzar el mar. Murió en el fuerte Bragg, en un accidente de camiones.

John se relajó al sentir los dedos de Bruto en su hombro. Creo que no entendió mucho de lo que Bruto decía, pero el contacto de su mano lo tranquilizó. Bruto, que murió de un ataque al corazón veinticinco años después (según dijo su esposa, ocurrió mientras veía la televisión y comía un sándwiche de atún), era un buen hombre. Y mi amigo. Quizá el mejor de todos nosotros. No le costaba entender cómo era posible que un hombre deseara morir y al mismo tiempo estuviese aterrorizado por la partida.

–John Coffey, ha sido condenado a morir en la silla eléctrica, según una sentencia dictada por un jurado de sus conciudadanos y ratificada por un juez del estado. Que Dios proteja al pueblo de este estado. ¿Tiene algo que decir antes de que se lleve a cabo la sentencia?

John volvió a humedecerse los labios y luego habló con claridad. Cuatro palabras en total:

–Lamento lo que soy.

–¡Tienes razones para hacerlo! –gritó la madre de las gemelas–. ¡Monstruo! Tienes muchas jodidas razones para lamentarlo.

Los ojos de John se posaron en mí y en ellos no vi resignación ni esperanza de ir al cielo ni paz. Cómo me gustaría poder decir lo contrario. Pero lo cierto es que lo que vi fue angustia, perplejidad, incomprensión. Eran los ojos de un animal atrapado y asustado. Recordé lo que había dicho acerca de la forma en que Wharton había conseguido llevarse a las niñas sin que éstas gritaran: «Se valió de su amor para matarlas. Pasa lo mismo todos los días, en todo el mundo.»

Bruto descolgó la capucha nueva del gancho que había en el respaldo de la silla, pero en cuanto John la vio y comprendió lo que era sus ojos se llenaron de horror. Me miró y esta vez vi enormes gotas de sudor en la curva de su calva. Parecían tan grandes como huevos.

–Por favor, jefe. No me pongan eso en la cara –murmuró–. No me dejen a oscuras, por favor. Tengo miedo a la oscuridad.

Bruto, con la capucha todavía en la mano, estaba paralizado; me miró y enarcó las cejas. Sus ojos decían que la decisión estaba en mis manos, que haría lo que yo ordenara. Intenté pensar con la mayor rapidez y claridad posibles, cosa que resultaba extraordinariamente difícil con la cabeza latiéndome del modo que lo hacía. La capucha no formaba parte de la ley sino de la tradición. En realidad, se utilizaba para evitar a los testigos una visión desagradable. De repente, supe que esta vez no quería ahorrarles sufrimientos. Después de todo, John no había hecho nada malo en toda su vida para merecer aquello. Ellos no lo sabían, pero nosotros sí, y decidí conceder al grandulón su último deseo. Además, era probable que Marjorie Detterick me enviara una nota de agradecimiento.

–Muy bien, John –susurré.

Bruto volvió a colgar la capucha en el gancho del respaldo. Detrás de nosotros, Homer Cribus gritó indignado:

–¡Eh, muchacho! Ponle la máscara. ¿Crees que queremos ver cómo le estallan los ojos?

–Silencio, señor –dije sin volverme–. Esto es una ejecución y usted no está a cargo de ella.

–Como tampoco estuviste a cargo de su detención, jodida bola de sebo –murmuró Harry.

Harry murió en 1982, con casi ochenta años. Era un viejo. No tanto como yo, por supuesto, pero pocos llegan a esa edad. Fue cáncer de intestinos.

Bruto se inclinó y metió la esponja circular en un cubo. Hundió un dedo en ella y se lo chupó, aunque no había necesidad de hacerlo, pues la esponja estaba chorreando. La colocó dentro del casquete y puso éste sobre la cabeza de John. Advertí que Bruto estaba demasiado pálido, como si fuera a desmayarse de un momento a otro. Recordé que había dicho que por primera vez corría el riesgo de ir al infierno, porque iba a matar a un elegido de Dios. Sentí una súbita y aterradora necesidad de vomitar; conseguí controlarla, pero con gran esfuerzo. El agua de la esponja se deslizaba por la cara de John.

Dean Stanton ajustó la correa sobre el pecho de

Coffey –para hacerlo tuvo que estirarla al máximo– y me la pasó a mí. La noche del viaje nos habíamos tomado muchas molestias para proteger a Dean pensando en sus hijos, sin saber que sólo le quedaban cuatro meses de vida. Después de la ejecución solicitó y consiguió un traslado al bloque C, donde un prisionero lo apuñaló con la broca de un taladro y derramó su sangre sobre el sucio suelo de madera. Nunca supe por qué; creo que nadie lo supo.

Cuando evoco aquellos días, la Freidora me parece una perversión, una locura letal. Somos frágiles como el cristal, incluso en las mejores circunstancias. ¿Matarnos los unos a los otros con gas o electricidad, con premeditación y sangre fría? Es una locura. Un horror.

Bruto comprobó la correa y se apartó. Yo esperaba que hablase, pero cuando cruzó las manos a la espalda y se puso en posición de firmes, supe que no lo haría. Quizá se sintiera incapaz de articular palabra. Yo tampoco me sentía capaz, pero cuando miré los ojos aterrorizados y llorosos de John, comprendí que debía hacerlo, aunque con ello me condenara al infierno.

–Descarga dos –dije con una voz pastosa y ahogada que ni yo mismo reconocí.

El casquete vibró. Ocho dedos largos y dos gruesos pulgares se levantaron del extremo de los anchos brazos de roble y se extendieron en diez direcciones distintas. Las enormes rodillas se movieron como pistones, pero las correas de los tobillos resistieron. Sobre nuestras cabezas, se fundieron tres focos. ¡Pum! ¡Pum! ¡Pum! Marjorie Detterick gritó y se desmayó en brazos de su marido. Murió en Memphis, dieciocho años después. Harry me envió la nota necrológica. Fue en un accidente de tranvía.

John se inclinó contra la correa que le cruzaba el pecho. Por un instante me miró fijamente. Estaba consciente, de modo que lo último que vio cuando lo arrojamos de este mundo fueron mis ojos. Luego cayó sobre el respaldo, el casquete se deslizó hacia un lado de su cabeza, dejando escapar un hilo de humo, una especie de bruma negra. Sin embargo, todo fue bastante rápido. Dudo que no haya sufrido, como afirman los defensores de la silla eléctrica (aunque ni el más valiente de ellos lo ha comprobado personalmente), pero fue rápido. Sus manos volvían a estar laxas, y las medias lunas blanco azuladas de sus uñas adquirieron un tono morado, mientras una nubecilla de humo ascendía de sus mejillas aún húmedas a causa del agua salada de la esponja... y de las lágrimas.

Las últimas lágrimas de John Coffey.

11

Me sentí bien hasta que llegué a casa. Ya amanecía y se oía el trino de los pájaros. Estacioné el coche, me bajé, y cuando subía los peldaños del pórtico trasero, me embargó el segundo dolor más profundo que he experimentado en mi vida. Lo que lo desató fue pensar en el temor que John Coffey sentía a la oscuridad. Recordé nuestro primer encuentro, cuando me había pedido que dejase una luz encendida, y las piernas me fallaron. Me senté en un escalón, incliné la cabeza y me eché a llorar. No lloraba por John, sino por todos nosotros.

Janice salió, se sentó a mi lado y me rodeó el cuello con un brazo.

–Hiciste todo lo posible para que no sufriera, ¿verdad? –asentí con un gesto–. Y él quería morir –volví a asentir–. Entra en la casa –dijo al tiempo que me ayudaba a levantarme–. Entra y tómate una taza de café.

Lo hice. Pasó la primera mañana, la primera tarde y la primera jornada de trabajo. Nos guste o no, el tiempo lo cura todo. El tiempo se lo lleva todo y al final sólo queda oscuridad. A veces encontramos a otros en esa oscuridad y otras veces los perdemos en ella. Eso es todo cuanto sé, además de que todo esto ocurrió en 1932, cuando la penitenciaría del estado aún estaba en Cold Mountain.

Y también la silla eléctrica, por supuesto.

12

A las dos y cuarto de la tarde mi amiga Elaine Connelly vino a verme en la galería, donde yo me encontraba sentado ante las últimas páginas de mi historia. Estaba muy pálida y le brillaban los ojos. Creo que había estado llorando.

Yo me limitaba a mirar; a mirar por la ventana en dirección a las colinas que se alzaban al este. Me dolía la muñeca derecha de tanto escribir, pero era un dolor sordo, distante. Me sentía vacío, como si me hubieran arrancado los sentimientos. Era una sensación terrible y maravillosa al mismo tiempo.

Me costó mirar a Elaine a los ojos, pues temía ver miedo y desprecio en ellos, pero no fue así. Estaban tristes y pensativos, pero nada más. No reflejaban odio, desprecio ni incredulidad.

–¿Quieres leer el final de la historia? –pregunté dando una palmada sobre las hojas restantes con la mano dolorida–. Está aquí, pero entenderé perfectamente que no quieras…

–No se trata de lo que quiera –dijo–. Necesito saber cómo acabó todo, aunque supongo que lo ejecutaron. La Providencia, con mayúsculas, no suele intervenir en la vida de los simples mortales. Pero antes de que tome esas páginas… Paul…

Se detuvo a mitad de la frase, como si no supiera cómo continuar. Esperé. A veces es imposible ayudar a la gente. Otras es mejor no intentarlo.

–Paul, aquí dices que en 1932 tenías dos hijos mayores, no sólo uno. A menos que te hayas casado con Janice cuando tenías doce años y ella once, no se me ocurre…

–Nos casamos jóvenes –dije con una sonrisa–. Casi todo el mundo lo hace en las montañas, según decía mi madre, pero no tan jóvenes.

–Entonces ¿cuántos años tienes? Siempre pensé que tendrías poco más de ochenta, como yo, o incluso algunos menos, pero según esto…

–El año en que John Coffey recorrió el pasillo de la muerte, tenía cuarenta años –dije–. Nací en 1892. Por lo tanto, si la memoria no me falla, debo de tener ciento cuatro.

Me miró boquiabierta.

Le pasé el resto del manuscrito mientras recordaba el modo en que John me había tocado en su celda. «No estallará», me había dicho, sonriendo ante la sola idea, y no lo había hecho… pero me había pasado algo, algo permanente.

–Lee el resto –dije–. La respuesta está aquí.

–De acuerdo –susurró–. Para serte franca, tengo miedo, pero… De acuerdo. ¿Dónde estarás?

Me levanté, me estiré y oí un crujido en mi columna vertebral. Si de algo estaba seguro era de que ya había pasado demasiado tiempo en la galería.

–En el campo de cróquet. Todavía quiero enseñarte algo, y está en esa dirección.

–¿Es algo… malo?

En su mirada asustada vi a la niña que seguramente había sido cuando los hombres llevaban sombreros de paja en verano y abrigos de mapache en invierno.

–No –respondí con una sonrisa–. Nada malo.

–De acuerdo. –Tomó las páginas–. Las leeré en mi habitación. Te veré en el campo de cróquet a eso de las… –calculó mentalmente–. ¿Te parece bien a las cuatro?

–Perfecto –respondí pensando en el entrometido Brad Dolan. Para entonces ya se habría marchado.

Elaine tendió la mano, me apretó el brazo con suavidad y salió de la galería. Permanecí allí un momento, mirando la mesa, asimilando el hecho de que volvía a estar vacía excepto por la bandeja en que Elaine me había traído el desayuno. Los papeles habían desaparecido. Casi no podía creer que hubiera terminado, y como verán tenía razón, puesto que redacté estas últimas páginas después de escribir la ejecución de Coffey y entregarle el manuscrito a Elaine. Incluso entonces, en el fondo de mi corazón sabía por qué no había terminado.

Alabama.

Tomé el último trozo de frío pan tostado de la bandeja y bajé al campo de cróquet. Me senté y contemplé a varios compañeros jugar, enfrascado en mis pensamientos mientras el sol calentaba mis viejos huesos.

Como al cuarto para las tres los celadores del turno de tres a once comenzaron a llegar al estacionamiento, mientras los del turno de siete a tres se marchaban. Casi todos iban en grupos, excepto Brad Dolan, que caminaba solo. Aquello me alegró; era probable que el mundo no estuviera tan enfermo como pensaba. Uno de sus libros de chistes asomaba por el bolsillo trasero del pantalón. El camino al estacionamiento cruza el campo de cróquet, de modo que me vio, pero no me saludó ni hizo una mueca de desprecio. Mejor para mí. Subió al viejo Chevrolet con la estampa que rezaba: HE VISTO A DIOS Y ES UN CABRÓN. Luego se marchó adondequiera que va cuando no está aquí, dejando una nube de gasolina barata a su paso.

A las cuatro, Elaine se unió a mí, tal como había prometido. Por el aspecto de sus ojos, era evidente que había vuelto a llorar. Me estrechó con fuerza entre sus brazos.

–Pobre John Coffey –murmuró–. Y pobre Paul Edgecombe.

Me pareció oír a Janice decir: «Pobre Paul. Pobrecito mío.»

Elaine volvió a llorar y la abracé bajo el sol de la tarde. Nuestras sombras parecían danzar, quizá en el falso salón de baile del programa de radio que solíamos escuchar en los viejos tiempos.

Por fin recuperó la compostura y se apartó de mí. Sacó un pañuelo de papel del bolsillo del vestido y se secó los ojos.

–¿Qué pasó con la mujer del alcaide, Paul? ¿Qué pasó con Melly?

–Fue considerada el milagro del siglo, al menos por los médicos del hospital de Indianola –respondí. La tomé del brazo y comenzamos a andar hacia el camino que salía del estacionamiento y conducía al bosque. Hacia el seto que separaba Georgia Pines del mundo de los jóvenes–. Murió de un ataque al corazón diez u once años más tarde; creo que en el 43. Hal murió de apoplejía cerca del día del ataque a Pearl Harbor o incluso el mismo día; de modo que ella lo sobrevivió dos años. Vaya ironía, ¿verdad?

–¿Y Janice?

–Aún no estoy preparado para llegar a ese punto –dije–. Te lo contaré en otra ocasión.

–¿Me lo prometes?

–Te lo prometo –contesté, aunque nunca cumplí mi promesa.

Tres meses después de nuestra caminata al bosque (la habría tomado de la mano si no hubiera temido lastimar sus dedos deformes e hinchados), Elaine Connelly murió tranquilamente en la cama de un ataque al corazón. El celador que la encontró dijo que parecía serena, como si la muerte hubiera llegado de repente y sin dolor. Espero que fuera cierto. Quería mucho a Elaine y la echo de menos. A ella, a Janice, a Bruto... a todos.

Cuando llegamos al segundo cerco del camino, el que estaba al lado del muro, me detuve delante de un cobertizo de planchas de pino, con el desvencijado techo y las ventanas entarimadas moteadas de sombras. Me dirigí hacia él, pero Elaine retrocedió asustada.

–No pasa nada –dije–. De veras. Ven.

La puerta no tenía pestillo –lo había tenido en otros tiempos, pero lo habían arrancado–, de modo que para mantenerla cerrada usaba un trozo de cartón doblado. Lo saqué y empujé la puerta, dejándola abierta para que entrase luz.

–¿Paul? ¿Qué...? ¡Oh! ¡Oh! –el segundo «oh» fue casi un grito.

Había una mesa en un lado y sobre ella una linterna y una bolsa de papel de estraza. En el suelo sucio había una caja de puros que le había comprado al tipo que venía a rellenar las máquinas de refrescos y dulces. Se la encargué especialmente, y puesto que su compañía también vende tabaco, no le resultó difícil conseguirla. Le ofrecí pagársela (esas cajas eran valiosas cuando trabajaba en Cold Mountain), pero el tipo se rio de mí.

Por encima del borde de la caja, había un par de ojitos brillantes como gotas de aceite.

–*Cascabel* –dije en voz baja–. Ven aquí. Ven aquí, muchacho, que te presentaré a una señora.

Me agaché (no fue fácil pero lo conseguí) y tendí la mano. Al principio no creí que fuera capaz de saltar por encima de la caja, pero lo hizo. Cayó de lado, recuperó el equilibrio y vino a mi encuentro. Cojeaba ligeramente de una pata; la lesión que le había producido Percy se había agravado con la edad. Era viejo, muy viejo. Excepto en la parte superior de la cabeza y en la punta de la cola, su pelo se había vuelto completamente gris.

Saltó a la palma de mi mano. Lo levanté y estiró el cuello, olfateando mi aliento con las orejas amusgadas y una expresión de ansiedad en los diminutos ojos oscuros. Se lo enseñé a Elaine, que lo miró boquiabierta, con ojos desorbitados.

—No puede ser —dijo volviendo la mirada hacia mí—. ¡No puede ser!

—¡Mira y luego dime si no!

Saqué un carrete de la bolsa de papel. Lo había pintado yo mismo, aunque no con crayones sino con rotuladores, un invento con el que ni siquiera soñábamos en 1932. Era tan colorido como el de Delacroix, o quizá más. *Messieurs et mesdames,* pensé. *Bienvenue au cirque du mousie!*

Volví a agacharme y *Cascabel* saltó de mi mano. Era viejo, pero seguía tan obsesivo como siempre. En cuanto sacaba el carrete de la bolsa, no tenía ojos para otra cosa. Lo hice rodar por el suelo irregular y astillado del cobertizo y de inmediato corrió tras él. Ya no corría como antes, pero ¿por qué tenía que ser rápido o seguro? Como ya he dicho, era muy viejo. El Matusalén de los ratones. Debía de tener al menos sesenta y cuatro años.

Llegó junto al carrete, que rebotó contra la pared. Lo rodeó y luego se tendió de lado. Elaine dio un paso al frente, pero la detuve. Al cabo de un instante *Cascabel* volvió a incorporarse y despacio, muy despacio, empujó el carrete hacia mí con el hocico. Cuando llegó (lo había encontrado tendido en los escalones de la cocina en aquella posición, como si viniera de muy lejos y estuviera exhausto) todavía era capaz de guiar el carrete con las patas, como solía hacer en los tiempos del pasillo de la muerte. Sin embargo, ya no podía hacerlo, pues sus patas traseras no aguantaban su peso. No obstante, su hocico seguía tan ágil como siempre; sólo tenía que desplazarse de un extremo al otro del carrete para seguir su curso. Cuando llegó hasta mí, lo levanté con una mano (pesaba menos que una pluma) y recogí el carrete con la otra. Sus ojitos oscuros no se apartaban de él.

–No vuelvas a hacerlo, Paul –dijo Elaine con voz desgarrada–. No soporto mirarlo.

Comprendí cómo debía sentirse, pero en mi opinión se equivocaba. A *Cascabel* le encantaba perseguir el carrete. Habían pasado muchos años, pero seguía gustándole. Ojalá todos fuéramos tan afortunados con nuestras pasiones.

–También tengo caramelos de menta en la bolsa –dije–. Todavía le gustan. Si le enseño uno, no deja de olfatearlo, pero su estómago ya no está en condiciones de digerirlos. En su lugar, le doy pan tostado.

Me agaché, partí un trozo del pan frío que había tomado en la galería y lo dejé en el suelo. *Cascabel* lo olfateó, lo agarró y empezó a comer, con la cola enrollada entre las patas. Cuando terminó, miró hacia arriba con aire expectante.

–Algunos viejos nos sorprenden con su apetito –dije a Elaine, y le entregué el pan–. Haz la prueba.

Elaine partió otro trozo de pan tostado y lo arrojó al suelo. *Cascabel* se acercó, olfateó, miró a Elaine… y volvió a comer.

–¿Lo ves? –dije–. Sabe que no eres uno de los guardias temporales.

–¿De dónde ha salido, Paul?

–No tengo ni idea. Un día salí a dar mi caminata matutina y lo vi en los escalones de la cocina. Supe quién era de inmediato, pero tomé un carrete de lavandería para asegurarme. Y le traje la caja de puros, forrada con la tela más suave que pude encontrar. Creo que es igual que nosotros, Elaine, la mayor parte del tiempo le duele algo. Sin embargo, todavía no ha perdido la ilusión de vivir. Aún disfruta con el carrete y con la compañía de un viejo amigo. Durante más de sesenta años guardé la historia de John Coffey en mi corazón, y ahora la he contado. Se me metió en la cabeza la idea de que *Cascabel* había regresado por eso. Para indicarme que debía darme prisa antes de que se me acabara el tiempo, porque, al igual que él, me dirijo hacia allí.

–¿Hacia dónde?

–Lo sabes perfectamente –respondí, y por un momento contemplamos a *Cascabel* en silencio. Luego, sin razón aparente, volví a arrojar el carrete aunque Elaine me había pedido que no lo hiciera. Quizá porque verlo perseguir el carrete era como espiar la versión lenta y cuidadosa del sexo entre dos ancianos. Es probable que los jóvenes no quieran verlos –sobre todo si están convencidos de que en su caso se hará una excepción–, pero ellos aún quieren practicarlo.

Cascabel corrió otra vez detrás del carrete, obviamente dolorido, pero (al menos para mí) disfrutando como siempre de su obsesión.

–Ventanas de cristal esmerilado –murmuró Elaine mientras lo miraba.

–Ventanas de cristal esmerilado –repetí–. Los adultos pagan cinco centavos y los niños entran gratis.

–John Coffey tocó el ratón del mismo modo que te tocó a ti. No se limitó a curar tu enfermedad, también te hizo... cómo decirlo, ¿resistente?

–Es una palabra tan buena como cualquiera.

–Resistente a las cosas que hacen que nos desmoronemos como los árboles con termitas. Lo que hizo contigo, lo hizo con él... con *Cascabel*... el día que lo tomó entre sus manos.

–Así es. Creo que el poder de John obró el milagro, pero el efecto está desvaneciéndose. Las termitas han conseguido atravesar nuestra corteza. Necesitaron algo más de tiempo, pero llegaron. Es probable que me queden algunos años, pues supongo que los hombres vivimos más que los ratones, pero la hora de *Cascabel* está muy cerca.

434

El animalito llegó junto al carrete, lo rodeó cojeando, cayó de lado respirando agitadamente (sus jadeos parecían olas bajo la piel grisácea), se levantó otra vez y empujó el carrete con el hocico. Su piel era gris, su paso inseguro, pero las gotas de aceite de sus ojos conservaban todo su esplendor.

–Crees que quería que escribieras tu historia –dijo–, ¿verdad, Paul?

–No creo que sea *Cascabel* –respondí–, sino la fuerza que...

–¡Vaya, Paulie! ¡Y Elaine Connelly! –exclamó una voz detrás de mí. Era una voz cargada de una especie de horror satírico–. ¡Ver para creer! ¿Qué demonios están haciendo aquí?

Volteé y no me sorprendió ver a Brad Dolan en el vano de la puerta. Sonreía como quien cree haber engañado a otra persona. ¿Cuántos kilómetros habría conducido al terminar su turno? Es probable que sólo llegase a la taberna y se tomara un par de cervezas antes de regresar.

–Márchese –dijo Elaine con frialdad–. Márchese ahora mismo.

–No me diga que me marche, vieja zorra –dijo él sin dejar de sonreír–. Tal vez pueda decírmelo en la colina, pero no aquí abajo. Se supone que no tienen que estar aquí. Han roto las normas. ¿Es tu nidito de amor, Paulie? ¿Es eso lo que haces aquí? Eres el *playboy* del asilo... –abrió desorbitadamente los ojos al ver al otro ocupante del cobertizo–. ¡Mierda!

No volteé. No necesitaba mirar para saber qué había allí. Por otra parte, era como si el pasado acabara de plegarse sobre el presente, formando una imagen terrible, tridimensional. El hombre de la puerta ya no era Brad Dolan sino Percy Wetmore. Al cabo de un instante entraría corriendo y aplastaría a *Cascabel* (que ya no tenía posibilidades de escapar) de un pisotón. Y esta vez

John Coffey no estaría allí para rescatar al ratón de la muerte, como tampoco estaba allí el día en que lo necesité, en Alabama.

Me puse de pie, en esta ocasión sin que las articulaciones ni los músculos me dolieran, y me acerqué a Dolan.

–Déjalo en paz. Déjalo en paz, Percy o...

–¿Por qué me llamas Percy? –preguntó al tiempo que me empujaba con tanta fuerza que a punto estuve de caer. Elaine me sostuvo, aunque debió de suponer un gran esfuerzo para ella–. No es la primera vez que lo haces. Y deja de cagarte en los pantalones, pues no pienso tocarlo. No necesito hacerlo. Ese ratón está muerto.

Volteé, creyendo que *Cascabel* sólo se había tendido de lado para recuperar el aliento, como hacía a menudo. Estaba de lado, es cierto, pero el movimiento regular de su respiración se había detenido. Intenté convencerme de que aún lo veía, pero entonces Elaine se echó a llorar. Se agachó con evidente dolor y recogió el ratón que yo había visto por primera vez en el pasillo de la muerte, acercándose a la mesa de entrada sin el menor indicio de miedo, como un hombre que visita a sus amigos. *Cascabel* permaneció inmóvil en las manos de Elaine. Tenía los ojos cerrados y estaba muerto.

Dolan esbozó una sonrisa desagradable, mostrando unos dientes que ningún dentista había visto jamás.

–¡Ay! –exclamó–. ¿Acabamos de perder a la mascota de la familia? Quizá deberíamos organizar un funeral con flores de papel y...

–¡Cierre el pico! –gritó Elaine con tanta fuerza que Dolan retrocedió un paso y la sonrisa desapareció de su rostro–. ¡Márchese de aquí o no trabajará un día más en la residencia! ¡Ni una hora más! ¡Se lo juro!

–No conseguirás ni un mendrugo de pan en la cola de un albergue –dije, aunque en voz tan baja que creo que ninguno de los dos me oyó.

No podía separar los ojos de *Cascabel*, tendido en la palma de Elaine como si fuera la alfombra de piel de oso más pequeña del mundo.

Brad iba a volver a insultarla, a decirle que todo era puro cuento. En algo tenía razón; a los residentes de Georgia Pines no les estaba permitido alejarse tanto del edificio; hasta yo lo sabía. Sin embargo, el celador no dijo nada. En el fondo era un cobarde, igual que Percy, y sabía que era probable que Elaine no mintiese acerca de su nieto. Además ya había satisfecho su curiosidad, saciado su sed de saber. Y después de todo, el misterio no era gran cosa. Un viejo tenía un ratón en el cobertizo y el animal se había muerto de un ataque al corazón corriendo detrás de un carrete.

–No sé qué les pasa –dijo–. Se comportan como si fuera un perro o algo por el estilo.

–¡Fuera! –exclamó Elaine–. ¡Lárguese, ignorante! El poco cerebro que tiene es sucio y retorcido.

Dolan se ruborizó y las numerosas cicatrices de sus antiguos granos de adolescente adquirieron un tono rojo oscuro.

–Me iré –dijo–, pero cuando mañana vuelvas a este lugar, Paulie, encontrarás un candado en la puerta. Los residentes tienen prohibido venir aquí, diga lo que diga esta vieja bruja. ¡Mira el suelo! Las tablas están levantadas y podridas. Si te cayeras, tus esqueléticas piernas se romperían como una rama seca. De modo que agarren ese ratón, si quieren, y márchense de aquí. ¡El nido de amor queda clausurado!

Se dio media vuelta y salió del cobertizo a grandes zancadas, como un hombre que cree haber ganado al menos una partida. Esperé a que se alejara y tomé con suavidad a *Cascabel* de las manos de Elaine. Mis ojos se posaron en la bolsa de caramelos de menta y ése fue el detonante: las lágrimas comenzaron a correr por mis mejillas. No sé por qué, pero últimamente lloro con facilidad.

–¿Me ayudarás a enterrar a un viejo amigo? –pregunté a Elaine cuando dejamos de oír los pasos de Brad Dolan.

–Sí, Paul –rodeó mi cintura con un brazo y apoyó la cabeza sobre mi hombro. Luego acarició el costado inmóvil de *Cascabel* con un dedo viejo y deforme–. Lo haré encantada.

De modo que tomamos una pala prestada del jardín y enterramos la mascota de Del mientras las sombras de la tarde se alargaban entre los árboles. Luego volvimos a cenar y a vivir lo que nos quedaba de vida.

Entonces me sorprendí pensando en Del. Del arrodillado sobre la alfombra verde de mi oficina, con las manos juntas y su coronilla calva brillando a la luz de la lámpara. Del, que me había pedido que cuidara de *Cascabel* y me asegurara de que el hombre malo no volviese a hacerle daño. Pero más tarde o más temprano el hombre malo nos hace daño a todos, ¿no es cierto?

–¿Paul? –dijo Elaine con voz cansada y amable. Supongo que cavar un foso y depositar en él a un ratón muerto era demasiado para un par de viejos como nosotros–. ¿Te encuentras bien?

Le había pasado un brazo por la cintura, y le di un breve apretón.

–Estoy bien.

–Mira –dijo–. Será una hermosa puesta de sol. ¿Quieres que nos quedemos a mirarla?

–De acuerdo –respondí y nos quedamos un buen rato en el jardín, tomados de la cintura, primero mirando los brillantes colores del cielo y luego viendo cómo se desvanecían igual que cenizas.

«*Sainte Marie, Mère de Dieu, priez pour nous, pauvres pécheurs, maintenant et à l'heure de notre mort.*»

Amén.

13

Alabama bajo la lluvia, 1956.

Nuestra tercera nieta, una niña maravillosa llamada Tessa, se graduaba en la Universidad de Florida y fuimos a verla en autobús. Yo tenía sesenta y cuatro años, pero aún era un joven imberbe. Jan, con cincuenta y nueve, estaba tan hermosa como siempre, al menos para mí. Íbamos sentados en el último asiento y ella protestaba porque no había comprado una cámara fotográfica nueva para inmortalizar el gran acontecimiento. Le dije que tendríamos un día libre y que si quería podría comprar la cámara, pues estábamos en condiciones de permitírnoslo. Además, pensé que protestaba sólo porque el libro que había llevado, una novela de Perry Mason, le resultaba aburrido. A partir de ese momento tengo un blanco en la memoria, como si se tratase de una película expuesta a la luz.

¿Recuerdan el accidente? Supongo que algunos de los que lean esto lo harán, pero la mayoría no. Sin embargo, en su momento ocupó los titulares de todos los periódicos del país. Estábamos en las afueras de Birmingham, bajo la lluvia, y mientras Janice se lamentaba por no haber comprado una cámara, una de las llantas se ponchó. El autobús comenzó a hacer e-ses sobre la carretera húmeda y chocó contra un camión que transportaba fertilizantes. El camión, que marchaba a ochenta kilómetros por hora, empujó al autobús contra un puente, aplastándolo y partiéndolo en dos. Los dos segmentos brillantes, empapados por la lluvia, giraron en direcciones opuestas, y la parte del tanque de gasolina estalló, enviando una bola de fuego hacia el cielo gris. Un momento antes Janice se quejaba de su vieja Kodak, y al instante siguiente me encontré tendido bajo la lluvia mirando un par de *pantis* azules que habían saltado de una maleta. Tenían la palabra «Miércoles» bordada en hilo negro. Había maletas abiertas por todas partes y cuerpos... y partes de cuerpos. En el autobús viajaban setenta y tres personas, y sólo cuatro sobrevivieron al accidente. Yo fui una de ellas; la única que no sufrió heridas graves.

Me levanté y caminé con paso vacilante entre las maletas abiertas y los cuerpos destrozados, gritando el nombre de mi esposa. Recuerdo que pateé un despertador y que vi a un chico de unos trece años muerto sobre una alfombra de cristales, con la cara desfigurada. Sentí la lluvia en el rostro; sólo dejé de sentirla cuando pasé por debajo del puente. Al salir por el otro lado seguía allí, martillándome las mejillas y la frente. Entonces vi a Jan, tendida al lado de la cabina destrozada del camión. La reconocí por el vestido rojo, el segundo de sus favoritos. El primero lo reservaba para la fiesta de graduación.

Aún no estaba muerta. A menudo pienso que habría sido mejor –para mí, no para ella– que hubiera muerto en el acto. Me habría permitido dejarla marchar antes, con más naturalidad, aunque tal vez me engañe al pensar eso. Lo único que sé es que nunca dejé que se marchase del todo.

Estaba temblando. Había perdido un zapato y movía el pie espasmódicamente. Tenía los ojos abiertos, pero en blanco; el izquierdo lleno de sangre. Cuando me arrodillé a su lado, bajo la lluvia que olía a humo, sólo pude pensar que aquellos espasmos significaban que estaba siendo electrocutada. La estaban electrocutando y yo debía apagar el interruptor antes de que fuera demasiado tarde.

–¡Socorro! –grité–. ¡Que alguien me ayude!

Pero nadie vino en mi ayuda; nadie se acercó. Llovía a mares –una lluvia fuerte, que me aplastaba el pelo contra el cráneo–, y levanté a Jan en brazos. Sus ojos ausentes me miraron con lejana intensidad y la sangre comenzó a brotar de su nuca aplastada. Junto a su mano temblorosa había un trozo de metal con las letras del nombre del autobús. Más allá, descansaban los restos de un ejecutivo de traje café.

–¡Socorro! –volví a gritar. Me volví hacia el puente, y allí vi a John Coffey de pie entre las sombras. Él mismo era una sombra, enorme, con los brazos largos y la cabeza calva–. ¡John! –grité–. ¡John, por favor ayúdame! ¡Ayuda a Janice!

La lluvia me entró en los ojos, parpadeé y John desapareció. Vi las sombras que había confundido con Coffey... pero eran algo más que sombras. Estoy seguro. Él estaba allí. Quizá fuese un fantasma, pero estaba allí. La lluvia caía sobre su cara, mezclándose con el torrente incesante de sus lágrimas.

Jan murió en mis brazos, bajo la lluvia y al lado del camión de fertilizantes con olor a gasolina quemada. No recuperó la conciencia ni por un instante; sus ojos siguieron empañados y sus labios no se movieron para pronunciar una última declaración de amor. Me apretó las manos por un segundo y murió. Recordé a Melinda Moores por primera vez en muchos años. Melinda sentada en la cama cuando todos los médicos del Hospital General de Indianola pensaban que iba a morir; Melinda Moores con aspecto fresco y descansado mirando a John Coffey con ojos brillantes, llenos de curiosidad; Melinda diciendo: «He soñado contigo. Los dos vagábamos en la oscuridad y nos encontrábamos.»

Apoyé la cabeza aplastada de mi esposa sobre el pavimento húmedo de la carretera, me levanté (fue fácil, sólo tenía un corte en la mano izquierda) y, volteando hacia las sombras del puente, grité:

–¡John! ¡John Coffey! ¿Dónde estás, grandulón?

Caminé hacia las sombras, pateando a un lado un oso de peluche manchado de sangre, un par de anteojos con montura metálica y un cristal roto, una mano amputada con un anillo de granate en el meñique.

–Salvaste a la esposa de Hal, ¿por qué no a la mía? ¿Por qué no a Janice? ¿Por qué no a mi Janice?

No hubo respuesta; sólo el olor a gasolina quemada y cuerpos chamuscados, sólo la lluvia que caía sin cesar desde el cielo gris y tamborileaba en el cemento, mientras mi esposa yacía muerta en la carretera. No hubo respuesta entonces, y tampoco la hay ahora. Sin embargo, en 1932 John Coffey no sólo salvó a Melinda Moores y al ratón de Delacroix, aquel que podía hacer trucos con el carrete y parecía buscar a Del mucho antes de que éste apareciera… mucho antes de que el propio John Coffey apareciera.

John también me salvó a mí, y años más tarde, bajo la lluvia de Alabama, mientras buscaba a un hombre que no estaba allí, entre las sombras de un puente, las maletas desperdigadas y los muertos, aprendí algo terrible: en ocasiones no hay diferencia entre la salvación y el castigo eterno.

Ignoro cuál de las dos cosas intuí cuando el 18 de noviembre de 1932 me senté al lado de John en su camastro. Esa fuerza extraña salió de él y llegó a mí a través del contacto de nuestras manos unidas, como rara vez pueden conseguirlo el amor, la esperanza y las buenas intenciones. Fue una sensación que comenzó con un hormigueo y se convirtió en una marea poderosa, en una fuerza que superaba todo lo que había experimentado hasta el momento. Desde aquel día, nunca tuve una gripa, ni siquiera un dolor de garganta. No volví a tener una infección urinaria; ni siquiera una herida infectada en un dedo. He tenido resfriados, pero muy pocos, cada seis o siete años; y aunque dicen que aquellos que nunca se resfrían los agarran con mayor fuerza, no ha sido mi caso. Una vez, al principio de aquel horrible 1956, tuve un cálculo renal. Creo que ya he hablado de ello.

Y aunque supongo que después de todo lo que he dicho les sorprenderá saberlo, una parte de mí se alegró de sentir dolor. Fue la única molestia importante que experimenté después de mi infección urinaria, veinticuatro años antes. Las enfermedades que se han llevado a mis amigos y a los seres queridos de mi generación –apoplejía, cáncer, ataques cardíacos, trastornos hepáticos o de la sangre– nunca me han alcanzado, me han esquivado como un conductor esquiva a un ciervo o un mapache en la carretera. El único accidente grave que sufrí sólo me causó un rasguño en la mano. En 1932, John Coffey me inoculó vida; podríamos decir que me *electrocutó* con vida. Naturalmente, moriré (por supuesto que sí; si tenía alguna esperanza de ser inmortal, la perdí tras la muerte de *Cascabel*), pero habré deseado la muerte mucho antes de que acuda en mi busca. La verdad, es que ya la deseo; sobre todo después de la muerte de Elaine Connelly. ¿Necesito jurárselo?

Mientras hojeo estas páginas con mis manos temblorosas y manchadas, me pregunto si tienen algún significado, como las de los libros edificantes y ennoblecedores. Recuerdo los sermones de mi infancia, las resonantes afirmaciones de Adorado sea Jesús, el Señor es Todopoderoso, y el modo en que los predicadores solían decir que el ojo de Dios estaba en el gorrión, que Él cuidaba y protegía incluso a la más pequeña de sus criaturas. Cuando pienso en *Cascabel* y en las astillas de madera que encontramos en la viga, creo que es verdad. Sin embargo, ese mismo Dios sacrificó a John Coffey, que sólo quiso hacer el bien, con la misma crueldad que los profetas del Antiguo Testamento sacrificaban ovejas indefensas... como Abraham habría sacrificado a su propio hijo si se lo hubieran pedido. Pienso en John diciendo que Wharton había matado a las gemelas Detterick valiéndose del amor que había entre ellas, que pasaba lo mismo todos los días, en todas partes del mundo. Si ocurre así es porque Dios permite que ocurra, y cuando le decimos «no te entiendo», Él responde «no me importa».

Pienso en *Cascabel*, que murió mientras le daba la espalda y concentraba toda mi atención en un hombre malo cuyo sentimiento más noble era una especie de curiosidad vengativa. Pienso en Janice, sacudiéndose inconsciente en sus últimos instantes mientras yo me arrodillaba a su lado bajo la lluvia.

–Para –intenté decir a John aquel día en la celda–. Suéltame las manos. Si no lo haces me ahogaré. O explotaré.

–No explotará –respondió, oyendo mis pensamientos y sonriendo ante la idea. Y lo peor es que tenía razón. No lo hice.

Al menos tengo una enfermedad de viejos: sufro de insomnio. Por las noches, tendido en la cama, escucho los sonidos desagradables y desesperados de hombres y mujeres que se hunden cada vez más en la vejez. En ocasiones oigo un timbre de teléfono, o el ruido de unas pisadas en el pasillo, o la tele de la señora Javits dando las últimas noticias. Permanezco tendido, y si la luna se asoma por mi ventana, la contemplo. Pienso en Bruto, en Dean y a veces en William Wharton diciendo: «Tienes razón, negro. Soy más malo de lo que crees», o en Delacroix gritando: «¡Mire, señor Edgecombe! He enseñado un truco nuevo a *Cascabel*.» Pienso en Elaine en la puerta de la galería, diciéndole a Brad Dolan que me deje en paz. A veces me duermo y veo el puente bajo la lluvia y a John Coffey entre las sombras. En mis sueños, nunca es una ilusión óptica; el grandulón está allí de verdad, mirándome. Permanezco tendido y espero. Pienso en Janice, en el modo en que la perdí, en el modo en que se desvaneció entre mis brazos bajo la lluvia, y espero. A todos nos llega el final; sé que no hay excepciones. Sin embargo, Dios mío, a veces el pasillo de la muerte parece tan largo…

444